KB082039

책벌레의 하극상

사서가 되기 위해서라면 뭐든지 할 수 있어

제 3 부 **영주의 양녀 V**

카즈키 미야
miya kazuki

길찾기

등장인물

2부 줄거리

청색 견습 무녀가 된 마인은 신전에 공방을 만들어 굶주리는 고아들에게 일자리와 식사를 제공하는 한편, 구텐베르크 동지들을 모아 시행착오를 거듭하며 인쇄술에 매진하는 매일을 보낸다. 하지만, 신전장이 데려온 다른 영지의 귀족이 마인을 습격한다. 가족과 주변 사람들을 지키는 데 도움을 받기 위해 마인은 상급 귀족의 딸, 로제마인이 되고 영주의 양녀가 될 결심을 굳힌다.

영주 일족

로제마인

주인공. 병사의 딸에서 영주의 양녀가 되며 이름을 바꿨다. 하지만 알맹이는 그대로이다 보니 책을 읽기 위해서라면 수단 방법을 가리지 않는다.

페르디난드

질베스타의 이복동생. 신전에서 로제마인의 보호자 역할을 하고 있다.

질베스타

에렌페스트의 아우브(영주). 페르디난드의 이복형이자 로제마인을 양녀로 맞아들인 양아버지.

플로렌치아

질베스타의 부인이자 세 아이의 어머니. 로제마인의 양어머니.

빌프리트

질베스타의 장남이자 차기 아우브. 로제마인에게는 의붓오빠가 된다.

샤를로테

질베스타의 장녀. 로제마인의 동생이 되었다.

보니파티우스

질베스타의 숙부이자 칼스테드의 아버지. 로제마인에게는 할아버지가 된다.

칼스테드
에렌페스트의 기사단장이자 빌프리트와 페르디난드의 사촌형. '귀족' 로제마인의 호적상 아버지.

엘비라
칼스테드의 제1부인. '귀족' 로제마인의 호적상 어머니.

기사단장 일가

에크하르트
칼스테드의 장남. 페르디난드의 호위 기사.

램프레히트
칼스테드의 차남. 빌프리트의 호위 기사.

코르넬리우스
칼스테드의 삼남. 로제마인의 견습 호위 기사.

오틸리에
시종. 엘비라와 친분이 있는 상급 귀족.

로제마인의 측근

안게리카
견습 호위 기사.
마검 슈팅루크를 기르는 중급 귀족.

리카르다
필두 시종.
세 보호자의 어린 시절을 꿰고 있는 상급 귀족.

브리기테
호위 기사.
기베 일크너의 여동생으로 중급 귀족.

다무엘
호위 기사.
무녀 시절부터 호위역을 맡고 있는 하급 귀족.

제3부 **영주의 양녀** Ⅴ

일러스트 시이나 유우　**지도제작** 후지시로 요　**번역** 김 봄　**디자인** 백진화

편집 김일철　**교정** 김남훈　**마케팅** 김정훈　**주간** 박관형

제 3 부

영주의 양녀 V

프롤로그

"그럼 저쪽에서 대화를 나누실까요?"

로제마인이 문 쪽을 바라보았다. 이는 귀족으로서의 품위를 유지해야 하는 대화는 끝났음을 알리는 신호였다. 벤노와 마르크는 프랑의 안내를 받으며 고아원 원장실에 있는 마법으로 만들어진 비밀의 방에 들어갔다.

'영주의 양녀 로제마인'이 아닌 '마인'과 대화할 수 있는 이 방에는 호위 기사든 신전 시종이든 평민이었을 시절의 로제마인을 아는 자만이 동석할 수 있다. 그래서 벤노가 신전에 데려가는 사람은 대체로 마르크와 루츠뿐이다. 다미안도 마인으로 지내던 시절을 조금 알긴 하지만 로제마인이 불편해하는 기색이기에, 데려갈지 말지는 벤노가 신중하게 정했다. 다른 상점에서 파견된 다루아들은 신전에서 이뤄지는 협상 자리에 동석하지 못해 불만을 터트렸지만, 지금 현재로선 "성에서 판매할 때 동석하도록 해 줬잖아?"라며 벤노가 회피하고 있는 처지다.

'성과 거래가 늘어나면 다루아들의 불만도 해소되겠지만, 가식과 아부가 넘쳐나는 협상 자리에서 가장 중요한 이 녀석이 이상한 돌출 행동을 한단 말이지.'

평민 중에서도 빈민 출신이면서 청색 견습 무녀를 거쳐 영주의 양녀가 된 로제마인은 여러 의미로 상식이 꼬여 있다. 복잡한 표현 없이도 대화할 수 있는 장소가 없으면 어떤 식으로 폭주하게 될지를 오래 알고 지낸 벤노도 가늠할 수 없었다. 그런데 영주의 양녀가 되어 버린 탓에 약간의 생각과 발언으로도 그 영향력이 막대해졌다.

"이쪽으로 오십시오, 벤노 님."

벤노가 프랑이 권해준 의자에 앉자 마르크가 그 뒤에 섰다. 프랑이 준비한 차를 귀족의 예법에 따라 마시면 대화가 시작된다. 길이 일크너로 떠나 버리고 프랑이 비밀의 방에 출입하면서부터 비밀의 방 안에도 조금씩 귀족의 관습이 스며들게 되었다.

'조금씩 바뀌는 이곳을 언제까지 상담 장소로 쓸 수 있으려나?'

문득 그런 생각이 들었다. 로제마인과 조금이라도 빨리 귀족의 표현으로 의사소통을 할 수 있게 되지 않으면 일이 성가시게 될 것 같았다.

"그런데 이번 용건은 뭐냐? 새로운 종이가 완성되었다고 들었다만……."

벤노가 찻잔을 놓고 운을 떼자 프랑이 광택이 나는 종이와 편지를 테이블에 늘어놓았다. 가식적인 표정을 지운 로제마인이 금색 눈동자를 초롱초롱하게 빛내며 기세등등하게 웃었다.

"벤노 씨, 이게 바로 일크너에서 보낸 새로운 종이예요. 잉크 공방 장인인 하이디에게 보내서 연구하게 하세요. 표면이 매끈매끈한 소재니까 여기에 흡수되는 잉크를 연구해 달라고 전해 주세요."

"알았다."

루츠와 길을 일크너에 보냈을 때는 솔직히 종이 제작 방법만 가르쳐 주면 충분하다고 생각했던 벤노였다. 설마 이렇게 빨리 새로운 종이가 만들어질 줄은 꿈에도 생각하지 못했다. 새로운 종이를 들고 손가락으로 표면을 쓰다듬으니 입꼬리가 올라갔다. 여기에 잉크를 묻힐 수 있다면 다양한 신상품이 나올 것 같았다. 그런 생각을 하고 있으려니 "나도 연구하고 싶은데." 라고 중얼거리는 로제마인의 목소리가 들렸다.

"각자의 영역이 있으니까 어쩔 수 없어. 잉크 연구는 영주의 양녀가 할 일이 아니야. 넌 쓰러지지 않게 건강을 챙기면서 귀족 사회에서 영향력을 키워 둬. 귀족들의 다툼에 인쇄업이 통째로 날아가면 곤란하니까. 알겠어?"

그냥 놔뒀다가는 아무런 자각도 없이 상식을 초월한 소동을 일으키는 로제마인이었다. 벤노는 각자의 영역을 침범하지 않도록 미리 못을 박아 두었다. 그렇다고 폭주를 멈출 로제마인이 아니지만 두 손놓고 있는 것보다는 낫다.

"귀족과 교류하는 일보다 종이 만들기가 훨씬 재밌지만, 시작해 버린 이상 제가 인쇄업을 지켜야 하니까 노력할게요."

로제마인은 귀엽지도 않은 뾰로통한 표정을 지었다. 하지만 벤노는 그 자리가 엄청난 노력으로 유지되고 있음을 안다. 평민 상인으로 성에 출입하는 자신조차 말투나 행동을 바꾼다는 게 쉽지 않다. 주변이 항상 시종으로 둘러싸인 상황에서 평민의 딸이 영주의 양녀로 생활한다는 것은 웬만한 노력으로는 불가능하다.

"그래, 제발 좀 지켜 줘. ……그나저나 제법 딱딱하네. 이 종이는 어디에 쓰려고?"

파닥파닥 흔들면 팔랑팔랑 소리가 나는 종이를 요렇게 말아도 보고 빛에 비쳐도 보면서 벤노가 물었다. 로제마인은 "트럼프로 만들까 해요. 굉장히 쓰기 편해질 거예요." 라고 말했다. 지금은 얇은 판자로 만드는 장난감을 종이로 만들고 싶은 모양이다.

'고아원에 겨울 수작업으로 매년 인고 공방에 주문하는 판자 거래를 끊게 된다는 생각까진 못하는 모양이군.'

인고의 입장도 헤아리라고 지적하는 편이 좋은지, 아니면 로제마인에게는 그런 상식에 구속되지 않고 자유로이 발상할 수 있게 놔두는 편이 좋은지 벤노는 고민했다.

"신관장님은 쥘부채가 마음에 드신 것 같던데 그걸로 머리를 맞고 싶지 않단 말이죠. 아, 제 말 좀 들어 보세요, 벤노 씨. 글쎄 신관장님이 얼마나 심했냐면요……."

로제마인은 일크너에서 보낸 이 종이로 신관장과 뭘 했는지, 신관장이 얼마나 자기에게 심하게 대했는지를 구구절절 늘어놓기 시작했다.

'시, 시시해.'

벤노의 몸에서 힘이 쭉 빠졌다. 등 뒤에서 마르크가 피식 웃는 소리가 들렸고, 진지하게 고민하는 자신이 우스워졌다.

'어차피 로제마인은 계속해서 특이한 물건을 가지고 싶어 하겠지. 인고도 거래 하나 없어졌다고 금방 곤란해지진 않을 거야.'

인고가 일이 없어졌다고 불평하기 전까지는 내버려 두자는 결론에 도달한 벤노는 "그 종이 가격은 어쩔 셈이냐?" 하고 열변하는 로제마인의 말을 끊었다. 화제를 돌려도 딱히 불만을 보이지 않은 로제마인은 잠시 고민했다.

"가격은 잉크 연구가 끝난 뒤에 고민해도 좋을 것 같아요. 사용하지 못하면 의미가 없으니까요."

"……하긴 연구가 먼저긴 하지."

벤노가 그렇게 말하며 새로운 종이와 루츠가 보낸 편지를 정리해서 마르크에게 건넸다. 그러자 로제마인이 서자판을 꺼냈다. 오늘 의논해야 하는 사항을 적어 뒀는지 고개를 까딱까딱하며 서자판을 내려다본다.

"핫세에 설치하기로 한 펌프는 어떻게 됐어요?"

"요한 공방 쪽 우물에 설치하려던 시제품을 작은 신전에 설치하기로 했어. 자기네 차례가 또 밀렸다며 요한이 한탄하더군."

하나는 신전 우물에 뺏기고, 하나는 성에 바칠 헌상물로 만들어야 했고, 또 작은 신전에 뺏기다니…… 라며 요한이 어깨를 떨구었다고 전하자, 로제마인이 뺨에 손을 대고 고개를 갸웃거렸다.

"요한이 부품 만드는 장인을 빨리 키우지 않는 이상 별다른 도리가 없겠죠?"

펌프의 부품 하나하나가 너무 복잡하고 세밀해서 현재로서는 요한밖에 만들 사람이 없다. 설계도는 있지만 모든 부품을 만들 장인이 없는 셈이다.

"금방 만들 수 있는 녀석이 나타나겠지. 네가 요한과 자크라는 젊은 장인을 후원한다는 소문이 퍼져서 젊은 장인들이 실력을 기르려고 아등바등한다니까."

"흠, 그래요?"

"그래. 대장간 협회장이 그러더군. 그리고 자크가 동네방네 자랑했는지, 네가 자크와 요한에게 공방을 주려 했다는 얘기까지 대장장이들 사이에 소문이 퍼졌다더라. 개인 공방을 갖고 싶어 하고 실력에 자신 있는 자들의 경쟁이 치열하다던데."

영주의 양녀가 의뢰하는 주문량이 단숨에 늘고 펌프 설계도까지 공개되면서 대장장이들이 너도나도 의욕을 불태우고 있다. 그런 평

민촌의 상황을 보고하자 로제마인이 금색 눈동자를 반짝이며 기쁜 듯
활짝 웃었다.

"요한만큼 정확하고 섬세한 솜씨가 있고 자크만큼 아이디어가 풍
부한 장인이라면 몇 명이고 구텐베르크로 맞이할게요. 꼭 소개해 주
세요."

벤노의 얼굴이 확 굳어졌다. 로제마인이 재능 있는 젊은 장인들을
하나둘 구텐베르크로 거두어서 장인 업계가 엉망진창이 되는 미래가
보였다. 평민촌의 평화를 위해 현재 상태를 최대한 유지해야 했다.
그렇게 생각하면서도 벤노의 입에서는 로제마인을 훈계하는 말이 나
오지 않았다.

"……알겠다. 일단 대장간 협회장에게 전해 두마."

제지업과 인쇄업이 확장되면 구텐베르크들의 부담이 상당히 커질
게 뻔하다. 그렇다면 구텐베르크의 수를 늘려서 개개인의 부담을 덜
어 주자는 계산이 순간적으로 작동했다. 로제마인이 고안하는 것들은
이익은 크지만 상당히 번잡하고 손이 많이 간다. 젊은 장인이 자진
해서 로제마인의 까다로운 요구에 휘둘려 준다면 벤노에게도 이득은
있다.

'꼭 나만 고생하라는 법은 없지.'

"아, 그렇지. 오늘은 돌아가기 전에 공방을 시찰해도 될까? 사무적
인 보고는 올라오지만 루츠와 길이 자리를 비우면서 세세한 연락까지
는 주고받지 못해서 말이야."

최근에는 '공방에서 일하는 회색 신관이 이렇게 고쳐 달라더라'
'회색 신관이 이런 말을 하던데 상품으로 만들 수 없겠느냐' 등, 업
무 도중에 얻을 수 있던 정보가 완전히 끊겨 버렸다. 루츠와 길을 비

롯한 공방 정예를 일크너에 파견한 탓에 공방 내에 어떤 변화가 있는 지, 구텐베르크들을 파견하는 데 딱히 불만 사항은 없는지, 벤노는 일단 자기 눈으로 확인하고 싶었다.

"벤노 씨가 공방에 간다고 세세한 정보는 얻지 못하겠지만, 공방 상황을 확인하는 건 상관없어요. 프랑, 프리츠에게 연락을 넣어 주세요."

"알겠습니다."

프랑이 비밀의 방을 나가자, 논의할 거리가 대충 끝나서인지 침묵이 찾아왔다. 로제마인이 화젯거리를 찾는 듯 눈동자를 굴리다가 "아!" 하고 손뼉을 쳤다.

"그러고 보니 벤노 씨. 투리는 어떻게 됐나요? 열심히 일하고 있어요? 열 살이 된 후로 매일 일하러 가니 고아원에 올 기회가 거의 없어요."

로제마인이 어깨를 떨구며 투리의 상황을 물었다. 지금은 루츠가 일크너에 장기간 출장 중이라 평민촌에 있는 가족에게 편지도 보내지 못하고 근황도 듣지 못해 한층 더 외로움을 타는 듯하다.

"써 두고는 보내지도 못한 편지를 껴안고 맨날 쓸쓸히 풀죽어 있다고요. 벤노 씨가 대신 투리에게 편지를 전해 주면 안 되나요?"

"일단 명목상 플랑탱 상회와 길베르타 상회는 다른 상점이 되었는데……."

지금 플랑탱 상회는 한창 이전하는 중이다. 다른 상점에서 투입된 다루아들의 눈도 있고, 완전히 이전이 끝나기 전까지 접촉하지 않는 편이 좋다는 생각에 최대한 길베르타 상회에 출입을 삼가고 있다. 그런 상황에서 벤노와 마르크가 투리에게 편지를 주면 너무 눈에 띌 터였다.

"코린나가 전해 주게 할 수도 있지만, 최대한 사람 눈에 띄지 않는 편이 좋아."

이 비밀의 방에서 루츠가 편지를 건네받고 그대로 마인의 집에 전해 주는 건 딱히 문제가 없다. 하지만 벤노가 코린나에게, 또 코린나가 투리에게 전해 주게 되면 다른 사람이 편지의 존재를 알게 될 확률이 커진다.

"특히나 코린나가 투리에게 전해 주면 더 눈에 띄어. 새로운 다프라로 발탁된 빈민 출신 투리가 코린나에게 뭘 받았는지, 편지에 뭐라고 쓰여 있는지가 주목의 대상이 될 거야. 스스로 정보를 흘리는 짓은 하지 마."

"……그렇겠죠? 수확제까지 참아야겠네. 외로워."

로제마인은 깊은 한숨 한 번으로 가족을 향한 사랑을 봉인했다. 얼마나 가족을 그리워하는지 알고 있는 벤노의 눈에는 어른스럽게 쉬이 체념하는 모습이 조금 딱해 보였다. 머리를 벅벅 긁으면서 뭔가 가족과 연관되는 화제가 없는지 생각했다.

"아, 그렇지. 로제마인, 올해 수확제는 어떻게 돼? 신관이 이동하나? 마차를 준비할까?"

"준비해 주세요. 에렌페스트에서 핫세로 이동할 신관과 핫세에서 에렌페스트로 이동할 신관이 있으니까 꼭 부탁할게요."

벤노가 뒤돌아보자, 마르크가 곧바로 서자판에 메모하는 모습이 보였다. 마르크가 의미심장하게 벤노를 바라본 뒤, 로제마인을 쳐다보았다.

"로제마인 님, 마차와 식재료는 저희가 준비하겠습니다. 그러니 이번에도 문지기 병사들 앞으로 호위 업무 의뢰 편지를 써 주시겠습니까?"

"맡겨 주세요."

권터를 만날 수 있는 몇 안 되는 기회라고 생각했으리라. "당장 문에 보낼 편지를 써야지……." 라고 말하는 로제마인의 목소리에 조금 힘이 실렸다.

"그리고 고아원 겨울 준비는 작년과 마찬가지로 길베르타 상회와 합동으로 진행해 줘. 길베르타 상회에도 로제마인 공방의 거래를 남겨 두고 싶으니까."

"알겠어요. 아, 그럼 이왕에 회색 신관이 헌 옷을 사러 갈 때 투리를 안내 담당으로 붙여 줄 수 있나요? 급료 대신 옷을 사 주겠다고 전해 주세요. 그렇게라도 사러 보내지 않으면 투리는 작아진 옷도 계속 입으려고 하겠죠. 그럼 분명 코린나 씨 공방에서 겉돌 거예요."

그 예상은 옳았다. 코린나의 공방에 소속된 재봉사는 대부분 유복한 집안 출신이다. 큰 상점인 길베르타 상회와 관련이 있는 집안이 아니면 고용하지 않으므로 자연스럽게 부유층이 모인다. 그런 가운데 빈민층 출신인 투리가 영주 양녀의 머리 장식 장인으로 선발된 셈이다. 루츠와 마찬가지로 바로 어울리기 힘들다는 말을 코린나에게 들었다.

"그렇지만 투리에겐 루츠라는 모범 모델이 있고, 자작 린샴으로 몸차림도 깨끗하게 할 줄 알고, 귀엽고 솔직하고 성격도 좋고, 머리 장식으로 매상에도 공헌하고 있으니까 복장만 갖추면 문제없지 않을까 해요. 그 부분은 코린나 씨나 오토 씨한테도 신경을 써 달라고 전해 주세요."

루츠가 길베르타 상회에 적응한 것도, 플랑탱 상회를 이끄는 다프라로 계약한 것도 전부 로제마인의 배려가 있었기 때문이다. 앞으로도 이 인연을 끊을 의향이 없다고 확신을 주는 그 말이 벤노에겐 이래저래 기뻤다.

"알겠다. 말은 해 두겠는데 넌 정말 투리를 좋아하는구나?"

"투리는 제 천사니까 당연하죠."

로제마인이 자랑스럽게 말하며 가슴을 펼 때 공방 견학 준비를 마친 프랑이 프리츠를 데리고 돌아왔다.

프리츠의 안내를 받으며 공방에 들어간 벤노와 마르크는 주변을 쭉 둘러보았다. 회색 신관들이 일하는 모습을 언뜻 보아하니 딱히 문제는 없어 보였다.

"벤노 님. 갑자기 방문하신 이유라도 있으십니까?"

"공방 상황을 보러 왔을 뿐이야. 여름 판매는 순조로웠다. 아마 겨울 막바지에 열릴 판매에서도 새로운 책이 많이 팔릴 텐데 루츠와 길이 일크너에 가도 문제가 없는지 신경이 쓰였거든."

"보고를 드린 대로입니다. 공방에 큰 문제는 없습니다."

조금 딱딱한 프리츠의 태도를 눈치챈 마르크가 최대한 온화하게 웃으며 "저희도 큰 문제가 생겼다고 생각하진 않습니다."라고 동의했다. 벤노도 상대방의 경계심이 풀리도록 장사치의 미소를 띠었다.

"지금까지는 업무 중에 들은 문제점을 루츠가 종종 귀띔해 주었는데, 일크너에 간 후로 그런 얘기를 들을 수가 없어서 조금 신경이 쓰였던 것뿐이다. 작은 문제라도 상관없어. 뭔가 없나? 정예가 몇이나 자리를 비운 상황에 문제점이 전혀 없다고 생각하기도 어려운데."

마르크와 벤노의 말에 프리츠가 깜짝 놀라 갈색 눈을 크게 떴다.

"루츠의 제안으로 공방이 조금씩 개선된 적이 여러 번 있었는데, 벤노 님께 상담했던 거군요. 사실 길과 회색 신관들이 막 이동했을 무렵에는 이런저런 불편도 있었지만 어느 정도 익숙해졌고, 저희끼리 조금씩 고쳐 나가고 있습니다. 앞으로는 세세한 점도 보고하도록 하겠습니다."

루츠에게 받은 보고로는 프리츠는 공방의 토대가 흔들리지 않도록 잡아 주는 존재이며 루츠와 길이 대립할 때면 중재 역할을 맡는다고 들었다. 몇 마디 대화로 금방 이쪽의 요구를 정확히 잡아내는 예리함이 훌륭했다. 로제마인의 시종이 아니라면 자기 상점으로 빼 오고 싶다는 생각을 하면서 벤노는 프리츠에게 예견되는 앞날을 전했다.

"일크너 장기 출장 건이 성공하면 에렌페스트 내에 제지업과 인쇄업이 확장되겠지. 그렇게 되면 지금처럼 루츠와 길을 각지에 파견하는 일이 늘어날 거다."

이 상태가 일상적인 형태가 될 수 있으니 뭔가 불편한 점이나 고칠 점이 있다면 일찌감치 말해 줬으면 좋겠다고 벤노가 말했다. 잠깐 고민하던 프리츠가 싱긋 웃었다.

"로제마인 님께서 신전장과 고아원 원장으로 계시는 동안에는 걱정 없습니다. 저희 요구를 헤아려 주시는 분이니까요."

그 말에 이번에는 벤노가 깜짝 놀랐다. 플랑탱 상회가 고민해야 할 것은 회색 신관들의 장기출장보다 로제마인이 신전장 자리에서 물러나고 지금처럼 신전에 있는 비밀의 방에서 의사소통을 하지 못하게 됐을 때라고 지적받은 듯했기 때문이다.

"프리츠, 단도직입으로 물으마. 로제마인이 신전장직을 그만둔다는 소문이라도 있느냐?"

공방 전체가 술렁였다. 주목을 받은 프리츠가 벤노를 힐난하듯 살짝 노려보았다.

"그런 소문은 없습니다. 어차피 성인이 되시면 영주의 양녀로서 성결식을 치르셔야 하니 신전장직에서 물러나시게 됩니다. 그 정도는 신전 관계자라면 누구나 아는 사실입니다. 신전에 있는 자는 결혼할 수 없으니까요."

명확한 기한 제시에 침을 꿀꺽 삼킨 벤노와 달리, 회색 신관들은 프리츠의 말에 "뭐야, 그런 말이었어?" 하고 동의하듯 고개를 끄덕이며 각자의 작업으로 돌아갔다. 공방이 재기동한 것을 확인한 프리츠가 입구를 가리키며 벤노와 마르크에게 여기에서 나가자고 제안했다. 벤노는 근처에 있던 회색 견습 신관에게 격려의 말을 건네며 밖으로 나갔다.

"프리츠, 로제마인 님이 성인이 되시기 전까진 정말 이 상태가 유지될까?"

"성인이 되시기 전까지 신전장을 맡으실 예정이라고 프랑에게 들었습니다. 하지만 계속 지금처럼 로제마인 님을 통해서 거래하진 못할 겁니다. 성인식을 맞이하기도 전에 비밀의 방에 남성이 드나든다는 비난이 쏟아질 테고 출입이 금지되겠지요. 비밀의 방은 귀족에게 상당히 개인적인 방이거든요."

프리츠의 말로 비밀의 방은 원래 반려자가 아닌 다른 이성이 들어갈 수 없는 장소라고 인지했다. 그것이 귀족의 상식이라면 평민 상인이나 회색 신관들을 들여보내도록 놔둘 리가 없다. 지금은 로제마인이 귀족이 된 지 얼마 안 되었고, 귀족의 상식이 부족한 데다 정신 안정을 위해 평민과의 연결고리가 있어야 하고, 용모가 어리기도 하여 후견인인 신관장이 허용해 주고 있을 뿐이다. 조만간 비밀의 방을 이용하지 못하게 될지도 모른다.

"……신전에서는 비밀의 방이 허용되는 기간을 언제까지라고 예상하나?"

"딱 잘라 말씀드리기 어렵습니다. 하지만 귀족원에 가시게 될 열 살에는 금지되지 않겠습니까? 길게 잡아 약혼자가 정해지기 전까지겠지요."

열 살이 되기 전까지라면 앞으로 2년 정도일까. 언젠가 비밀의 방을 쓰지 못하게 되지 않을까 생각은 했지만 예상보다 훨씬 시간이 부족했다. 초조해하는 벤노를 바라보던 프리츠가 동정하는 듯한 미소를 지으며 입을 열었다.

"저도 조금은 초조합니다. 저나 길 같은 시종은 만약 로제마인 님께서 신전을 떠나시더라도 고아들이 굶지 않도록 자발적으로 돈을 벌어 공방을 운영하라는 명령을 받았습니다. 하지만 길은 로제마인 님이 신전을 떠나는 날을 예상하기 어렵겠지요. 그러면 예전에 주인을 신전에서 떠나보낸 경험이 있는 제가 훗날을 대비해야 합니다."

로제마인의 중개 역할이 없어도, 길이 없어도, 플랑탱 상회와 긴밀하게 연락을 주고받을 수 있어야 한다고 프리츠가 말했다. 초조하다면서도 프리츠의 태도에서는 초조함이 전혀 느껴지지 않았다. 온화한 미소 속에서 강한 심지를 느낀 벤노는 눈을 깜빡였다. 지금까지 몇 번인가 보고를 받고 업무 얘기를 나눴지만, 처음으로 프리츠와 제대로 대화한 느낌이 들어서였다.

"앞으로는 플랑탱 상회에 자주 갈 생각입니다. 벤노 님, 잘 부탁드립니다."

"이쪽이야말로 잘 부탁한다."

길과 루츠가 장기 출장으로 자주 공방을 비우게 되면 프리츠와도 관계가 탄탄해져야 한다. 두 사람은 시선을 나누며 악수했다.

공방을 나온 벤노와 마르크는 마차에 올랐다. 신전장의 어용상인으로 신전에 올 때는 꼭 마차를 써야 해서 조금 귀찮지만, 하는 수 없었다. 문이 닫히고 덜그럭거리며 움직이기 시작한 마차 안에서 벤노가 한숨을 푹 쉬었다.

"마르크, 약 2년이다. 지금까지 해 왔듯이 비밀의 방에서 협상을 하지 못할 때를 대비해서 준비가 필요하겠어. 방법이 있겠나? ……특히나 로제마인이 걱정이다만."

벤노는 루츠의 편지를 집었다. 루츠가 없어서 평민촌에 있는 가족과 편지를 주고받지 못한다며 풀이 죽은 로제마인의 모습이 뇌리에 스쳤다. 비밀의 방에서 대화하지 못하면 투리나 가족과도 접점이 더욱 줄어드리라. 그러면 로제마인에게 상당한 정신적 부담이 되지 않을까.

"그런 걱정은 우리가 어떻게 할 수 있는 일이 아닙니다, 주인님. 우리가 로제마인 님을 위해 해야 할 일은 전속 장인으로 머리 장식을 거래하게끔 투리를 단련하고, 루츠를 성에 들일 수 있게 교육하고, 귄터에게 핫세 이동 호위를 맡기는 현재 상태를 유지하는 겁니다. 프리츠에게 얻은 중요한 조언을 최대한으로 살려서 대응하는 방법밖엔 없습니다."

지금까지 했던 대로 하면 된다며 마르크가 가볍게 웃었다. 구체적인 제시에 벤노는 조금 마음이 편해졌다.

　"하긴, 머리를 싸매 봤자 별 수가 없네. 아무리 대비해 봤자 녀석은 우리의 예상을 훌쩍 뛰어넘을 테니까."

　벤노가 피식 웃었을 때 마차가 플랑탱 상회 앞에 도착했다. 마부가 문을 열어 주었다. 마차에서 내리자 여름의 끝과 가을의 초입이 느껴지는 선선한 바람이 지나갔다.

새로운 고아와 그림(Grimm) 계획

오늘은 오후부터 핫세 촌장인 리히트와 면담이 있어 점심을 먹으면 출발이다. 동행하는 사람은 나의 호위 기사 두 사람과 시종인 프랑과 모니카, 페르디난드의 호위 기사 에크하르트, 또 문관 대표 유스톡스다.

"공주님의 기수에 타길 얼마나 기대했는데요."

"미안하지만 유스톡스는 태울 수 없어요."

"네!? 어째서죠!?"

설마 거절할 줄 몰랐던 걸까. 충격받은 유스톡스의 얼굴에 내가 더 놀랐다. 저번에 유스톡스를 태웠을 때 성가셨던 기억을 잊을 수가 없다.

"유스톡스는 계속 말을 걸어서 엄청 방해돼요."

"공주님, 말이 좀 심하신 것 같은데요……."

"좋게 말하면 억지로 타려고 할 거잖아요? 저도 학습했어요."

유스톡스가 상처받은 표정을 지었지만 따끔하게 말해도 듣지 않은 사람이 누구였는가.

"로제마인한테 거절당했으면 포기하고 자기 기수를 타고 가라, 유스톡스."

"아아, 나의 즐거움이……."

페르디난드의 말에도 유스톡스는 여전히 아쉬워하며 레서버스를 쳐다보았다. 페르디난드는 한심하다고 중얼거리며 제꺽 자기 기수를 꺼냈다.

"유스톡스, 기수를 꺼내든 귀족가로 돌아가든 마음대로 해라. 자, 로제마인. 준비가 끝났으면 출발하자."

기수를 타면 핫세까지는 금방이다. 미리 연락을 해 두어서 촌장인 리히트를 비롯한 주변 농촌 촌장들이 현관 앞에서 무릎을 꿇고 기다리고 있었다. 수확제가 시작되는 가을 직전이라 바쁜데도 참 고생이 많다.

기나긴 인사를 끝내고 저택 안으로 들어갔다. 응접실 안에는 은은한 향이 감돌았고, 장식된 꽃과 갓 짠 과즙이 준비되어 있었다. 프랑이 맛을 본 과즙을 한 모금 마시고, 나는 옆에서 마찬가지로 과즙을 마시는 페르디난드를 올려다보았다.

역시 리히트는 '신들의 사자에게 달콤한 과실과 계절에서 가장 아름다운 꽃을 바치고, 천을 준비하고, 향을 피워 신앙심을 보이겠습니다'라는 인사말이 무슨 의미인지 모르는 듯했다.

"리히트, 올해 수확은 어때요? 의식을 지내지 못한 영향이 컸나요?"

"네. 예상대로 심각합니다. 내년 봄에는 기원식을 열 수 있으면 좋으련만……."

어깨를 떨군 리히트와 마찬가지로 촌장들도 고개를 푹 숙였다. 정성을 다해 밭을 일궈도 축복을 받지 못한 땅에서는 작물이 잘 자라지 않는다. 기원식을 열지 못했으니 어쩔 수 없는 결과다.

"오늘은 신전의 결정을 알리러 왔어요. 영주에게 반항심이 없는지, 봄에 기원식을 열어도 될 만큼 정말 반성하는지 확인하기 위해 올해 겨울엔 회색 신관 두 사람이 핫세에 체류할 겁니다.”

리히트가 고개를 홱 쳐들었다. 아직도 신용받지 못하고 있는가, 라는 감정이 표정에 드러났다. 마을이 하나가 되어 노력하는 만큼 그 심정은 이해되지만, 귀족을 상대로 감정을 드러내지 않는 연습이 필요한지도 모르겠다.

“물론 확인도 필요하긴 하지만, 제 진짜 목적은 따로 있어요.”

“진짜 목적, 이요?”

나는 눈을 끔벅이는 리히트와 시선을 마주치면서 최대한 엄중하게 고개를 끄덕였다.

“네. 겨울 저택에 체류하는 동안 핫세 주민에게 올바른 귀족 대응법과 서류 작성을 가르치는 것이 목적이에요. 전 신전장이 오래 재위한 탓에 잘못된 대응 방법이 정착된 것 같으니까요.”

“그렇습니까? 대체 어떤 점이?”

어떤 부분이 잘못되었는지 전혀 깨닫지 못했는지, 당혹스러운 듯 리히트의 눈동자가 흔들렸다. 전 촌장이 ‘멀고 높은 곳으로 이어지는 계단을 오르셨다’라는 말이 죽음을 의미하는 줄 모르고 건방진 태도로 일관했던 사실을 떠올렸는지도 모른다.

“당신이 내게 매번 보내는 편지의 끝인사가 어떤 의미인지 모르지요?”

리히트는 “의미요?”라고 말하면서 불안한 듯 번갈아 우리를 쳐다보았다. 페르디난드가 천천히 방에 장식된 꽃으로 시선을 옮겼다. 리히트도 이끌리듯 꽃을 쳐다보았다.

“그대가 쓴 편지의 끝인사는 귀족들 사이에선 ‘신관이 방문하실 때 술과 여자와 금품을 준비해 둘 테니, 부탁을 들어주십시오’라는 의미로 쓰인다."

"아니!? 그, 그런 의미일 줄은 몰랐습니다……."

의미를 알고 핏기가 싹 가신 리히트가 새파랗게 질려서 허둥지둥 변명하려고 했다. 그도 그렇다. 여태껏 편지에 써 왔던 말이 그런 의미였다는 사실을 알면 누구라도 당황하리라. 또 무례를 범해 버렸나, 하고 다른 촌장들도 눈을 크게 뜨고 안색이 바뀌었다. 겨우 벌이 끝나려는 시기에 또다시 새로운 벌이 내려질까 봐 공포에 떨었다. 그런 주변 반응을 본 페르디난드가 한숨과 함께 가볍게 손을 저었다.

"위에 선 자가 대물림되는 사이에 본래의 의미는 잊혀지곤 하는 법이다. 술도 여자도 준비되어 있지 않은 방을 보아하니 진짜 의미를 몰랐던 게 명백하구나. 이번엔 딱히 벌을 내리진 않겠다. 하지만 만약 다른 귀족이 처음 이 편지를 읽었다면 어떻게 받아들였을지, 알겠지?"

"압니다. 정말 대단히 송구합니다."

리히트는 얼른 무릎을 꿇고 고개를 숙였다. 촌장들도 그 뒤를 따랐다.

"겨울 동안 회색 신관을 파견할 테니 그들에게 배우세요. 귀족 특유의 표현을 모르면 앞으로도 똑같은 사태에 빠질 겁니다. 난 핫세에더는 불행한 오해가 일어나지 않길 바랍니다."

"신전장님의 배려에 깊이 감사드리며 회색 신관에게 감사히 가르침을 받겠습니다."

리히트와 촌장들이 감동에 찬 눈으로 나를 보았다. 자비로운 성녀님 대우를 받는 듯했지만 나는 딱히 성녀가 아니다. 그러므로 모두가 감동에 젖어 있는 이때 회색 신관의 대우에 관해서 제대로 약속을 받아 두자 싶었다.

"파견하는 회색 신관은 내 대리입니다. 회색 신관을 고아라고 업신 여기고 비웃는 일이 생겼을 땐, 그 즉시 그들을 작은 신전으로 돌려 보내겠어요. 충성심 확인도, 귀족의 표현을 가르치는 것도 전부 핫세 를 위해서라고 주민에게도 철저하게 알리도록 하세요."

이만큼 협박해 두면 파견하는 회색 신관이 공공연하게 끔찍한 경 험을 겪진 않으리라.

"겨울 동안 아무런 문제도 일어나지 않는다면 봄에 기원식을 올릴 수도 있을 겁니다. 조금만 더 긴장을 풀지 말고 힘내세요."

"감사합니다."

리히트가 어깨에 힘을 빼자 겨울 저택에 모인 촌장들도 조금 긴장 을 풀었다.

"그럼 핫세의 용건을 들어 볼까요."

"편지에 의뢰한 대로 고아 몇 명을 사 주십사 합니다. 솔직히 말해 서 겨울을 넘기기가 어려운 상태인데, 영주님께서 벌을 내린 마을이 라고 다른 곳에서는 사 주지도 않습니다."

영주의 벌이 집행 중인 핫세와 가까이하려는 자가 없는 듯했다. 고 아를 팔려고 해도 값을 터무니없이 깎아야 하는 상황이 쉬이 상상되 었다. 팔려가는 고아는 불쌍하지만, 내가 한 짓의 뒤처리인 셈치고 매수해도 상관은 없었다.

"고아를 살 수는 있습니다. 하지만 신전 고아원에 발을 들인 순간 부터 그 고아는 신관이나 무녀로 살아가야 해요. 두 번 다시 핫세 주 민으로 돌아갈 수 없습니다. 그러니 되도록 어린아이가 좋아요."

한 번 신전에 들어오면 나가기 어렵다. 특히 핫세 아이라면 이대로 촌장의 저택 고아원에서 성인식을 맞이하면 땅이 주어진다. 하지만 신전에 들어오면 평생 신관과 무녀가 되어 귀족의 입맛대로 움직여야 한다.

"어린아이가 좋으십니까?"

리히트가 눈을 동그랗게 떴다. 어느 정도 큰 아이가 아니면 노동에 쓸 수가 없어서 고아를 팔 때는 어린아이를 넣지 않는다. 아무리 해도 비싼 값을 받을 수 없기 때문이다.

"곧 성인이 될 고아라면 땅을 받고 독립할 미래를 짓밟는 것 같아 불쌍하고, 어린 쪽이 뭘 가르쳐도 흡수가 빨라서 신전의 방식에 금방 물든답니다. 작년에 사온 노라는 곧 성인이 될 나이여서인지 신전 생활에 익숙해지는 데 꽤 고생했다고 들었어요."

"그렇습니까……."

열 살이 되지 않은 고아들이 끌려 나왔다. 누더기 차림이지만 예전과 달리 체벌을 받는 것 같지는 않았다. 상처투성이인 아이도 보이지 않고, 모두 씻어서 깨끗했다. 가혹한 취급을 받지 않는다는 사실에 나는 안도의 한숨을 내쉬고, 리히트를 보았다.

"몇 명 데려가면 되죠?"

"가능하면 네 명 정도, 부탁드려도 되겠습니까?"

세례 전 아이 네 명을 사기로 합의했다. 문관인 유스톡스가 서류를 작성하고, 미성년자인 내 대리로 페르디난드가 결제했다. 그동안 나는 작은 신전에 이동하게 되어 불안해하는 아이들에게 미소를 지어 보였다.

"괜찮아요. 노라와 다른 아이들도 있으니까 아예 모르는 사람만 있진 않답니다."

나는 레서버스로 새 고아들을 데리고 작은 신전에 갔다. 노라와 아이들이 마중을 나와 신입 고아들을 환영해 주었다. 미리 연락을 받고 옷이나 침소 등도 다양하게 준비해 두었던 모양이었다. 낯익은 얼굴을 보고 긴장이 풀린 아이들의 표정에 나는 살짝 가슴을 쓸어내렸다.

　"여러분, 새로운 동료예요. 수확제까지 여기서 지내면서 신전 생활에 익숙해져야 합니다. 여러분은 이곳에서 겨울을 지내지만, 이 아이들은 나이가 어리니까 수확제가 끝나면 에렌페스트로 이동할 거예요. 노라와 세 사람은 처음 왔던 시절을 떠올리면서 조언해 주세요."

　"알겠습니다."

　이리하여 핫세 고아원에 새로운 고아가 늘었다.

　여름 성인식과 가을 세례식이 끝나면 수확제와 겨울 준비로 바쁜 계절이 된다. 그때 나는 핫세에 보낼 회색 신관을 선택해야 했다. 리히트와 촌장들에게 귀족의 예법을 가르칠 사람이 둘, 그리고 작은 신전에 배치할 교대 요원이 넷이다. 선택한다 해도 내가 고아원에 있는 사람들의 성격이나 일하는 자세를 전부 파악하고 있는 것은 아니다. 결국 평소에 그들을 잘 아는 인물에게 떠맡기는 셈이다. 바로 고아원을 관리하는 빌마와 공방을 관리하는 프리츠다.

　"모니카, 미리 연락을 넣어 줘요. 점심 후에 공방과 고아원에 가겠습니다."

　"알겠습니다."

　빌마를 만날 생각에 기뻐하는 모니카가 평소보다 가벼운 발걸음으로 나가는 모습을 바라보다 나는 브리기테를 돌아보았다. 이번이 좋은 기회일지도 모른다.

"저기, 브리기테. 전 오후부터 공방과 고아원에 가려고 하는데, 호위를 맡아 주겠어요?"

지금까지는 상업상의 이해타산과 귀족의 정보 누설을 고려해서 쓸데없이 정보를 흘리지 않으려고 항상 다무엘만 공방에 데려갔다. 하지만 일크너가 제지 공방을 세우고 앞으로 인쇄업을 도입한다면 브리기테에게 숨길 필요가 없다.

"일크너에도 공방을 세웠으니까 이제 숨길 필요가 없지요. 또 기베 일크너의 여동생인 브리기테라면 봐 두는 편이 좋을 것 같아서요."

내 말에 브리기테는 눈을 동그랗게 뜨더니 기쁜 듯 활짝 웃으며 무릎을 꿇었다.

"깊은 배려에 감사드립니다. 로제마인 님. 부디 함께하게 해 주십시오."

점심을 먹은 후, 나는 브리기테를 데리고 공방에 갔다. 귀족이라면 대부분 평민이 일하는 지층으로 가길 꺼리지만 일크너에서 보낸 생활로 보아 브리기테에겐 혐오감이 들지 않으리라.

"기다리고 있었습니다. 로제마인 님."

공방에 들어가자 모두가 그 자리에 무릎을 꿇고 기다리고 있었다. 내 시종인 프리츠가 대표로 인사했다. 나는 귀족에게 보내는 인사를 받고 고개를 끄덕였다.

"프리츠, 모두에게 작업을 계속하도록 하세요. 어떻게 일하는지 브리기테에게 보여주려고 합니다. 브리기테는 지금 길과 루츠가 파견된 일크너 영주의 여동생입니다."

"알겠습니다. 다들, 다시 작업에 착수하세요."

프리츠의 말에 모두가 일제히 움직이기 시작했다. 종이를 뜨고 인쇄기를 움직인다. 쿵! 탕! 하고 인쇄기의 압축판이 내는 큰 소리에 섞여 달깍달깍 금속활자를 짜는 소리가 귓속에 기분 좋게 울려 퍼진다.

"프리츠, 작업이 일단락되면 고아원에 같이 가 줬으면 하는데요⋯⋯."

"로제마인 님이 오신다고 해서 이미 작업을 끝내 뒀습니다. 브리기테 님의 견학이 끝나는 대로 언제든지 이동할 수 있습니다."

프리츠가 온화하게 눈을 가늘게 뜨며 말했다. 역시 우수한 내 시종이다. 프리츠는 공방의 어린 고아를 시켜 빌마에게 연락을 넣게 하고 회색 신관 몇 명에게 지시를 내리기 시작했다.

"브리기테, 이곳에서는 종이를 만들어요. 이쪽은 인쇄고요. 새로운 종이도 완성됐다고 들었는데 일크너에서 인쇄하게 되면 좋겠어요."

내 설명을 들은 브리기테가 초지틀을 흔들어서 종이를 만드는 모습을 흥미진진하게 바라보고 "일크너에서 새로운 종이가 완성되었군요⋯⋯."라며 미소 지었다.

잠시 공방을 둘러보고, 작업에 방해되지 않도록 일찌감치 나오기로 했다.

"브리기테, 슬슬 고아원에 가요."

아쉬워하는 브리기테에게 말을 걸자 모두가 일제히 일하던 손을 멈추고 무릎을 꿇으며 배웅해 주었다. 나는 공방 안을 휙 둘러보며 말을 걸었다.

"여러분이 일하는 모습을 볼 수 있어서 기쁘게 생각합니다. 앞으로도 힘써 주세요."

프리츠를 따라 여자동 지층에서 고아원으로 향하자, 회색 견습 무녀들이 수프를 만들던 손을 멈추고 벽 쪽에 붙어 무릎을 꿇었다. 그녀들이 전혀 놀라지 않은 이유는 미리 연락을 받았기 때문이리라.

"여러분 덕분에 고아원 모두가 따뜻한 수프를 먹게 되었어요. 많은 인원이 먹을 식사를 만들기 힘들겠지만, 노력해 주세요."

질질 끌다가 수프가 눌어붙으면 안 되므로 격려하면서 얼른 지나쳤다. 계단을 올라 식당에 들어가자 빌마가 무릎을 꿇고 기다리고 있었다.

"하실 말씀이 있다고 모니카에게 들었습니다."

나는 권해 주는 식당 의자에 앉아 빌마와 프리츠를 올려다보며 둘에게 회색 신관을 골라 달라고 부탁했다.

"핫세의 겨울 저택에 보낼 회색 신관을 둘. 그리고 작은 신전에 배치할 교대 요원 넷을 골라 주세요. 겨울 저택에 파견되는 사람은 편지 쓰는 방법과 함께 귀족다운 표현으로 서류를 작성하는 방법을 촌장들에게 가르쳐야 해요. 시종 경험이 있고, 사람을 잘 가르치고, 서로 협력할 만큼 사이가 좋은 두 사람을 골라 주세요."

겨울 내내 낯선 곳, 낯선 상식 속에 내던져지는 셈이다. 가뜩이나 고생할 텐데 서로 마음마저 맞지 않는 사람이면 고생이 배가 되리라.

"작은 신전에 이동할 사람은 남녀 각각 두 명씩 부탁해요. 견습생을 넣어도 상관없어요. 신입 고아들과 잘 지내 줄 사람으로 골라 줬으면 좋겠어요."

"알겠습니다."

용건을 끝낸 나는 신전장실에서 니콜라가 따라 주는 차를 마시면서 브리기테에게 물었다.

"공방을 견학한 감상이 어때요?"

"저렇게 종이가 만들어질 줄 몰랐는데, 정말 놀랐습니다."

"……그것 외에 뭔가 떠오르지 않았나요? 공방에서 일하는 회색 신관을 보고 느낀 건요?"

내 말에 브리기테가 진지한 얼굴로 볼에 손을 댔다.

"대화 하나 없이 정말 열심히 일한다고 생각했습니다."

"그러네요. 공방 사람들 모두 정말 부지런하게 일해 줘요. 하지만 브리기테가 봐 줬으면 했던 건 그것뿐만이 아니에요."

나는 굳은 표정으로 브리기테에게 몸을 돌렸다.

"수확제 때 제가 플랑탱 상회 사람들을 데리러 일크너에 가게 된 거, 이미 알죠? 그때 신관장님도 동행하게 되었어요. 내 후견인으로서 귀족의 영지에 세운 첫 공방과 그 성과를 확인하고 싶으시대요."

"너무나 큰 영광입니다."

브리기테가 싱긋 웃었다. 영주의 양녀인 내가 후원자가 되어 다른 귀족보다도 먼저 일크너에 제지업을 시행하게 되었다. 그때 영주의 이복동생인 페르디난드까지 시찰하러 방문하게 되었으니, 귀족의 시점에서 보면 영광인 셈이다.

"그러니 기베 일크너에게 신관장님께서 시찰하러 간다는 사실을 전하고, 조급히 영민을 교육하라고 하세요."

"……영민을 교육, 하라고요?"

브리기테가 생각지도 못한 말을 들은 것처럼 고개를 갸웃거렸다.

"네. 브리기테, 일크너 사람들은 기베와 사이가 꽤 가깝죠? 난 화기애애하고 정이 많은 일크너를 좋아하지만, 아마 신관장님은 그렇지 않을 거예요."

"일크너는 다른 귀족이 찾지 않는 시골 땅입니다. 조금 허물없게 느껴질 수도 있겠지만, 악의는…….."

"악의가 있고 없고는 관계없어요. 귀족에게 무례하게 구는 것은 한 마을을 멸망시키기에 충분한 이유가 되어 버리죠. ……난 핫세에서 일어난 사건으로 그렇게 배웠는데, 아닌가요?"

내 호위 기사로서 핫세 사태를 함께 지켜본 브리기테가 순간 새파랗게 질렸다.

지금까지는 귀족가와 가까워서 귀족이 빈번하게 방문하는 지역은 참 힘들겠다, 라는 가벼운 마음으로 봤을지 모르지만, 귀족이 드나들게 되면 일크너도 마찬가지다. 몰랐다는 말로 끝나지 않는다.

"지금까지는 찾아오는 귀족이 없어서 괜찮았겠지만, 앞으로는 달라요. 일크너는 다른 영지보다 앞장서서 제지업을 시작하게 되었어요. 어떻게 운영하는지, 이익이 나오는지 흥미를 느낀 다른 기베가 시찰하러 오겠죠. 그때 평민이 허물없이 다가가거나 무례한 행동을 하면 어떻게 될까요?"

"그런, 영민들을 교육하라니, 어떻게 하면…….."

갑자기 태도를 바꾸기란 어렵다. 수확제 전까지 수많은 영민을 교육하기도 막막하다. 하지만 영민을 지키고 싶다면 하는 수밖에 없다.

"일크너는 뒷배를 원해서 제지업을 시작했어요. 이제 되돌릴 수 없습니다. 귀족의 노여움을 사지 않게 영민을 교육해야 해요. 그래야 영민을 지킬 수 있어요."

나는 핏기가 싹 가신 얼굴로 꼼짝 않고 선 브리기테의 손을 조심스레 잡았다.

"내 공방 사람들을 봐요. 귀족에게 어떻게 예의를 보여야 하는지 다들 알고 있었죠? 핫세 사건을 기베에게 전하고, 회색 신관에게 배우게 하도록 하세요. 적어도 여름 저택에서 일하는 사람이나 가까이서 접하는 사람만이라도 교육받게 하세요. 난 일크너에서 핫세와 똑같은 사태가 일어나는 건 싫어요."

평화로운 일크너를 떠올리면서 그렇게 말했다. 브리기테는 울먹이는 얼굴로 고개를 끄덕였다.

"로제마인 님, 귀중한 조언을 주셔서 감사하게 생각합니다. 오늘 밤에라도 오라버니와 상담하겠습니다."

호위 중인 브리기테가 진지한 얼굴 아래로 불안을 감추게 된 한편, 나는 고아원의 파견 인원 선발을 끝내고 플랑탱 상회에 갖가지 준비를 의뢰했다. 수확제나 류엘 열매 수집으로 몇 번인가 논의를 거치는 사이에 눈 깜짝할 정도로 빠르게 시간이 흘렀다.

수확제가 코앞으로 다가왔다.

선택된 회색 신관들이 이동할 준비를 시작했다고 프리츠에게 보고받은 나는 그들을 격려하러 고아원으로 향했다. 큰 목갑을 안은 프랑과 잠, 작은 목갑을 든 모니카도 함께다.

고아원 식당에는 핫세에 가게 된 회색 신관들이 모여 있었다. 빌마가 한 사람씩 소개해 주며 인사를 마쳤다.

먼저 나는 핫세의 작은 신전으로 이동하는 두 신관과 두 견습 무녀에게 말을 걸었다.

"작은 신전에도 인쇄기가 들어왔다고 인고에게 연락을 받았어요. 지금 핫세에 있는 사람만으로는 일손이 부족하고 인쇄 방법도 모를 거예요. 당신들의 노력에 기대가 큽니다."

인쇄를 위한 추가 인원이다. 꼭 힘내줬으면 했다. "네!" 하고 씩씩하게 대답하는 네 사람을 둘러보며 고개를 끄덕이고 나는 프랑에게 시선을 돌렸다. 프랑은 품에 안은 목갑을 열어 내용물을 한 사람씩 나눠주었다. 저번과 마찬가지로 보상으로 주는 서자판이다.

"이건 핫세에서 고생하게 될 당신들에게 주는 내 선물입니다. 내 시종들이 쓰는 걸 봤을 테니 사용법은 알지요? 공유물이 아니라 여러분의 개인 물품이니까 잃어버리지 않게 꼭 이름을 새겨 두세요."

"황송합니다."

서자판을 받은 신관이 기쁜 듯 눈을 가늘게 떴고, 견습 무녀는 활짝 웃었다. 그 표정을 본 뒤, 나는 핫세의 겨울 저택에 가게 된 두 신관에게로 몸을 돌렸다.

"아힘, 에곤. 당신들에게도 이 서자판을 주겠습니다. 신전을 떠나 겨울 저택이라는 다른 세계에서 지내게 될 당신들이 가장 고생하겠지만, 두 사람이라면 해낼 거라 믿어요."

"로제마인 님……."

"두 사람이 할 일은 두 가지입니다. 먼저 이 내용을 촌장들에게 가르치세요."

나는 그렇게 말하며 잠이 가져온 목갑을 가리켰다. 그 속에는 핫세에서 가르쳐야 할 내용이 적힌 목패가 가득 들어 있다. 그 목패엔 귀족이라면 꼭 알아 둬야 할 편지 양식과 자주 쓰는 표현이 쓰여 있다. 참고로 이건 프랑이 평민이었던 나를 위해 준비해 줬던 소중한 목패로, 평민이 살 수 있을 정도로 책값이 떨어지게 되면 정리해서 교양 서적으로 출판하려던 것이다.

"겨울 저택에서 아무 일도 일어나지 않을 거라 믿지만 회색 신관이 고아라고 업신여기고 괄시할지도 몰라요. 참을성 있는 그대들이지만 그래도 못 참겠다 싶으면 곧장 작은 신전으로 몸을 피하세요. 그래도 됩니다. 핫세 촌장들에겐 그렇게 전해 뒀어요."

그리고 모니카를 쳐다보았다. 모니카가 들고 온 또 다른 목갑 속에는 트럼프, 카루타, 그림책 같은 오락용품이 들어 있다.

"겨울 저택엔 오락거리가 적을 테니 아이에겐 그림책을 읽어 주고 어른에겐 트럼프를 가르쳐 주면 좋은 교류가 되겠죠? ……다만 책은 비싸니까 반드시 당신들이 읽어 주기만 하세요. 무슨 일이 생겨도 핫세는 변상할 사정이 안 되니까요."

"알겠습니다."

고아원에서는 물건을 철저하게 소중히 다루기 때문에 아직 파손된 적이 없지만, 핫세에서는 순식간에 찢어지리라. 귀족도 구입을 망설일 정도로 비싼 책이다. 막 다루면 곤란하다. 판자로 만든 카루타나 트럼프는 쉽게 부서지지 않겠지만, 책은 쉽게 찢어진다. 조잡하게 다룬다면, 무례했던 예전 촌장에게 화냈던 것보다 더 크게 화를 낼 것이다. 틀림없다.

나는 모니카에게 눈짓을 보내어 상자에서 실패한 종이를 묶어 만든 노트와 잉크를 꺼내도록 했다. 새하얀 종이로 엮은 책자와 잉크를 아힘과 에곤에게 건넸다.

"두 번째 임무입니다. 핫세 사람들에게 민화를 수집해서 돌아와 주세요."

"민화 말씀입니까?"

"네. 귀족에겐 기사 전설이 있고, 신전에는 신화가 있듯이 평민에 겐 평민만 알고 있는 이야기가 있을 거예요. 핫세는 농촌이니 농촌에 서 전해 내려오는 이야기나 여행객에게 들은 이야기가 있을지도 몰라 요. 언젠가 책 소재로 쓰려고 하니까 꼭 들어서 적어 오세요. 굳이 말 하자면 이쪽이 더 중요해요."

나를 성녀라며 자비롭다고 칭송하는 리히트와 촌장들, 그리고 페 르디난드에게조차 전하지 않은 진짜 목적. 그것은 평민들 사이에서 전해지는 이야기 수집이다. 이름하여 그림(Grimm)* 계획. 입으로만 내려오는 각 지역 민화를 모으는 것이다.

우선 핫세를 시작으로 성과가 있으면 회색 신관을 각 지역의 겨울 저택에 파견한다. 물론 귀족의 표현을 가르친다는 명목으로. 그다음 엔 귀족이 통치하는 땅에서 전해 내려오는 이야기를 인쇄 공방을 확 장하는 과정에 따라 수집한다. 이야기 하나에 얼마, 하고 가격을 정 하면 공방에서 일하는 자가 이야기를 수집해 주리라. 마지막엔 에렌 페스트가 아닌 다른 영지의 이야기도 모으고 싶다. 내 야망은 거대하 고 끝이 없다.

'잘 되면 좋겠다. 그림 계획. 우후후훗.'

이번 기회에 평민의 식자율이 올라가면 더욱 좋다. 다만 아직 책이 평민이 살 수 있을 만한 물건이 아니란 점이 문제다.

독서의 즐거움을 깨달았는데 책이 없다면 분명 나처럼 발광하는 사람이 나올 게 틀림없다. 그러면 그 사람이 너무 불쌍하지 않은가.

---

* 독일에서 입에서 입으로만 전해져 오던 이야기를 모아 동화집을 만든 야콥 그림(Jacob Grimm)과 빌헬 름 그림(Wilhelm Grimm)의 이름을 붙인 계획

겨울 저택 서고가 생길 때까지 어서 가격을 내릴 수 있으면 좋겠다고 진심으로 생각했다.

　이러니저러니 하는 동안 수확제를 앞두고 플랑탱 상회의 마차가 핫세로 출발하는 날이 찾아왔다. 작은 신전으로 이동하는 사람들은 생활용품을 마차에 싣고 고아들이 그들을 도왔다. 겨울 저택에 가는 사람은 나와 함께 핫세 수확제에 가야 하므로 별도로 행동한다.

　"돌아올 때도 같은 인원수가 타요. 하지만 세례 전인 어린아이니까 그 점만 주의해 주세요."

　"알겠습니다. ……앗, 병사들이 도착했나 보군요."

　짐을 싣고 회색 신관이 마차에 올라탈 준비를 할 때 플랑탱 상회의 마차를 호위할 병사들이 도착했다. 선두에 있는 사람은 아빠였다. 오랜만에 보는 늠름한 모습에 내가 미소를 보이자, 눈이 마주친 아빠도 기쁜 듯 씨익 웃으며 내 앞에 무릎을 꿇었다.

　"잘 와 주었어요, 귄터. 이번에도 수고해 주세요."

　"신전장님께서 부르시면 당장 달려오겠습니다."

　업무상의 딱딱한 아빠의 말에 다른 병사들도 씩씩하게 말을 이었다.

　"저도 병사장보다 빨리 달려…… 날아오겠습니다."

　"저도 오겠습니다. 불러 주십시오."

　"이놈들, 그만 입 닫아. 무례하다."

　아빠의 날카로운 눈빛 한 번으로 침묵하는 모습에 나는 키득키득 웃었다.

　"이번에도 든든한 분들이 함께해 주시는군요. 덕분에 안심하고 회색 신관들을 보낼 수 있겠어요."

"맡겨 주십시오. 나중에 작은 신전에서 뵙기를 기다리고 있겠습니다."

아주 짧은 대화를 나누고 나는 마차를 핫세로 보냈다.

플랑탱 상회를 보내면 다음은 내가 출발 준비를 할 차례다. 올해는 수확제에 책을 몇 권 들고 갈 예정이다. 피로를 덜어 줄 책이 없으면 오랫동안 이어질 그 열광적인 축제를 견딜 수 없어서다.

"공주님. 올해도 잘 부탁드립니다."

"유스톡스. 저야말로 잘 부탁해요."

징세관은 유스톡스, 호위 기사는 에크하르트와 브리기테다. 페르디난드의 지시로 에크하르트와 다무엘이 교체되었다. 다무엘과 브리기테로는 유스톡스의 폭주를 막지 못하기 때문이라고 했다.

"에크하르트. 부디 모두를 잘 부탁한다. 도르방에서 만나자."

페르디난드에게 "네!" 하고 짧게 대답한 에크하르트가 다무엘을 쳐다보았다.

"……다무엘, 도르방까지 페르디난드 님을 부탁한다."

"분부 받잡겠습니다."

페르디난드의 기나긴 주의사항을 들은 뒤, 나는 이미 준비를 끝낸 레서버스에 올라탔다. 레서버스에는 겨울 저택에 체류할 아힘과 에곤 외에도 신전 시종인 프랑, 모니카, 니콜라 그리고 전속 요리사인 푸고와 전속 악사인 로지나가 탔다.

엘라는 이번엔 신전에 남았다. 긴 여행이므로 체력이 있는 푸고를 데려가기로 했다. 그동안 엘라는 신전에 남은 시종과 고아들에게 줄 식사를 만들어 준다. 시종 중에서는 공방 관리를 맡은 프리츠와 페르디난드에게 신전의 전체 관리를 맡아 버린 잠이 신전에 남기로 했다. 신전에 남는 이와 동행하는 이, 어느 쪽이 더 고생할까?

"그럼 신관장님. 출발하겠습니다. 도르방에서 봬요."

"제발 문제 일으키지 말아라."

"알고 있어요."

정말 알았으면 좋겠다만, 하고 관자놀이를 누르는 페르디난드에게서 슬쩍 시선을 돌리고 나는 레서버스의 핸들을 꼭 쥐었다. 마력을 흘려보내고, 액셀을 밟아 하늘로 힘차게 날아올랐다.

기나긴 수확제 여행이 시작되었다.

핫세와 회색 신관

"그럼 이쪽에 방과 식사 준비를 부탁해요."

핫세까지 가는 하늘 여행은 짧다. 나는 먼저 작은 신전에 착륙해서 프랑 외의 시종과 전속들을 내려 주었다. 작은 신전에 필요한 짐도 마저 내리고 곧바로 겨울 저택으로 향했다.

그런데 겨울 저택의 상공에서 나는 미간을 찌푸렸다.

'어라? 아무도 없는데? 날을 착각했나?'

작년에는 운동장 같은 광장에 축제 준비가 되어 있고 소란스럽게 북적대는 사람들이 우리의 도착을 기다렸는데, 올해는 축제 준비도 인기척도 없었다. 사전에 '이날 가겠습니다'라는 서한을 보내 뒀는데 날짜를 잘못 기재했나, 아니면 잘못 읽었나?

내 앞을 날던 브리기테가 손가락으로 아래를 쓱 가리키고는 기수를 하강시키기 시작했다. 겨울 저택의 현관에 몇몇 사람 그림자가 보였다. 자세히 응시하니 리히트와 각 농촌의 촌장들이 무릎을 꿇고 있었다.

"신전장님, 이렇게 찾아와 주셔서 황송합니다."

내가 인사를 받는 동안, 프랑과 아힘 그리고 에곤이 짐을 담은 목갑을 기수에서 내려 쌓기 시작했다. 두 사람이 쓸 생필품과 교육용 목패 상자 및 오락용품인데 의외로 짐이 많았다.

짐을 전부 내리자 나는 기수를 정리하고 리히트에게 물었다.

"리히트, 수확제 준비가 안 된 듯한데요?"

"……아무래도 핫세는 영주님께 미움을 산 처지인지라 대규모 행사는 자제했습니다. 신전장님과 문관님들께선 징세와 예식만 치러 주십사 해서……."

리히트의 설명을 듣자 하니 인근에 사는 자나 지나가는 상인의 시선도 있어서 평소처럼 축제를 열기가 꺼려졌다고 한다. 그렇다고 세례식과 성인식, 결혼식을 열지 않을 순 없기에 겨울 저택의 홀에서 조용히 열기로 한 모양이다.

"……그랬군요."

1년간 축복도 없이 견딘 데다 한 해에 한 번 있는 축제도 즐기지 못한 채 신전장 대리로 온 회색 신관의 감시 아래 놓인 주민들의 감정을 생각하니 불안해졌다.

'이렇게 불만으로 가득 찬 겨울 저택에 두 사람을 둬도 괜찮을까?'

나도 모르게 아힘과 에곤을 바라보는데 프랑이 한 발짝 앞으로 나와 리히트와 촌장들에게 두 사람을 소개했다.

"이쪽이 겨울 저택에 신전장 대리로 체류하게 된 회색 신관 아힘과 에곤입니다."

아힘과 에곤이 가슴 앞에서 손을 교차하고 가볍게 허리를 굽혔다. 두 사람을 본 리히트와 촌장들의 얼굴에 긴장감이 감돌았다. 회색 신관이라지만 내 대리이며 교사이다. 핫세의 미래를 좌우할 상대가 어떤 인물인지 경계하는 것이리라.

"리히트, 두 사람이 쓸 방으로 안내해 줘요. 보이는 바와 같이 짐도 놓아야 하고, 두 사람이 어떤 식으로 지내게 될지 알아 두고 싶군요."

"알겠습니다. 이쪽으로 오시지요."

리히트에게 지시받은 촌장 한 사람이 미리 알리러 달려갔다. 나는 리히트의 뒤를 따라 겨울 저택에 들어가서 아힘과 에곤이 쓸 방을 향해 걸었다. 목갑을 든 시종과 호위 기사, 유스톡스가 뒤를 따라왔다.

안으로 들어가자 왁자지껄하게 떠들던 아이들의 목소리가 단숨에 고요해졌다.

'조용해지긴 했는데, 여기저기 시선이 따가워.'

삐걱삐걱 소리가 나는 계단을 올라가 거주 구역으로 들어가자, 문 뒤나 모퉁이에서 우리를 관찰하는 아이들의 얼굴이 보였다. 눈이 마주친 아이에게 싱긋 웃어 주자 깜짝 놀라며 얼굴을 쏙 숨겼다. 나를 굉장히 무서운 존재 보듯이 했다.

'귀족은 무서운 사람처럼 대하는 편이 좋긴 하니까 틀리지는 않지만, 남자애들은 담력 시험하듯 접근할 것 같아서 너무 불안해.'

간간이 열린 문과 문틈 사이로 방 내부가 보였다. 대체로 가족 단위로 한 방을 사용하는 듯했고 방 넓이도 가지각색이었다. 교실만한 방 하나에 짚을 이불 삼아 십여 명이 생활하는 방도 있고, 넓지는 않아도 침소가 놓인 방도 있었다. 분위기로 보면 평민촌에 있는 우리 집과 비슷했다. 그것도 옛날, 청소를 빈틈없이 해야 했던 예전 우리 집과.

"여기가 두 분이 쓰실 방입니다. 제 집무실에서 가장 가까운 방으로……. 주민과 접촉을 피하고자 한다면 피할 수 있도록 준비했습지요."

리히트가 안내해준 곳은 2인실이었다. 침소가 두 개 준비된 것을 봐서 제법 좋은 방을 마련한 것으로 보였다.

목갑을 바닥에 내리고 방을 둘러보던 프랑과 아힘과 에곤이 동시에 언짢은 표정을 지었다.

"죄송합니다만, 방을 정리하고 싶으니 청소 도구와 우물의 위치를 알려주시겠습니까?"

매일 깨끗이 청소하는 신전과 고아원밖에 모르는 사람에겐 견디기 힘들리라. 나도 평민촌의 그 방에서 기운을 찾자마자 제일 먼저 한 일이 청소였다. 촌장 한 사람이 청소 도구가 있는지 물으러 허둥지둥 나가는 모습을 보고 나는 한숨을 푹 내쉬었다.

"아힘, 에곤. 이 방을 당신들이 조금이라도 편하게 지낼 수 있게 마음대로 하세요. 하지만 이 방 밖에서는 신전의 방식을 강요하지 마세요. 이곳은 신전이 아니니까요."

"알겠습니다."

촌장 한 사람이 가져온 청소 도구를 보고, 세 사람이 동시에 뭔가 말하려고 입을 열었다가 이내 포기했는지 입을 닫았다. 청소 도구도 생필품으로 지급하는 편이 좋을지도 모르겠다.

"아힘, 에곤. 내일 작은 신전에서 청소 도구 세트를 보내도록 하죠. 달리 필요한 물건이 있으면 프랑에게 말하세요."

"로제마인 님의 배려에 깊은 감사를 드립니다."

오늘 밤만 참고 내일은 둘이서 꼭두새벽부터 대청소하기로 정한 모양이다. 청소 도구 외에 몸을 씻을 대야도 필요하겠다. 여기에 세탁용 도구는 있을까 하고 진지한 얼굴로 의논하는 모습이 조금 우스웠다.

"리히트, 의식 준비는 다 됐나요?"

"네, 로제마인 님. 홀로 와 주십시오."

겨울 저택의 홀은 성의 대강당과 달리 천장이 높지 않았고, 연회가 자주 열리는 장소인지, 정체를 알 수 없는 국물과 기름얼룩이 벽이며 바닥이며 무늬처럼 스며 있었다. 조금 이상한 냄새도 나고 전체적으로 지저분했다.

'아마 이것도 필사적으로 청소한 거겠지.'

보통 축제는 야외에서 열리기 마련이라 신관이나 징세관이 겨울 저택 내에 들어오리라 예상하지 못했을 터이다. 나는 참을 만했지만 에크하르트는 표정이 험악해졌다.

홀에는 무대가 설치되어 있었다. 작년 수확제와 마찬가지로 나와 징세관인 유스톡스, 호위 기사 둘, 의식을 보좌할 프랑이 단상에 섰다.

장소만 실내로 옮겼을 뿐, 의식 자체는 거의 같았다. 세례식을 맞이한 아이를 무대로 올려 신들의 이야기를 그림책으로 들려주고 축복을 내린다. 성인식과 결혼식도 마찬가지다. 다만, 인생의 큰 전환점을 맞이했음에도 모두의 표정이 창백하고 홀 분위기가 무거울 만치 침울했다.

"핫세 여러분은 1년 동안 축복이 없는 상황 속에서도 열심히 노력해 주었습니다. 영주님께선 그대들에게 정말 반심이 없는지 겨울 저택을 잘 감시하라는 명령을 내리셨고, 결국 회색 신관 두 사람을 파견하기로 하였습니다. 아힘과 에곤입니다. 그들은 감시자이지만 동시에 여러분의 교사이기도 합니다."

모든 의식을 끝낸 나는 겨울 저택에 파견된 아힘과 에곤을 무대에 올려 소개하기 시작했다. '교사'라는 단어에 홀이 술렁거렸다.

"얼마 전, 핫세에서 보낸 서류에 매우 중대한 실수가 있었습니다.

다른 귀족 앞으로 갔다면 노여움을 샀을 수도 있는 문장이 있었습니다. 저번 촌장도 귀족과 교류하는 방법을 몰라서 실수를 범했지요. 그런데 또다시 악의 없이 똑같은 실수를 범할 뻔했습니다."

또 귀족의 노여움을 샀단 말인가, 라는 놀라움과 촌장은 대체 뭐하나, 라는 분노에 찬 목소리가 들려왔다. 나는 "이번 실수는 처벌을 내리지 않겠습니다." 라고 살짝 손을 들어 군중의 흥분을 가라앉혔다.

"앞으로 같은 실수를 반복하지 않도록 감시라는 명목으로 귀족의 방식을 잘 아는 회색 신관을 시켜 촌장들을 교육하기로 했습니다. 촌장들이 아힘과 에곤을 통해 진지하게 배운다면 앞으로 실수를 범하지 않을 거라 믿습니다."

처벌 대신 교육받을 기회를 줬다는 말에 주민들의 분노가 사그라졌다. 안심한 틈을 타 강력한 못을 깊이 박아 둬야 한다.

"감시 겸 교사를 맡은 회색 신관은 비록 고아지만, 신전장인 나의 대리입니다. 만약 불쾌한 일이 생긴다면 이들을 작은 신전으로 옮기겠습니다. 이제 곧 처벌이 끝나 가는 시기에 여러분이 그런 어리석은 짓을 하지는 않겠지만, 언행을 조심하십시오."

홀에 모인 사람들의 얼굴에 '정말 이 벌이 끝나기는 할까?' '언제까지 이어질까?' 같은 어두운 감정이 차 있는 것이 무대 위에서도 훤히 보였다.

'1년간 줄곧 축복도 없이 고생했는걸. 조금은 즐겨도 되지 않을까?'

나는 입술을 삐죽이며 고민하면서 무대 중앙에서 에크하르트와 다른 이들이 대기하는 무대 끝으로 돌아갔다.

"에크하르트, 유스톡스."

"왜 그러십니까, 로제마인 님."

"볼페 허가를 내려도 될까요? 너무 참아도 정신적으로 좋지 않을 것 같아서요."

내 제안에 에크하르트는 "쓸데없이 행동하면 페르디난드 님께 혼쭐이 날 거다."라며 인상을 찌푸렸지만, 유스톡스는 "사람이 숨을 돌릴 때도 있어야죠. 공주님이 허가를 내리셨다고 전하면 주민들 감정도 단번에 바뀔 겁니다. 전 좋다고 봅니다."라며 재미있다는 듯 웃었다. 평범한 귀족은 평민의 감정 따위 신경 쓰지도 않을 거다, 라면서.

유스톡스의 의견을 받아들인 나는 아힘과 에곤을 데리고 리히트에게 갔다.

"리히트, 축제를 자제하는 자세는 좋지만 겨울 동안 줄곧 갇혀 지내야 할 텐데, 어느 정도 긴장과 불안을 발산하지 않으면 힘들지 않을까요?"

목소리를 낮춰서 묻자 리히트의 시선이 잠깐 흔들리더니 "그럴지도 모르지요."라고 긍정했다.

"저는 지금부터 회의실에서 당신의 보고를 듣겠습니다. 그러면 바깥에서 주민들이 소란을 피워도 들리지 않을 겁니다. 눈에 보이지 않으면 꾸짖을 수도 없겠지요?"

어떤 의미로 받아들여야 좋은지 곤란스러워하는 리히트를 보고, 나는 아힘을 쳐다보았다.

"아힘, 첫 임무네요. 리히트에게 내 말의 의미를 알려주세요."

의아하게 눈을 끔뻑인 아힘이 "안 통하는 겁니까?" 하고 중얼거렸다. 에곤도 깜짝 놀란 듯 눈을 크게 떴다.

"핫세 사람들은 이미 여러 잘못을 저지른 바람에 해석에 자신이 없어서 그래요. 아예 모르진 않을 거예요."

"그렇습니까. 리히트 촌장, 로제마인 님의 말씀은 회의실에서 대화를 나누는 동안 바깥이 소란스럽더라도 눈감아 주시겠다는 뜻입니다."

"볼페 허가를 내려 주셨다고 해석해도 좋습니다."

아힘과 에곤의 말에 리히트의 표정이 활짝 피었다.

"대단히 감사합니다. 혈기왕성한 젊은이들이 많은데, 좋아하겠네요."

촌장 한 사람에게 볼페 대회의 심판을 맡긴 리히트는 우리를 회의실로 안내하기 위해 홀을 뒤로했다. 우리가 홀을 나오자마자, 등 뒤에서 우렁찬 목소리가 울렸다.

"신전장님께서 볼페 허가를 내려 주셨다! 준비하자!"

"오오오오오! 좋았어어어!"

억누르던 불만과 흥분이 단번에 폭발한 듯한 거친 포효였다. 깜짝 놀라 어깨를 흠칫거린 아힘과 에곤이 뒤돌아 홀 쪽을 보았다. 신전에서는 건물이 흔들릴 만치 커다란 함성을 들은 적이 없어서 상당히 놀랐으리라.

두 사람에게 기다리고 있는 앞으로의 생활이 조금이나마 평화로울 수 있도록 핫세 주민들이 바깥에서 마음껏 뛰면서 불만을 발산해 주길 바랐다.

회의실에서는 올해 수확물과 세금, 내게 바치는 기증품에 관한 토론이 열렸다. 주변 지역보다는 적은 수확량이었지만 축복이 없었던 것치고는 제법 노력한 성과였다.

이 수확은 작년과 마찬가지로 유스톡스가 내일 아침 에렌페스트의 성에 보내기로 하고, 내게 바친 기증품 중 일부는 두 신관이 겨울을 나는 데 쓰기로 했다. 나머지는 핫세의 작은 신전에서 겨울 준비 재료로 쓸 수 있도록 성이 아닌 작은 신전에 옮기기로 했다.

회의 중에 바깥에서 볼페 대회가 끝났는지 왁자지껄한 소리와 분위기가 전해져 왔다. 밝고 신난 목소리를 들으니 볼페를 허가한 보람이 느껴졌다.

이 뒤로는 홀에서 저녁 시간인 듯했다. 일크너에서 상식의 차이로 굳어 있었던 회색 신관을 떠올린 나는 아힘과 에곤에게 조언할 수 있도록 함께 식사하기로 했다.

두 개의 나무 상자 위에 합판을 올린 낮은 테이블 위로 요리가 나오자, 주민들이 짚을 깔고 앉아 자유롭게 먹기 시작했다. 식사 도구는 요리 옆에 고기를 자를 때 쓰라고 둔 나이프 외에는 나무 국자처럼 생긴 숟가락만 있을 뿐, 수프 같은 국물을 먹을 때 말고는 대부분 손으로 집어 먹었다.

예상대로 아힘과 에곤은 처음 보는 광경에 충격을 받고 굳어 버렸다. 에크하르트와 유스톡스의 시중을 들던 둘은 놀라움에 입을 벌리고 일하던 손을 멈췄다. 에크하르트도 그런 두 사람에게 주의하는 것도 잊은 채 마찬가지로 충격을 받은 듯했다. 여태껏 광장에 설치한 무대 위와 무대에서 멀리 떨어진 장소, 심지어 해가 져서 어두워진 시간에 식사가 나왔던지라 주민들이 먹는 광경을 가까이서 본 적이 없었던 모양이었다. 핫세 고아들이 식사하는 풍경을 처음 본 신관처럼 난색을 지었다.

"불쾌하면 쳐다보지 않으려고 하는 편이 좋아요. 그들에겐 이것이 일상이니까."

내가 그렇게 말하자, "쳐다보지 않을 순 있지만, 소리까지 막지는 못합니다." 하고 프랑이 내 시중을 들면서 어쩔 수 없다는 듯 고개를 저었다.

일크너에 동행하기도 하고 핫세 고아의 식사 모습을 본 적도 있는 프랑은 다른 이에 비해서 아무렇지 않은 표정이었다.

"저기, 로제마인 님. 저희는 앞으로 어디서 먹으면 되나요?"

아힘과 에곤이 불안한 표정으로 물었다. 귀족 자리는 별도로 테이블과 의자가 마련되었지만, 회색 신관의 자리는 주민들과 같은 곳에 마련한 모양이었다.

"오늘은 신전에서처럼 우리가 먹은 뒤에 이 테이블에서 먹도록 하세요. 갑자기 이곳 습관에 익숙해지기는 어려울 테니까 방에서 식사할 수 있도록 리히트에게 테이블과 의자를 준비해 달라고 부탁해 놓을게요. 그럼 조금은 안심하고 먹을 수 있겠지요?"

"감사합니다, 로제마인 님."

안심했는지 아힘과 에곤이 가슴을 쓸어내렸다. 그 모습을 보아 그림 계획에 따라 회색 신관을 여러 겨울 저택에 파견하기는 어려울지도 모르겠다. 신전밖에 모르는 회색 신관의 생활 환경을 갖추려면 꽤나 힘들 것 같다.

아힘과 에곤이 먹을 수 있도록 상당히 적게 먹으며 식사를 끝낼 때쯤, 핫세 사람들도 술이 들어가자 말이 험해지기 시작했다. 대범해졌는지 아니면 무대에 있는 우리가 시야에 들어오지 않았는지 조금씩 불만을 터트렸다.

"얼마 전에 신전에 팔린 고아를 봤는데 우리보다 그 녀석들이 더 좋은 걸 먹고 다니나 봐. 혈색이 돌고 오동통하게 살이 붙었던데."

"하아, 부럽기 그지없구먼. 배불리 먹을 수 있다면 나라도 고아원에 가겠다."

그런 말을 들은 프랑이 울컥하여 미간을 찌푸렸다. 반대로 나는 기대에 눈을 반짝이며 가슴 앞에 두 손을 모아 꼭 잡았다. 핫세에 네 사람을 보냈지만 인쇄에 쓸 일손이라면 얼마든지 필요했다. 제작한 책이 귀족들에게 잘 팔린 덕에 지금은 주머니도 두둑하다. 심하게 차별받는 고아 신세가 되려고 고아원에 들어오려는 특이한 사람은 없지만, 자진해서 들어오고 싶은 사람이 있다면 두 손 들고 환영이다. 나는 그들을 어서 끌어들이려고 무대 위에서 말을 걸었다.

"부디 고아원으로 오세요. 환영하겠습니다. 사실 인쇄기가 많아져서 일손이 필요하던 참이었어요."

설마 신전장이 대답할 줄은 생각도 못 했는지, 그 자리에서 수다를 떨던 사람들이 "뭐?" 하고 얼빠진 소리를 냈다. 술기운이 확 날아간 표정을 짓더니 점점 안색이 나빠졌다. 하지만 나는 개의치 않고 고아원의 장점을 열심히 호소했다.

"고아원에 들어오면 삼시세끼가 주어지고, 잠자리와 옷도 지급해 줘요. 철저한 교육을 받으면 말투나 행동도 훨씬 세련되어지죠. 최근에 세례를 받은 아이라면 몇 년 뒤에 귀족을 섬기는 시종이 될 수 있습니다. 고아원에서 자라 세례식을 맞이한 아이들은 열이면 열! 모두가 글을 쓰고 간단한 계산을 할 줄 안답니다. 글자와 계산을 배우는 교재로 그림책과 카루타, 트럼프도 완비되어 있어요."

이것만이라면 고아원이 매우 좋은 환경으로 들리겠지만 단점도 있다. 이걸 숨기고 권유할 생각은 없었다. 성실하게 진실을 알려주고, 그래도 원하는 사람만 고아원에 와 줬으면 했다.

　"물론 단점도 있어요. 고아원에 들어오면 세상 사람들에게 고아라고 멸시받게 됩니다. 그리고 신관과 무녀는 항상 귀족의 동향을 살펴야 하고, 귀족의 지시 안에서만 생활해야 하죠. 농촌 생활과는 확연히 다르다더군요. 처음 들어온 핫세 고아들은 지금도 다른 상식 속에서 고생하고 있어요."

　"아, 그……. 저기, 신전장님……?"

　나는 당황해하는 그들을 무시하고, 빠진 게 없는지 곰곰이 생각했다.

　"그리고…… 아. 신전 고아원에서는 성인이 되어도 밭을 주지 않고, 결혼도 못 하고, 땅의 날도 쉬지 않고, 삶 자체가 귀족인 청색 신관을 위해 존재하죠. 갑자기 낯선 귀족에게 팔리는 경우도 허다한데, 고아에겐 이를 거부할 권리가 없어요."

　내가 말을 이을수록 사람들의 안색이 당혹감에서 공포로 바뀌었다.

　"지금은 내가 고아원 원장을 겸하고 있으니 배불리 먹을 식사도 준비해주고 있어요. 하지만 내가 고아원장 자리에 앉기 전엔 심각한 상태였으니 신전장이 바뀌면 앞으로 어떤 생활을 보내게 될지 보장은 못 합니다. 이런 곳이라서 고아원에 들어오고 싶다고 희망하는 분이 거의 없는데, 희망자가 있다면 진심으로 환영할게요!"

　자, 컴온! 하고 말하듯 손을 펼치며 매우 환영함을 표현했다. 하지만 거짓말이라곤 한 톨도 섞이지 않은 더없이 진실한 내 권유는 그 자리에 있던 모두에게 매몰차게 퇴짜를 맞았다.

"아, 저기, 전 핫세에서 땅을 받아서요. 그치?"

"맞아요. 저는 내년에 결혼해요. 녀석을 울릴 수야 없죠."

"그, 그럼. 이러니저러니 해도 줄곧 살아온 곳이 최고지."

정든 핫세를 떠날 생각이 없는 마음은 이해한다. 나도 평민촌을 떠나고 싶지 않았다. 아무리 빈곤하고 불편해도 떠나고 싶지 않은 곳이 있는 법이다.

"고향을 떠나고 싶지 않은 마음은 저도 충분히 이해해요. 고아원에 못 온다니 좀 아쉽지만, 어쩔 수 없죠."

내가 아쉬워하며 손을 내리자 그 자리에 있던 모두가 얼굴을 마주 보며 대놓고 안심한 표정을 지었고, 다시 분위기를 살리려는 듯 잔을 들었다.

귀족들이 인상을 찌푸리는 연회 풍경은 내게 평민촌 생활을 떠올리게 했다.

'왠지 지금 당장 아빠가 보고 싶어.'

나는 옷소매를 꼭 쥐었다. 작은 신전에 가면 아빠를 만날 수 있다. 나는 리히트가 있는 곳으로 가서 작별 인사를 하기로 했다.

"리히트, 난 이만 작은 신전으로 가겠어요."

"오늘은 감사했습니다. 볼페 허가를 내려 주신 덕분에 모두가 즐거웠나 봅니다."

겨울 저택을 이끌어야 하는 리히트의 얼굴에는 안도의 빛이 떠올랐다.

"나도 분위기가 밝아져서 안심했어요. 아, 그렇지. 아힘과 에곤은 내가 부탁한 서류 작업이 있어서 테이블과 의자가 필요해요. 두 사람의 방에 준비해 주세요."

"알겠습니다."

"그리고 핫세 주민이 귀족의 방식을 모르듯이, 오직 신전에서만 자란 회색 신관도 바깥 상식을 모릅니다. 식사 방법도, 청소 방법도 전혀 달라요. 최대한 신경을 써 주세요."

작별을 고하고 밖으로 나오자, 에크하르트가 주인을 대하듯 내 앞에서 무릎을 꿇었다.

"작은 신전까지는 브리기테에게 호위를 맡겼습니다. 저와 유스톡스는 관례대로 이곳에 체류하겠으니 로제마인 님께서는 내일 아침에 기증품을 보낼 때 이곳에 와 주십시오."

나는 에크하르트와 유스톡스를 남기고, 프랑과 브리기테를 데리고 작은 신전으로 돌아갔다.

작은 신전에서도 만찬이 한창이었다. 식당에서 나는 소음을 뒤로하고 내 방으로 향했다. 프랑은 모니카와 니콜라에게 내 시중을 맡기고 식사하러 갔다. 작은 신전에서 먹으려고 겨울 저택에서 허기를 참았던 모양이다.

나는 하얀 종이를 엮어 만든 노트와 펜을 들고 방에서 나왔다. 식당에 가서 모니카에게 병사들 자리 근처에 의자를 놓게 했다.

"귄터, 저, 지금, 책을 만들 때 쓸 이야기를 모으고 있어요. 평민촌에선 어떤 옛날이야기를 들으며 자라는지 들려주겠어요?"

엄마는 내가 자기 전에 몇 개나 이야기를 들려주었지만 아빠에게 들은 적은 없었다.

"……옛날이야기, 말입니까? 그러고 보니 어렸을 적에 제 어머니에게 들은 이야기가 있지요."

아빠는 잠시 고민하더니 고개를 들었다.

"어느 마을에 매우 우애 깊은 남매가 살았습니다. 남매의 이름은 투리, 마인, 카밀……."

그렇게 시작한 이야기는 투리와 카밀이라는 남매가 숲속 마물에게 납치된 마인을 구하러 가는 내용이었다.

"……그리하여 마인은 가족의 곁으로 돌아왔고, 남매는 평생 사이 좋게 함께 살았답니다."

"너무 감동적인 이야기예요."

감동에 젖어 눈물을 글썽이고 코를 훌쩍이며 아빠가 해준 이야기를 기록하는데, 다른 병사도 앞다투듯 자기가 아는 이야기를 들려주었다. 온통 모르는 이야기뿐이었지만 표현이 어려운 귀족의 이야기보다 이해하기 쉬워서 이야기의 정경이 머릿속에 쉽게 그려졌다.

전부 세 가지 이야기를 기록했을 때쯤에 일곱 점 종이 울렸다. 나는 만족스럽게 자리에서 일어났다.

"모두 편안한 밤 되세요."

"안녕히 주무십시오, 신전장님. 좋은 꿈 꾸시길……."

그날 나는 꿈을 꾸었다. 마인으로 돌아간 내가 평민촌 집에서 가족과 함께 웃는, 매우 행복한 꿈이었다.

류엘에 재도전

　너무 행복한 꿈에서 깨어나니 아침부터 사무치게 외로웠다.

　아침을 먹은 후 핫세 견습생과 무녀에게 작은 신전의 청소를 맡기고, 프랑과 성인이 된 신관들은 겨울 저택에 보낼 청소 도구 및 대야, 비누 등의 생활용품을 레서버스에 싣도록 했다. 동시에 프랑을 제외한 시종과 전속들, 짐들은 마차를 이용해서 핫세의 겨울 저택으로 보냈다. 작년처럼 에크하르트나 유스톡스의 시종들이 탄 마차와 합류해서 다음 겨울 저택에 가야 해서다.

　플랑탱 상회의 마차에는 핫세에서 신전 고아원으로 이동할 어린 고아들을 태웠다. 호위 병사들에게 신신당부하고 출발하도록 했다. 이것으로 아빠와의 짧은 만남이 끝났다.

　아빠와 병사들을 배웅하고 우리도 레서버스로 겨울 저택을 향해 출발했다.

　"아힘, 에곤. 이걸로 괜찮나요? 부족하면 작은 신전에서 가져다 쓰세요."

　"황송합니다, 로제마인 님."

　생활용품을 건네자 두 사람은 "이제야 청소할 수 있겠네요." 하고 고개를 끄덕이며 좋아했다. 지금부터 자기 방 청소에 힘을 쏟을 모양이었다. 직성이 풀릴 때까지 청소하길 바란다. 그 모습을 보고 핫세 사람들도 조금이나마 청소에 관심이 생기면 더 좋고.

"리히트, 어제 얘기한 대로 이건 두 사람이 먹을 식량이에요. 겨울 식량 일부로 관리하세요."

"알겠습니다."

일부 기증품을 아힘과 에곤의 겨울 준비용으로 리히트에게 맡기고 나머지는 레서버스에 실었다. 이 몫은 작은 신전의 겨울 준비에 쓸 거다.

"그럼, 유스톡스, 에크하르트. 난 먼저 작은 신전으로 돌아가겠 어요."

징세한 물품을 성으로 보내는 유스톡스와 그가 제대로 일하는지 감시하는 에크하르트에게 인사한 뒤, 나는 핫세의 작은 신전으로 짐 을 옮겼다.

'휴, 아침부터 힘 뺐네.'

레서버스를 운전하기만 했는데도 벌써 피곤했다. 나는 작은 신전 에 준비된 내 방에서 프랑이 끓여 준 차를 마시며 브리기테와 잠시 휴식을 취했다.

"핫세의 겨울 준비가 조금 걱정됐지만 노라와 아이들이 절차를 아 는 듯했고, 다른 이들도 세 번째 맞는 겨울 준비라 조금 익숙해진 모 양입니다. 별 탈 없이 진행되고 있습니다."

프랑의 보고를 들으며 고개를 끄덕였다. 지금 작은 신전에 있는 신 관들은 싣고 온 기증품을 식량 창고로 옮기랴, 가공 준비하랴, 바쁘 게 움직이는 모양이다. 내가 방에서 나가면 마음껏 움직이지 못하므 로 나는 얌전히 방에 틀어박혀 있는 게 상책이다.

"저기, 프랑. 에크하르트 오라버니가 도착하기 전까지 책을 읽고 있어도 될까요?"

"……대단히 죄송합니다. 로제마인 님께서 읽으려고 준비하신 책은 마차 짐칸에 실어 보내 버렸습니다."

"그럴 수가!"

성 도서실에 비치된 책을 베껴 쓴 책과 다음 작품에 쓰려고 했던 기사 이야기가 먼저 출발해 버릴 줄은 예상하지 못했다. 슬퍼하는 내게 프랑은 "준비하신 책은 부피가 커서 일정 내내 계속 가지고 다닐 수 없습니다." 하고 지극히 진지한 표정으로 말하고, 성경 그림책을 꺼내와 주었다.

"의식 중에 아이들에게 읽어 줄 그림책이지만, 이걸로 괜찮으시다면 읽으십시오."

"좋아요! 고맙게 생각합니다, 프랑."

그림책을 넘기며 눈으로 문장을 쫓았다. 그것만으로도 마음이 진정되었다. 호흡이 편해진다고 할까, 살아 있다는 실감이 들었다. 인생에 독서는 정말 필수라고 주장하고 싶다.

내가 편안하고 행복한 시간을 보내고 있을 때, 에크하르트와 유스톡스가 도착했다.

"대체 공주님은 이 책을 왜 만드신 겁니까?"

유스톡스가 내가 읽는 성경 그림책을 들여다보며 물었다. 도통 의미를 알 수 없는 말이다.

"당연히 읽으려고 만들었죠. 그것 말고 다른 이유는 없는데요?"

"아뇨, 그런 뜻이 아니라, 왜 성경 그림책입니까?"

왜냐고 물어도 우라노 시절 이야기도 그렇고, 평민 시절에 엄마에게 들은 이야기도 포함해서 내가 아는 이야기가 구매층의 상식에 적합하지 않아서요, 라고 말하기는 어려웠다.

"성경책 말고는 읽은 책이 없어서겠죠. 새로운 책을 읽으면 새로운 그림책을 만들 수 있을 것 같네요. 제게 책을 선물해 주면 기쁘게 받을게요."

리카르다의 아들인 유스톡스는 상급 귀족이다. 정보 수집을 좋아하는 유스톡스라면 재밌는 책을 잔뜩 가지고 있을 법하다. 기대에 찬 눈으로 올려다보자, 유스톡스는 리카르다와 똑 닮은 난처한 표정으로 나와 눈을 마주쳤다.

"공주님, 그 말은 다른 사람 앞에서 절대 하지 마십시오. 야심 있는 귀족이 달라붙을 겁니다."

'책이 손에 들어온다면 뇌물이라 할지라도 넙죽 받겠지만, 나중에 신관장님한테 엄청 혼나겠지.'

펄쩍 뛰며 책에 달려든 직후에 쥘부채로 매섭게 두드려 맞는 내 모습이 문득 떠올랐다.

푸고가 점심용으로 구운 빵과 회색 무녀들이 만들어 준 수프로 점심을 먹은 우리는 기수를 타고 다음 겨울 저택으로 출발했다.

핫세와 달리 기원식 덕분에 풍작이었던 직영지 사람들은 여기도, 저기도, 허리가 휘청할 만큼 열광적으로 환영해 주었다. 내년 봄에도 꼭 부탁드린다는 촌장들에겐 "신전장으로 있는 동안에는 내가 오겠습니다." 라고 억지로 웃으며 대답했다. 그 반복이다. 축제의 열기에 휘둘린 나는 컨디션을 망쳤고, 약으로 기운을 차리면 축제의 흥분에 휘말려 또 컨디션을 망치기를 반복하면서 여행 일정을 소화했다.

결국, 페르디난드와 만나기로 한 도르방의 겨울 저택에 도착한 건 슈첼리아의 밤 전날이었다. 몸 상태를 고려해서 여유롭게 짠 일정이었으니 아슬아슬했다고 할 수 있었다.

사전에 에크하르트가 페르디난드와 올도난츠로 소식을 주고받은 결과, 먼저 도착한 페르디난드가 도르방에서 수확제를 끝내 주었다고 한다. 축제의 열광은 이미 사그라지고 평화로운 일상이 흐른다고 했다.

"늦었구나, 로제마인. 제시간에 못 오는 줄 알고 조마조마했다."

"걱정 끼쳐서 죄송해요, 신관장님. 그리고 미리 수확제를 끝내 주셔서 고맙게 생각합니다. 축제가 끝나 있어서 다행이에요, 정말……."

슈첼리아의 밤이 오기 전에 도르방에 도착해서 다행인 건 우리도 마찬가지였다. 무사히 도착해서 다행이라며 내가 안도의 한숨을 내쉬자, 페르디난드가 언짢은 표정으로 내 얼굴을 들여다보고 이마와 목덜미를 손으로 짚어 보기 시작했다.

"차가워요!"

"그대의 체온이 높아서 그렇다. 맥도 빠르군. ……프랑, 약은 충분한가?"

"출발 전에 준비한 약의 절반을 써 버렸습니다."

프랑이 술술 대답하자, 페르디난드가 방 안에 놓인 나무상자를 힐끗 쳐다보았다.

"저쪽에 여분을 준비해 뒀다. 남은 일정에 쓸 만큼 채워 둬라. 로제마인은 이제 그만 약을 먹고 자도록. 내일은 채집이다."

프랑이 안심하며 약을 보충하기 시작하자 페르디난드가 내게 퇴실을 명령했다. 나는 맥없이 준비된 방에 들어갔다. 모니카와 니콜라의 도움으로 옷을 갈아입은 후 프랑이 건넨 약을 먹고 잠자리에 들었다. 칼스테드가 소재 채집을 도우러 에렌페스트에서 일부러 와 주는데 내년을 기약할 수도 없는 노릇이니까 말이다.

'루츠랑도 약속했고, 올해는 반드시 따야 해.'

상쾌하게 눈뜬 아침, 나의 호위 기사는 에크하르트에서 다무엘로 바뀌어 있었다.

오랜만에 만난 다무엘은 왠지 핼쑥해 보였고, 주인이 나로 돌아와서 안도하는 것 같았다. 어쩌면 과제에 시달렸나? 혼자만의 상상에 피식 웃으면서 나는 아침 식사를 끝냈다.

"로제마인, 저녁땐 한숨 자 둬야 하니까 오전 중에 머리를 쓰면 잠이 잘 올 거다. 내 방에 와서 수확제 보고서를 써라."

오늘은 몸이 안 좋다는 이유로 뒹굴면서 책이나 읽을까 했더니, 오전 중에 페르디난드와 서류 작업을 하면 신전과 무엇이 다르단 말인가.

"엄청 싫은 표정이다만, 이게 다 그대를 위해서다. 미리 보고서를 써 두면 그만큼 빨리 유레베를 만들 수 있지. 아무리 소재를 모은다 한들 영주에게 수확제 결과를 보고하지 않으면 약 제조에 착수할 수 없어."

나의 전속 의사이며 약제사이기도 한 페르디난드가 조용히 엄포를 놓으면 "책 읽고 싶어요." 라는 말은 할 수 없었다. 건강을 위해서라면 힘낼 수밖에.

'최대한 빨리 유레베를 만들어서 건강해지면 쓰러질 때까지 책을

읽어 줄 테다!'

책이 든 목갑을 몇 번이고 뒤돌아보며 머리채 잡혀 끌려가는 심정
으로 페르디난드의 방에 가니, 페르디난드 본인뿐만 아니라 그가 수
확제에 데려온 시종들도 평소처럼 작업하고 있었다. 에크하르트도 마
찬가지. 덧붙이자면 유스톡스와 페르디난드의 징세관도 각자의 방에
서 보고서를 작성하는 중이라고 한다.

시간을 허비하지 않는 일벌레, 페르디난드. 오늘도 여전히 직원들
을 굴리는 악덕 고용주였다.

펜대를 굴리는 소리만 내면서 조용히 서류를 작성하는데, 퍼덕이
는 날갯소리와 함께 올도난츠가 날아왔다. 방을 한 바퀴 돌더니 페르
디난드의 책상 위에 앉아 칼스테드의 목소리로 말하기 시작했다.

"금방 도착하니 점심 준비를 부탁한다."

페르디난드가 "알겠다." 하고 올도난츠를 날려 보내다가 창밖을
보더니 한숨을 내쉬었다. 뭘 봤나 싶어서 나도 창밖을 보았다. 아주
조그맣지만, 창밖으로 기사단장을 나타내는 그리핀처럼 생긴 기수가
날아오는 것이 보였다. 칼스테드의 도착은 정말 금방이었다.

"작업을 끝내라. 정리하고 마중할 준비를 해라."

페르디난드의 한마디에 모두가 일제히 작업 도구를 정리하기 시
작했다. 페르디난드의 시종들은 칼스테드를 마중하러 현관으로 향했
고, 내 시종은 다과 준비를 진행했다. 분주히 움직이는 시종들은 우
아하거나 여유로워 보이지 않았다. 그런데도 자세에 흐트러짐이 없는
시종들이 실로 우수해 보였다. 칼스테드가 안내를 받으며 들어왔을
땐 마중 준비가 끝나 있었다.

"로제마인, 건강해 보이는구나."

"신관장님께서 주신 약 덕분이지요."

어제는 비실비실했다고 콕 집어 말하지 않아도 통한 모양이다. 칼스테드는 할 말을 찾듯이 눈동자를 굴린 후, "채집하러 갈 만큼 회복했다면 다행이구나."라고 말을 짜냈다.

"칼스테드, 그쪽 상황은 어떤가?"

페르디난드가 자리를 권하면서 인사치레하는 어투로 근황을 물었다. 평소라면 '별일 없다' '평온하다'라는 말이 돌아올 터였다. 그런데 칼스테드는 잠깐 고민하는 기색을 보이더니 방을 둘러보았다.

"페르디난드와 로제마인에게 알리라고 했으니 너도 여기에서 들어라. 호위 기사 외에는 자리를 비워 주게."

시종을 전부 내보낸 칼스테드는 범위를 설정하는 타입의 도청방지 마술구를 꺼내 작동했다. 페르디난드가 심호흡하듯이 천천히 숨을 내뱉었다.

"칼스테드, 대체 무슨 일이 있었나?"

"일이 있었던 건 아니지만, 조금 수상한 움직임이 보이네."

모두의 표정이 단숨에 굳어졌다. 당장 아무 일이 없어도 수상하다는 단어가 튀어나오면 누구나 경계하리라. 칼스테드가 모두의 얼굴을 돌아보고, "이건 엘비라에게 들은 정보다."라고 서두를 꺼냈다.

"페르디난드에겐 말했지만, 게오르기네 님이 방문하신 이후로 구베로니카 파가 게오르기네 파로 부활할 조짐이 보여."

"아아, 들었다. 그런데 그녀는 아렌스바흐의 정실 아닌가? 에렌페스트의 파벌에서 우두머리를 맡진 못하잖아."

원래 선대 영주 시절부터 오랫동안 정실로 군림했고, 플로렌치아가 시집온 이후에도 후계자를 직접 품어 키운 베로니카의 파벌이 줄곧 에렌페스트의 최대 파벌이었다. 질베스타로 대물림되면서 플로렌치아와 엘비라 파벌도 다소 세력을 키우고 힘을 쌓았지만 그래도 주류는 베로니카 파였다. 하지만 영주의 모친이라는 지위를 악용하여 죄를 범한 베로니카는 유폐되어 실각해 버렸다. 결국 베로니카 파에서도 중립에 가까웠던 이들은 재빠르게 플로렌치아 파에 붙었다고 했다.

"그래서 구 베로니카 파가 우두머리로 빌프리트 님을 세우려는 모양일세."

"빌프리트를? 여성 파벌과는 관계가 없을 텐데?"

"다과회에 초대한다는 게 아니라 파벌을 하나로 뭉칠 이름이 필요한 거겠지. 빌프리트 님은 베로니카 님께서 키우셨네. 게다가 게오르기네 님과 거리를 두려는 영주의 뜻을 어기고 에렌페스트를 방문해 달라고 부탁까지 했으니. 구 베로니카 파도, 게오르기네 파도 파벌을 다시 일으키기 위한 최고의 우두머리라고 생각한 모양이야."

나는 칼스테드의 말에 게오르기네와 헤어졌을 때의 인사를 떠올렸다.

"……그치만 빌프리트 오라버니는 딱히 양아버님의 뜻을 거스를 생각은 아니었잖아요. 그저 눈치가 없었을 뿐이에요."

"그래, 사실 아무 생각이 없었지. 그런데…… 주변에 어떻게 보이는지가 중요하단다."

칼스테드가 대답하자, 페르디난드는 "일이 귀찮게 됐군." 하고 관자놀이를 손가락으로 두드렸다. 눈을 가늘게 뜨고 뭔가 이래저래 고민하기 시작했지만 내 눈에는 뭘 생각하는지 도통 알 수가 없었다.

칼스테드는 그런 페르디난드에게 계속해서 정보를 전달했다.

"빌프리트 님은 게오르기네 님과 친밀하고 차기 영주가 될 가능성이 크다는 점에서도 우두머리에 적합하다는 얘기가 여기저기서 들려오고 있다더군."

여성으로 이뤄진 다과회에서 화제로 대두되면서 하급 귀족들 사이로 여기저기 퍼져 나갔다고 한다. 조금이라도 유리한 진영에 속해야 하는 하급 귀족은 중립이 많다. 그래서 더욱 정보가 난무한다.

"플로렌치아 님과 로제마인을 중심으로 빌프리트의 양육권이 조모에서 모친으로 돌아온 덕분에 겨우 영주 일가가 자리를 잡기 시작했는데, 또 파벌 다툼이 커질 조짐이라는 말인가."

페르디난드가 미간을 찌푸렸다. 아무래도 영주의 정실인 플로렌치아를 중심으로 최대 파벌을 형성하려고 은밀히 활약하던 엘비라의 노력이 물거품이 된 듯하다. 처음 알게 된 일인데, 엘비라가 페르디난드의 정보를 모으고 좋아하는 일만 했던 건 아닌 모양이다.

"겉으로는 아직 아무 일도 일어나지 않았네. 사냥 대회에서도 그저 소문과 정보만 흐를 뿐이지. 게오르기네 님이 이쪽에 계시지 않고 빌프리트 님도 측근의 관리하에 있으니까 이대로 아무 일도 없다면 잠잠해질 거야. 허나 게오르기네 님이 내년 여름에도 방문하시니 완전히 진정될 기미는 없어. 활발해지는 귀족들의 움직임을 경계하는 편이 좋을 거야."

"저기, 아버님! 질문할게요. 어떻게 경계하면 되나요?"

내가 팔을 번쩍 들고 질문하자, 칼스테드와 페르디난드와 에크하르트와 유스톡스가 일제히 대답했다.

"뭘 하든 페르디난드에게 물으면 돼."

"어쨌거나 제멋대로 행동하지 마라."

"모르는 자에게 다가가지 말아야지."

"책을 뇌물로 들이밀어도 절대 받으시면 안 됩니다."

일제히 공격하듯 쏟아지는 갖가지 주의사항에 나는 "……예." 하고 힘없이 대답했다.

'정말 신용도가 낮네, 나.'

점심을 먹고, 류엘 열매를 확실하게 채집하기 위한 작전 회의가 열렸다. 작년에 슈첼리아의 밤을 경험한 터라 이번엔 대처법이 뚜렷했다. 기사단장인 칼스테드와 페르디난드와 에크하르트라는 최강의 포진으로 도전하면 그렇게 힘든 일도 아닐 듯했다.

"수만 많지, 다 보잘것없어. 넓은 범위를 한 번에 잡을 무기가 좋을지도 모르겠군."

"류엘 꽃이 떨어지기 전까지 마물이 나타나지 않았었는데, 차라리 출발 시각을 늦추면 어떻겠습니까?"

"출발 시각을 늦추는 방법도 좋군요. 그리고 로제마인 님은 작년보다 조금 더 오래 자 두는 편이 좋을지도 모릅니다. 작년에는 전투 중에 졸음을 쫓아야 했거든요."

"잠깐만요, 유스톡스! 그때는 골체 포획이 오래 걸려서 그랬다고요! 채집만 한다면 작년과 똑같이 자도 문제없어요."

모두가 다양하게 의견을 내면서 행동 범위를 정했다. 류엘 나무를 중심으로 기사의 배치와 대응 범위가 정해졌다. 유스톡스는 기수를 탄 채 작년처럼 가지를 타고 넘어오는 마수를 퇴치하는 전투 요원으로 배치되었다.

"유스톡스는 문관인데도 싸워요?"

"소재를 채집하려면 전투는 필수니까 다소 할 줄은 압니다. 제 몸 지키는 것 정도는 어느 정도……."

"류엘은 작년에도 잔뜩 땄기 때문에 올해는 전투 요원으로 배치해도 문제없다."

유스톡스는 채집한 적이 없는 소재가 눈앞에 있으면 거기에 정신이 팔려 쓸모가 없지만, 이미 채집한 소재에는 흥미가 없으니까 전투 요원에 넣어도 문제없다고 한다.

출발 시각이나 대강의 배치, 마수 종류를 파악하자 내가 잠잘 시간이 되었다. 페르디난드가 오전 중에 마구 부려먹어 준 덕분에 꿀잠에 들 것 같은 기분이다. 그래도 고맙진 않다.

보라색 달이 빛나는 슈첼리아의 밤. 우리는 정해진 시간에 맞춰 출발했고, 작년과 마찬가지로 류엘 나무가 있는 곳으로 기수를 달렸다.

우리가 도착했을 때 달은 거의 머리 꼭대기에 올라 있었고 류엘의 꽃봉오리는 이미 크게 부풀어 있었다. 이파리가 듬성듬성 나 있고, 백목련 모양을 한 수십 송이의 꽃이 금속처럼 매끈한 질감의 나뭇가지에 꼿꼿이 피어 강렬한 향기를 사방에 풍겼다.

"곧 꽃잎이 떨어질 거다. 지금 조금이라도 방해물을 잘라 두자."

페르디난드가 슈타프를 꺼내어 "리지헬." 하고 외우자 빛나는 거대한 낫으로 변했다. 마치 사신 같아서 페르디난드와 너무 잘 어울렸다. 여기서는 사신 이미지가 통하지 않을 테고 통하면 통하는 대로 혼날 것 같으니 입이 찢어져도 말 못 하지만.

"핫!"

페르디난드는 낫을 번쩍 들어 올려 류엘 나무 주변에 있는 나뭇가지를 쳐내기 시작했다. 그 모습을 본 칼스테드가 "오호라. 나뭇가지를 쳐 두면 류엘에 마수가 옮겨붙지 못하겠군." 하고 중얼거리고, 슈타프를 큰 낫으로 바꿔 주변의 나뭇가지를 베어 냈다. 칼스테드의 말을 들은 나는 그 자리에서 페르디난드에게 넙죽 엎드려 절하고 싶었다.

'신관장님을 사신 같다고 생각해서 미안합니다. 진짜 고마워요.'

"그나저나 유스톡스. 작년에 채집한 류엘 꽃은 무슨 소재로 썼나요?"

"전 그저 모으는 게 취미인지라서요. 그쪽 관련은 페르디난드 님께 물어 주십시오."

유스톡스는 수중에 하나만 남기고 그 외의 같은 소재는 페르디난드에게 줘도 충분하다고 했다. 지금까지 고생하게 한 사과와 앞으로도 잘 부탁한다는 보상 차원에서라고 한다.

대체 지금까지 얼마나 많은 폐를 끼쳤길래, 라며 고개를 갸웃거릴 때, 순간 번뜩했다.

'호, 혹시 나도 신관장님에게 보상해야 하는 것 아냐?'

페르디난드가 뭘 원할지 바로 떠오르지 않았다. 차라리 마력을 줘 버릴까? 하고 고민하는 사이에 류엘 꽃잎이 떨어지기 시작했다.

작년과 마찬가지로 한 장씩 벗겨지는 꽃잎이 팔랑— 하고 떨어져 바람에 살랑이며 춤을 추었다. 벚꽃과는 다른 백목련 같은 커다란 꽃잎이 바람에 나부끼는 백조의 깃털처럼 빙그르르 돌며 떨어졌다. 꽃잎이 땅에 떨어진 순간 지면에 동화되듯 사라지는 모습이 덧없고도 아름다웠다.

"로제마인, 지금 축복을 내려라."

페르디난드가 시키는 대로 나는 무용의 신 앙리프에게 기도를 올려 모두에게 축복을 내렸다. 그리고 류엘 열매를 확실히 딸 수 있도록 기수로 류엘 열매 근처까지 올라가, 열매가 맺힐 때까지 대기했다. 나는 모두의 모습을 기수에서 내려다보았다.

"……온다."

류엘 나무를 둘러싼 다섯 기사가 각자 무기를 들었다. 모두의 무기가 제각각이라 흥미로웠다. 에크하르트는 창. 브리기테는 작년과 마찬가지로 언월도 같은 무기. 다무엘은 손에 익은 검. 칼스테드는 조금 전에 나뭇가지를 베던 큰 낫 그대로다. 그런데 페르디난드는 뭘 들고 있는지 여기서는 잘 보이지 않았다. 적어도 큰 낫은 아니다.

'뭐지?'

그렇게 생각하는 동안에도 멀리서 바스락바스락 수풀을 헤치는 소리가 가까워졌다. 그것도 한두 마리의 발소리가 아니다. 수십 마리는 되었다. 지금 보이는 것들뿐만 아니라 계속해서 냄새에 홀리듯 늘어나리라 예상되었다.

다무엘의 무릎에도 채 미치지 않는 크기인 고양이 모양의 잔체나 다람쥐 같은 아이핀테라는 마수가 어둠 속에서 섬뜩한 붉은 안광을 번뜩이며 덤불에서 뛰쳐나왔다.

"각 개체는 강하지 않다. 최대한 확실히 숨통을 끊어라."

"긴 싸움이 될 거다. 다무엘, 마력 조절에 신경 써."

"네!"

칼스테드와 페르디난드 사이에서 다무엘이 검을 꽉 고쳐 쥐었다.

다무엘의 성장

나는 류엘 열매가 커지기를 기다리는 동안, 기수 안에서 모두가 싸우는 모습을 지켜보았다.

류엘 나무를 빙 둘러싸며 배치된 기사들 가운데, 다무엘은 페르디난드와 칼스테드를 보조하는 위치에 있었다. 다무엘이 맡은 범위는 기사 중에서 가장 좁았다. 혼자서는 넓은 범위를 방어하지 못하는 실력이라 당연한 배치였다.

작은 마수가 사방팔방에서 튀어나왔다. 계절 소재를 수확하느라 여기저기 다니면서 마물과 싸워 온 나도 이제 조금은 마물의 레벨이 파악되었다. 지금 이곳을 향해 덤벼오는 잔체, 잔체보다 약간 큰 펠체, 아이핀테 같은 마수는 강하지 않다. 끝을 모를 만치 수가 많을 뿐이다. 작년에는 기사가 적었던 탓에 수 자체로도 위협적이었지만, 마력이 풍부한 페르디난드와 칼스테드가 있으면 식은 죽 먹기다.

"가자!"

제일 첫 타자는 에크하르트였다. 몇 걸음 달려가더니 허리를 낮춰 기세 좋게 창을 찔렀다. 슉 하고 공기를 가르는 날카로운 소리와 함께 창끝에 반사된 보라색 달빛이 번득였다. 그 순간, 마석을 관통당한 마수가 녹아내리듯 사라졌다. 단 한 번의 일격. 그것만으로 마수 열몇 마리가 사라졌다.

"야압!"

에크하르트는 그대로 창을 빙 휘둘러 주변에 있는 마수들을 베어 버렸다. 창에 찔리거나 베인 마수들이 시들시들하며 쓰러졌다. 그 모습을 본 주변 마수는 에크하르트가 아닌 약해진 마수에 들러붙어 먹어 대기 시작했다. 마석을 먹고 조금이라도 힘을 얻으려는 것이다.

에크하르트는 파란 눈동자로 마수 떼를 노려보더니 창을 고쳐 잡아 몇 번이고 무리를 향해 찔렀다. 빠른 속도로 움직이는 창은 공기를 가르는 소리와 함께 잇따라 마수의 숨통을 끊어 냈다.

'호오오오, 에크하르트 오라버니, 멋있네. 우리 아빠의 다음, 다음…… 다음으로 멋있어.'

나는 에크하르트의 공격을 내려다보면서 감탄 섞인 한숨을 내쉬었다. 평소에 페르디난드의 잡일을 돕는 모습만 봐서인지, 이렇게 기사답게 싸우는 모습이 솔직히 정말 멋있어 보였다.

마음속으로 에크하르트의 용맹스러운 모습에 감탄하는데, "하앗!" 하고 브리기테의 높은 목소리가 들려왔다. 나는 기수의 위치를 살짝 돌려서 브리기테를 바라보았다.

"야아아아아아압!"

기합이 들어간 목소리와 함께 지면을 박찬 브리기테가 언월도와 비슷한 무기를 세차게 휘둘렀다. 붕 하고 공기를 가르는 소리를 내며 칼날이 닿는 범위 내의 마수가 단번에 일그러지며 사라졌다.

"다음!"

브리기테의 자수정색 눈동자는 물리친 마수가 사라지는 모습을 확인하기도 전에 다음 사냥물을 노려보았다. 허리를 낮춘 채 스커트를 휘날리며 몸을 홱 비틀었다. 브리기테의 유연한 움직임에 마치 무기가 뒤처지지 않으려고 쫓아오듯이 따라왔다. 살짝 휜 긴 칼날이 브리기테의 정면을 지나갈 때쯤에는 마수가 또 몇 마리나 사라졌다. 브리기테가 무기를 번득일 때마다 긴 칼날이 포물선을 그렸고, 덤비는 마수들을 단숨에 베어 버렸다. 멈출 새 없이 무기를 휘두르는 브리기테의 모습은 생기가 넘치는 동시에 강한 아름다움이 있었다.

'하아, 멋져. 나도 강해지고 싶어.'

물론 브리기테처럼 되기는 어렵겠지만, 저런 식으로 멋있었으면 좋겠다. 멋지고 든든한 언니가 되는 거다.

'그러고 보니 아버님은 어떤 식으로 싸울까?'

칼스테드가 싸우는 모습은 청색 견습 무녀였던 무렵 기원식 도중에 습격을 받았을 때나, 겨울의 주인인 슈네티름과 싸울 때 봤다. 하지만 두 전투 모두 거리가 멀었고 기원식 습격 때는 큰 기술 한 방에 끝났다. 슈네티름과의 전투에서는 싸우는 기사가 많았고, 역시 거리가 멀어서 분간이 가지 않았기 때문에 어떻게 싸우는지 모른다. 나는 조금 기대하며 칼스테드를 찾았다.

칼스테드는 자기 키보다 큰 낫을 그냥 획획 휘두르는 것처럼 보였다. 왜냐하면 힘이 전혀 들어가 있지 않아 보여서다. 그냥 주변을 걸으면서 풀베기라도 하듯이 큰 낫을 가볍게 휘둘러 잇따라 마수를 사냥했다.

'오오오오오오. 아버님, 멋져! 역시 기사단장!'

별로 힘이 들어가 보이지 않는데 커다란 낫은 놀랄 정도로 빨랐고, 붕! 붕! 하고 공기를 가르는 소리가 매우 크게 들렸다. 칼스테드의 한 방에 칼날의 이슬로 사라진 마수의 수는 에크하르트나 브리기테와는 비교가 되지 않았다. 한 번에 열 마리 이상을 처리했다. 담당한 방어 범위가 넓지만 칼스테드 앞에 마수가 적어 보이는 건 결코 착각이 아니었다.

'나를 위해 일부러 에렌페스트에서 와 주셨는걸. 아빠 다음으로 멋있는 사람은 아버님으로 결정!'

내가 무릎을 찰싹찰싹 때리면서 칼스테드를 칭찬하는데, 갑자기 쿵! 하고 폭발음이 울렸다.

"꺄!?"

그렇게 큰 소리는 아니었지만, 갑자기 일어난 탓에 나는 잽싸게 몸을 웅크리고 귀를 막았다. 무슨 일인가 싶어 두리번거리며 소리의 근원지를 찾았다.

'신관장님이다.'

페르디난드가 맡은 범위의 마수가 광범위하게 흔적도 없이 소멸해 있었다. 그곳만이 텅텅 비어 버렸다. 틀림없다. 방금 그 폭발음은 페르디난드가 낸 소리다. 대체 어떻게 하면 저렇게 텅텅 빈 공백지대가 되는 거지? 말도 안 되는 광경에 나는 페르디난드의 움직임을 눈여겨보았다.

공백지대가 되어 버린 곳에 다른 마수들이 달려들었다. 무뚝뚝한 표정으로 서 있는 페르디난드를 보기만 해도 마수들에게 "당장 유턴해서 전력으로 도망쳐!" 라고 말해 주고 싶어지는 건 나뿐일까.

덤벼오는 마수들을 가만히 응시하던 페르디난드가 무언가를 던졌다. 아주 잠깐 공중에서 번쩍 빛을 발하더니, 무언가가 크게 퍼져 가는 모습이 보였다. 다음 순간에는 공기 속으로 사라져 버린 듯 눈에 보이지 않게 되었다.

'그물?'

내 눈에 그물로 보인 그것은 사라진 것이 아니라 마수들 위에 떨어졌다. 광범위하게 잡힌 마수들이 발버둥 치며 얽히기 시작했다. 투명한 그물에 잡힌 마수들을 응시하면서 허리를 낮춰 한쪽 무릎을 꿇은 페르디난드가 바닥에 손바닥을 짚었다.

"사라져라."

조용한 말과 동시에 그물코 모양으로 마력이 흘렀다. 마력의 빛에 그물 형태가 드러나는가 싶더니, 조금 전과 마찬가지로 쿵! 하고 폭발음이 울렸고, 그물 속에 있던 마수가 페르디난드의 말대로 사라져 버렸다.

'무서워. 진짜 무서워.'

압도적인 마력을 자랑하는 페르디난드이기에 가능한 공격이었다. 이만큼 광범위하게 마력을 단숨에 흘려보내려면 양은 물론이고, 마력을 자유자재로 다룰 줄 알아야 할 터였다.

차원이 다른 힘에 감탄을 넘어 공포를 느낀 나는 페르디난드에게서 살짝 시선을 돌려, 칼스테드와 페르디난드 사이에서 싸우고 있는 다무엘에게 초점을 맞추었다.

다무엘은 다른 사람들보다 상당히 평범하게 싸웠다. 손에 쥔 검으로 한 마리씩 확실히 숨통을 끊을 뿐이다. 화려함도 없었다. 하지만 작년보다 훨씬 성장해 있었다. 마력을 아끼려고 팔심과 체력에 의지하여 마수를 쓰러뜨렸지만 숨을 헐떡이지도 않았고 불안하게 눈치 보지도 않았다. 똑바로 앞을 응시하며 싸웠다.

내 조언을 그대로 받아들여서 필사적으로 훈련했는지 마력을 유연하게 다루게 되었다. 약간 크기가 커진 펠체 같은 마수에겐 조금 많은 마력을 썼고, 잔챙이에겐 잔챙이에 맞는 마력을 쓰게 된 것처럼 보였다.

"다무엘, 슬슬 한 걸음 물러서서 약을 먹어라."

"아닙니다. 칼스테드 님. 아직 괜찮습니다."

다무엘은 고개를 젓고, 칼로 잔체를 베었다. 양쪽에 강한 두 사람이 있어서이기도 하리라. 하지만 작년과 달리 마구잡이로 무기를 휘두르지 않고, 정확하게 숨통을 끊었다.

"무리하지 마라, 다무엘."

"정말 괜찮습니다."

다무엘은 마수에게 시선을 고정한 채 조용히 대답하며 검을 휘둘렀다.

잠시 검을 휘두른 다무엘이 스스로 "잠깐 물러서겠습니다." 라고 말했다. 그리고 칼스테드와 페르디난드에게 뒤를 맡기고, 류엘 나무에 기대어 회복제를 먹었다. 약효가 나올 때까지 다무엘은 잠깐 휴식을 취했다.

"다무엘, 엄청 강해졌네요."

내가 기수에서 몸을 쑥 내밀고 소리쳤다. 다무엘이 깜짝 놀란 표정으로 나를 올려다보았다. 그리고 나와 눈이 마주치자 "송구스럽습니다." 하고 말하며 조그맣게 웃었다.

그리고 다무엘은 잠깐 눈을 감았다. 몸속의 마력을 확인하려는 듯이 천천히 숨을 내뱉는 듯했다. 그리고 고개를 번쩍 들고 회색 눈동자로 마수를 바라본 후, 다시 슈타프를 변형한 검을 쥐고 싸움 속으로 몸을 던졌다. 자신의 한계치가 늘어나서 자신감이 생겼는지 아까보다도 여유롭게 싸우는 것 같았다.

'엄청 열심히 훈련했나 봐.'

계속 강해지기를 바라던 다무엘을 아는 나는 노력의 성과를 눈으로 직접 보고 마치 내 일처럼 기쁘지 않을 수 없었다. 최근의 성장세를 보고 있으면 정말 사랑의 힘이란 위대하다는 생각이 들었다. 남의 연애 사정에 히죽히죽 웃으면서 성장한 다무엘의 모습을 지켜보는데, 유스톡스가 소리쳤다.

"공주님, 슬슬 시간이 됐습니다. 류엘 열매에 마력을 흘려보내십시오!"

나는 숨을 깊이 들이마시고 기수에서 몸을 내밀어 자수정처럼 생긴 류엘 열매에 손을 뻗었다. 류엘 열매를 내 마력으로 물들이기란 쉽지 않다. 모든 생물은 외부의 마력을 받아들이려 하지 않는 본능이 있는지 마력으로 물들이려고 하면 완강하게 저항했다. 딱딱하고 매끈한 류엘 열매를 손에 꼭 쥐고 류엘의 저항을 억누르는 기세로 단숨에 마력을 흘려보냈다. 작년보다 저항력이 약하게 느껴지는 건 나도 조금은 성장해서일까.

손안의 류엘 열매를 가만히 노려보면서 계속해서 마력을 흘려보내며 류엘의 저항을 억눌렀다.

"유스톡스, 이거면 됐나요?"

내가 주변을 둘러보자, 유스톡스는 류엘을 향해 덤벼드는 아이핀테를 베던 참이었다. 적을 제거한 유스톡스가 경계하면서 내게 다가왔다.

"……빠르네요, 공주님. 됐습니다. 수집하셨다면 바로 가죽 주머니에 넣으십시오."

완전히 색이 변한 류엘 열매를 오른손에 쥔 채 왼손으로 마술구 나이프를 쥐고 나뭇가지를 잘랐다. 필요 없는 잔가지는 재빨리 쳐내고, 열매를 얼른 가죽 주머니에 넣었다. 마력을 차단하는 주머니라서 이제 마수에게 빼앗길 걱정은 없다.

"공주님께서 채집을 끝내셨습니다!"

유스톡스의 목소리에 칼스테드가 고개를 크게 끄덕였다.

"그럼 철수하자!"

"아직이에요! 조금만 더 기다려 줘요. 다무엘에게도 류엘을 따게 해 주세요!"

쿵! 주변 마수를 소멸한 페르디난드가 나를 올려다보았다.

"무슨 생각인가, 로제마인!?"

"여름에 청혼하려면 그만큼 마력이 필요하잖아요. 날 호위하느라 마석을 따러 갈 수도 없으니까 여기서 채집하면 돼요."

나도 기사 이야기를 읽으면서 배웠다고요, 라고 자신만만해 하자 보호자들이 아련한 눈빛으로 나를 바라보았다. 왠지 '현실과 허구를 구분하지 못하는 어린애'를 보는 시선처럼 느껴진 나는 눈을 깜빡였다.

"……설마, 잘못 말했어요?"

"그렇지는 않다만……."

페르디난드가 동정하는 듯 브리기테를 힐끗 보았다. 그 시선으로 깨달았다. 원래는 청혼할 상대 몰래 준비해야 하는 물건인 게 틀림없다.

'아아아아아, 배려해 주려고 한 건데, 망했어!?'

히이이익, 하고 내가 머리를 싸매자, 칼스테드가 마수를 가볍게 처치하면서 "따 둬, 다무엘." 하고 말했다.

"이보다 더 좋은 마석을 가질 기회는 잘 없지. 청혼에 나무랄 데가 없다."

칼스테드는 히죽거리면서 마물 퇴치를 계속했다. "뒷이야기를 엘비라가 기대하던데, 잘 됐군." 하고 들린 건 내 착각이라고 해 두자.

기사단장인 칼스테드의 허가가 결정타였는지, "얼른 끝내 버려." 하고 에크하르트와 페르디난드까지 다무엘이 채집하도록 밀어 주었다.

나는 브리기테의 반응을 살폈지만, 브리기테는 완고하게 이쪽을 보려고도 하지 않고 묵묵히 마수를 사냥했다. 거리도 멀고 어두워서 자세히 보이지 않지만, 희미하게 귀가 빨개 보였다.

'미안, 브리기테. 부끄럽게 해서 진짜 미안.'

채집을 허가받은 다무엘은 기수로 류엘 열매에 다가가서 "메서." 라고 말하며 슈타프를 나이프로 바꾸었다. 자신의 마력으로 물든 고품질 마석이 필요한 나와 달리, 다무엘에겐 청혼에 쓸 마석이 필요하다. 굳이 지금 이 자리에서 마력으로 물들일 필요는 없다.

다무엘은 가까이에 있는 나뭇가지를 재빨리 잘라 류엘 열매를 두 개 땄다. 청혼용과 개인 수집용이리라. 기쁜지 회색 눈을 가늘게 뜨고 조심스러운 손길로 자기 가죽 주머니 속에 넣었다.

"이렇게 품질이 좋은 마석을 가져 보긴 처음입니다. 나중에 시간을 들여 천천히 마력으로 물들이겠습니다."

도르방의 겨울 저택으로 돌아온 나는 모든 소재를 모은 성취감과 만족감을 가슴에 품고 푹 잠이 들었다.

다음 날 아침, 나는 통통 튀는 걸음으로 페르디난드의 방으로 향했다. 아침 식사 후에 방에 오라는 호출을 받아서다. 어제 남은 작업 때문이리라. 어서 빨리 약을 제조할 수 있게 전력으로 작업에 몰두할 생각이다.

'힘도 생기고, 건강해질 수 있어. 나, 평범한 여자아이가 된다구. 룰루랄라.'

다무엘은 페르디난드에게 먼저 가 있기로 해서 나는 브리기테와 프랑과 함께 의기양양하게 페르디난드의 방으로 향했다. 문밖에서 대기하는 페르디난드의 시종이 열어준 문으로 입실했다.

"신관장님, 좋은 아침입니다! 오늘은 뭘 도와드릴까요?"

밝은 인사가 완전히 붕 떠 버렸다. 방 안을 가득 채운 찌릿찌릿한 공기에 나는 화들짝 입을 닫았다. 페르디난드의 방에는 아무도 일하고 있지 않았다. 애초에 문 앞에 대기하는 시종을 제외하고 모두 방에서 물렀는지, 일하는 사람이 없었다. 언짢은 표정인 칼스테드와 페르디난드와 에크하르트가 있고, 다무엘이 불쌍한 표정으로 도움을 요청하듯 "로제마인 님……." 하고 중얼거렸다.

'저기, 다무엘. 대체 무슨 짓을 한 거야?'

"브리기테, 프랑. 물러나라."

재빨리 방에서 나가는 브리기테와 프랑에게 매달리고 싶은 기분에 사로잡히며 나는 영문을 몰라 눈만 끔뻑였다. 그런 나를 페르디난드가 날카롭게 노려보았다.

"왜 불렀는지 알 거다. 로제마인. 다무엘에게 무슨 짓을 했지?"

딱히 뭘 한 기억이 없었다. 이 세 사람에게 혼나는 것 같은 다무엘의 주인이라는 이유로 이러는 걸까. 나는 필사적으로 내 행동을 떠올렸다.

"……어, 음…… 다무엘에게 한 짓, 이요? 어젯밤에 류엘을 따라고 권한 거요? 아니면 얼마 전에 호위 임무 중에 몰래 과자를 준 거요? 하지만 그건 브리기테한테도 줬는데……."

"아니! 아니다. 다무엘의 마력이 비정상적으로 커진 게 다 그대의 짓이 아니냐고 묻고 있는 거다."

"마력이 성장한 건 오직 다무엘이 노력해서예요. ……물론 조금 참견했다고나 할까, 조언을 해 줬는데, 본인 노력이나 훈련 없이는 성장할 수 없는걸요."

아무래도 다무엘의 성장에 관한 이야기였던 모양이다. 혼나는 줄 알았다, 라고 가슴을 쓸어내리는데, 칼스테드가 험악한 표정으로 나를 내려다보았다.

"대체 어떤 조언을 해 줬기에 이러느냐? 아무리 그래도 성장 속도가 비상식적이야. 성장기가 거의 끝난 하급 귀족의 마력이 이렇게 갑자기 커지다니 말도 안 돼."

"다무엘이 안게리카에게 게빈넨을 써서 병법을 시각적으로 설명했듯이, 제가 마력을 압축하는 방법을 알려줬을 뿐이에요."

미간을 찌푸리는 칼스테드와 에크하르트와 달리 페르디난드의 눈꼬리가 홱 올라갔다.

"그대의 마력을 압축하는 방법이라니? 난 들은 적이 없다."

"네? 그렇게 말씀하셔도 신관장님이 제게 마력을 압축하는 방법을 물은 적도 없으시잖아요……. 그리고 내 방식이라서 올바른지 어떤지는 몰라요. 다무엘이 우연히 해냈을 수도 있고요."

내가 고개를 갸웃거리자, 다무엘이 천천히 고개를 저으며 내 의견을 부정했다.

"로제마인 님의 방식을 말씀드리면 분명 성장기인 자들의 마력이 비약적으로 커질 겁니다. 겨우 키워 놓은 제 마력이 또 평균 이하로 떨어질까 두려워서 보고할 수 없었습니다. 대단히 죄송합니다."

아무리 끈질기게 노력해서 마력을 키워도, 방법을 익힌 다른 이가 똑같이 성장하면 마력의 평균치가 올라간다. 그러면 다무엘은 또다시 평균 이하로 떨어지게 된다.

"마력을 비약적으로 증폭하는 방법은 어떻게 보면 개인, 혹은 일족의 비법이라고 볼 수 있지. 숨기고 싶은 다무엘의 마음도 이해해."

에크하르트가 말한 대로 숨긴 행동을 혼내는 게 아니라면 대체 무슨 이야기일까. 옅은 금색 눈동자로 나를 지긋이 바라보는 페르디난드를 쳐다보았다.

"로제마인, 그대는 다무엘과 달리 주변에 숨길 생각은 없지 않은가? 그럼 그 방법을 마력이 부족한 에렌페스트에 퍼트리려는 생각은 왜 안 한 거지?"

"왜냐고 물으시면……."

그 말대로 마력이 부족한 에렌페스트를 위해 귀족의 마력을 올리자고 생각하는 것이 당연한지도 모른다. 하지만 나는 책을 보급하는 생각이면 모를까, 마력을 키우는 방법을 보급하자는 생각은 전혀 하지 못했다.

"전 항상 생사의 갈림길에서 살기 위해 마력을 압축해 왔어요. 처음부터 마술구를 가진 귀족에게 가르칠 만한 방법이 아니라고 생각했고, 위험한 방법이면 사망자가 나올지도 모르잖아요. 그런 위험한 걸 퍼트릴 순 없어요."

내 말에 칼스테드는 납득했고, 페르디난드는 "그럼 왜 다무엘에게는 알려줬지?" 하고 의아한 표정으로 관자놀이를 눌렀다.

"다무엘은 제 태생을 알고, 생사의 위험 속에서 한 행동이었다는 말의 의미와 무게를 아는 사람이니까요."

이곳에 있는 사람은 내 태생을 아는 사람들뿐이다. 모두 동시에 난처한 표정을 지었다.

"그렇군. 그대의 생각은 잘 알겠다. 퍼트릴 생각이 없다는 것도. ……그래도 부탁하마. 그대의 마력 압축 방법을 에렌페스트의 다른 귀족에게도 가르쳐 다오. 마력 부족은 시급히 해결해야 하는 과제다. 앞으로 에렌페스트를 짊어질 아이들의 마력이 늘어난다면 그보다 더 좋을 수 없지."

페르디난드의 얼굴에 초조함이 엿보였다. 최근 2년간, 기원식에서 내가 축복을 내리게 된 이후로 마력은 충만해지고 수확량은 늘었다. 하지만 날 도와줄 청색 신관의 마력을 늘려 달라는 부탁이라면 모를까, 귀족의 마력을 시급히 늘려야 하는 이유가 궁금했다.

"상당히 성급해 보이시는데, 뭔가 이유가 있어요?"

"이유랄 건 없다. 게오르기네가 아렌스바흐의 정실이라는 지위를 이용해 뭔가 꾸밀 때를 대비한 일환이다. 귀족의 마력 수준이 올라가길 바라는 마음에서다."

페르디난드가 대비의 일환이라고 한다면 협력해도 좋을 것 같았다. 하지만 마력의 압축 방법은 불안 요소도 수두룩하다. 그렇게 쉽사리 가르쳐도 될지 모르겠다.

"영지를 위해서라면 가르쳐줄 순 있어요. 다만 조건을 붙일래요."

마력 압축의 조건

숨을 삼키는 칼스테드와 에크하르트와 달리, 페르디난드는 흥미진진하게 "말해 봐." 라고 입꼬리를 올리며 뒷말을 재촉했다.

"먼저 가르치는 대상을 귀족원에서 마력 압축을 배운 자에 한하겠어요. 자력으로 압축하지 못하는 사람을 가르칠 생각은 추호도 없어요. 생사가 걸리니까요."

페르디난드는 천천히 고개를 끄덕였다. 칼스테드와 에크하르트도 "당연히 그래야지." 라고 수긍했다. 다무엘만 엉거주춤하게 서서 자신의 처우를 걱정하는 표정을 지었다.

"그리고 제가 속한 파벌 사람으로 제한하겠어요. 전 저와 적대하는 사람의 마력까지 늘려 주고 싶지 않거든요."

원래 평민이었던 나는 마력 하나로 청색 견습 무녀로 대우받았고, 영주의 양녀가 되었다. 마력의 양만큼은 다소 우위를 지키고 싶었고, 적대할 가능성이 있는 자의 마력을 늘리는 짓은 아무리 생각이 없고 무방비하다고 혼나는 나라도 하기 싫었다.

"'플로렌치아 파에 속하는 사람에 한한다'라고 대상을 정해 두면 게오르기네 파를 무찌르는 데 도움이 되겠죠? 그리고 그렇게 해두면 빌프리트 오라버니를 차기 영주로 세우고 싶은 양아버님은 무슨 일이 있어도 빌프리트 오라버니를 플로렌치아 파라고 공고하실 거예요."

아무리 게오르기네 파가 빌프리트를 끌어들이려고 한들 본인과 영주가 플로렌치아 파라고 표명한다면 불온한 소문도 점차 사그라질 터였다. 지금은 빌프리트가 교육 부족으로 어디로 뛰느냐가 불안 요소니까 부모가 확실히 파를 정해 주면 좋다.

"그러면 대상자를 그대가 골라야 하지 않는가? 맡기기 불안하군."

"그건 귀족의 관계를 전혀 모르는 저도 마찬가지예요."

귀족의 누구와 누가 어디에서 어떤 관계가 있는지 거의 모른다. 겨우 친척의 이름과 전 신전장의 편지를 토대로 작성한 블랙리스트 정도만 외웠을 뿐이다. 그런데 그 친척과 블랙리스트 귀족도 완전히 확실하지 않고, 서로의 이익 관계가 다르면 관점도 천차만별일 텐데, 신용하는 자를 구분하는 일을 내게 맡겨도 곤란했다.

"그러니까 여섯 분의 허가로 대상자를 정하기로 해요. 우선 에렌페스트의 최고 권력자이신 영주 부부, 사적인 감정을 배제하고 공정하게 판단하며 정보가 풍부한 페르디난드 님, 전력의 주축인 기사단장 아버님, 플로렌치아 파의 실질적 지도자인 어머님, 마지막으로 지식 제공자인 저…… 모두의 허가를 받는 거로 해요."

지금 내가 거론한 멤버는 모두 내 보호자다. 모두가 허가를 내리는 위치라면 반대파에 붙을 가능성이 현저히 낮아지리라. 내 나름의 처세술이다.

"호오? 생각보다 인원수가 많은데, 영주 부부만으론 부족한가?"

흥미로운 듯이 페르디난드의 입꼬리가 올라갔다.

"마력 압축 방법이 귀족에게 유익한 정보라면 빌프리트 오라버니가 어느 파벌에 끌려가더라도 양아버님은 부모의 정에 이끌려 지식을 주려 할 거고, 플로렌치아 님도 자식이 조르면 마음이 흔들리겠지요."

내 말에 칼스테드가 매우 곤란한 표정을 짓더니, 억지로 입을 열었다.

"로제마인, 넌…… 영주 부부를 신용하지 않는 게냐?"

"신용은 해요. 다만 부모의 사랑이란 게 뭐든 자식이 최우선이거든요. ……제 엄마와 아빠도 그러셨으니까."

내 양친과 대면한 적이 있는 페르디난드는 내가 말하는 부모의 사랑을 금방 이해했는지, 그립고 씁쓸한 듯한 복잡한 표정을 지었다.

"그걸 기준으로 부모의 사랑을 판단하는 거냐. ……귀족 사회에서는 안 통해."

"부모의 사랑에 관한 관점은 사람마다 다르니까 통하든 말든 상관없어요."

내가 아는 부모의 사랑이란 아낌없이 책을 사 주던 우라노 시절 부모와 아이를 지키려고 귀족에게도 맞서는 평민 시절 부모다.

"그리고 아무리 대상자를 엄선해 봤자, 다른 영지에까지 압축 방법이 퍼지면 의미가 없지 않아요? 남에게 가르치지 못하게 계약 마술로 묶어 두고 싶은데, 에렌페스트뿐만 아니라 타 영지에도 영향을 끼치는 대규모 계약 마술이 있나요?"

"……있다. 무시무시할 정도로 비싸지만."

대금화를 푼돈이라 치부하던 페르디난드가 그런 말을 하다니, 대체 얼마나 비싸단 말일까. 구체적인 금액은 알고 싶지 않았다. 하지만 그 계약 마술이 없으면 에렌페스트에만 마력을 올리기란 불가능하다.

"돈과 압축 방법, 뭐가 중요할까요? 전 압축 방법을 에렌페스트의 비법으로 둘 생각인데, 계약 마술에 돈을 쓰기 싫다면 포기하는 편이 좋겠죠."

"문제없다. 에렌페스트의 예산을 나눌 만한 가치는 있어."

페르디난드는 돈 마련을 고민하는지 복잡한 표정을 지으면서도 천천히 고개를 끄덕였다.

"신관장님, 그 계약 마술에 부모자식, 형제간에도 알려주지 못하게 설정할 수 있을까요?"

"개인 대 개인으로 계약하는 거야 물론 가능한데, 왜지?"

"제일 큰 이유는 멋대로 퍼트리면 곤란하니까요. 저번에 페르디난드 님이 말씀하셨잖아요. 마력 압축은 매우 위험한 행위니까 귀족원에서도 교사 여러 명이 붙어서 가르친다고. 불상사가 발생하지 않도록 대응해도 사고가 일어나기도 한다고……."

자기 방식으로 마력 압축에 성공한 아이가 드물기 때문에 "넌 어떻게 살아 있지?"라는 질문을 받았던 날을 아직도 잊을 수가 없다. 그런 위험한 방법을 아무런 규제도 없이 퍼트리고 싶지 않았다.

"저를 봐요. 이 압축 방법으로 신전의 청색 견습 무녀에서 영주의 양녀가 되었어요. 어쩌면 신전에 들어갈까 말까 한 마력을 가진 어린 자식에게 압축 방법을 억지로 강요해서 마력이 늘어나는지 시험하는 부모가 나타날지도 몰라요. 마력을 늘려서 신전행을 막겠다고 어린 자식에게 무리하게 강요하는 부모가 나타나지 않게 막고 싶어요."

귀족 사회에서는 집안의 계급에 어울리지 않게 마력이 적은 자식을 지위가 낮은 다른 가문의 양자로 보내거나 신전에 보내기도 한다. 그걸 막고 싶은 부모가 억지로 마력을 압축하려고 한다면 세례 전 아이의 사망률이 급증할 가능성이 있다.

"……세례 전 아이에게 조금 억지로 강요한다 해도 사람으로 치지 않아."

"사람으로 치냐 안 치냐는 높으신 분들 사정이고요. 아무리 세례 전 아이를 사람으로 치지 않는대도 살아 있는 존재예요. 사람으로 치지 않는다고 위험한 방법을 강요해도 된다고 생각하지 않아요. 전 싫어요. 이건 절대 양보하지 않을래요."

내가 고집을 부리자, 페르디난드가 미간을 찌푸리고 잠깐 눈을 감았다. 다시 뜬 옅은 금색 눈동자에는 속임수나 얼버무림 따위 용서치 않겠다는 엄격함이 깃들어 있었다.

"그대의 선택 때문에 귀족이 됐을지도 모를 아이가 신전에 들어가게 되어도 말인가?"

평소보다 낮은 목소리, 날카롭게 찌르는 듯한 눈동자를 나는 똑바로 바라보았다.

"전 열 명이 죽고 한 사람이 귀족이 되는 상황보다 열한 명이 청색 신관이 되는 상황을 고르겠어요."

신전 생활과 귀족 생활은 천지 차이다. 알지만 양보할 수 없었다. 나를 날카롭게 바라보던 페르디난드의 시선이 부드러워지더니 "흠." 하고 턱을 쓰다듬었다.

"대체 이게 그대에게 무슨 이득이 있는지 이해하기 어렵다만, 뭘 요구하는지는 알겠다. 그대의 조건대로 대상자를 정하마. 그대의 압축 방법은 개인 계약 마술로 묶어 두고, 부모자식과 형제간에도 지식을 공유하지 못하게 하마. 또 다른 조건은?"

"가르칠 때 요금을 받겠어요. 귀중한 지식이라니까 당연히 그래야겠죠?"

"……음. 그 생각은 나도 같다만, 그러면 하급 귀족은 수준을 올리기 어렵지 않겠는가?"

페르디난드가 관자놀이를 가볍게 톡톡 두드리면서 "어느 정도의 금액이 적당하려나……." 하고 중얼거리자, 시야 끝에서 다무엘의 얼굴이 새파래지는 것이 보였다.

"마력 수준을 올리는 게 목적이라면 하급 귀족에게는 싸게, 계급이 올라갈수록 비싸게 설정하면 어떨까요? 상급 귀족은 기본적인 마력이 있으니까 자기 노력으로 해결할 수 있어요. 제 지식에 가치를 느끼는 사람만 사면 되죠."

다무엘의 혈색이 돌아왔다 싶더니 이번에는 칼스테드의 얼굴이 새파래지더니 손가락을 꼽다가 머리를 싸맸다. 어쩌면 가족 할인이 필요한지도 모르겠다.

"그대의 조건을 받아들이지. ……자, 로제마인. 어떻게 마력을 압축한다는 거지?"

입꼬리를 씩 올리며 페르디난드가 물었다. 나는 싱긋 웃으며 고개를 저었다.

"그건 계약 마술과 요금이 준비된 후에 알려드릴게요. 신관장님."

"조금은 신중해졌구나."

"그렇게 뭔가 꾸미는 악당 같은 표정으로 말하면 누구나 신중해질 걸요."

내가 그렇게 말하자, 페르디난드는 콧방귀를 뀌면서 다무엘을 보았다. 저 녀석은 어쩔 생각이냐, 라고 시선으로 물었다. 나는 판결을 기다리는 피고인 같은 표정을 짓는 다무엘에게로 몸을 돌렸다.

"다무엘은 제가 멋대로 가르친 거니까 돈은 안 받겠어요. 대신 다른 사람들처럼 계약 마술로 입 밖에 내지 못하도록 할게요. 그래도 되죠?"

“물론입니다.”

안도하는 다무엘의 얼굴이 '공짜라서 다행이다'라고 말하는 듯
했다.

“이만큼 페르디난드 님과 스스럼없이 대화할 정도면 걱정하지 않
아도 되겠구나.”

마력 압축에 관한 논의를 끝낸 칼스테드가 안심한 듯이 그렇게 말
하고, 기수를 달려 에렌페스트로 돌아갔다.

'이게 스스럼없는 관계로 보인다니 귀족 사회가 어지간히 살벌한
걸까, 아니면 신관장님 주변이 살벌한 걸까, 어느 쪽일까? 생각하기
도 싫어.'

칼스테드를 배웅한 우리는 일크너로 출발해야 하는 내일을 위해
오늘 하루는 쉬기로 했다. 도르방에서 일크너는 비교적 가깝다.

“로제마인, 일크너에는 내가 동행할 테니 내 징세관을 쓰마. 유스
톡스는 먼저 에렌페스트에 돌려보내겠다. 괜찮겠지?”

“상관없어요.”

페르디난드는 칼스테드가 말했던 수상한 분위기에 관해 유스톡스
에게 정보 수집을 부탁할 생각이리라. 게오르기네 파에 관한 정보 수
집부터 마력 압축에 관한 준비 등, 여러 가지로 손을 써 둘 일이 있음
에 틀림없다. 원래부터 유스톡스는 페르디난드에게 충성을 맹세한 측
근이고, 재능을 썩히지 않게 이런 기회에 유용하게 이용해야 했다.

“로제마인, 오늘 난 할 일이 많아서 바쁘다. 이럴 때 그대가 겨울
저택을 서성이다가 문제라도 일으키면 골치 아프니, 오늘은 방에서
이걸 읽으며 보내도록.”

“알겠습니다! 오늘은 절대 방에서 안 나올게요!”

‘야호! 하루 종일 독서다!’

나는 페르디난드에게 건네받은 묶음 종이를 소중히 품에 안고, 신나게 방으로 돌아왔다. 프랑이 빼 준 의자에 앉아 두근거리며 페이지를 넘겼다.

묶음 종이는 게오르기네 파의 리스트였다. 게오르기네 파의 다과회에 참가하는 귀부인의 이름이 쭉 쓰여 있었고, 다른 파벌과도 사이가 좋고 중립에 가까운 하급 귀족의 이름에는 주석까지 달려 있었다. 다음 페이지를 넘기자, 리스트에 올라간 귀부인의 혈연에 관해 기록되어 있었다.

마지막 페이지에는 ‘페르디난드 님께 도움이 되었으면 좋겠습니다’라는 문장 밑에 ‘로제마인을 잘 부탁합니다’라는 글이 있었다.

“……어머님.”

다가오는 위험을 알려 수상한 분위기를 피할 수 있도록 기록하여 칼스테드를 통해 넘겨준 모양이다. 리스트에서 느껴지는 부모의 사랑에 눈가가 물씬 뜨거워졌다.

‘빠짐없이 읽고 외워야지…….’

나는 집중해서 리스트를 눈으로 훑었다. 역시 전 신전장과 친밀했던 블랙리스트 멤버도 많아서 절반 이상이 아는 이름이었다. 그리고 귀족의 복잡한 친척 관계에 머리를 싸매고 싶어졌다.

일크너의 수확제

흠, 하고 생각하면서 리스트를 노려보는데, 퍼덕이는 올도난츠의 날갯짓 소리가 들렸다. 방 안으로 쓱 들어온 올도난츠가 브리기테의 팔에 내려앉았다.

"내일 오후에 도착이라고? 알겠다. 요리 메뉴는 요리사들과 상담해서 정하마. 로제마인 님께는 내일모레 수확제를 열 예정이라고 전해 주겠니? 그리고 그 건을 로제마인 님께 반드시 확인해 주렴. 부탁한다."

기베 일크너의 목소리로 같은 말을 세 번 반복하고, 올도난츠가 노란 마석으로 돌아갔다. 브리기테가 나를 보면서 미안한 기색으로 "정말 죄송합니다, 로제마인 님."이라며 사과했다.

"조금 전에 오라버니에게 내일 일정을 알렸는데, 설마 근무 시간에 답장이 올 줄은 미처……."

"기베와의 연락도 업무의 일환이니까 괜찮아요. 그나저나 일크너 상황은 어때요?"

무사히 채집이 끝난 지금, 다음 걱정거리는 일크너. 페르디난드도 방문하게 된 탓에 서둘러 영민들을 교육하게 되었지만, 과연 내일 괜찮을까?

"조금 형태가 갖춰졌다고 합니다. 회색 신관들이 상당히 노력해 줬다더군요."

"그거 다행이에요. ……미안해요. 신관장님에게 지적받기 전까지 알아차리지 못해서."

내가 안도의 숨을 내쉬며 사과하자, 브리기테가 의아한 표정을 지었다.

"네?"

"전 일크너의 거리감 없는 화기애애한 분위기가 좋았어요. 그래서 앞으로도 제가 대응하면 딱히 문제가 없다고 생각했거든요. 설마 신관장님이 가실 줄은 예상도 못 했고, 다른 귀족이 시찰하러 갈 거라고는 생각도 못 했어요."

앞으로 제지업과 인쇄업을 확장하더라도 기베들과 협상하는 장소는 성이다. 그렇다면 굳이 귀족들이 먼 일크너까지 시찰이나 견학을 가지 않아도 신전에 있는 로제마인 공방으로 충분하다고 생각했다.

하지만 귀족 시점에서 생각해 보면 신전은 견학할 가치가 없다. 페르디난드에게 "신전에 오고 싶어 할 귀족이 있을 턱이 없지."라든지 "인건비나 예산의 흐름이 지나치게 특수해서 영주 일족이 경영하는 신전 공방은 기베의 참고가 되지 않아."라고 지적받았을 때 핏기가 싹 가셨다.

"개의치 마십시오. 사실은 로제마인 님과 페르디난드 님께 지적받기 전에 저희가 깨달았어야 하는 일이었습니다."

그리고 조금 망설이던 브리기테가 입을 열었다.

"로제마인 님, 질문드리고 싶은 게 있는데, 시간 괜찮으십니까?"

"오늘은 하루 종일 방에서 대기하라는 명령이니까 전 상관없는데, 브리기테가 먼저 할 얘기가 있다니 드문 일이네요."

브리기테는 다무엘에게 한 시간만 자리를 비우겠다고 말하고는 나를 돌아보았다. 아마 조금 전에 올도난츠가 말했던 '그 건'에 관한 이야기이리라. 대체 뭘까, 하고 나는 자세를 고쳐 잡고 브리기테를 보았다. 물어도 될지 말지 고민하듯 자수정빛 눈동자가 흔들리더니, 이내 눈을 감았다.

"······로제마인 님, 예전에 핫세에서 회색 신관은 결혼하지 못한다고 하셨는데, 사실입니까?"

"네, 사실이에요. 회색 신관은 결혼할 수 없어요."

역시, 하고 중얼거린 브리기테가 몹시 실망한 표정을 지었다. 하지만 회색 신관이 결혼하지 못한다고 해서 브리기테가 이렇게 의기소침해지는 이유를 모르겠다.

'회색 신관이 결혼할 수 없는데 왜 브리기테가 풀이 죽지? 어? 설마, 브리기테······ 어떡해, 다무엘! 생각지도 못한 곳에 복병이!'

"브리기테, 저기, 설마, 회색 신관 중에 사랑하는 사람이라도 생겼나요?"

내가 조심스럽게 묻자, 다무엘과 브리기테가 동시에 "네!?" 하고 눈을 휘둥그레 떴다. 경악하는 다무엘의 표정을 본 브리기테가 황급히 고개를 저었다.

"제가 아닙니다! 아니에요! 무슨 말씀입니까, 로제마인 님!?"

브리기테가 전력을 다해 부정하자, 나와 다무엘이 동시에 안도의 한숨을 내쉬었다.

"회색 신관이 결혼을 못 한다고 의기소침해 보이기에 설마설마했어요."

"신분과 마력의 양을 고려해 봐도 회색 신관과는 불가능합니다. 일크너 주민 얘기예요."

브리기테는 나를 가볍게 노려보고는 "역시 결혼을 못 하는군요."

라며 안타깝게 한숨을 내쉬었다. 일크너 주민과 귀족의 사이가 아직
도 가까운 사실에 안도와 약간의 불안을 느끼면서, 나는 회색 신관에
관한 처우를 떠올렸다.

"꼭 불가능하지만은 않아요. 기베 일크너가 그 회색 신관을 사들인
다면 그자는 신관 관할에서 벗어나니까 주인인 기베의 허가로 결혼할
수 있어요."

아직 사람을 사고 파는 문화가 생소하지만, 회색 신관이 귀족에게
팔려나가는 것 자체는 늘 있는 일이다. 회색 신관과 회색 무녀는 하
인이나 사무를 보는 자로 귀족에게 팔려나간다. 팔려간 곳에서 행복
한 결혼을 할 수 있다면 나는 기꺼이 회색 신관을 보낼 거고, 신전장
의 권한으로 지금까지 일해 준 급료와 축의금까지 줄 생각이다.

"로제마인 님, 그 말씀을 오라버니에게 알려도 되겠습니까? 그를
사서 겨울에 일크너에 남게 된다면 이번 결혼식에 두 사람을 참석하
게 하고 싶습니다."

"……먼저 신관장님께 물어볼게요. 전 멋대로 판단하면 안 되거
든요."

프랑을 통해 페르디난드에게 면담을 의뢰했더니 '방에서 하루 종
일 책을 읽으라고 했을 텐데?' 라고 프랑을 통해 설교를 들어야 했다.
하는 수 없이 '일크너에 도착하기 전에 답장하고 싶은데, 제 맘대로
답해도 되죠?' 라고 프랑에게 전해 달라고 부탁했다.

점심 이후로 면담을 잡은 내가 귀찮은 표정의 페르디난드에게 회
색 신관의 결혼 얘기를 꺼내자, 페르디난드의 대답도 나와 같았다.

"기베 일크너가 사들인다면 아무런 문제 없다. 다만, 수확제 때 결

혼할 셈이라면 조급히 준비해야 할 거다. 이쪽에서 서류를…… 아니지, 나중에 그대가 만들어라. 등록증은 준비해 주마."

페르디난드는 얼른 대화를 끝내고, 어서 나가란 듯이 손을 흔들었다.

방으로 돌아온 나는 프랑이 알려주는 대로 회색 신관 매매 서류를 작성했다. 지금까지 페르디난드가 담당했을 회색 신관의 매매에 처음으로 관여하게 되어 우울했지만, 한편으론 결혼으로 행복해진다면 축복해 주고 싶은 마음이 섞여 뒤죽박죽이었다.

"프랑, 결혼을 어떻게 축하하면 되나요?"

"모릅니다. 제가 아는 한, 결혼한 회색 신관은 없습니다."

프랑은 냉담하게 그렇게 말한 뒤, "죄송합니다." 하고 조용히 눈을 내리깔았다. 그 표정에서 복잡한 감정을 발견한 나는 볼에 손을 댔다.

"……프랑도, 결혼하고 싶어요?"

"아니요. 전 지금 생활에 만족합니다. ……그리고 결혼이란 게 어떤 건지 잘 모릅니다. 만약 결혼해야 하는 상황이 온다면 상당히 곤란할 것 같습니다."

신전밖에 모르는 프랑의 말에 갑자기 걱정이 일었다.

"일크너 주민은 결혼하고 싶은 모양인데, 과연 회색 신관 쪽은 이 결혼을 바라고 있을까요?"

"기베가 원하면 회색 신관은 얼마든지 팔릴 수 있습니다. 심정을 고려할 가치도 없습니다."

프랑의 표정은 '여전히 순진하시네요'라고 말하고 있었다. 말마따나 귀족이 원하면 회색 신관은 팔릴 수 있다. 그래도 되도록 행복해졌으면 좋겠고, 기베 일크너에게 이용당하지 않으면 좋겠다고 생각하지 않을 수 없었다.

　복잡한 불안감을 안고 우리는 일크너에 도착했다. 저번 방문과 달리 브리기테에게 손을 저으며 환영하는 사람도 없었고, 도착했을 때 우르르 몰려오지도 않았다. 기베 일크너를 선두로 모두가 무릎을 꿇고 맞이해 주었다. 군데군데 어색해 보이기도 했지만 시골이니까 그러려니 하고 넘어갈 정도였다. 회색 신관들이 주민들을 얼마나 필사적으로 교육했는지, 일크너 주민들이 어느 정도 힘껏 노력했는지가 한 눈에 보였다.
　"긴 여행으로 피곤하시지요. 얘기는 저녁 후에 하기로 하고, 우선은 느긋하게 쉬십시오."
　귀족끼리 나누는 장황한 인사를 끝내고 기베 일크너가 말했다.
　마차로 먼저 도착한 시종들이 방을 준비해 뒀다며 나와 페르디난드를 각자의 방으로 안내해 주었다.
　"난 옷을 갈아입으면 별관에 갈게요. 프랑, 회색 신관을 모두 모아 주세요."
　프랑에게 그렇게 부탁한 나는 모니카와 니콜라의 손을 빌려 재빨리 옷을 갈아입었다. 저녁 식사에 적합한 차림으로 갈아입은 나는 모니카를 방에 남기고 니콜라와 얼른 별관으로 향했다.
　'기베와 얘기하기 전에 확인해야 해. 고아원 원장인 내가 회색 신관의 특수한 상황을 잘 이해했어야 했는데…….'
　기베나 일크너 주민이 회색 신관에게 결혼을 강요했을 가능성을 전혀 생각하지 못했다. 빌마의 일을 계기로 회색 무녀가 꽃을 바치라고 강요받지 않도록 애써 왔는데, 남자인 회색 신관의 처지는 생각해 보지 못했다. 프랑에게 결혼에 관한 의견을 듣기 전까지는 회색 신관들이 결혼 자체를 이해하지 못한다는 사실도 깨닫지 못했던 내 가슴에 형용할 수 없는 초조함이 소용돌이쳤다.

"로제마인 님, 이쪽입니다."

별관에 들어가자, 청색 신관이 쓰는 방문 앞에 프랑이 서 있었다. 공손한 동작으로 열어 준 문 앞에 길과 네 명의 회색 신관들이 무릎을 꿇고 있는 모습이 보였다.

"길, 놀트, 셀림, 볼크, 발트. 오랜만이에요. 정말 열심히 해줬어요. 기베 일크너와 브리기테를 통해 여러분이 얼마나 노력했는지 들었습니다."

"영광입니다."

준비된 의자에 앉은 나는 무릎 꿇은 회색 신관을 쭉 돌아보았다.

"시간이 없으니 본론으로 들어갈게요. ……어제 기베 일크너가 올도난츠를 통해 결혼을 원하는 회색 신관과 일크너 주민이 있다고 전했어요. 정말 원한다면 방법은 있습니다. 그 사람이 누구죠?"

모두의 시선이 한 사람에게 집중되었다. 주목을 받은 볼크가 새파랗게 질려서 고개를 푹 숙였다.

"볼크, 당신이 결혼하길 원하나요?"

"죄송합니다, 로제마인 님."

"사과할 건 아니에요. 프랑은 결혼 자체가 어떤 건지 모르니까 강요받으면 상당히 곤란할 거라고 했어요. 지위가 취약한 회색 신관은 강요와 명령을 거부할 수 없고요. 그래서 먼저 볼크의 의견을 확인하고 싶군요. 기베 일크너나 그 상대가 결혼을 강요한 건 아니죠?"

깜짝 놀라 고개를 든 볼크가 "그런 일은 없습니다." 하고 고개를 저었다. 내가 예상한 최악의 사태가 아니었음에 안심했다.

"그럼 당신 스스로 결혼을 원하나요? 신전을 나와 일크너에서 평생을 보낼 각오가 되어 있어요? 잠깐 지내는 손님이 아니라 평생을 살게 되면 습관과 사고방식이 달라 혼란스러울 거예요. 또 주종관계가 아니라 부부관계를 쌓는 데도 많이 당황할 테고요. 그래도 이곳에 남고 싶나요?"

잠시 침묵한 볼크는 천천히 입을 열고, 짜내듯이 중얼거렸다.

"……많이 불안합니다. 프랑과 마찬가지로 저도 결혼이 어떤 건지 잘 모릅니다. 하지만…… 그래도 그녀와 함께 있고 싶습니다."

"누군가가 강요한 관계가 아니라서 안심했어요. 회색 신관 신분으로는 결혼할 수 없으니 기베 일크너와 볼크의 매매 계약을 진행할게요. 괜찮겠죠?"

"부탁드립니다."

회색 신관 중에 누가 결혼하고 싶어 하는가, 정말 본인의 의지인가를 확인한 나는 가슴을 쓸어내렸고, 어깨에 힘이 빠졌다.

"저녁 식사 후에 기베와 얘길 나눠야 하니까 서둘러 방으로 돌아갈게요. 공방 성과 보고는 내일 이후에 천천히 들려주세요."

별관을 나와 최대한 빠른 걸음으로 내 방에 돌아갔다. 회색 신관의 마음만 확인한 뒤 시치미를 떼고 방에 돌아오려고 했건만, 엿장수 맘대로 될 리가 없었다.

"로제마인 님! 신관장님께서 부르십니다."

여름 저택 쪽에서 모니카가 달려왔다. 급한 얘기를 전하러 페르디난드의 시종이 왔다 간 모양이었다. 방을 비운 사실을 페르디난드에게 들켰다는 생각에 핏기가 싹 가셨다.

"……저기, 프랑. 신관장님께 혼날까?"

"약으로 억지로 기운을 차리게 했는데 마음대로 움직이신 걸 알면, 아마도……."

나는 프랑에게 안겨 서둘러 페르디난드의 방에 갔다. 예상대로 방에 들어가자마자 날카로운 눈이 나를 째려보았다.

"제 몸도 못 가누는 상태에서 어딜 빨빨거리며 돌아다닌 거지, 로제마인?"

"급하게 확인할 일이 있어서 별관에 갔었어요. 회색 신관에게 묻고 싶은 게 있었거든요."

"……이쪽도 급하다. 기베 일크너와 매매 계약을 맺기 전에 여기에 써넣거라."

건네받은 종이는 내가 프랑의 도움을 받으며 작성한 계약서를 페르디난드가 군데군데 수정한 것이었다. 회색 신관의 능력을 기입하는 추가 항목에 공방과 관련한 볼크의 기술을 쓰라고 했다.

"제지업 지식이 있고, 그걸 가르칠 능력이 있음. 인쇄업 지식이 있고, 인쇄 경험이 있음. 그리고……."

나는 생각나는 대로 볼크가 할 수 있는 일을 써 내려갔다. 완성된 서류를 본 페르디난드가 언짢은 표정으로 미간을 찌푸리며 추가로 쓴 항목을 세었다.

"로제마인, 기베 일크너와 금액은 협상했나?"

"아뇨, 브리기테를 통해 올도난츠로 주고받아서 그렇게 자세한 얘기는 하지 않았어요. 오늘 얘기를 나눌 수 있었으면 하는데……."

듣자 하니 '절대 헤어지고 싶지 않다'라고 주민에게 상담이 들어온 게 며칠 전이었는데, 기베 일크너에게도 마른하늘에 날벼락이었다고 한다. 나 역시 별관에 가기 전까지 당사자가 누구인지 몰랐을 정도다.

올도난츠의 보고로는 일단 돈은 준비해 됐다고 했는데, 회색 신관을 매매한 적이 없어서 자세한 시세를 몰랐던 나는 대충 흘려 넘겼다.

"회색 신관의 금액은 평균 소금화 다섯 닢 정도지만, 개인 역량에 따라 천차만별이다. 이 표로 당사자의 능력을 금액으로 환산하면…… 꽤 비싸지겠군."

"볼크는 시종 출신으로 교육도 받았고, 제지업과 인쇄업의 지식도 깊어요. 고작 몇 사람이 타 지역까지 가서 성과를 올리는 정예인걸요. 당연히 비싸야 하지 않겠어요?"

만능인 나의 우수한 회색 신관이 쌀 리가 없다. 비싼 게 당연하고, 타 귀족에게 계속 싸게 팔아 버리면 신전 공방을 지탱할 사람이 없어진다. 그쪽이 훨씬 문제다.

"알면 됐다. 정에 혹해서 깎아 주지는 말도록. 그리고 신관의 매매 계약은 신관장의 직무다. 이번에 그대는 승인만 하고, 기본적으로는 입을 열지 않도록 해라."

"디르크를 팔 때 전 신전장이 멋대로 계약을 맺은 기억이 있는데요……."

내 지적에 페르디난드가 짜증스럽게 인상을 찌푸렸다.

"그러니까 주의하라잖느냐. 신전장은 신관장의 상사에 해당하니 계약할 수 있다. 다만, 원래는 신관장의 업무다. 전 신전장도 이미 끝낸 후이긴 했지만 내게 계약서를 보여주러 왔었다. 비록 그대가 명색뿐인 신전장이라도 내 상사인 셈이니, 계약 도중에 일시적인 기분으로 함부로 참견하면 곤란해. 볼크의 계약에 뭔가 의견이 있다면 지금 말해 둬라."

"볼크 본인의 의사도 확인했으니까 딱히 없어요."

페르디난드와 상의한 뒤, 나는 기베 일크너의 저녁 자리에 나갔다. 주민들로 둘러싼 바비큐가 아닌 귀족 저택에서 나오는 식사다. 수프는 푸고가 만든 듯했는데, 그 외에는 일크너의 특산품을 아낌없이 쓴 요리들이 나왔다. 페르디난드가 만족하자, 긴장에서 해방되었는지 기베 일크너의 표정이 부드러워졌다.

"오늘의 수프는 맛이 각별하군요. 역시 로제마인 님의 전속 요리사입니다."

"칭찬해 주셔서 감사하게 생각합니다. 요리사에게도 전할게요."

식사가 끝나면 기베의 집무실로 이동해서 매매 계약을 할 차례다.

신전의 시종을 거느리고 방에 들어가자, 당사자인 볼크와 그 상대라고 여겨지는 성실해 보이는 젊은 여성이 밀착하듯 서 있었다. 두 사람의 모습을 보고 기베 일크너가 브리기테와 닮은 부드러운 미소를 지었다. 그 표정에서 보이는 축복의 감정에 나는 남몰래 가슴을 쓸어내렸다. 볼크의 마음이 어떻든 간에 기베 일크너에게 이용당한 것이 아닐까 불안했었는데 쓸데없는 걱정이었다.

"그럼 신전장님. 볼크의 매매 계약입니다만……."

자리에 앉아 운을 뗀 기베 일크너에게 나는 "신관의 이동은 신관장의 직무입니다."라고 설명하면서 옆에 앉은 페르디난드를 쳐다보았다. 시종에게 서류를 건네받은 페르디난드가 테이블 위에 펼쳐서 기베 일크너에게 내밀었다.

"확인해 주게. 볼크의 매매 계약서다."

쭉 훑어본 기베 일크너가 눈을 휘둥그레 뜨고 아연실색했다. 몇 번이고 계약서와 나와 페르디난드를 번갈아 보고, 볼크와 여성을 바라보더니 눈을 질끈 감았다.

"……이렇게 비싸단 말입니까? 아버님이 생전에 매입한 회색 신관은 이렇게 비싸지 않았습니다. 분명 소금화 한 닢……."

"그건 허드렛일밖에 할 줄 모르는 회색 견습 신관의 가격이었겠지. 얼마나 재능이 있느냐로 회색 신관의 가격이 정해진다. 볼크는 청색 신관의 시종 출신으로 귀족을 모시는 교육도 받았다. 그리고 로제마인이 지휘하는 제지업과 인쇄업에도 통달한 인재지. 당연히 비싸지 않겠나?"

볼크와 그녀가 딱딱한 표정으로 매달리는 듯한 시선을 기베 일크너에게 보냈다. 두 사람의 시선을 받은 기베는 계약서를 바라보고 상당히 곤란한 표정으로 고개를 숙였다.

"예상을 뛰어넘는 가격이라 도무지…… 살 엄두가 안 납니다."

기베 일크너의 말에 "어떡해……."라는 여성의 조그마한 중얼거림이 들렸다.

"얼마를 예상하고 계셨나요?"

부친이 샀다는 회색 신관의 금액을 토대로 볼크를 소금화 몇 닢이라고 예상했다면 방법이 없다. 볼크는 대금화 두 닢과 소금화 두 닢이다.

"……유능하니까 비쌀 거라는 각오는 했습니다만, 소금화 다섯 닢에서 여섯 닢 정도일 줄로."

"인쇄업에 엮이지만 않았다면 그 정도 금액이었겠지만, 볼크는 부가가치가 높거든."

페르디난드가 팔짱을 끼고 그렇게 말했다. 볼크가 팔리면 인쇄업과 제지업에 관한 지식이 전부 주인에게 넘어가게 된다. 부가가치를 고려하면 값을 절대 깎을 순 없었다.

"……로제마인 님."

페르디난드보다는 만만하다고 생각했는지, 기베 일크너가 나를 보았다. 안타깝게도 가격 협상 쪽은 벤노에게 시달려 온 내가 더 엄격한데 말이다.

물론 사랑을 이뤄 주고 싶다. 수많은 불안을 품으면서도 함께하기를 바란 볼크를 응원해 주고 싶다. 하지만 여기서 지면 다른 귀족도 가격으로 협상을 걸어 올 가능성이 커진다. 일크너만 편애한다는 말이 돌거나, 위장 결혼이 생길 수도 있다고 생각되었다. "값을 깎을 때는 여기서 물러나도 정말 괜찮은지 끝까지 고민해." 라고 벤노에게 배운 나로서는 고개를 저을 수밖에 없었다.

"이번 협상은 결렬이네요. 사정은 알지만 소금화 여섯 닢으로는 거래할 수 없어요."

내 대답에 기베 일크너는 절망적인 표정으로 서로에게 바짝 붙어 있는 두 사람을 보았다.

"하지만 로제마인 님. 볼크와 카야는 서로를 사랑하고, 그래서……."

"기베 일크너. 뭘 착각하는지 모르겠다만, 회색 신관에게 결혼은 허락되지 않아. 사지 못하는 이상 그대가 참견할 일이 아니네. 이 얘기는 끝이다."

"……정말, 죄송합니다."

쓴 물을 삼킨 얼굴로 기베 일크너가 페르디난드에게 무릎을 꿇었다. 동시에 카야의 입에서 참지 못한 오열이 새어 나왔다.

정말 가슴 아프고 어색한 분위기에 나는 무심코 "신관장……." 하고 페르디난드의 소매를 잡았다. 페르디난드가 짜증내는 표정으로 콧방귀를 꾸었다.

"해결해 줄 수 있는 사람은 내가 아니다. 금액이 부족했을 때, 그대라면 어쩌겠나?"

나는 즉시 "벌어야죠." 라며 손뼉을 치며 대답했다. 갖고 싶은 게 있다면 당연히 돈을 벌어야 한다. 그럼 볼크를 다른 사람에게 팔지 못하게 확보해 두는 계약 완료라는 형태를 취하면 어떨까?

"기베 일크너, 볼크 매매의 우선권을 줄 테니, 1년 안에 벌어서 갚으면 어떨까요?"

내가 제안하자, 기베 일크너가 "1년에 벌 수 있는 금액이 아닙니다." 라고 말하면서 절망스럽게 고개를 푹 숙였다.

"필요한 금액을 준비하면 그만이다. 가자, 로제마인."

벌떡 일어나서 퇴장하는 페르디난드를 따라 나도 함께 퇴장했다. 힐끗 뒤돌아보니 머리를 싸맨 기베 일크너와 꺼이꺼이 우는 카야의 모습이 보였다. 볼크도 당장에 울음을 터트릴 것처럼 인상을 찌푸리고 있었다.

'1년간 필사적으로 노력하면 못 버는 금액은 아닌데.'

여태까지와 달리 지금의 일크너는 새로운 종이를 발명한 참이다.

그 종이의 특성에 맞는 인쇄 방법을 발견해서 팔면 그렇게 벌기 어려운 금액은 아니라고 생각한다. 실제로 나와 루츠도 처음 종이를 만들때 수단과 방법을 가리지 않고 벌었다. 누구나 따라하기 전이 바로벌 때다. 기회는 지금뿐이다.

"혹시 기베 일크너는 장사에 약한 걸까요?"

"내 생각엔 협상 자체에 약하다고 보는데."

"……그건 귀족에게 치명적인 단점 아닌가요?"

귀족의 진가는 물밑 작업과 협상에서 발휘된다. 그 점을 내게 주입해 온 페르디난드는 "그런 셈이다." 라고 고개를 끄덕였다. 그 뒤 매우 복잡한 얼굴로 "그대의 장사 감각은 귀족으로서는 상당히 특이하지만……." 하고 관자놀이를 누르면서 나를 내려다보았다.

"돈을 버는 방법을 조언해 주는 정도는 봐주마. 그대도 벤노가 키워 줬지 않은가?"

'에엑!? 신관장이 자비를 베풀다니 무슨 일이래!'

내가 깜짝 놀라 페르디난드를 올려다보자, "얼굴에 다 드러난다." 라고 노려보며 손가락으로 내 이마를 튕겼다.

'아야!'

다음 날은 수확제다. 오전 중에 일크너 주민들이 총출동하여 준비하고, 오후부터 잔치가 시작된다. 항상 내가 도착했을 땐 이미 수확제 준비가 완료된 상태라 바쁘게 준비하는 열기를 느낀 적은 없었다. 곳곳에서 전해지는 고조된 흥분이 축제 분위기다워서 나까지 마음이 들떴다. 오늘 브리기테에겐 휴가를 줬다. 페르디난드가 있어서 눈치를 봐야겠지만, 오랜만에 열리는 고향의 수확제를 즐겨 줬으면 했다.

그렇게 소란스러운 가운데 나는 프랑과 다무엘을 데리고 별관으로
향했다. 일크너의 수확제에서는 페르디난드가 데려온 징세관을 쓰기
로 했기에 세례식 등의 의식도 그가 진행하기로 했다. 유스톡스가 바
로 성에 돌아가 버린 덕분에 이번에 나는 평범한 손님인 셈이다.

　별관에 준비된 방에 들어가자, 그곳에는 길과 루츠와 다미안이 각
각 보고할 목패와 서자판을 안고 기다리고 있었다.

　"길, 건강해 보여서 다행이에요. 루츠, 수고했어요. 그리고 다미
안도 지금까지 고맙게 생각합니다. 그럼 어떤 종이를 만들었는지 볼
까요?"

　내가 세 사람을 칭찬하며 일크너에서 이룬 성과를 묻자, 제일 먼저
길이 나섰다.

　"결론부터 말하면 세 종류의 새로운 종이가 완성되었습니다. 린파
이와 마목인 난세이브와 에이폰으로 종이를 만들었습니다. 쉭스일라
는 이쪽에서 채집한 데그루바라는 풀과는 상성이 나빠서 백피를 에렌
페스트에 가져가 슬라모 벌레와 에딜로 시험할 예정입니다."

　"새로운 종이가 세 종류나 완성됐다고요? 훌륭해요."

　내가 칭찬하자, 길이 기쁜 듯이 웃었다.

　"토론베지가 불에 강한 특성이 있듯이 마목으로 만든 난세이브지
와 에이폰지에도 뭔가 특성이 있을지도 모르는데, 아직은 발견되지
않았습니다."

　"그쪽은 써보면서 찾아볼 수밖에 없겠네요. 고마워요, 길."

　길의 보고 다음에는 루츠가 트라오페를레라는 나무 열매에 관해
보고해 주었다.

　"트라오페를레는 이 하얀 나무의 열매입니다. 일크너에서는 초가

을에 많이 수확되는데, 쓴맛이 강해서 식용으로는 쓰지 않습니다. 이걸 으깬 액으로 반들반들하고 딱딱한 종이를 만들 수 있습니다. 이걸 사서 에렌페스트에 가져가 다른 나무와도 상성을 시험해 보고 싶습니다."

트라오페를레를 풀로 사용하면 기본적으로 딱딱하고 반들반들한 종이가 만들어지는 모양이다.

"트라오페를레를 쓴 종이가 일크너의 특산품이 되겠네요."

처음 데려왔을 때보다 제법 피부가 그을린 다미안과는 가격 얘기를 나눴다. 플랑탱 상회가 너무 바가지를 씌우지 않게, 또 다른 종이와도 균형을 고려하면서 가격을 매겼다.

"그럼 이걸로 계약서를 작성하고 오겠습니다."

다미안이 계약서를 만들러 방을 나갔다. 길과 루츠가 남자, 나는 프랑과 다무엘이 서 있는 방을 휙 돌아보고 키득키득 웃었다.

"프랑, 문밖에서 망 좀 봐 주겠어요?"

"……너무 목소리가 커지지 않게 주의해 주십시오."

포기한 듯 한숨을 내쉰 프랑이 방을 나가 문을 닫았다.

"아무도 꼭 안아 주지도 않고, 가족한테 편지도 못 보내서 외로웠어."

나는 루츠에게 와락 달려들었다. 루츠도 포기한 얼굴로 나를 꼭 안아 주었다. 마음을 달랜 나는 "길도 루츠도 대단해, 고생 많았어." 하고 길의 머리를 쓰다듬으며 입이 마르게 칭찬했다.

"……그런데 네 소재 채집은 어떻게 됐어?"

"우후훗. 약 재료는 전부 모았어."

내가 자신만만하게 "잘했지?" 하고 말하자 뒤에서 나직이 "고생한 건 호위 기사인데요." 라는 다무엘의 중얼거림이 들렸고, 루츠와 길이 웃음을 터뜨려 버렸다. 볼을 뾰로통하게 부풀리며 "나도 고생했다구." 라고 말해 봤지만, 모두의 웃음에 나까지 웃어 버렸다.

"루츠, 루츠. 나 드디어 평범한 여자애가 될 수 있어."

달리다가 쓰러지고, 흥분해서 의식을 잃지 않고, 평범하게 움직일 수 있게 된다. 기뻐하는 내 목소리에 루츠의 표정이 시큰둥해졌다. 미간을 찌푸리고, 팔짱을 낀 채 "흠." 하고 신음했다.

"……약이 완성되면 물론 건강해지겠지만, 그래도 평범한 여자애는 아니지 않아?"

"루츠, 그거 무슨 의미야?"

"건강해지면 막을 사람이 없어서 더 이상한 데서 폭주할 것 같다는 말이야."

나는 무심코 "너무해!" 하고 따졌지만, 길과 다무엘은 "하긴." 하고 중얼거리며 루츠에게 찬성했다. 그런 시시한 대화를 나누며 한숨을 돌리자, 루츠가 나를 보았다.

"있지, 볼크가 엄청 풀이 죽었던데, 잘 안 됐어?"

"……응. 협상은 결렬됐어. 볼크를 살 만한 돈을 기베 일크너가 준비하지 못했거든. 재능이 많아서 비싸지만, 앞날을 생각하면 싸게 거래할 순 없잖아?"

플랑탱 상회에서 이리저리 치인 탓에 벌써 나보다 훨씬 상인다워진 루츠는 비취색 눈을 엄격하게 뜨고, 머릿속에서 계산기를 두드리기 시작했다.

"시종 출신이고, 인쇄 관련 지식이 있는 것만으로도 상당히 비싸지잖아? ……앞으로 확장할 인쇄업 지식이라서 값을 깎을 수도 없는 노릇이고 말이야. 새로운 종이가 세 종류나 생겼으니까 1년간 필사적으로 종이를 만들어 팔면 대금화 두 닢 정도는 벌 수 있지 않을까?"

내 말에 루츠가 "1년 있으면 가능할 것 같기도 한데. ……다만 볼크가 일크너에서 활동해야겠지만 말이야." 라며 어깨를 으쓱했다.

"로제마인 님, 볼크에게 알려줘도 되겠습니까? 그, 돈을 버는 방법이라든지, 못 버는 금액이 아니라는, 그런 얘기…… 어제까지만 해도 카야와 결혼할 것 같다며 그렇게 좋아했는데, 오늘 아침엔 딴 사람처럼 죽을 것 같은 표정이어서요."

그런 볼크를 보고 있기 괴롭다며 길이 중얼거렸다. 나는 고개를 크게 끄덕였다.

"그렇게 하도록 하세요. 내가 직접 말을 걸 기회가 거의 없어서 어쩌나 했거든요. 우선 볼크와 길이 기베 일크너에게 그 말을 전해 주고, 기베 일크너가 우리에게 볼크를 빌려 달라고 부탁하는 형태를 취해 주면 나로서도 고맙겠어요."

"말해 보겠습니다."

수확제가 시작되었다. 공방을 맡느라 거의 신전을 지켰던 길이나 플랑탱 상회 직원이라 핫세까지 가서도 작은 신전에서 머물렀던 루츠. 에렌페스트에서 나온 적이 없는 회색 신관과 다미안은 수확제를 처음 보는지, 눈을 반짝이며 축제를 눈여겨보았다.

"의식을 한꺼번에 전부 치르는 게 재밌네요."

"에렌페스트에서는 사람이 너무 많아서 무리이긴 하지."

나는 오늘 무대 위가 아닌 플랑탱 상회와 회색 신관들과 같이 손님 자리에 앉아 있다. 무대에는 페르디난드가 당당한 자세로 서서 낭랑

한 목소리로 축복을 내렸다. 그 모습을 바라보면서 나도 무대 아래에서 저런 식으로 보이나, 하는 생각이 들었다.

'발판도 있으니까 모습이 가려서 안 보이지는 않겠네.'

의식이 끝난 후에는 볼페 대회가 시작된다. 볼페를 처음 보는 루츠와 다미안은 격하게 흥분하며 응원했지만, 신전에서 나고 자란 회색 신관들은 규칙 따위 찾아볼 수 없는 난폭함에 기겁했다.

온도 차이에 씁쓸하게 웃는데, 우물쭈물하는 볼크의 모습이 시야에 들어왔다. 나는 주변을 살짝 둘러보았다. 모두가 볼페에 빠져 아우성치는 모습을 확인한 후에 손짓으로 볼크를 불렀다.

"볼크, 협상이 깨져서 안타깝지만, 양보할 수 없어요. 다른 회색 신관과 귀족의 계약을 고려하면 쉽게 가격을 내릴 수가 없거든요."

볼크가 천천히 고개를 끄덕였다. 어금니를 꽉 깨물듯 힘을 주더니 나를 보았다.

"로제마인 님, 길에게 얘기를 들었습니다. ……로제마인 님은 정말 1년 안에 돈을 모을 수 있다고 생각하십니까?"

"물론 노력해야겠지만, 새로운 종이를 세 종류나 만들게 된 일크너에서 카야와 서로 협력하면 그렇게 어렵지는 않다고 생각해요. 난 실제로 루츠와 식물지를 만들기 시작했을 무렵에 거의 반년 만에 그 금액을 모았으니까요."

볼크가 번쩍 고개를 들었다. 이익을 계산하는 길이나 루츠와 달리, 공방에서 시키는 대로 일해 온 볼크는 식물지나 그림책의 정확한 이익도 모르리라.

"지금까지 당신이 일하며 번 돈을 사용하면 기베 일크너에게 당신을 빌려줄 수 있어요. 여긴 겨울에도 강이 얼지 않는다고 하니, 이곳에서 1년 동안 노력해 보면 어때요?"

"로제마인 님……."

"솔직히 말하면 난 아직 회색 신관의 결혼이 너무 걱정돼요. 같은 지역에 사는 같은 계급끼리라도 가치관을 맞추며 살아가기 힘듭니다. 일크너 주민과 신전 회색 신관은 상식, 생활 습관, 가치관 등 모든 게 다르잖아요?"

짚이는 데가 많은지, 볼크가 살짝 눈을 내리깔았다. 그리고 시선을 천천히 인파의 한곳으로 보냈다. 아마 그 시선 끝에 내 눈에는 보이지 않는 그녀가 있음이 틀림없다.

"1년간 둘이서 열심히 새로운 종이를 만들어 돈을 모으면서 일크너의 생활에 적응하세요. 회색 신관이 아닌 사람의 삶을 지켜보고, 다양한 가족과 부부가 사는 방식을 보고, 서로 이해하려고 노력하세요. 볼크만 양보하거나 카야만 부담을 짊어지지 않고 괴로움과 즐거움을 함께 공유하고, 서로를 소중히 하는 관계를 쌓아 가기를 빌겠습니다."

수확제가 끝난 후 기베 일크너와 플랑탱 상회의 계약이 이뤄졌다. 나는 그 계약을 토대로 장사에 관한 조언을 하고, 1년간 볼크를 빌려주는 것에 관해 얘기를 나눴다.

모든 의논을 끝내고 내가 일크너에 데려온 모두를 태우고 에렌페스트로 떠날 때, 볼크와 카야가 나란히 무릎을 꿇고 마지막까지 고개를 숙였다.

처음 생긴 여동생

　에렌페스트에 돌아온 나는 각지의 세례식에서 돌아온 청색 신관들이 가져온 작은 성배를 회수하고, 올해의 수확량과 각지의 상황을 보고받았다. 청색 신관의 보고들을 정리한 후 영주에게 보고하러 성에 가야 했다.

　'이 일만 끝나면 유레베를 만들 수 있잖아. 힘내자!'

　성에 도착해서 페르디난드와 일단 헤어지고 리카르다와 북쪽 별관에 있는 내 방으로 갔다.

　"오늘은 아우브 에렌페스트에게 보고한 뒤, 샤를로테 공주님의 인사가 있으실 겁니다."

　"……샤를로테 공주? 빌프리트 오라버니의 여동생 맞죠?"

　"네. 올해 겨울이 세례식이라 지금은 방을 꾸미며 이것저것 준비하고 계신답니다."

　그러고 보니 나는 귀족의 교육을 주입받느라 방 꾸미기에 참여할 수 있는 상황이 아니었지만, 샤를로테는 자기 방을 꾸미기 위해 사람을 부리며 지휘하는 연습을 하는 모양이었다.

　'왠지…… 얘기만 들어도 빌프리트 오라버니보다 영리할 것 같아.'

　그런 생각을 하면서 북쪽 별관의 계단을 올랐다. 활짝 열린 옆방 문에서 가구들을 옮기는 모습이 보였다. 방 상태를 확인하는 사람은 나와 키가 비슷하거나 약간 작은 여자아이였다. 계단을 올라오는 우리를 눈치챘는지, 몸을 빙글 돌렸다. 은색에 가까운 꼬불꼬불한 금색 머리가 흔들리며, 등신대 인형으로 착각할 만치 사랑스러운 얼굴에 생기 넘치는 빛으로 가득한 남빛 눈동자가 깜빡거렸다. 나와 눈이 마주치자, 샤를로테가 기쁜 듯이 활짝 웃으며 자기 시종과 함께 이쪽으로 걸어왔다.

"로제마인 언니!"

'오오, 언니라고 불렀어!'

귀여운 얼굴이 부르는 '언니'라는 단어가 내 가슴을 관통했다. 나는 감동에 몸을 떨었다. 그 울림만으로 충분했다. 샤를로테에게 바라는 건 '언니'라는 단어, 하나뿐이었다.

"전 아직 세례식이 끝나지 않아서 축복을 빌지는 못하지만, 인사드려도 괜찮나요?"

"예, 물론이죠."

나를 살짝 올려다보며 인사 확인을 받은 샤를로테가 그 자리에 무릎을 꿇고, 고개를 숙였다.

"바람의 여신 슈첼리아가 수호하는 결실의 날, 신들의 인도에 의한 만남에 축복을 기도함을 허가해 주십시오."

"허가합니다."

"로제마인 언니에게 바람의 여신 슈첼리아의 축복을. ……아우브 에렌페스트의 딸, 샤를로테라고 해요. 앞으로 잘 부탁해요."

샤를로테는 축복을 주고받지는 못하지만, 기도문은 정확했다. 첫 인사가 얼마나 긴장되는지 잘 안다. 내가 처음 인사한 상대는 엘비라였는데, 혹시나 틀릴까 봐 심장이 마구 뛰었었다. 무릎을 꿇고 있는 샤를로테를 보고, 처음 인사할 때 엘비라가 내게 걸어 줬던 말을 떠

올렸다.

"환영합니다, 샤를로테. 난 당신의 언니예요."

내 말에 샤를로테가 안심하는 미소를 지으며 고개를 들었다. 나도 덩달아 "정말 완벽한 인사였어요." 라고 싱긋 웃었다.

"고맙게 생각합니다. 제겐 남자 형제뿐이라 언니가 갖고 싶었는데, 너무 기뻐요."

"나도…… 나도 여동생이 갖고 싶었어요."

"앞으로 사이좋게 지냈으면 좋겠어요."

'샤를로테, 너무 귀여워. 투리 이후로 나의 천사가 될지도 몰라.'

하아, 하고 내가 감동 섞인 한숨을 내쉬자, 샤를로테가 고개를 살짝 갸우뚱했다.

"로제마인 언니는 신전장이시죠? 제 세례식 때 언니가 축복을 내려 주시나요?"

기대에 찬 남빛 눈동자를 보건대, 이건 필시 조르는 표정이다.

'경축! 처음으로 동생이 내게 졸랐어! 이건 꼭 들어 주고 말 테야. 그럼, 언니니까!'

"귀여운 여동생을 위해서라면야. 페르디난드 님께서 괜찮다고 하시면 제가 축복을 내려 줄게요. ……언니로서."

"기대하고 있을게요."

빛나는 미소를 짓는 샤를로테에게 내가 크게 고개를 끄덕이자, 리카르다가 한 발 앞으로 나왔다.

"공주님, 슬슬 보고하러 가셔야지요. 돌아오시면 두 분이서 다과회라도 가지면 어떠십니까? 샤를로테 공주님도 과자를 아주 좋아하신답니다."

여동생과 다과회라는 멋진 울림에 내가 샤를로테의 표정을 살피자, 과자를 눈앞에 둔 빌프리트와 똑같은 미소로 나를 바라보고 있었다. 물론 샤를로테가 훨씬 귀엽지만.

"그럼 보고가 끝나는 다섯 점 종쯤에 다과회를 가지도록 해요. 오틸리에, 엘라에게 과자를 준비하라고 말해줘요."

"알겠습니다."

샤를로테와 차를 마시기로 약속한 나는 방에 들어와 서둘러 옷을 갈아입었다. 재촉하는 리카르다 때문에 집무실까지 기수를 조금 빠르게 움직였다. 집무실에는 이미 페르디난드가 도착해 있었고, 문관들도 준비 만전이었다. 질베스타가 등을 꼿꼿이 펴고 나를 보았다.

"자, 보고를 들어 볼까."

"샤를로테는 정말 사랑스러워요."

오늘 제일 먼저 보고해야겠다고 생각한 말이 입 밖으로 튀어나오자, 질베스타가 "음. 그렇긴 하지." 하고 고개를 크게 끄덕이며 동의해주었다.

"샤를로테의 세례식을 제가 진행하기로 약속했어요."

"그대가 해야 할 건 수확제 보고다. 이 바보가!"

페르디난드에게 지적받은 나는 진지하게 수확제 보고를 시작했다. 핫세를 제외한 직할지는 작년보다도 수확량이 증가했고, 내가 기원식 때 전부 순회한 효과가 인정되었다.

"내년 봄에도 너에게 부탁해야겠군."

솔직히 직할지를 전부 돌면 체력상 상당히 고되지만, 내년 봄에는 건강한 몸이 되어 있을 테니 문제없으리라. 나는 가볍게 고개를 끄덕여 수락의 의지를 보였다.

"칼스테드와 페르디난드와 로제마인만 남기고, 모두 퇴실하라."

보고를 끝내면 얼른 방으로 돌아갈 생각이었는데, 아직 얘기가 이어지는 현실에 고개를 푹 떨궜다. 보호자들에게 둘러싸인 대화보다 귀여운 여동생과 차를 마시고 싶다.

문관과 시종이 방을 나가자, 질베스타가 목을 뿌득뿌득거리며 한 바퀴 돌렸다. 그리고 공과 사로 나누자면 '사'의 태도가 되었다.

"아~, 로제마인. 두 사람에게 마력의 압축 방법에 대해 들었다만, 혹시 어른에게도 효과가 있지 않겠느냐? 네 말은 마력을 담는 그릇이 성장을 멈춘 뒤에도 압축하면 저장량이 늘어난다는 말 아니냐?"

"……전 어른이 아니라서 모르겠어요. 양아버님의 말씀도 일리는 있다고 생각하는데, 실험해 보면 되지 않겠어요?"

내가 그렇게 말하자, 질베스타가 눈을 반짝이며 몸을 내밀었다. 완전히 자기가 할 생각이다.

"좋다. 네 조건대로 마력 압축을 배운 자, 플로렌치아 파인 자, 여섯 명의 승인을 얻은 자라는 기준으로 대상자를 고르마. 처음엔 너의 보호자와 가족부터 시작하면 어떨까?"

영주 부부, 페르디난드, 칼스테드 일가를 대상으로 콕 집었다. 그 뒤, 호위 기사와 시종으로 범위를 넓혀 나가겠다고 했다. 결정된 일처럼 말하는 말투로 보아, 이미 질베스타의 머릿속에는 미래상이 그려져 있나 보다.

"어른에게도 효과가 있을 때는 금액을 조금 조정하는 편이 좋을지도 모르겠네요."

나는 마력 압축을 어린이 교육비쯤으로 생각했는데, 어른의 사용

가능성이 판명되면 이용자가 늘어날 터였다. 그렇게 되면 가계에 심각한 부담이 된다. 쓸데없는 원한은 사고 싶지 않았다. 모두가 어떻게든 이용할 수 있고, 나름 높은 가치에 적당한 금액이 필요했다.

"한 집안에 두 명째부터는 반값으로 하면 어떨까요? 아무리 상급 귀족이라지만, 어른까지 포함해서 다섯 명씩은 힘들잖아요. 그죠, 아버님?"

칼스테드가 "그래 주면 고맙지." 하고 절실한 어조로 말하면서 턱수염을 어루만졌다. 지금 참가 예상자가 가장 많은 집안이 칼스테드일까다.

"로제마인, 마력을 늘릴 수 있느냐 아니냐는 귀족에게 매우 중요한 사안이야. 겨울 사교회에서 마력 압축에 관한 정보를 넌지시 흘리고 싶으니, 최대한 빨리 시험해 보고 싶다만⋯⋯."

적극적인 건 질베스타뿐만이 아니었다. 기분 탓인지 칼스테드와 페르디난드도 몸이 근질근질해 보였다. 질베스타의 눈이 '자, 어서' 하고 재촉했지만, 모두 모아 계약 마술을 준비하면 꽤 시간이 걸릴 게 뻔했다.

"오늘은 제가 샤를로테와 차를 마시기로 약속했거든요. 전부 모아서 계약 마술을 준비하려면 시간이 걸리잖아요? 다음에 해요."

"뭣이!? 로제마인, 넌 양아버지인 나보다도 샤를로테가 중요하다는 말이냐!?"

"샤를로테 쪽이 귀여운걸요."

내가 딱 잘라 대답하자, 질베스타는 "하긴 난 멋있지만, 귀여움에는 샤를로테를 이길 수 없지." 하고 머리를 감싸며 신음했다. 멋있다고? 라는 물음표가 머릿속에서 둥둥 떠다녔지만, 그냥 입을 닫기로 했다.

"그리고 저한테는 마력 압축 방법의 확산보다 약을 만드는 쪽이 중요하니까 유레베가 완성되면 보고할게요."

고생해서 소재를 모았는데, 페르디난드는 "보고가 끝나야 한다."라며 아직 만들어 주지 않았다. 남의 마력 압축보다 내 건강이 우선이다.

나의 주장에 페르디난드의 눈이 살짝 가늘어졌다.

"로제마인, 약을 만드는 건 좋지만, 나중에 사용해라."

"어째서요?"

"유레베를 쓰면 열흘에서 한 달…… 때에 따라서는 한 계절 정도 잠들게 된다. 샤를로테의 세례식에 나갈 생각이라면 지금은 안 마시는 편이 좋아."

이럴 수가. 내 마력 응어리는 상당히 옛날에 생긴 탓에 녹이는 데도 시간이 걸리는 모양이었다.

"게다가 그대가 겨울 세례식을 진행한다고 했는데, 그 말이 진심이라면 외울 것이 수두룩하다. 평민촌 세례식과 달리 마력 등록, 축복, 그 뒤에 열릴 피로연의 흐름까지 외워야 한다. 아무리 건강해지고 싶어도 약을 쓸 여유는 없을 거다."

"체력을 갖고 싶어서 건강해지는 약을 만들고 싶었던 건데, 충격적이네요."

하지만 뜬금없이 약속을 깨는 언니를 어떤 여동생이 신뢰하리오. 약 복용을 뒤로 미뤄서라도 나는 샤를로테의 세례식에 출석하고 싶었다.

"하는 수 없죠. 약은 샤를로테의 세례식이 끝난 뒤에 복용할게요."

"아니, 세례식 후에는 바로 겨울 사교계가 시작되고, 봉납식이 있지 않으냐? ……다른 귀족의 눈을 속이려면 기원식이 끝난 뒤가 좋겠는데."

"잠깐만요. 제 건강이 점점 멀어지는 이 느낌은 뭐죠!?"

어서 빨리 건강해지고 싶다고요, 라며 주장하자 페르디난드는 "사용 시기는 신중하게 따져야 하는 법이다."라고 말했다. 조금이라도 자신의 부담을 덜어야 한다는 페르디난드의 무언의 압력이 덮쳐오는 느낌이다. 샤를로테는 그렇다 치고, 페르디난드를 위해서 봄까지 참을 생각은 없었다.

"으……. 그런 개인 사정을 주장하면서 뒤로 미룬다면 전 제가 건강해지기 전까지 마력 압축 방법을 안 가르쳐 줄래요! 전 평범한 여자애가 될 거라구요!"

손끝으로 관자놀이를 톡톡 두드리면서 곤란한 표정을 짓던 페르디난드가 뭔가 생각났는지 나를 보았다.

"로제마인, 겨울 세례식에는 신전장이 아니라 언니로 출석하면 어떤가? 그러면 세례식까지 딱히 외울 건 없다."

"그건 안 돼요! 전 언니로서 샤를로테의 세례식 때 축복을 줄 거예요. 그런 말로는 절 막을 수 없어요! 여태껏 지독하게 외워 왔는걸요."

첫 여동생의 부탁을 꼭 들어줄 테다. 투리는 항상 내 부탁을 들어주었다. 나도 투리 같은 좋은 언니가 목표다.

"흠……. 그렇군. 그대는 처음 생긴 여동생에게 멋진 언니의 모습을 보여주고 싶은 건가?"

관자놀이를 톡톡 두드리면서 그렇게 말하는 페르디난드에게 나는 고개를 크게 끄덕였다. 바로 그거다. 나는 샤를로테에게 좋은 모습을 보여서 존경받는 언니가 되고 싶다.

"……그럼 세례식 때 축복을 내리는 모습 말고도 봉납식과 기원식에서 영주의 양녀로서 영지에 공헌하는 모습을 보이면 더 존경받지 않겠는가? 실로 영주 일족의 장녀로서 어울리는 의식이라고 생각하는데?"

"그렇군요!"

내가 주먹을 꽉 쥐며 동의하자, 페르디난드가 걸려들었다고 말하는 듯한 표정으로 "그럼 기원식까지 노력하거라."라며 고개를 끄덕였다.

"네! ……응? 네?"

뭔가 이상하다 싶어 고개를 갸웃거리자, 질베스타가 척하니 문을 가리켰다.

"로제마인, 다과회 약속이 있다지 않았나? 이만 가도 좋다."

"그래도 되나요?"

"그럼. 샤를로테를 귀여워해 주렴."

나는 "물론이죠." 하고 가슴을 두드리며 질베스타의 부탁을 받아들이고, 퇴실 인사를 했다. 질베스타의 집무실을 나온 나는 콧노래를 부르며 방으로 돌아갔다.

'샤를로테와 다과회다. 룰루랄라.'

다섯 점 종이 울리기 전에 다과회가 완벽히 준비되었고, 엘라가 만든 과자도 척 하고 대령되었다. 오늘은 제철 과일을 듬뿍 넣은 파이다.

"언니. 초대해 주셔서 감사하게 생각합니다."

"와 줘서 고마워요. 샤를로테."

가족 말고 함께 차를 마시기는 처음이라며 샤를로테는 조금 긴장한 표정으로 의자에 앉았다. 나도 처음 생긴 여동생과 차를 마시게 되어 사실 조금 긴장되었다.

"오라버니가 항상 언니를 칭찬하셔서 정말 만나길 고대했답니다."

빌프리트가 성경 그림책을 읽어 준 일이나 몇 번을 겨뤄도 이기지 못하는 카루타와 트럼프 얘기를 했다고 했다. 그 사이사이에 내 칭찬이 섞였다. 이 감동을 어떻게 표현하면 좋을까. 기쁨과 부끄러움에 데굴데굴 구르며 소리를 지르고 싶었다.

'빌프리트 오라버니에게 감사해야겠네! 덕분에 이렇게 귀여운 여동생이 날 칭찬해 주잖아!'

"그 그림책도 카루타도, 그리고 어머님의 머리 장식도 언니가 만드셨다면서요? 진짜 생화 같고 너무 아름다웠어요."

"고안한 건 나지만 만든 사람은 장인이에요. 샤를로테에게도 소개해 줄까요?"

플로렌치아 파에서는 지금 나와 똑같은 머리 장식이 유행이다. 브리기테가 성결식 때 사용한 효과가 컸는지, 머리 장식뿐만 아니라 드레스 장식으로도 쓰이게 되었다. 아마 머리 장식을 만드는 투리나 엄마는 지금 눈코 뜰 새 없을지도 모른다.

"그래도 되나요? 제 세례식에 맞출 수 있을까요?"

"……세례식까진 어려울지 모르겠네요. 내가 가진 것 중에 의상에 맞는 장식이 있으면 빌려줄게요. 리카르다, 겨울 귀색을 쓴 머리 장식을 가져와 주세요."

"잠시 기다려 주셔요, 공주님."

리카르다가 가져온 머리 장식을 샤를로테의 머리에 대면서 샤를로테의 시종들과 함께 무엇이 어울리는지 고르는데, 문밖에서 호위하던 다무엘이 들어왔다.

"로제마인 님, 빌프리트 님께서 입실 허가를 요청하셨습니다. 샤를로테 님께……."

내게 허가를 구하는 도중에 다무엘의 등 뒤에서 빌프리트가 불쑥 들어왔다. 입실 허가를 받지 않은 빌프리트의 시종과 호위 기사들은 문밖에서 손을 뻗으며 빌프리트에게 돌아오라며 쩔쩔맸지만, 빌프리트에게는 들리지 않는 모양이다.

"샤를로테가 여기에 있다고 들었는데……."

"빌프리트 오라버니, 답을 기다리지 않고 입실하시는 건 예의가 아니에요."

내가 미간을 찌푸리며 방에서 나가 달라고 하자, 빌프리트의 눈매가 치켜 올라갔다.

"시끄러워! 샤를로테, 지금 당장 이 방을 나와. 로제마인에게 속으면 안 돼!"

'네?'

갑자기 무슨 말을 하는지 이해가 가지 않았다. 다들 멀뚱멀뚱하게 눈을 크게 뜨고 입을 쩍 벌리는 가운데, 샤를로테가 눈을 깜빡이며 고개를 갸우뚱했다.

"오라버니, 갑자기 무슨 말씀이세요? 항상 언니를 칭찬하셨잖아요."

그 목소리에 나도 정신이 번쩍 들어 빌프리트를 보았다. 여동생 앞에서 이런 수모를 당하다니, 도무지 봐줄 수가 없었다. 나는 존경받는 언니가 되어야 한다.

"빌프리트 오라버니. 대체 제가 누굴 속였다는 말씀인가요? 트집은 그만 잡으세요."

"시치미 떼지 마!"

이쪽을 향해 달려오는 빌프리트에게 다무엘이 "빌프리트 님!?" 하고 깜짝 놀라 소리를 질렀다. "빌프리트 님! 안 됩니다!" 하고 람프레히트가 방에 들어오려고 하자, 동시에 내 등 뒤에서 호위하던 안게리카가 몸을 움직였다. 안게리카는 빌프리트의 팔을 낚아채 넘어뜨려, 꼼짝할 수 없도록 바닥에 눌렀다. 쿵! 하고 큰 소리가 나며 빌프리트가 바닥에 깔렸다.

"아악! 무슨 짓이냐, 안게리카!?"

"입실 허가도 없이 로제마인 님께 다가가면 안 되십니다."

"너, 누구 허가를 받고 이런 짓을…… 놔!"

"저희는 로제마인 님의 호위 기사입니다. 입실 허가도 받지 않은 수상한 자를 잡는 것이 임무입니다."

다무엘이 긴박한 표정으로 그렇게 말하고, 빌프리트를 누른 채 움직이지 않는 안게리카 옆에서 경계태세를 취했다. 람프레히트가 안게리카와 빌프리트를 교대로 보고, 도움을 구하는 눈빛으로 나를 보았다. 안게리카의 행동은 호위 기사로서 옳지만, 빌프리트를 놓아 달라. 그런 목소리가 들리는 것 같았다.

내가 안게리카에게 그만 됐다고 말하려던 그때, 안게리카를 노려보던 빌프리트가 바둥거리며 소리 질렀다.

"수상한 녀석은 로제마인이잖아! 할머님께 다 들었어. 로제마인과 페르디난드가 할머님을 모함에 빠뜨렸다고! 두 사람은 악당이야!"

'빌프리트 오라버니의 할머님이라면 양아버님의 모친이고, 전 신전장의 누님을 말하는 거지!?'

중범죄를 범한 그녀는 협력자와의 접촉이나 도주를 막기 위해 영주의 허가 없이는 들어갈 수 없는 곳에 유폐되었을 터였다. 게오르기네에게 작별 인사를 할 때만 해도 범죄자로 잡혀 있다는 사실조차 몰랐던 빌프리트에게 언제 면회 허가라도 떨어졌던 걸까.

"빌프리트 오라버니, 언제, 어디에서 할머님과 얘기할 기회가 있었죠?"

내 말에 주변 호위 기사와 시종의 안색이 일제히 바뀌었다. 리카르다는 '힉!' 하고 굳은 표정으로 숨을 삼켰고, 람프레히트가 안게리카를 밀칠 기세로 달려와 빌프리트에게 침이 튀는 것도 상관하지 않는 험악한 표정으로 캐묻기 시작했다.

"빌프리트 님, 언제입니까!? 언제 베로니카 님과 얘기하셨습니까!?"

"어떻게 베로니카 님과 만나신 겁니까!?"

허둥대는 측근들의 반응을 봐도 빌프리트가 유폐된 베로니카의 면회 허가를 받았을 리가 없다는 걸 알았다. 이 문제는 여기서 빌프리트를 추궁한다고 끝날 얘기가 아니리라.

"리카르다, 아우브 에렌페스트에게 보고를 넣어 줘요. ……사태가 악화되지 않게 동행자를 엄선해서 이쪽에 오시는 편이 좋다고요."

"알겠습니다, 공주님."

빌프리트의 행동

　리카르다가 빠른 걸음으로 방을 나갔다. 그녀도 안색이 창백했다. 빌프리트가 말도 안 되는 일을 저질러 버렸다는 걸 알았다. 무거운 침묵이 방을 가득 채웠고, 모두가 미간을 찌푸리고 고개를 숙였다. 그 침묵을 깬 사람은 안게리카에게 붙잡혀 꼼짝할 수 없는 빌프리트였다.

　"램프레히트, 넌 내 호위잖아!? 뭐해!? 날 도와야지!"

　지명받은 램프레히트는 분한 듯이 어금니를 깨물고, 천천히 고개를 저었다.

　"빌프리트 님, 당신은 작년 가을 이후부터 저희 눈을 피해 도망치시지도 않고, 공부나 검술에도 진지하게 임하셨습니다. 차기 영주에 걸맞은 사람이 되려고 노력하시는 모습을 전 정말 자랑스럽게 여겼습니다. 그런데 왜 그런……."

　램프레히트의 말은 빌프리트를 모시는 자들의 심정을 대표하는 말이었던 모양이다. 모두가 램프레히트와 똑같이 답답하고, 분하고, 원통하기 그지없는 표정을 지었다.

　"대체 언제, 그리고 왜, 그런 행동을 하셨습니까? 그걸 모르고서는 빌프리트 님을 풀어 드릴 수 없습니다."

　"뭐라고!? 내가 할머님을 만난 게 그렇게 큰 잘못이야? 램프레히트?"

　믿을 수 없는 말이라도 들은 듯 빌프리트가 눈을 크게 떴다. 자유롭지 않은 자세로 시선만 굴려 자신의 측근을 바라보았다. 측근들은 침통한 표정으로 고개를 끄덕였다.

"……네."

리카르다를 선두로 질베스타, 칼스테드, 페르디난드, 에크하르트가 한꺼번에 찾아왔다. 모두가 감정이 실리지 않은 무표정한 얼굴이었다. 질베스타는 문 쪽에서 안게리카에게 깔린 빌프리트와 창백해진 빌프리트의 측근들을 번갈아 보았다. 그리고 다과회를 망쳐 버린 나와 샤를로테를 보고 질끈 눈을 감았다.

"무슨 일이 일어났는지 보고해. 로제마인, 미안하지만 잠깐 방을 빌리마. 오즈발트, 빌프리트의 측근을 모두 소집해라. ……그리고 에크하르트, 이 자리에 있는 로제마인과 샤를로테의 시종을 빌프리트의 방에 데려가서 얘기가 끝날 때까지 거기서 못 나오게 하도록. 아, 리카르다는 남아라."

에크하르트의 지시로 시종들이 숙연하게 방을 나갔다. 그런 가운데 내 호위 기사만 방을 지키기 위해 남았다. 문밖에 다무엘과 브리기테가 서고, 방 안에는 코르넬리우스와 아직도 빌프리트를 제압하고 있는 안게리카가 남았다.

질베스타의 표정이 엄격했고, 분위기는 무거운 데다 시종이 모두 밖으로 나가 버린 탓에 혼자 덩그러니 남겨진 샤를로테는 매우 불안해 보였다. 내가 손짓하자 조그맣게 고개를 끄덕이고 다가왔다.

리카르다는 혼자서 보호자들과 우리가 대화할 자리를 척척 만들었다. 즐거운 다과회 자리가 진지한 토론의 장으로 바뀌는 모습을 보며 나는 한숨을 내쉬었다. 모처럼 가진 다과회였는데 아쉬웠다.

"들어가겠습니다."

리카르다가 준비를 끝낼 무렵에 다른 업무를 보던 중이었던 플로렌치아가 도착했다. 플로렌치아는 안게리카에게 깔린 빌프리트를 보고, 질베스타를 바라보았다.

"로제마인 공주님은 여기, 샤를로테 공주님은 이쪽에 앉아 주십시오."

리카르다가 우리를 둥근 테이블로 유도했다. 페르디난드, 질베스타, 플로렌치아 순으로 앉았다. 나는 페르디난드의 옆, 샤를로테는 플로렌치아의 옆에 앉게 했다. 그리고 나와 샤를로테에게서 조금 떨어진 곳에 의자가 하나. 빌프리트의 자리라고 여겨지는 의자에는 아무도 앉지 않았다.

"긴급 호출을 받고 왔습니다."

"오즈발트의 호출이 있었는데, 들어가도 되겠습니까?"

빌프리트의 측근들이 방에 들어왔다. 모두가 바닥에 깔린 주인의 모습에 화들짝 놀라 눈이 휘둥그레졌고, 영주 부부의 모습에 숨을 삼키며 테이블에 조금 떨어진 자리에 무릎을 꿇었다. 한 사람씩 늘어날수록 분위기는 더욱 심각하고 무거워졌다.

"전부 모였습니다."라는 오즈발트의 목소리에 지그시 빌프리트를 바라보던 질베스타가 나를 돌아보았다.

"로제마인, 빌프리트를 풀어 주지 않겠나? 얘기가 하고 싶구나."

내가 빌프리트를 놓아주도록 명령하자 안게리카가 고개를 살짝 끄덕여 몸을 비켰고, 그대로 문 앞으로 이동해 호위 임무에 착수했다.

"빌프리트, 저기에 앉아라."

질베스타의 말에 천천히 몸을 일으킨 빌프리트가 조그맣게 고개를 끄덕이고, 리카르다가 빼 준 의자에 불만스러운 표정으로 앉았다.

단 몇 초간, 입이 타들어 가는 듯한 심경과 무거운 침묵이 지배했다. 무릎 위에 올린 주먹을 꽉 쥔 그때, 옆에 앉은 페르디난드가 입을 열었다.

"만사에는 제각기 보는 시각이 다르지. 모든 건 자세히 조사한 후에 판단해야 한다. 거짓을 말할 경우에는 죄로 간주하마."

질베스타가 한 줄로 정렬한 빌프리트의 시종과 호위 기사를 천천히 둘러보았다. 그리고 마지막으로 정렬한 측근들의 선두에서 무릎을 꿇고 있는 수석 시종 오즈발트에서 시선을 멈췄다.

"오즈발트, 최근엔 빌프리트가 빠져나갔다는 보고를 듣지 못했다만, 언제 빌프리트를 놓쳤는지 들어 볼까?"

"……저희가 지켜보는 동안, 빌프리트 님을 놓친 적은 없습니다. 최근 1년간 빌프리트 님은 매우 성실하고 진지한 태도로 과제에 임하셨습니다. 보고한 내용에 거짓은 없습니다."

오즈발트가 고개를 들고 질베스타를 똑바로 바라보면서 그렇게 대답하자, 오즈발트에게 동의하듯 빌프리트의 시종들도 고개를 끄덕였다.

"오히려 제가 묻고 싶습니다. 빌프리트 님께서 어떻게 저희 눈을 속였는지."

"난 속이지 않았어, 오즈발트!"

울컥한 빌프리트가 소리치자, 미간을 찌푸린 질베스타는 시종들에게서 빌프리트로 시선을 옮겼다.

"……속이지 않았다, 나쁜 짓은 하지 않았다, 그렇게 생각한다면 네가 뭘 했는지 솔직히 말해라. 빌프리트, 언제 어머님을 만난 게냐?”

“사냥대회가 열렸을 때입니다, 아버님.”

빌프리트가 또박또박 대답한 순간 모두의 안색이 싹 변했지만, 난 이해가 되지 않았다. 다들 표정이 왜 변했는지.

“저기, 사냥대회가 뭐죠? 전 모르는데요…….”

내가 고개를 갸웃거리자 페르디난드가 대답해 주었다.

“그대는 수확제 때 신전장으로서 각지를 도느라 모르겠지. 이름대로 성의 숲에서 사냥하는 대회다. 겨울 사교계를 앞두고 대규모로 열리지. 수확물은 겨울 식량이 되고, 잡은 숫자로 포상금이 나와서 귀족가에 있는 기사가 가장 의욕을 불태우는 행사지.”

각지의 수확제 시즌에 열리는 사냥대회는 성의 비축 식량을 늘리기 위한 겨울 준비 이벤트인 모양이다. 기사들은 물론, 문관과 시종 중에서도 희망자는 실력을 겨루면서 사냥물을 잡는다. 기사 외의 여성과 아이는 응원하며 야외에서 차를 마시는 우아한 행사라 한다. 청색 신관으로 분장했던 질베스타가 “아첨이 난무해서 시시하다.”라고 말했던 그 사냥인지도 모른다.

“사냥대회 때는 플로렌치아와 함께 있지 않았어?”

“중간까지는 함께 있었지만, 겨울에 알게 된 친구가 같이 놀자고 해서 게임을 하면서 놀았습니다.”

“그때는 오즈발트가 함께 있었어요. 제가 한눈팔지 말라고 주의했으니까요.”

플로렌치아가 오즈발트를 똑바로 응시했다. 오즈발트는 교대하기 전까지 빌프리트와 함께 아이들을 챙겼다고 말했다.

“제가 곁에 있을 땐 별다른 일이 없었고, 린하트와 교대하였습니다."

친구들과 장난치며 뛰어다니는 빌프리트의 뒤를 필사적으로 쫓던 린하르트는 남자아이들에게 발이 걸려 다쳤었다고 한다. 치료하는 동안, 친구들의 시종이 교대하는 시간까지 대신 빌프리트를 봐주었다고 했다.

"린하르트가 치료하러 간 후, 저희는 술래잡기를 했습니다. 어른들에게 들키지 않게 다과회가 열리는 광장을 빠져나갔습니다. 그때 발견되지 않게 테이블 밑에 숨으면서 빠져나가는데, 마침 귀족들이 하는 얘기를 들었습니다. 로제마인과 페르디난드 때문에 할머님과 진외종조부님이 잡히셨다고."

"그 말을 누가 했느냐?"

"그 자리에 있던 모두가요. 남자도, 여자도, 모두가 그런 얘기를 했습니다."

계속 손을 움직이며 발언을 기록하던 페르디난드가 "구 베로니카 파가 모인 자리에서 헤맸다기보다는 그 아이가 유인해 갔겠군." 하고 조그맣게 중얼거렸다. '아이의 뒤에는 반드시 부모의 존재가 있다'고 리카르다에게 주의를 들었던 때를 떠올리고, 나는 살짝 눈을 내리깔았다.

아이들의 술래잡기와 숨바꼭질에서까지 그런 음모를 의심해야 하다니 믿을 수가 없었다. 내가 빌프리트라도 아무런 의심 없이 함께 놀지 않았을까. 우연히 그 자리에 모인 어른들이 구 베로니카 파라고 미처 생각하지 못하고, 그렇게 많은 사람이 하는 말이라면 사실이라 믿어 버릴 게 틀림없다.

'내가 저 자리에 앉아 있을 수도 있었어.'

나는 신전에서 보내는 시간이 많고, 성에서는 행사나 교우관계도 없어서 지금까지 실수하지 않았을 뿐이다. 진지하게 귀족의 관계를 외우지 않으면 분명 빌프리트와 똑같은 실수를 범하리라.

"빌프리트, 난 분명 네게 설명했다. 마을에 외부 귀족의 출입을 금했는데도 외숙부님이 어머님을 부추겼고, 어머님이 영주의 도장을 멋대로 써서 타 영지의 귀족을 마을에 불러들였다고 하지 않았더냐. 영주의 도장을 멋대로 사용하여 공문서를 위조하고, 영주의 명령을 어기고 타 영지 귀족을 끌어들인 죄로 처벌한 것이라고. 듣지 않았느냐?"

질베스타는 언짢은 표정으로 빌프리트를 바라보았다. 어째서 아버지의 말이 아니라 다른 귀족의 말을 신용했냐는 질문에 빌프리트는 고개를 홱홱 저었다.

"저는 테이블 아래에서 빠져나와 아버님의 말씀은 그렇다고 반박했습니다. 그랬더니…… 할머님이 죄를 범한 사실은 아버님의 말씀이 맞지만, 죄를 범하게 된 원인이 로제마인과 뒤에서 조종한 페르디난드라는 겁니다. 둘은 에렌페스트를 자기 손아귀에 넣을 계획이라고……."

모르는 어른들이 몇 명이나 한꺼번에 주장해서 불안해졌을 빌프리트의 심정도 이해되었다. 그들이 질베스타의 말을 완전히 부정했다면 빌프리트도 반발했겠지만, 어떤 부분은 긍정하면서 다른 정보를 덧붙였다. 그래서 그들의 얘기에 더욱 신뢰가 갔음이 틀림없다.

심지어 그 덧붙인 정보도 완전히 틀리진 않았다. 베로니카는 나를 빈데발트 백작에게 팔아넘기기 위해 죄를 범했으니 내가 원인이라고 할 수도 있었고, 페르디난드는 전 신전장을 배제하려고 증거 수집에 동분서주했었다. 죄가 하나인 줄 알았는데 본인의 기억에도 없는 세세한 죄까지 드러나 버렸으니 우리가 음모를 꾸민 것처럼 보일 수도 있었다.

"그랬더니 거기에 있던 사람 중 하나가 할머님께 직접 물어보면 어느 쪽 주장이 옳은지 알 수 있지 않겠느냐고 하는 겁니다."

질베스타가 눈을 질끈 감았다. 교묘한 유도였다. 빌프리트는 조모가 양육했다고 들었다. 접할 시간이 적었던 모친보다 자길 키워 주었던 조모 쪽이 빌프리트에겐 더 가깝고 소중한 존재이지 않았을까. 무조건 신뢰하는 가족이 조모라면 지극히 당연히 그 말을 신용했을 터였다.

"다른 남자가 할머님은 하얀 탑에 갇혀 계신다고 했습니다. 제가 그 탑이 어디에 있느냐고 물었더니, 어떤 여자가 장소만이라도 확인해 보겠냐면서 위치를 알려주었습니다. 그래서 우리는 탐험해 볼 생각으로 탑 쪽으로 간 겁니다."

탐험이다. 정말 탑이 있는지 확인만 할 거다. 그렇게 언쟁하면서 빌프리트가 친구들과 함께 갔더니 정말로 탑이 있었다. 그 탑 앞에는 한 남자가 있었고, "이 문은 영주나 그 자식이 아니면 열 수 없다."고 말했다고 한다.

다른 사람이 문을 열려고 해도 굳건한 문은 열리지 않았다. 그런데 다들 기대에 찬 눈으로 빌프리트를 바라보기에 호기심에 문을 열어 봤다고 했다.

"다른 사람이 열려고 했을 땐 열리지 않더니, 제가 손을 대자 정말 문이 열렸습니다."

"그야 그렇지. ……그래서 들어간 것이냐? 너 말고 또 누가 같이 들어갔느냐?"

질베스타가 힘없이 물었다. 그냥 확인차 물었을 뿐이다. 모두가 그대로 빌프리트가 들어갔을 거라고 예상했다. 그렇지 않으면 '할머님에게 들었다'는 말이 성립하지 않으니까.

"다른 사람이 문을 못 열었던 것처럼 탑에도 다른 사람은 못 들어간다기에 저 혼자였습니다. 탑 안에는 정말 할머님이 계셨고, 제게 진실을 들려주셨습니다."

그렇게 말하고, 빌프리트가 나와 페르디난드를 날카롭게 노려보았다.

"할머님이 그런 곳에 갇혀 고통스러운 나날을 보내시는 건 다 로제마인과 페르디난드 때문입니다."

베로니카를 변호하며 나와 페르디난드를 규탄하는 빌프리트의 모습에 플로렌치아가 극심한 아픔을 느끼는 표정으로 눈을 질끈 감았다.

"아버님, 부탁드립니다. 할머님을⋯⋯."

"그만! 그 뒤의 말은 꺼내지 마라! 내 판결에 이의를 제기하는 건 영주에게 반기를 드는 행위나 다름없다!"

쾅! 하고 테이블을 세차게 내리치며 질베스타가 말을 잘랐다. 갑자기 매몰차게 말을 끊는 질베스타의 목소리에 빌프리트의 눈이 휘둥그레졌다.

"⋯⋯아버님?"

"빌프리트. 어머님의 죄를 밝히고, 그 죄에 맞는 판결을 내린 사람은 나다. 로제마인도 페르디난드도 아니야. 아우브 에렌페스트다!"

나와 페르디난드가 악당이라는 조모의 말을 주장하던 빌프리트가 깜짝 놀라 눈을 크게 떴다. 마치 조모가 죄를 범해서 구속된 사실은 알아도, 그 판결을 내린 사람이 아버지라는 사실은 까마득히 몰랐다는 표정이다. 혹은 나쁜 사람이 나와 페르디난드라는 말을 듣고, 조모를 붙잡은 사람도 우리라고 기억을 덧칠해 버린 것인지도 모른다.

"넌 반 영주파가 되어 나와 네 어미인 플로렌치아와 대립하고 싶으냐?"

엄격한 표정으로 묻는 말에 빌프리트는 당황한 기색으로 고개를 세차게 저었다.

"전 아버님과 어머님께 반항할 생각은 추호도 없습니다!"

"허나 어머님을 옹호하고 내게 이의를 제기하면 주변에서는 네가 나와 대립하려 든다고 생각한다. 경솔하게 발언해선 안 돼. ……그렇게 몇 번이고 말했을 텐데."

"……경솔한 발언…….."

빌프리트가 분한 듯이 어금니를 꽉 깨물고, 나와 페르디난드를 노려보았다.

플로렌치아가 벌떡 일어나 빌프리트 곁으로 다가갔다. 그리고 슬픈 미소를 지으며 빌프리트의 볼을 부드럽게 쓰다듬었다.

"빌프리트, 할머님의 진실을 알게 되었군요. 하지만 진실은 하나가 아니랍니다. 페르디난드가 처음에 말했듯이, 사람은 모두 관점이 다르고 제각각의 진실이 있습니다. 내가 아는 사실로는 로제마인은 베로니카 님의 피해자라는 것. 오히려 음모를 꾸미고, 영지에 혼란을 초래한 사람은 베로니카 님이랍니다."

"어머님, 대체 무슨 말씀을 하시는 겁니까!?"

빌프리트는 믿을 수 없다며 눈을 크게 뜨고, 어머니의 말을 뿌리

치듯 몇 번이고 고개를 저었다. 그런 아들을 꼭 껴안은 플로렌치아의 목소리가 떨렸다.

"태어나자마자 아들을 베로니카 님께 빼앗겼어요. 이렇게 쓰다듬어 주지도, 안아 주지도 못하도록 하셨죠. 심지어 아들까지 이렇게 큰 죄를 범하게 만드셨네요. 그것이 이 어미가 아는 진실입니다."

빌프리트의 움직임이 딱 멈췄다. 의아한 듯이 눈을 끔뻑이며, 당장에 울음이 터질 것 같은 플로렌치아를 올려다보았다.

"……제가, 죄를 지었나요?"

빌프리트의 물음에 "그렇다."라고 긍정하는 대답이 돌아왔다.

"그곳은 영주 일족 중에서도 심각한 범죄자를 유폐해 두는 탑이고, 아우브인 내 허가 없이 출입한 자는 영주에 대한 반란죄와 죄인의 도망을 도우려고 한 방조죄를 묻게 될 거다."

"아니!? 전 그런 짓은, 그 자리에 있던 누구도……."

사태의 심각성을 깨달은 빌프리트의 얼굴이 점차 새파래졌다. 나도 핏기가 싹 가셨다. 베로니카가 그런 어마어마한 곳에 유폐되어 있을 줄은 몰랐다. 기껏해야 별궁 같은 장소이겠거니 했고, 얼굴을 보고 대화했다고 해서 그렇게 중죄가 될 줄은 몰랐다.

"이건 빌프리트를 탑에 데려간 자들의 음모일지도 몰라요. 하지만 죄를 범한 사람은 빌프리트예요. 소문을 불어넣고, 탑의 존재를 알려 준 귀족들은 확실하게 죄를 저지르지 않았습니다."

다과회에서 소문을 주고받았을 뿐. 물어서 대답했을 뿐. 함께 놀면서 숲을 탐험했을 뿐. 정말 탑이 있어서 문이 열리는지 어떤지 시험해 보자고 말해 봤을 뿐이다. 열어도 들어가지 않았고, 아무 일도 일어나지 않았다. 그들은 빌프리트를 억지로 끌고 가지도 않았을 뿐더러, 탑 안에 밀어 넣지도, 함께 탑에 들어가지도 않았다.

"그 자리에 있던 자 중에 죄를 지은 사람은 빌프리트, 당신뿐입니다. 영주가 유폐한 중죄인의 도망을 도왔다는 방조죄를 묻는다면 차기 영주의 지위 박탈 정도의 처벌로 끝나진 않겠지요. ……그럼 이 엄마는 또다시 아들과 떨어져 버리게 되는군요."

겨우 내 품에 돌아왔다고 생각했는데, 라며 중얼거린 플로렌치아의 눈에서 눈물이 흘렀다. 나는 무심코 질베스타를 보았다. 어떻게 구명할 수 없을까, 필사적으로 머리를 굴리는 듯했지만 자백까지 한 빌프리트의 죄는 명백해서 감싸 주기 어렵다고 판단한 표정이다.

"거참……. 일이 귀찮게 됐군. 그래서 내가 누누이 폐적하라고 말했지 않은가."

담담하게 '폐적'을 입 밖에 낸 페르디난드의 말에 빌프리트가 움찔 몸을 떨었다.

"아니, 그건…… 로제마인이 음모를……."

페르디난드는 계속 메모하던 손을 멈추고 고개를 들었다.

"진실은 사람의 수만큼 존재한다. 로제마인, 그대의 진실을 빌프리트에게 알려줘라. 빌프리트의 조모 때문에 잃은 게 있겠지?"

페르디난드의 목소리에 깜짝 놀란 듯이 빌프리트가 나를 보았다.

"로제마인의, 진실? ……아냐, 로제마인은 음모를……."

"그건 제 진실이 아니에요, 빌프리트 오라버니."

페르디난드가 무슨 생각인지 알지 못한 채, 나는 준비된 설정을 얘기했다. 신전에서 몰래 키워진 사실. 전 신전장이 평민이라 착각해서 귀족에게 그 사실을 유포한 사실, 전 신전장이 자신의 누이인 베로니카에게 부탁하여 타 영지 귀족을 끌어들였고, 그 때문에 팔려갈 뻔했던 사실. 나를 지키려던 호위 기사와 시종이 다친 사실. 마력을 목적으로 접근하는 타 영지 귀족에게서 날 지키기 위해 영주가 양녀로 삼은 사실.

조모가 죄를 범한 사실은 알아도 그 죄가 나와 어떤 식으로 관련되었는지 몰랐던 빌프리트는 아연실색했다.

"그, 그래서 넌 대체 뭘 잃었는데?"

가족, 하고 마음속으로 대답한 나는 살짝 눈을 내리떴다.

"……제가 잃은 것은 자유예요, 빌프리트 오라버니. 그때까지 전 어떤 평민과 자유롭게 책을 만들며 살았습니다. 하지만 이젠 평민촌에 갈 수도, 평민과 친밀하게 지내는 것조차 금지되었죠. 그리고 영주의 양녀로서 부끄럽지 않은 엄격한 교육을 받아야 했습니다. 제가 세례식이 끝난 직후에 신전장직을 맡게 된 건 제 마력으로 인원 부족을 메우기 위해서예요. 그것이 얼마나 힘든 일인지, 빌프리트 오라버니는 잘 아시지요?"

"그건…… 할머님이 하신 말씀과 달라……."

빌프리트가 입술을 꼭 깨물고 고개를 숙였다. 정말 솔직한 사람이다. 입으로는 내 음모다, 뭐다 하면서 내 말을 그대로 들어 준다. 그런 모습을 슬프게 바라보던 플로렌치아가 빌프리트의 머리를 상냥하게 쓰다듬으며 말을 걸었다.

"빌프리트, 베로니카 님이 저지른 죄 때문에 로제마인은 위험에 처할 뻔했습니다. 그렇다고 로제마인이 베로니카 님 탓으로 돌리던가요? 당신이 폐적당할 위기에 빠졌을 때는 성심성의껏 도와주었지요? 그건 당신의 진실이 아닌가요?"

깜짝 놀란 빌프리트가 나를 보았다. 그리고 순식간에 얼굴이 새빨

개졌다.

"미안, 로제마인. 난, 그, 은혜도 모르고. 넌 날 위해 이것저것 도 와줬는데⋯⋯."

"괜찮아요. 제게 베로니카 님은 전 신전장에게 휘둘리신 안타까운 분이세요. 얼굴도 모르고, 이름도 얼마 전에 알았지만, 빌프리트 오 라버니에겐 소중한 가족인걸요. 저보다 신용하는 게 당연해요."

나도 빌프리트와 투리였다면 단연코 투리를 신용한다. 아마 무슨 말을 듣든 고집스럽게 가족을 옹호했을 것이다. 빌프리트처럼 상대방 의 말을 고분고분 듣진 않았으리라. 그 솔직함은 대단하다는 생각이 들었다.

"그런데 넌 그들의 말만 믿고 로제마인을 모욕했고, 금지된 탑에 들어갔다. 처벌을 받을 각오는 되어 있겠지?"

매정하게 내뱉은 페르디난드의 말에 빌프리트가 "처벌⋯⋯." 하고 중얼거렸다.

"차기 영주의 지위를 박탈해서 신전에 들어가거나, 조모와 마찬가 지로 탑에 유폐해야 마땅하다."

플로렌치아도 비슷한 말을 했지만, 아들의 미래를 걱정하는 말과 달리 페르디난드의 감정이 배제된 목소리는 살을 에는 듯이 차갑게 들렸다.

"양아버님, 빌프리트 오라버니는 꼭 처벌을 받아야 하나요? 명백 히 유도된 계략이었고, 탑에 들어가긴 했지만 아무것도 하지 않았는 데⋯⋯."

질베스타는 입을 꾹 닫고 페르디난드를 힐끗 보았다. 가능하다면 처벌을 내리고 싶지 않지만, 죄를 묻지 않을 수는 없었다. 페르디난드를 설득하지 못하는 이상 방법이 없다는 표정이다. 나는 페르디난드에게로 몸을 돌렸다.

"빌프리트 오라버니는 계략에 넘어간 것뿐이에요! 그리고 저도 빌프리트 오라버니의 입장이었다면 같은 행동을 했을지도 몰라요. 왜냐면 빌프리트 오라버니에게 베로니카 님은 소중한 할머님…… 가족이니까."

목소리가 끝으로 갈수록 점점 작아졌다. 동정심을 이유로 감싸는 행동이 얼마나 어리석은지 잘 안다. 하지만 도저히 비난할 기분이 들지 않았다. 스스로도 잘 알지만, 난 가족만 관련되면 마음이 약해졌다.

페르디난드는 미간에 주름을 깊이 새겼다. 그리고 굉장히 언짢은 듯이 인상을 찌푸리며 "여려도 너무 여린 녀석." 하고 중얼거리더니 빌프리트를 쳐다보았다.

"빌프리트, 넌 지금 세 가지 진실을 알게 되었다. 조모에 해당하는 선대 영주의 부인에게 들은 진실과 부친인 아우브 에렌페스트에게 들은 진실, 그리고 로제마인에게 들은 진실이다. 이 모든 진실을 들은 넌 무엇을 느꼈고, 무엇을 생각했는지, 말해 봐라."

페르디난드의 눈총을 받은 빌프리트는 자기 생각을 정리하려고 고개를 아래로 숙이고, 턱을 괴었다. 잠시 고민하던 빌프리트가 천천히 고개를 들고, 페르디난드를 똑바로 보았다.

빌프리트의 처분

"……난 할머님의 진실이 왜 다른 사람의 진실과 다른지 궁금했어. 모두가 말하는 게 사실이라면 할머님이 사실을 왜곡한 것이겠지. 난 할머님을 좋아하지만, 어느 쪽이 옳냐 그르냐를 판단하자면 할머님이 틀렸다고 봐."

당당하게 딱 잘라 대답한 빌프리트를 가만히 바라보던 페르디난드가 뒷말을 재촉했다.

"흠. ……그래서?"

"……당신에게 사과해야겠지. 심한 말을 해서 미안했다, 페르디난드."

빌프리트가 순순히 사과하자, 페르디난드의 눈이 휘둥그레졌다. 그 뒤 미간에 힘을 주고, 빌프리트의 속마음을 샅샅이 뒤지려는 듯 지그시 바라보았다.

"아, 사과했는데 그렇게 화낼 건 없잖아……."

더 날카로워진 눈빛으로 자길 노려보자 빌프리트가 사색이 되어, 곧 울음을 터트릴 것 같았다.

"괜찮아요, 빌프리트 오라버니."

"뭐가 괜찮다는 거야!?"

뼛속까지 스며드는 차가운 시선을 받은 빌프리트가 비명 같은 소리를 질렀지만, 나는 당당하게 설명해 주었다. 잘 모르겠지만, 페르디난드는 딱히 화내고 있지 않다.

"사과한 후에 페르디난드 님의 표정이 더 험악해진 것처럼 보이겠지만, 사실은 집중해서 들을 마음이 생겨서 그래요. 빌프리트 오라버니의 말은 제대로 듣고 계시니까, 계속 노력하세요."

"……그, 그래?"

빌프리트는 나, 페르디난드, 자기 옆에서 기도하듯 손을 쥔 플로렌치아를 걱정스러운 듯 번갈아 보았다.

"로제마인, 쓸데없는 말 하지 마라."

"쓸데없는 말이 아니에요. 필요한 말이에요. 페르디난드 님도 사과를 받으셨으면 무서운 표정을 짓기 전에 용서하겠다, 그 한마디면 돼요."

흥, 하고 콧방귀를 뀐 페르디난드가 "아직 용서할 생각이 없어서 말을 안 한 거다만." 하고 귀엽지 않은 말을 하면서 빌프리트를 바라보았다.

"다과회에 있던 귀족들을 어떻게 생각했는지 들어 볼까?"

"그 귀족들은…… 내게 친절하게 알려줬지만, 범죄를 유도했으니까 친절도 뭐도 아니었어. 오즈발트가 '웃으며 접근하는 자가 꼭 내 편이라고 할 수 없습니다'라고 했던 말이 어떤 의미인지 알겠어."

들었을 때는 이해하지 못했던 의미가 경험을 통해 사무치게 이해되었으리라. 오즈발트가 분한 듯이 인상을 찌푸렸다. 조금만 더 빨리 이해하셨더라면, 그런 말이 들리는 듯했다. 페르디난드는 큰 깨달음을 얻은 빌프리트에게 고개를 끄덕였다.

"그렇기 때문에 모르는 귀족과 말을 섞지 말라 하고, 입을 조심하라고 누누이 가르치는 거다. 위험을 조금이라도 배제하기 위해 너희와 면담할 귀족을 수석 시종이 선별하지."

"금지하는 데 의미가 있었단 말이야……?"

영주의 자제에겐 '이거 하지 마라' '저거 하지 마라' 하는 금지사항이 산더미다. 그걸 배우고, 몇 번이고 주의를 듣는다 해도 의미를 이해하지 못하고서야 지킬 수 없다.

"아무 의미도 없이 금지하진 않는다. 끈질기게 교육하는 데는 다 의미가 있다."

"……그건 글자와 계산, 페슈필 연습으로 알아."

"그렇군. 그럼 다르게 느끼고 생각한 건 있는가?"

"할머님이 저지른 죄도, 보는 시각이 다르면 전혀 달라. 다양한 의견을 듣는 게 중요하다고 깨달았어."

빌프리트의 의견을 들은 페르디난드가 미간에 깊은 주름을 새기며 생각에 잠겼다.

나는 주먹을 꽉 쥐었다. 어떻게든 구하는 방향으로 상황을 이끌고 싶었다. 확실히 놀랄 만큼 멍청한 행동을 저질렀고, 죄를 지어 버렸지만, 빌프리트는 분명 성장하고 있다. 여태껏 교육이 부족했을 뿐, 능력이 떨어지는 아이는 아니다. 이번에도 중요한 사실을 깨달았다. 덕분에 나도 여러 가지 의미로 공부가 되었다.

"이번에는 차기 영주 자리를 박탈하고 신전에 넣거나, 조모와 마찬가지로 탑에 유폐해야 마땅한 처분이겠지. ……하지만, 조금 어렵군."

"뭐가 어렵다는 거지?"

질베스타도 페르디난드와 마찬가지로 미간을 찌푸렸다.

"적이 뭘 노리는지 모르겠군. 사람마다 진실이 다르듯, 한 가지 일에 여러 사람이 가담하면 당연히 각각의 목적이 같진 않겠지만, 이번엔 너무 많은 사람이 관여했어."

페르디난드는 자기가 쓴 눈앞의 종이를 보면서 씁쓸하게 말했다.

"사실 그 탑은 문만 열면 누구나 들어갈 수 있다. 누가 문을 열 수 있는지와 탑의 장소를 아는 사람이라면, 문만 열면 안에 들어갈 수 있다는 사실도 알았을 테지. 그런데 선대 영주 부인을 구해내진 않았어."

"누구나 들어갈 수 있어!?"

다른 사람은 못 들어간다는 말을 듣고 납득했던 빌프리트가 깜짝 놀라 소리를 질렀다.

"네가 있지 않았으냐. 들어갈 수 있다. 들어가지 않은 가장 큰 이유는 아마 죄를 범하고 싶지 않아서겠지만, 정보 제공자가 선대 영주 부인을 구할 생각 따위 없었으니까 아무나 출입할 수 없다는 가짜 정보를 제공한 것일 수도 있지."

귀족들이 하는 생각이 하도 복잡하고 기괴해서 나는 이해가 되지 않았다.

"그, 그래요……? 음, 그럼 누가 문을 열 수 있는데요?"

일단 정보를 정리하고 싶은 내게 대답해 준 사람은 질베스타였다.

"그 탑을 열 수 있는 사람은 초석의 마술에 관여할 수 있는 사람뿐. 즉, 플로렌치아와 보니파티우스와 페르디난드와 나. 그리고 빌프리트와 너뿐이다."

"문제는 어떻게 그 탑의 존재를 알았느냐는 거다. 문에는 결계가 쳐져 있어서 문지기가 없고, 주변 나무들에 가려 보이지 않는 탑의 존재와 출입 방법을 아는 자는 한정되어 있지."

"그런데도 다과회에서 화제로 꺼낸 사람이 있었다는 거죠? 그럼 그중에서 함정에 빠트린 인물을 특정할 수 있겠네요? 탑 앞에 있던 남자는 할아버님이세요?"

페르디난드의 말에 내가 의아해하자, 빌프리트가 울컥해서 눈꼬리가 올라갔다.

"보니파티우스 님이라면 나도 알아. 아는 얼굴이라면 콕 집어서 보고했을 거야."

"애초에 보니파티우스는 젊은 사람에게 질 수 없다고 나와 경쟁하며 사냥 대회에서 폭주했었다. 탑 앞에서 얌전하게 애들이나 상대했다면 모두 의심했겠지."

'할아버님이 사냥대회에서 양아버님과 경쟁한다고 폭주?'

그다지 접점이 없는 보니파티우스를 생각하는 동안, 페르디난드가 관자놀이를 톡톡 두드리면서 자기 의견을 내놓았다.

"구 베로니카 파가 빌프리트를 파벌의 우두머리로 세우고 싶어 한다고 추측했었다. 그렇다면 애지중지해 주었던 조모의 상황을 귀에 불어넣어서 양친과 로제마인과의 사이를 갈라놓으려던 목적은 심리전치고 꽤 쓸 만했어. 실제로 절반은 성공한 셈이다."

플로렌치아 파의 중심 인물인 나와 빌프리트 사이에 골을 만듦으로써 친자식과 양녀, 어느 쪽에 붙을지, 어떻게 움직일지 압박한다면 부모와 자식 사이도 틀어지게 할 수 있으리라.

"하지만 이대로는 우두머리는커녕 폐적, 혹은 처형이다. 영주파와 반 영주파로 대립할 계획이었을지도 모르지만, 폐적이나 처형을 받으면 파벌 따위 생길 턱이 없지. 그렇게 생각하면 탑 출입은 명백히 지나친 계략이었다. 다시 말해 우두머리로 세우기보다 빌프리트의 제거가 목적으로 보이는군."

"그건 좀 이상한데. 빌프리트의 제거가 목적이었다면 데리고 나갔을 때 없애 버리는 게 최고 아니겠나?"

질베스타가 성난 표정으로 지적하자, 자기 신변에 닥친 위험을 감지한 빌프리트가 몸을 부르르 떨었다. 파벌 형성에서 빌프리트 제거로 목적의 위험도가 높아지자, 소름이 끼쳤다. 페르디난드는 질베스타의 의견에 동의하며 고개를 끄덕였다.

"맞아. 만전을 기하려고 했다면 그때가 최고의 기회였지. 그걸 놓쳤어."

"즉, 빌프리트 오라버니의 제거가 목적이 아니라는 거죠?"

"오히려 어떻게 흘러가든 괜찮았던 게 아니었을까. ……아니면 교육의 부재로 빌프리트의 능력이 부족한 줄 몰랐던 귀족이 빌프리트의 성격이나 행동을 잘못 헤아렸다고 추측할 수도 있군. 하지만 그런 불확실한 예상을 계획에 넣었을 리가 없다."

그만큼 많은 사람을 동원해 놓고 불확실한 계획을 세울 리가 없다고 했다. 페르디난드가 복잡한 표정으로 테이블 위에 놓인 종이를 톡톡 두드렸다.

"……솔직히 말해서 빌프리트가 목적이 아니었을지도 몰라. 빌프리트를 함정에 빠뜨리는 건 개막전이고, 그 후에 진짜 계획이 움직인다고 가정하면 누굴 어떤 식으로 노리려는지 더 미궁에 빠지는군."

"음……. 대체 목적이 뭐지?"

고민하는 질베스타를 보더니 나를 힐끗 바라본 페르디난드의 시선이 '널 노리고 있는 건지도 몰라'라고 말하는 듯했다. 나는 형용할 수 없는 악의에 찬 이모저모를 듣고, 한숨을 푹 내쉬었다.

"……완전히 장난질이네요."

"장난질?"

"네. 빌프리트 오라버니에게는 할머님의 처지를 보여줘서 가족 사이에 흠집을 내고, 양친인 영주 부부에겐 죄를 범한 아들의 처우로 고민하게 했죠. 어떤 식으로 처벌하든 귀족에게서 불만이 나오겠죠? 그리고 엮인 귀족을 전부 처벌할 수 있을 만큼 마력이 여유롭지도 않고, 그렇다고 처벌 없이 놔두는 것도 위험하죠. 이러나저러나 에렌페스트에 유익하지 않은, 외부의 장난질이라고밖에 볼 수 없어요."

내 말에 질베스타의 눈이 휘둥그레졌다.

"……귀족의 대립이라고만 생각하느라 외부의 장난질이라는 생각은 못 했군. 오호라. 로제마인, 너, 의외로 영리하구나."

"의외라니 무슨 의미예요, 양아버님!?"

내가 물고 늘어지며 소리치자, 질베스타는 "그럼 영리한 로제마인에게 물으마." 라고 말하며 웬일로 진지한 눈빛으로 나를 보았다.

"외부의 장난질이라고 가정하자. 그 외부가 내게 강한 증오심을 가지고 있다고 치고, 내가 어떻게 나가야 그들이 가장 싫어할까?"

"그건 현상 유지겠죠. 마구 휘저어 놨는데도 아무 일 없이 끝나는 경우를 가장 싫어하지 않을까요?"

장난을 쳐 놨더니 비 온 뒤에 땅이 더 굳어지는 상황을 본다면 가장 싫어하지 않을까? 내 대답에 질베스타가 얼굴을 찌푸렸다.

"현상 유지라……. 하지만 빌프리트가 명백히 죄를 범한 상황에 현상 유지는 어려워."

"……하지만 이렇게 본인이 범죄를 똑똑히 인정하고 그 말을 증언으로 삼고 있으니까 처분은 언제든지 할 수 있지 않나요? 처분보다 숨은 상대와 그 목적에 관한 정보를 모으는 쪽이 먼저예요. 처분을 연기…… 아니지, 정보가 빠짐없이 모일 때까지 현상을 유지하면 어떨까요?"

질베스타는 마음이 흔들린 듯했지만, 페르디난드는 딱 잘라 거부했다.

"안 돼. 그렇게 대응하면 영주의 권위에 흠집이 생긴다. 상대가 원하는 대로야."

"영주의 권위에 흠집을 내는 것이 목적이라면 어떤 식으로 처분하든 하지 않든 간에 흠집이 생겨요. 상대의 목적이 에렌페스트의 마력을 낭비하는 거라면, 빌프리트 오라버니를 배제하고 이번 일에 관련된 귀족을 처분해도 상대방을 만족시키는 결과가 되잖아요? 우선은 현상을 유지한 상태로 정보를 수집하고, 처분하는 편이 좋을지 어떤지는 그 이후에 고민하도록 해요."

내가 그렇게 제안했지만, 페르디난드는 고집스럽게 고개를 저었다.

"아예 아무 문책이 없어서는 안 돼. 빌프리트는 반드시 처분해야 한다."

"그럼 처벌한 것처럼 보여주고, 실제로는 현상을 유지한다든지……."

"언니에게 묘안이 있나요? 오라버니를 구해 주실 거죠?"

지금까지 얌전히 앉아서 울 것 같은 표정으로 어른들의 대화를 듣고 있던 샤를로테가 기대에 찬 눈으로 나를 보았다. 빌프리트를 구하고 싶다고 부탁하는 듯했다.

'어쩌지? 샤를로테에게 좋은 모습을 보이고 싶은데. 멋져 보이고 싶은데, 묘안은 없다구! 으아아아!'

마음속으로 몸부림치면서 필사적으로 머리를 굴렸다. 생각이 떠오르지 않는 뇌를 풀 가동해서 내가 아는 범죄자의 처우를 떠올렸다.

"범인을 특정하고 목적이 뭔지 알아야 한다면 기억을 들여다보는 마술구를 씁시다."

사람이 많아서 얼굴이 다 기억나지 않는다. 소문을 들으려고 자기 발로 다가갔기 때문에 상대방이 이름을 대지 않아서 이름을 모른다. 빌프리트는 그렇게 말했지만, 기억을 들여다보면 상대방을 특정하기 쉬울 터였다.

"아무리 꼬임에 넘어갔다고 해도 지금 빌프리트 오라버니는 중범죄자지요? 중대한 범죄자에게 쓰는 마술구를, 적을 특정할 때 쓰는 거죠. 그렇게 하면 빌프리트 오라버니에게 처벌을 내렸다는 인상을 주변에 줄 수 있고, 빌프리트 오라버니를 꼬드긴 상대를 특정할 수도 있어요. 그러고도 현상을 유지한다면, 이쪽이 생각이 있어서 일부러 놔두는 것처럼 보여줄 수 있지 않을까요?"

페르디난드는 관자놀이를 손끝으로 톡톡 두드리면서 겨우 생각해 낸 내 제안을 되뇌었다. 페르디난드의 엄격한 시선과 샤를로테의 기대에 찬 시선을 받으면서 나는 말을 이었다.

"빌프리트 오라버니에겐 부끄러운 기억까지 전부 공개되니까 벌이 될 수 있고, 양아버님이 들여다보신다면 지금까지 오라버니의 생활에 무엇이 잘못되었는지 알 수도 있고요."

"하긴 그걸 쓰면 적어도 영지 내의 위험한 귀족은 전부 끄집어낼 수 있겠군. 빌프리트의 기억을 토대로 잡아낸 귀족에게 처벌을 내리고, 빌프리트를 차기 영주에서 제외한다. 이러면 어떤가, 질베스타."

빌프리트를 차기 영주로 정해 버리니까 공격받는 거다, 라며 페르디난드가 콧방귀를 뀌었다. 질베스타는 입술에 안도 섞인 미소를 그리면서 빌프리트를 보았다.

"빌프리트, 너를 중죄를 범한 자로 취급하고, 마술구를 써서 기억을 들여다보겠다. 동시에 차기 영주 내정을 취소한다. 이번엔 이렇게 처분하마. 앞으로 경솔하게 행동하지 말도록. 특히나 절대로 시종과 호위 기사 곁을 벗어나지 마라."

"네."

미묘한 얼굴로 빌프리트가 납득했고, 너무 무겁지 않은 처벌이 내려지면서 방 분위기가 부드러워졌다. 샤를로테가 "다행이야……." 하고 가슴팍을 눌렀고, 플로렌치아가 "정말로……." 라 말하며 눈가에 맺힌 눈물을 살짝 닦고는 빌프리트를 껴안았다.

"네가 또 내 품에 남아 있게 된 것만으로도 이 엄마는 정말 기쁩니다. 로제마인, 고맙게 생각합니다."

내가 웃음으로 플로렌치아에게 대답하자, 플로렌치아의 품속에서 빌프리트가 부끄러운 듯 살짝 몸을 움직여 나를 불렀다.

"로제마인. 난 할머님을 좋아하지만, 지금은 할머님이 잘못하셨다는 걸 알았어. ……너를 의심한 내 잘못이야. 미안."

"이제 됐어요. 빌프리트 오라버니."

샤를로테가 의자에서 폴짝 뛰어내리더니 내 곁으로 달려왔다.

"언니, 대단하셔요! 언니가 존경스러워요!"

"그 한마디로 전부 보답 받은 기분이네요."

'해냈어! 존경받는 언니가 되었다구!'

나와 샤를로테가 손을 맞잡으며 기뻐하자, 질베스타와 칼스테드가 "잘했다." 라며 이번 제안을 칭찬해 주었다.

플로렌치아의 품속에서 빠져나온 빌프리트가 자기 시종들에게 "앞으로도 잘 부탁한다."라고 말하는 모습이 보였다. 램프레히트가 힘차게 고개를 끄덕였다.

그 모습을 지켜보던 페르디난드가 자리에서 일어나 빌프리트 쪽으로 몇 걸음 걸어갔다. 무슨 말을 할 생각인지 살짝 경계하는 빌프리트에게 말을 걸었다.

"빌프리트. 그대에겐 영주의 자제로서 지울 수 없는 오점이 남게 됐다. 하지만 낙담하지 말고 이대로 노력한다면 성장할 거다. 그대의 솔직함은 아무나 가질 수 없는 장점이다."

처음엔 무슨 말을 하는지 이해할 수 없다는 듯이 입을 쩍 벌리며 페르디난드를 올려다보던 빌프리트의 얼굴이 점점 기쁘면서도 곤란한 표정으로 바뀌었다.

"……노력, 하겠습니다."

빌프리트가 그렇게 말하며 그 자리에 무릎을 꿇었다.

"제게 주어진 기회를 헛되이 하지 않도록 노력하겠습니다. ……페르디, 아니, 숙부님."

빌프리트가 무슨 말을 하든 그대로 방을 나선 페르디난드였지만, 평소보다 발걸음이 조금 빨라진 것을 나는 알 수 있었다.

유레베 제조와 마력 압축

빌프리트의 처분에 관한 논의가 끝나고 며칠 뒤, 신전에 돌아온 나는 페르디난드에게 "유스톡스가 모은 정보가 들어왔다."라며 호출받았다. 플랑탱 상회와 함께 새로운 머리 장식을 가져와 준 투리와도 오랜만에 만난 참이고 가족의 편지도 받아서 들떠 있던 나는 비밀의 방에 들어가자마자 "무슨 정보요?"라고 물었다가 혼이 났다.

"우리가 무슨 정보를 모으는지 잊었는가? 고작 며칠 전이다."

"고작 며칠 전 일이라도 이미 끝난 일을 계속 생각하진 않아요."

시험이 끝나면 특히나 싫어하는 시험 범위 따위 겨우 며칠 사이에 빠르게 잊힌다. 우라노 시절엔 그랬다. 단기기억이란 것이다. 애초에 내겐 새로운 종이 사용법이나 새로운 잉크나 투리의 편지나 카밀에게 줄 다음 장난감 등, 그 외에도 생각할 것이 수두룩하다. 언제까지고 끝난 일에 신경 쓸 여유가 없다.

"끝난 일이 아니다. 그건 간을 본 것에 불과하고, 오히려 지금부터 시작이다."

생각지도 못한 말에 "에엑!?" 하고 몸을 젖혔다. 그게 간을 본 거라면 다음은 대체 뭐가 올까? 귀족들이 무슨 생각을 하고 행동하는지 좀체 종잡을 수가 없다.

"사방에서 모은 정보를 종합한 결과, 우리의 동태를 살피고 있는 것이라고 결론지었다."

"그럼 간을 본 거라고요?"

"그렇다. 빌프리트가 누구의 말을 가장 잘 듣는지, 죄를 저지른 자식을 질베스타가 어떻게 다룰지, 그때 주변 반응은 어떻게 나올지, 에렌페스트 내의 귀족들이 어떻게 움직이는지…… 시험한 거다."

빌프리트 같은 어린아이를 이용해 장난을 치고 동태를 살핀다. 정말 악질적인 계획이다.

"그런 답답한 짓을 하는 상대는 찾아냈어요?"

"유폐된 장소를 알고, 문을 여는 방법을 아는 자. 목적이 선대 영주 부인을 구하는 것이 아니라 빌프리트가 표적이었다는 점. 차기 영주의 내정 취소, 처형, 불화, 전부 에렌페스트에 일어나도록 세운 계획들. ……자기 파벌을 앞세우려는 사람밖에 없지."

아무래도 페르디난드는 적을 특정한 듯했다. 옅은 금색 눈동자가 진지한 빛을 띠며 나를 보았다.

"최대한 빨리 에렌페스트의 수비를 단단히 해야겠군. 로제마인, 어서 마력의 압축 방법을 가르쳐 줬으면 하는데, 괜찮은가?"

"전에도 말했듯이 약을 만들면요. 모두가 전력을 갖추어도 제가 여전히 허약한 상태면 저만 위험해지잖아요. 마력 압축보다 제 건강이 먼저예요."

내가 마찬가지로 되받아치자 페르디난드는 하는 수 없이 자리에서 일어났다.

"알았다. 내일 오전 업무 시간을 조제에 할애하지."

'내일이라니, 너무 갑작스러운데?'

다음 날은 세 점 종부터 네 점 종까지 약을 제조하게 되었다. 평소라면 사흘 정도 여유를 두고 예정을 세우는 페르디난드가 웬일로 바로 다음 날 오전의 업무 시간을 쪼개서 약을 만들어 준다고 했다. 그만큼 위험이 성큼 다가왔다는 의미일까? 비밀의 방에 간 나는 재료를 꺼내고 도구를 확인하면서 혼자 분주하게 움직이는 등에 말을 걸었다.

"신관장님, 혹시 마력 압축을 그렇게 서둘러야 하나요?"

내 질문에 페르디난드가 깜짝 놀라 뒤돌아보며 "이제 와서 무슨 말이지?" 하고 오만상을 찌푸렸다.

"……로제마인, 그대의 마력 압축 방법으로 얼마 만에 효과가 나오나?"

"몰라요. 전 살기 위해 무의식적으로 압축을 해 왔으니까요. ……다무엘에게는 봄이 끝날 때쯤에 알려줬는데, 원래부터 조금은 마력이 커져 있었나 보더라구요. 완전히 성장이 멈춘 어른에게는 처음 써 보는 거라 정말 효과가 있을지 어떨지 예상이 안 가요."

내 대답에 페르디난드는 "그야 그렇겠지." 라고 중얼거렸다.

"우리가 시험해 보고 마력이 늘어난다면 같은 파벌 멤버에게도 도전해 보도록 할 거다. 마력을 목적으로 파벌에 들어온 자에게도 가르치게 되겠지. 그나저나 에렌페스트의 마력 수준이 높아지려면 시간이 얼마나 걸리겠느냐? 최대한 게오르기네가 방문하는 내년 여름 이전까지, 적어도 우리만이라도 마력을 증폭해 두고 싶구나."

조금씩 마력을 늘린 다무엘은 반년에 걸쳐 주변 사람들도 눈치챌 정도로 마력이 커졌다. 성장이 멈춘 어른도 마력이 커질지, 얼마나 시간이 걸릴지, 게오르기네가 다시 오는 내년 여름까지 실험해서 결과를 얻고 싶다면 정말 시간이 촉박하다.

"……시급하네요."

게오르기네가 다시 오기 전까지라는 말을 들으니 나도 페르디난드의 초조함이 이해가 되었다. 간을 보려고 이런 큰 소동의 씨를 뿌린 사람이다. 본격적으로 달려들면 어떻게 될지 모른다.

　"그래서 유레베 제조는 최대한 미루었으면 하는데."

　페르디난드의 말에 나는 세차게 고개를 저었다. 여기서 지면 계속 미뤄질 게 뻔했다. 나는 어서 빨리 건강해지고 싶었다.

　"싫어요! 안 돼요! 그 말은 유레베를 게오르기네 님이 오신 후로 미루자는 말이죠? 처음엔 소재를 모으면 만든다더니, 이젠 샤를로테의 세례식 후에, 아니, 봉납식과 기원식이 끝난 후라고 하고, 이번엔 게오르기네 님이 오신 후라니, 대체 얼마나 더 미룰 생각이에요? 어서 약을 만들고, 그다음이 마력 압축이에요."

　"고집 참……."

　고집은 피차일반이다. 아무리 고집불통으로 보여도 이것만은 절대 양보 못 한다.

　"신관장님이 무슨 일이 일어나기 전에 마력을 압축하고 싶은 것만큼 저도 건강을 손에 넣고 싶어요. 이대로는 무슨 일이 일어나도 제대로 도망가지도 못하잖아요!"

　남의 마력 증폭보다 내 건강이다. '누구를 노리는지 모르겠다'고 말한 사람은 페르디난드였다. 마력의 양을 높이고 싶다면 반드시 내 체력 향상이 우선이다.

　"……그렇군. 그 말도 일리가 있어."

　필사적인 내 주장이 통했는지, 페르디난드가 고개를 끄덕이더니 목갑을 안고 비밀의 방을 나갔다.

　"약을 제조할 장소가 필요하니 우선은 그대의 신전장실에 비밀의 방을 만들어야겠다."

"네? 여기서 만들면 안 돼요?"

내가 소재와 도구로 넘쳐나는 방을 둘러보자, 페르디난드도 마찬가지로 방을 둘러보았다.

"……작업하기에 너무 좁지 않은가."

실험 도구로 보이는 장비와 소재가 산더미, 거기다 자료와 실험결과를 정리한 대량의 종이와 목패. 여기엔 물건이 넘쳐났다. 심지어 이곳은 고아원 원장실에 설치한 비밀의 방과 달리 일정 이상 마력이 없으면 들어갈 수 없어서, 시종이 청소하러 들어올 수 없다. 실험이 막바지일 때나 새 소재를 발견해서 여러 가지로 고민할 때면 방이 끔찍한 상태가 된다.

"그대가 약을 먹고 잠들 장소가 필요하니까 어차피 비밀의 방을 만들어 둬야 했었다. 그 김에 제조에 필요한 커다란 방으로 만드는 거야 크게 힘들지도 않으니까 얼른 해라."

유레베를 쓰면 혼수상태에 빠질 예정이라 위험을 피하고자 입실을 제한한 비밀의 방이 필요하다고 했다.

"얼마나 넓어야 하는데요?"

"신전장실 넓이 정도면 충분하다. 마력 등록자는 그대와 나로 하자. 그대가 잠이 든 동안 아무도 못 들어가면 곤란하니까."

페르디난드가 시키는 대로 신전장실에 비밀의 방을 만들게 되었다. 고아원 원장실과 작은 신전에서 이미 만든 적이 있어서 그런지 그렇게 긴장되지 않았다. 신전장실에 있는 비밀의 방에 있는 문의 마석에 마술구 반지를 낀 왼손을 대고 마력을 흘려보냈다.

나의 마력을 얻자 문에 푸르스름한 마법진이 떠올랐다. 마력을 등록하려고 마력을 흘려보내자, 파란 마법진 위를 붉은빛이 뻗어나갔다. 동시에 문의 마석을 누르는 내 손목 주변에까지 붉은빛이 뻗치더니 복잡한 문양과 글자를 그렸다.

'이 판타지다운 광경은 몇 번을 봐도 멋지단 말이야. 가슴이 뛰어.'

들뜬 마음으로 마법진 위를 흐르는 마력을 바라보는데, 페르디난드가 내 손에 자신의 손을 겹쳐 마력을 흘려보내기 시작했다. 그러고 보니 함께 마력을 등록한다고 했었다. 흐르는 마력의 양이 많아져서인지 마법진에 흐르는 붉은빛도 더욱 강해졌다.

'그러고 보니 마법 등록을 어떻게 같이 하지?'

의아해하는 내 등 뒤에서 페르디난드가 슈타프를 오른손에 쥐고, "스틸로." 라고 외웠다. 펜으로 변화한 슈타프가 마법진에 닿자 붉은빛으로 그린 글자가 사라졌다 늘어났다 하면서 춤추듯 움직이기 시작했다. 마법진에서 솟아나온 글자가 튀어오르듯 사라졌고, 슈타프 끝으로 그린 글자나 모형과 교체되며 마법진이 계속해서 수정되었다. 슈타프로 글자를 자유자재로 다루며 마법진을 수정하는 광경은 신기하고도 아름다워서 나도 해보고 싶은 매력에 사로잡혔다.

"신관장님, 글자들이 자유자재로 움직이다니, 엄청 멋있어요. 저도 마법진을 그리는 방법을 가르쳐주세요."

"그건 그대가 슈타프를 손에 넣고 나서다."

"히잉."

내가 멋지게 마법진을 그리게 될 날은 아직 한참 먼 모양이다. 어깨를 축 떨구는 동시에 비밀의 방이 완성되었다.

"이제 됐다."

비밀의 방이 완성되자, 페르디난드가 마석이 달린 브로치를 시종에게 달게 했다. 신전장실의 비밀의 방에 출입할 허가를 받았음을 나타내는 식별 마술구라고 한다. 그 시종들을 동원해서 자기 비밀의 방에서 소재를 담은 목갑을 계속해서 옮기게 했다.

"그 상자는 저쪽 끝에 놓아라."

페르디난드는 시종에게 지시를 내리면서 커다란 천을 방의 정중앙에 펼쳤다. 언뜻 보기에 수확제 때 징세관이 쓰던 전이 마법진으로 보였다.

"신관장님, 이건 전이 마법진인가요? 징세할 때 쓰는 물건과 비슷하게 생겼네요."

"그래, 비슷한 종류다. 조금 뒤로 물러서라."

페르디난드는 나를 뒤로 물러나게 한 뒤 마력을 흘려보내기 시작했다. 징세용 마법진은 대량의 물건을 위에 올려놓고 한 번에 성으로 옮길 때 쓰는 마법진인데, 이건 반대로 다른 장소에 있는 물건을 불러들일 때 쓰는 마법진인 듯했다. 마법진에 손을 찔러 넣어 여러 가지 물건을 꺼내기 시작했다.

'우와, 꼭 영국 영화에 나오는 유모 마법사 같아.'

마법진에서 하얀 석조 욕조로 쓸 법한 커다란 상자나 내가 들어가고도 남을 커다란 냄비, 금속 재질로 보이는 노처럼 생긴 긴 봉, 커다란 테이블, 목갑 여러 개를 꺼냈다. 덧붙이자면 꺼낸 물건을 옮기는 건 시종들이다.

"……내 비밀의 방인데, 왠지 신관장님의 두 번째 공방처럼 되어가네요?"

"내 공방이 아니라 오히려 그대의 공방이다. 어차피 귀족원에 들어가면 필요하게 될 테니 지금 가지고 있어도 딱히 문제는 없겠지."

내 공방이라는 말만으로 기분이 덩실거렸다. 책장을 두고 자료를 잔뜩 꽂아 둘까, 아니면 차라리 비밀 서가처럼 꾸며 볼까, 하고 꿈이 부풀었다.

"로제마인, 멀뚱멀뚱 있지 말고 조합 냄비에 그대가 모은 계절 소재를 넣어라."

내가 꿈의 공방을 머릿속에 그리는데, 커다란 냄비를 가리키며 페르디난드가 지시를 내렸다. 냄비에 소재를 넣고 마력으로 섞을 거라고 했다.

"엄청 큰 냄비네요. 제가 들어가도 남겠어요."

"뭐냐, 널 삶아 줄까?"

페르디난드의 눈이 진심으로 보였다. 나는 놀라서 고개를 저었다.

"저는 삶아도 구워도 못 먹어요!"

"배탈 날 것 같은 음식을 먹을 생각은 추호도 없다. ……마력은 꽤 보충되겠지만."

"더 무섭잖아요!"

나는 페르디난드를 경계하면서 허리띠에 묶은 장식 끈을 풀었다. 거치적거리지 않게 끈으로 양 소매를 동여매고, 높이를 조절하려고 목갑 위에 섰다. 눈앞에는 커다란 냄비, 손에는 배를 젓는 노처럼 생긴 주걱. 삼각건만 있으면 딱 급식 아줌마다.

"그대가 채집한 마석을 하나씩, 봄의 소재부터 계절 순으로 넣어라. 하나가 다 녹은 뒤에 다음을 넣도록."

나는 페르디난드가 시키는 대로 라이레이느의 꿀을 변화시킨 녹색 마석을 냄비에 넣고 길고 커다란 노로 빙글빙글 저었다. 노에 마력이 흡수되는 느낌이 들었다.

"신관장님, 제조할 때 혹시 마력이 많이 필요한가요?"

"품질을 따진다면 그렇겠지. 이후엔 양에 따라 달라진다."

페르디난드는 테이블 위의 천평칭으로 마석 외 소재의 분량을 재면서 간결하게 대답했다. 그 옆모습에 방해하지 말라고 쓰여 있었다. 소재를 재는 진지한 눈은 드물게 생기가 넘쳤다. 실험이 재밌어서 참을 수 없는 모양이다. 완전히 취미의 세상에 빠진 얼굴이다.

반대로 나는 벌써 조제에 질려 버렸다. 상자 위에 서서 빙글빙글 젓기만 했다. 지루하다. 마석이 냄비의 안쪽에 부딪히며 경쾌한 소리를 내지만, 아무런 변화도 없다.

'이걸 언제까지 해야 하지?'

그렇게 생각했을 때, 갑자기 마석이 녹으면서 형태가 무너지기 시작했다. 냄비 바닥에 달라붙어 흐물흐물해졌다.

"으아아아! 신관장님, 마석이 걸쭉해지기 시작했어요!"

"다음 소재를 넣고, 계속 저어라."

나는 리즈팔케의 알을 변화시킨 파란 마석을 냄비에 넣고 계속 저었다. 녹은 녹색 마석이 있어서 파란 마석을 섞어도 소리가 울리지 않았다. 그 대신 노를 젓는 데 힘이 들었다.

빙글빙글빙글빙글……. 빙글빙글빙글빙글…….

녹색 마석이 녹아서일까, 파란 마석은 녹는 속도가 빨랐다. 형태가 무너지는 것을 보고 류엘 열매를 넣어서 섞고, 마지막에 슈네티름의 마석을 넣었다.

빙글빙글빙글빙글……. 빙글빙글빙글빙글…….

"신관장님, 팔이 찌뿌드드해요."

"조금이라도 일찍 서둘러서 유레베를 만들고 싶다고 한 건 그대야.

참아라."

내 호소를 싹둑 잘라 버리고 조합냄비 안을 들여다본 페르디난드는 처음 보는 소재를 계속해서 넣었다. 잘 섞이도록 잘게 썬 소재를 냄비에 넣는 모습이 왠지 요리하는 듯했다. 깨끗하게 잘린 소재 조각들을 보아하니, 페르디난드는 어쩌면 요리사의 소질이 있지 않을까?

빙글빙글빙글빙글……. 빙글빙글빙글빙글…….

"신관장님, 좀 쉬고 싶어요."

페르디난드가 "안 된다." 라고 매정하게 거부하고, 목갑에서 작은 항아리를 꺼냈다. 그 항아리에서 검은 액체를 냄비에 주르륵 떨어뜨렸다. 네 가지가 섞인 오묘한 색상에 검은 액체를 넣기에 기겁했지만, 다행히 냄비 속의 색깔은 전혀 바뀌지 않았다. 왜 바뀌지 않지? 하고 들여다보았다. 그런데 갑자기 냄비 속 분량이 단숨에 늘어나기 시작했다.

"으악!? 넘쳐요!?"

"내가 넘치게 넣었을 리가 없지. 일일이 놀라지 마라."

"냄비에 조금 있던 약이 눈 깜짝할 새에 냄비에 찰 정도로 늘어나면 누구든 놀란다고요! 저 이거 다 못 먹어요!"

조금 남으면 상비약으로 두려고 했는데, 이렇게까진 필요 없다. 내가 조합 냄비를 가리키며 말하자, 페르디난드가 어깨를 으쓱했다.

"컵의 절반 정도는 마시지만, 굳이 말하자면 유레베는 먹는 약이 아니다. 몸을 담그는 약이야."

그렇게 말하며 페르디난드는 하얀 돌로 만든 사각형 상자를 가리켰다. 그 상자에 완성된 유레베를 붓고 난 뒤 그 속에서 잠들면 되는 모양이다. 뜻밖이었다. 지금까지 약들은 전부 먹는 거였고, 페르디난

드도 상비약을 항상 허리춤에 차고 다녔기에 유레베도 먹는 약이라고
만 생각했다.

"······빠지지 않을까요?"

"유레베로 익사했다는 말은 들은 적이 없으니 걱정 마라. 그것보다
손이 멈췄구나. 자, 마지막이다. 야무지게 저어."

빙글빙글 젓고 있는 냄비 속에 페르디난드가 어떤 약을 한 방울 똑
하고 떨어뜨렸다. 그 순간, 약의 표면이 번쩍 빛나며 옅은 파란색 약
이 되었다.

"완성이다. 이걸로 언제든지 쓸 수 있어."

페르디난드는 그렇게 말하며 냄비 뚜껑을 닫고, 그 뚜껑 위에 마법
진이 그려진 천을 덮었다. 품질이 떨어지거나 상하지 않게 보존하는
물건인 듯했다. 페르디난드의 신비한 도구에는 편리한 물건들이 잔뜩
있을 것 같다. 조만간 목록을 보여줬으면 하는 마음이다.

"신관장님, 이걸 쓰면 언제쯤 눈을 뜨나요?"

"한 달에서 한 계절 정도일까. 솔직히 짐작이 안 가는군. 하지만
조금 길어져도 문제없게 할 일은 미리 정리해 두는 편이 좋겠지."

"해야 할 일······ 가족에게 편지를 쓰거나 시종에게 지시를 내리는
일······ 말인가요?"

"그래. 그대가 잠들어 있는 동안, 인쇄업 관련 업무는 후견인인 내
가 맡게 될 거다. 최대한 귀찮은 일을 떠넘기지 말라고 벤노에게 연
락해 둬라."

한 계절씩이나 잠들어 버리면 분명 우리 가족은 놀랄 터였다. 유레
베를 썼을 때를 대비해 루츠가 대신 건네줄 편지를 준비해 둬야겠다.

고아원은 빌마에게 맡겨 두면 되고, 시종 업무도 프랑과 잠이 있으

면 문제없다. 공방이 제일 걱정인데, 내가 없으면 업무가 늘어날 일은 없을 테니 인쇄할 이야깃거리만 준비해 두면 길과 프리츠가 알아서 운영해 줄 터이다. 유레베를 쓸 예정인 봄까지 늦춰진 날을 손가락으로 세면서 확인하는데, 페르디난드가 짜증스럽게 노려보았다.

"약속대로 유레베도 만들었으니 더는 고집을 들어 주지 않겠다. 내일 성에 가자."

"계약서 준비는 다 되었나요?"

"계획성 없는 그대와 똑같이 보지 마라."

페르디난드의 재촉에 다음 날 오후에 마력 압축 방법을 가르치게 되었다. 관계자 외에는 내보낸 영주의 집무실에는 내가 부탁해 두었던 대로 목갑과 망토 몇 장과 가죽 주머니와 다리미가 준비되어 있었다. 방에는 나, 페르디난드, 영주 부부, 칼스테드 일가, 마지막으로 계약 마술에 서명을 해야 하는 다무엘을 포함해서 열 명이다.

"그럼 이쪽 계약서에 서명 부탁해요."

내 반대편에 붙지 않을 것, 마력 압축 방법은 다른 누구에게도 알려주지 말 것 등의 조건이 적힌 계약 마술 서류에 모두가 순서대로 서명하고, 나는 돈을 회수했다.

상급 귀족은 대금화 두 닢이고, 같은 집안 두 명째부터는 반값이다. 그 반값을 계약 마술을 맺는 비용으로 에렌페스트에 바친다고 했더니 질베스타의 얼굴에 화색이 돌았다. 이번에 비용을 면제받은 다무엘에게도 다른 사람들과 마찬가지로 딴말하지 못하도록 서류에 서명을 받았고 계약 마술이 끝난 뒤에 설명을 시작했다.

"그럼 다무엘이 조수를 맡아 주세요."

나는 다무엘에게 가르쳐줄 때처럼 마력을 압축하는 방법을 보였다. 나무 상자에 쫙 펼친 망토를 집어넣고 꾹꾹 누르는 방식이 귀족원에서 가르치는 압축 방법이라고 말했다. 최대한 마력을 많이 담으려면 망토를 정성스럽게 개는 식으로 마력을 압축하면 좋다고 가르치면서 다무엘과 함께 망토를 고이 개서 나무 상자에 넣었다.

　"오호라. 확실히 눈으로 보니 이해가 잘 되고, 마력이 쉽게 압축되는군."

　질베스타가 눈을 감고 자기 몸속의 마력을 움직였다.

　"양아버님, 성장기가 지난 어른도 마력이 커질 것 같나요?"

　양아버님은 "가능할 것 같다." 라며 즐거운 듯 말했다. 질베스타는 스스로 망토를 접어 본 적이 없는 사람이라 눈으로 본 개는 행위를 머릿속에 떠올렸더니 기대보다 훨씬 여유가 생겼다고 했다. 칼스테드도 엘비라도 눈을 감고 집중했다.

　"갑자기 압축하면 마력에 취해서 속이 울렁거리더라고요. 무리는 하지 마세요."

　조금 압축해서 마력을 키우고, 늘어난 분량을 또 압축한다. 그 반복으로 마력을 늘려 가야 하는데, 체내의 마력 농도를 갑자기 높이면 마력에 취한다고 다무엘이 말했다. 나는 쓰러질 때 항상 울렁거렸기에 뭐가 마력에 취한 느낌인지 모르겠지만, 마력을 압축하는 행위는 몸에 그리 좋지 않은 모양이다. 여름까지 마력을 늘리고 싶은 다무엘은 꽤 무리했지만, 조금씩 마력의 농도를 높여 몸을 길들이는 게 중요하다고 했다.

　"이거라면 나도 아직은 더 늘어나겠어."

　"우와, 굉장해. 꽤 여유가 있었나 봐."

"이걸로 계속 늘려서 램프레히트 형님과 에크하르트 형님보다 강해질 테야."

에크하르트, 램프레히트, 코르넬리우스가 깜짝 놀라 소리를 지르며 마력을 다뤘다. 모두 시종이 따라다니는 상급 귀족 도련님이라 망토를 개 본 적도 별로 없으리라. 꾹꾹 집어넣는 이미지로만 압축해 왔다면 지금은 꽤 여유가 생겼을 터이다.

모두 새로운 마력 압축에 놀라움의 소리를 지르는 가운데, 페르디난드만 복잡한 표정으로 "안타깝게도 내겐 별로 효과가 없는 것 같군." 하고 고개를 저었다. 이미 비슷한 이미지로 압축해 왔던 모양이다. 역시 철두철미하고 성실한 페르디난드다. 어떻게 하면 조금이라도 마력이 늘어날까. 귀족원 시절에 여러 가지 방법으로 도전해 봤다고 한다.

"그럼 페르디난드 님은 바로 다음 단계로 넘어가요."

단계가 있을 줄은 몰랐던 페르디난드에게 싱긋 웃어 준 나는 갠 망토 몇 장을 가죽 주머니에 넣었다. 그리고 그 위에 서서 체중을 실어서 가죽 주머니를 꾹꾹 밟았다. 처음보다 부피가 절반 이하로 줄어든 가죽 주머니를 보고, 페르디난드의 눈이 휘둥그레졌다.

"어때요, 페르디난드 님? 이게 로제마인식 압축 방법이에요."

"흠. 해 보지."

페르디난드는 눈을 감고 마력 압축에 집중하기 시작했다.

한참 미간을 찌푸리고 비지땀이 맺힐 정도로 집중하더니, 갑자기 허리에 찬 약통을 꺼내어 약을 단숨에 틀어넣었다. 약을 먹은 뒤에는 또다시 눈을 감고 집중했다.

"페르디난드 님, 지금 뭘 먹은 거예요?"

"마력을 회복하는 약이다. 마력이 늘어나야 압축을 할 수 있지 않겠는가?"

당연하다는 듯한 페르디난드의 말에 내 얼굴이 싹 굳어졌다.

"그거 엄청 몸에 안 좋은 거죠?!? 제가 조금 전에 갑자기 마력을 너무 압축하면 몸에 부담이 크다고 말했죠? 위험한 행동은 하지 말아 주세요! 위험을 줄이려고 이것저것 조건을 달아서 계약 마술까지 맺었는데, 뭐 하는 짓이에요!?"

자연스럽게 늘어나길 기다린 다무엘에게도 마력 멀미가 일어났다고 했는데, 약으로 마력을 늘리다니 웬 말이냐. 내가 버럭 화를 내는데도 페르디난드는 "위험할 것 같으면 멈출 거다. 괜찮다." 라고 손을 휘휘 저으며 흘려 넘겼다. 그리고 다시 집중하기 시작했다.

모두가 마력 압축에 집중하느라 너무 심심해진 나는 가죽 주머니로 압축해서 꾸깃꾸깃 주름진 망토를 다림질하기 시작했다. 세 장째 다림질이 끝날 때쯤에 페르디난드가 눈을 떴다. 천천히 숨을 내쉬고, 매우 복잡한 표정으로 나를 보았다.

"……로제마인, 그대는 정말 튼튼하구나, 정신적으로."

"무슨 말이에요?"

"그대만큼 압축하기 고되다는 말이다."

그렇게 말하면서 거칠게 머리카락을 쓸어 올렸지만, 안색이 별로 좋아 보이지 않았다. 미간을 잔뜩 찌푸린 내 앞에서 페르디난드가 관자놀이를 톡톡 두드렸다.

"내 개인적인 생각이다만, 얼마나 압축할 수 있느냐는 정신력에 크게 좌우되는군. 이건 지금까지와 마찬가지다. 새로운 압축 방법을 알아도 정신력이 약하면 의미가 없어. 그리고 체내의 마력 농도가 단숨에 바뀌기 때문에 조금씩 농도를 올리는 편이 좋겠군. 그대의 방식으로 갑자기 농도가 두 배 이상 짙어지면 속이 울렁거려. 익숙해질 때까지 상당한 시간이 걸릴 것 같다."

진지한 얼굴로 그렇게 말한 페르디난드에게 나도 모르게 눈썹이 치켜 올라갔다.

"거의 제가 아까 말했던 그대로잖아요! 사람 얘기를 듣고 있나요!? 페르디난드 님, 당신, 사실 바보 아니에요!?"

'누가 쥘부채 좀 줘요!'

명확한 결과가 나오려면 아직 멀었지만, 이렇게 수뇌부의 마력 압축이 시작되었다.

샤를로테의 세례식

나는 헤롱헤롱할 정도로 지쳐 있었다. 예년대로 고아원과 내 방의 겨울 준비, 겨울 수작업과 인쇄 절차를 진행하는 것도 모자라 페르디난드에게 겨울 사교계의 대응 교육을 받아야 했고, 빌프리트를 제외한 영주 일족의 호위 기사들과 기사단 일부에게 마력 압축 방법을 가르치며, 샤를로테의 부탁을 들어 주려고 밤낮을 공부에 매진했기 때문이다. 마력을 등록할 때 쓸 메달 관리와 신화를 낭송하는 일은 페르디난드가 맡아 줬지만, 평민촌 세례식에 비해 할 일이 태산이었다. 심지어 모든 귀족이 모이는 겨울 사교계의 세례식이다. 실수하면 안 된다는 긴장감이 날마다 커졌다.

'그래도 내가 할 건 대부분 외웠어. 엄청 노력했다고.'

이젠 머리가 어질어질했지만, 샤를로테에게 이 노력을 보여줄 생각은 없다.

'그야 별거 아닌 것처럼 해내는 모습을 보여서 "언니, 대단해요!"라는 말을 듣고 싶은걸.'

거의 다 죽어가는 상태로 가을의 마지막을 맞이했고, 겨울이 찾아왔다. 눈이 포슬포슬 내리는 가운데 평민촌의 겨울 세례식이 열렸다. 그때 나는 이 세상에 정말 신이 있을지도 모른다고 진지하게 생각했다. 신은 매우 고생한 내게 상을 내려 주셨다. 무려 이 추운 계절에 문 앞까지 가족이 와 준 것이다. 걱정스럽게 얼굴을 내미는 가족들 사이에서 옷을 잔뜩 껴입은 카밀이 아장아장, 비틀거리며 위태롭게 뛰어다녔다.

'저, 저기요. 여러분, 저 귀여운 내 남동생 좀 봐요! 유괴를 진심으로 걱정해야 할 정도로 귀여워. 내가 데려와 버리고 싶어. 저 엉덩이 어떡해! 신에게 감사를!'

하루 만에 피로가 날아갔다. 심지어 카밀이 나를 향해 손을 흔들어 줬다. 투리가 시켜서지만, 그런 건 어찌 되든 좋다. 내게 '안녕' 하고 손을 흔들어 줬다.

'아아, 어쩜! 어떡해!? 너무 흥분해서 나 예배실에서 방까지 내 다리로 못 돌아갈지도 몰라!'

내가 단상에서 흥분과 감동에 몸을 떠는 사이, 무정하게도 회색 신관이 문을 닫아 버리고 말았다. 하지만 눈을 감으면 카밀의 사랑스러운 모습이 선명하게 떠올랐다.

"로제마인, 멍하니 있지 말고 방에 돌아가거라."

"아……, 신관장님. 좀 흥분했는지 머리가 어지러운데 잠시만 쉬게 해 주세요."

성전을 두는 제단에 몸을 기대자 하얀 석조 제단의 서늘하고 차가운 감각이 기분 좋았다. 차가운 제단으로 머리를 식히면서 눈을 감고, 카밀의 귀여운 모습을 되새겼다.

"너무 흥분해서 못 움직이겠다? 그대는 정말 바보인가?"

마력 압축을 심하게 한 탓에 술이 덜 깬 사람 같은 얼굴인 페르디난드에게 듣고 싶진 않지만, 못 움직이는 건 못 움직인다.

"쉬려면 방에서 약을 먹고 쉬어라. 그러다 샤를로테의 세례식까지 회복 못 해."

"그럼 안 되죠."

내가 눈을 뜨자, 눈앞에 무서운 얼굴을 한 페르디난드가 있었다. 깜짝 놀라 뒤로 자빠질 뻔한 나를 아무 말 없이 안아 올려서, 단을 내려가 아래에서 걱정스럽게 기다리는 프랑에게 나를 넘겼다.

"프랑, 이 녀석을 성에 갈 때까지 회복시켜라."

"알겠습니다."

진지한 얼굴로 고개를 끄덕인 프랑이 나를 안아 올려 그대로 걷기 시작했다. 방에 돌아가자 억지로 약을 먹이고, 세례식에서 주의할 사항을 적은 목패와 함께 침대에 눕혔다.

"읽을거리도 있으니 성에 가실 때까지 침대에서 느긋하게 지내십시오."

"……예에."

섬뜩하게 웃는 프랑에겐 거역할 수가 없다. 나는 침대에서 목패를 집었다.

세례식 연습과 겨울 동안의 지시를 내리는 것 말고는 아무것도 허락하지 않은 채, 성으로 이동하는 날이 왔다. 올해는 이동한 다음 날이 세례식이다. 프랑이 말하길, 성보다 신전이 더 느긋하게 지낼 수 있을 거라는 페르디난드 님의 배려였다고 했다. 덕분에 만전의 상태로 샤를로테의 세례식에 임할 수 있을 것 같다.

꼭두새벽부터 리카르다와 오틸리에가 신전장 제식복으로 갈아입혀 주었다. 나는 투리가 새로 만든 머리 장식을 달고 방을 나왔다.

세례를 받을 샤를로테보다 일찍 대강당에 입장해야 하므로 나는 작년보다 이른 시간에 대기실로 갔다. 호위 기사는 귀족원의 망토와 브로치를 단 코르넬리우스다.

대기실 창문에서 보이는 본관 정문에 마차가 하나둘 도착하는 모습이 보였다. 가족이 함께 온 귀족이 내리자, 다음 마차에서 그 시종으로 보이는 사람들이 내렸다. 악사인지 악기를 든 사람도 있었다.

"……굉장한 인파네요."

"시작하는 날과 마지막 날은 에렌페스트의 모든 귀족이 모이니 당연히 혼잡해집니다."

마찬가지로 창밖을 보던 코르넬리우스가 피식 웃었다. 그동안에도 하늘에서 기수가 잇따라 도착하면서 정문이 더욱 북적였다. 대강당에도 많은 사람이 모여 있으리라.

"벌써 왔구나, 로제마인."

제식복으로 갈아입은 페르디난드가 대기실에 들어왔다. 잠시 뒤 문관 한 사람이 우리를 부르러 왔다. 대강당에 입장할 시간이라고 했다.

나는 페르디난드와 함께 입장했다. 대강당 안의 배치는 작년과 똑같았다. 무대 중앙에 제단이 있고, 무대를 중심으로 왼쪽에는 영주 부부와 그 측근들, 오른쪽에는 페슈필을 든 악사들과 세례를 받을 아이의 가족이 마술구 반지를 들고 서 있었다.

내가 서너 발짝 걸으면 페르디난드가 한 걸음 걷는 속도로 대강당의 중앙을 걸어갔다. 무대에 올라가 준비된 의자에 앉자 "느려." 하고 작은 목소리로 불평을 들었지만, 이제 와서 어쩌라는 건지.

우리의 도착과 함께 영주인 질베스타가 무대에 올라왔다.

"올해도 또다시 흙의 여신 게두르리히가 생명의 신 에이비리베에게 가리었다. 모두 함께 봄의 방문을 기원하자."

영주가 사교계의 개최를 알리자, 귀족들은 번쩍이는 슈타프를 들어 올려 봄의 여신이 조금이라도 빨리 회복하기를 빌었다.

그다음에는 가을 사냥대회에서 일어난 사건의 줄거리와 그 처분에 대해 발표했다. 빌프리트가 차기 영주의 내정에서 제외되었고, 기억을 들여다보는 처벌을 받았음을 밝힘과 동시에 그 기억에서 찾아낸 귀족에게도 처분을 내렸다. 애초에 벌을 내리기 애매한 행위여서 그렇게 심한 징계를 내리진 않았다. 몇 단계의 좌천이거나 감봉, 벌금 같은 가벼운 처벌이었지만, 앞으로 출세는 없을 것이라는 사실을 사교계에서 널리 알린 셈이었다. 그것이 그들에게는 가장 큰 처벌이었다.

자세한 전달이 끝나고 드디어 세례식과 피로연의 시작되었다. 영주가 무대에서 내려가고, 신전장인 내가 교대하듯 무대 중앙에 준비된 발판 위에 옷자락을 밟지 않게 조심하면서 올랐다. 페르디난드가 내 옆에 서서 입을 열었다.

"새로운 에렌페스트의 자식을 맞이하라!"

대강당에 울린 목소리에 악사가 일제히 곡을 연주하기 시작하고 서서히 문이 열렸다. 문 앞에 정렬한 아이들이 발을 움직였다. 영주의 딸인 샤를로테는 맨 앞이었다. 많은 사람이 맞이하는 대강당 중앙을 긴장한 표정으로 걷는 모습이 보였다.

샤를로테의 의상은 세례식답게 하늘하늘하면서 따뜻해 보이는 도톰한 의상에 겨울 귀색인 빨간 장식과 자수가 색채감을 더했다. 털실로 짜인 붉은 옷깃이 달려 있는데, 그것이 돌돌 말린 은에 가까운 금색 머리를 더욱 돋보이게 했다. 내가 빌려준 붉은 꽃 머리 장식이 옅은 머리카락 색에 잘 어울렸다. 불안하게 흔들리던 남빛 눈동자가 나를 보더니, 싱긋 웃었다.

'힘내, 샤를로테. 나도 힘낼게.'

아이들이 무대 앞에서 걸음을 멈추자, 나는 샤를로테와 눈을 맞춘 채 "무대에 올라오세요." 하고 손짓으로 지시했다. 아이들은 무대로 올라와 가로 일렬로 섰다.

올해 세례식을 맞이한 아이는 전부 열한 명, 그중 다섯 명의 세례식이 시작되었다. 세례식 진행은 작년과 거의 비슷했다. 신전장인 내가 의식을 진행하는 자리에 서 있는 점 말고는 딱히 다르지 않았다. 페르디난드가 잘 울리는 목소리로 신화를 낭송한 후, 나는 아이의 이름을 한 명씩 불렀다. 하급 귀족의 아이부터 시작해서 마지막이 샤를로테다.

"샤를로테."

내가 이름을 부르자, 샤를로테가 활짝 웃으며 다가왔다. 나는 마력을 차단하는 얇은 가죽으로 감싼 마력 검사 마술구를 건넸다.

샤를로테가 마술구를 잡고 빛냈다. 박수가 일었고, 나는 메달을 꺼내어 마술구를 도장처럼 꾹 눌러 샤를로테의 마력을 메달에 등록했다.

"빛, 물, 불, 바람, 흙 다섯 신의 가호가 있습니다. 항상 신들의 가호에 걸맞는 행동을 하려고 노력한다면 더욱 많은 축복을 받을 겁니다."

메달에 마력 등록을 끝내자마자 페르디난드가 관리하는 상자에 넣었다.

그와 동시에 마술구 반지를 든 질베스타가 무대 위로 올라왔다. 샤를로테의 손에 마력을 방출하는 반지를 끼워 주고, 사랑스러운 딸의 성장을 부드럽게 웃으며 축하해 주었다.

"신과 모두에게 내 딸로 인정받은 샤를로테에게 반지를 선물한다. 축하한다, 샤를로테."

"감사하게 생각합니다, 아버님."

샤를로테가 기뻐하며 자기 왼손 중지에 끼워진 붉은 마석 반지를 어루만졌다. 질베스타가 고개를 들었다. 다음을 진행하라는 시선에 고개를 끄덕이고, 나는 축복을 내렸다.

"샤를로테에게 흙의 여신 게두르리히의 축복을."

내가 축복을 내리자 붉은빛이 샤를로테에게 날아갔다. 사실 세례식 연습에서 이 축복 연습이 제일 힘들었다. 적당한 양을 조절하기가 상당히 고됐다. 페르디난드가 말하길, 내 축복은 감정에 쉽게 휘둘린다고 했다. 아무 생각 없이 내리면 모르는 귀족과 샤를로테에게 내리는 축복의 양이 크게 차이가 나 버리는 듯했다. 세례식에서 축복을 내리는 신전장이 누군가를 편애하면 안 되기 때문에 축복 제어 연습을 끈질기게 시켰다.

연습한 보람은 있었다. 거의 평등하게 축복을 내릴 수 있었다. 내가 내심 안심하는데, 축복을 받은 샤를로테가 이번에는 반지에 마력을 담았다.

희미한 붉은빛이 "감사합니다." 라는 목소리와 함께 내게로 날아왔다. 그 답례의 축복으로 귀족들에게서 박수가 일면서 샤를로테의 세례식이 끝났다.

"그럼 신에게 기도를 올리고, 음악을 바칩시다."

모두의 세례식이 끝난 뒤에는 피로연이다. 올해 한 해 동안 세례를 받은 귀족의 자제가 귀족으로 인정받음을 축하하고, 아이의 미래에 신의 가호를 빌며 페슈필을 연주하고 노래하면서 음악을 바치는 행사다. 무대 중앙에 의자가 설치되고, 작년과 마찬가지로 하급 귀족의 아이부터 순서대로 음악 봉납이 시작되었다.

내가 이름을 부르면 그 아이는 긴장한 표정으로 중앙에 놓인 의자에 앉았다. 악사가 페슈필을 들고 올라와서 격려의 말을 소곤거리고, 페슈필을 건넸다.

연주가 끝나면 "잘 했어요. 신들도 기뻐하실 거예요." 하고 칭찬하고 다음 아이를 지명한다. 이름과 순서를 틀리지 않게 가슴을 졸이며 진행했다.

"샤를로테."

영주의 딸인 샤를로테는 마지막이다. 이름이 호명된 샤를로테가 무대 중앙 의자에 앉고, 악사에게 건네받은 페슈필을 들었다.

'오오, 잘한다, 잘해. 역시 내 여동생이야!'

하도 연습을 빼먹어서 벼락치기로 배웠던 빌프리트와 달리 샤를로테는 영주의 자제로서 성실하게 연습해 온 듯했다. 실력이 매우 우수했다. 언니인 나도 지지 않게 연습하리라.

"정말 잘하는군요. 신들도 기뻐하실 겁니다."

"감사합니다."

샤를로테가 무대에서 내려가자 피로연이 끝났다. 페르디난드가 행사의 끝을 알렸고, 나는 페르디난드와 함께 대강당을 나왔다.

"수여식이 거행되는 동안 옷을 갈아입으셔야 합니다, 공주님, 페르디난드 도련님."

우리는 신전장과 신관장의 직무가 끝나면 이번에는 귀족으로서 사교장에 얼굴을 내밀어야 했다. 수여식이 열리는 동안에 서둘러 옷을 갈아입었다. 수여식은 영주가 귀족원에 가는 신입생에게 망토와 브로치를 건네는 의식이라 우리와는 관계가 없다. 수여식 후에 귀족원 출발 일정이 발표되므로 내게는 다무엘과 브리기테가 호위로 붙었다.

　"여러분, 서두르세요!"

　앞을 서둘러 걷는 리카르다에게 꾸지람을 들은 다무엘과 브리기테의 걸음이 빨라졌다. 모두에게 뒤처지지 않게 나도 레서버스의 속도를 올렸다.

　방에 돌아가자, 오틸리에가 이미 옷을 갈아입을 준비를 마쳐 두었다. 리카르다와 둘이서 신전장 의상을 벗겼고, 겨울 귀색인 빨강이 베이스인 의상으로 갈아입혔다.

　"자자, 공주님. 서두르세요."

　흐트러진 머리를 다듬고 머리 장식을 꽂자마자 나는 리카르다에게 쫓기듯이 방에서 뛰쳐나왔다. 기수를 타고 점심이 준비된 식당으로 향했다.

　"신전장의 임무를 훌륭하게 완수하셨어요. 샤를로테 공주님도 정말 기쁘실 거예요."

　그런 리카르다의 말에 히죽 웃으며 식당에 들어가자, 이미 수여식이 끝났는지 모두가 나의 도착을 기다리고 있었다.

　"늦어서 죄송합니다."

　"괜찮아요, 로제마인. 오늘 세례식은 로제마인에게 축복을 받고 싶다고 샤를로테가 졸랐다고 들었습니다. 고생 많았지요?"

　내가 자리에 앉자, 플로렌치아가 상냥하게 웃으며 칭찬해 주었다.

"아닙니다, 양어머님. 귀여운 여동생의 부탁인걸요."

싱긋 웃으며 고개를 젓긴 했지만, 솔직히 힘들었다. 거의 죽을 둥 살 둥 고생했다. 그래도 그 고생으로 귀여운 여동생의 존경과 찬사를 쟁취했다.

"신전장인 언니의 모습은 정말 훌륭하고, 멋졌어요. 저도 언니처럼 되고 싶어요."

샤를로테가 존경으로 반짝반짝 빛나는 남색 눈동자로 나를 보았다.

'그래, 그걸 원했어. 노력한 가치가 있었어!'

점심을 먹고 대강당에 돌아가면 사교 행사로 어른들과 인사를 나눈다. 작년에는 내가 피로연에서 어마어마한 축복 소동을 일으킨 탓에 수여식과 점심 순서가 교체되었고, 귀족들에게 인사를 받기 전에 얼른 퇴장해서 인사를 피했지만 올해는 달랐다. 영주의 세 자제가 함께 움직여 귀족들과 인사를 나누면서, 빌프리트가 소동을 일으키고도 관계에 균열 따위 생기지 않았음을 귀족들에게 당당히 보여줘야 했기 때문이다.

대강당에서 담소를 나누는 귀족들을 둘러보며 나는 위 주변을 꾹 눌렀다. 딱히 점심을 많이 먹어서가 아니었다. 곧 닥칠 일을 생각하니 위가 욱신거려서다.

'이 중에 대체 얼마나 적일까? 어머님의 리스트에 올라온 이름이 다는 아닐 테고, 숨은 적이 제일 무서운데.'

엘비라에게 받은 리스트는 전부 외웠지만 얼굴과 일치하지 않았다. 일단 빌프리트와 샤를로테에게도 구 베로니카 파이며 조심해야 하는 인물 리스트를 돌렸지만, 시간이 짧아서 외웠는지 어땠는지는 모르겠다.

"로제마인 님, 빌프리트 님, 샤를로테 님. 안녕하시옵니까."

처음엔 플로렌치아 파의 사람들과 인사하고 담소를 나눠서 그렇게 위가 욱신거리지 않았다. 앞으로 여성 세계에 발을 들여야 하는 샤를로테를 언니로서 제대로 소개해 주려고 의욕에 불타서이기도 했다.

하지만 플로렌치아 파와 인사가 끝나고, 사냥대회에서 빌프리트가 일으킨 불상사에 대해 떠보려는 귀족과 대화할 차례가 되자, 자연스럽게 점차 위가 아팠다.

귀족이 생글생글 웃으며 빌프리트에게 접근해 왔다. 나는 비집고 들어가 빌프리트와 샤를로테를 등으로 감싸고, 정식 인사를 나눴다. 블랙리스트에 들어가 있던 귀족임을 인지하면서 생글거리는 웃음도 잊지 않았다.

귀족이 "하얀 탑에 부드러운 천이 흘러간 것이 아닐까, 걱정했습니다만⋯⋯." 이라고 하자, 페르디난드에게 똑똑히 배운 대로 "바람의 여신 슈첼리아가 사자의 품에서 뛰쳐나가지 않도록 지켜 주셨답니다. 그렇지요, 빌프리트 오라버니?" 하고 웃으며 대답했다. 귀족은 "오, 이런. 그러셨습니까?" 하고 자리를 떴지만, 이런 대화가 계속 이어진다고 생각하니 소름이 끼쳤다.

"로제마인, 아까 그 귀족이 뭐라 한 거냐?"

웃으며 동의했던 빌프리트가 내게 슬쩍 물었다. 주변을 둘러싸고 있는 호위 기사를 확인하고, 나도 조그맣게 대답했다.

"빌프리트 님이 하얀 탑에 계시는 베로니카 님과 만나시면서 구 베로니카 파에 들어가셨다고 생각했는데 아닙니까, 라고 물었어요."

"언니는 뭐라 대답하셨나요?"

"아우브 에렌페스트를 등질 리가 없지요, 랬죠."

이해를 못 하겠다는 듯이 빌프리트가 고개를 갸웃거렸다.

"……어렵네. 넌 그런 표현을 어떻게 다 알아?"

"오늘을 위해 페르디난드 님께 철저하게 배웠거든요."

페르디난드는 내게 진두에 서라고 했다. 아직도 의미를 잘 모르는 빌프리트와 방금 세례를 받아서 귀족과 접촉한 적이 없는 샤를로테에게 대응을 맡겨서는 안 된다며 이번 일로 귀족이 쓸 법한 비아냥과 비꼬는 표현을 철저하게 가르쳤다.

"내가 못나서 미안하다."

"저기 언니. 제 부탁 때문에 매우 고생하신 것 아녜요?"

"신전장으로서 언젠가는 외워야 할 것들이니까 샤를로테는 신경 쓰지 않아도 돼요."

시종과 호위 기사가 주위를 단단히 호위해 주어도 위가 욱신욱신했던 시간이 끝나고, 대강당에 늘어놓는 갖가지 요리에 입맛을 다셨을 때, 일곱 점 종이 울렸다.

"이제 어른들의 시간이에요. 우리는 슬슬 가요."

"음, 그래. 아버님, 어머님, 먼저 실례하겠습니다."

"오늘은 잘했다. 너희들에게 슈라트라움의 축복과 함께 편한 잠이 찾아오길."

영주 부부와 취침 인사를 나누고, 근처에 있던 자들에게도 마찬가지로 인사하면서 대강당의 문을 향했다. 그때 나는 마침 모습을 드러낸 보니파티우스에게 말을 걸었다.

"보니파티우스 님, 안녕하신가요?"

"그래, 슈라트라움의 축복과 함께 편한 잠이 찾아오길."

"감사합니다."

우리 세 사람은 낯익은 사람들과 인사를 나누며 각각 시종 한 사람과 호위 기사 네 사람을 데리고 대강당을 나왔다. 귀족들의 시선이 사라지자, 몸이 가벼워진 기분이다.

"무사히 끝나서 다행이에요. 이제 당분간은 어른과 만날 기회가 없고……."

"음. 내일은 어린이방에서 카루타야. 1년간 연습한 성과를 보여 주지."

"저도 연습했고, 다른 사람들도 다 연습했어요, 오라버니."

어린이방에서 무엇을 하는지를 샤를로테에게 얘기하면서 본관 정문에서 뒤편으로 돌았다. 그때 북쪽 별관까지 얼마 남지 않은 곳에서 창문이 살짝 움직인 듯했다.

"어?"

"왜 그러십니까, 로제마인 님?"

"저쪽 창문이 살짝 움직인 것 같아서요. 다무엘, 보고 와 줄래요?"

"알겠습니다."

나는 샤를로테에게 "제 착각일 거예요, 분명." 하고 말하며 계속 걸었지만, 확인차 내가 가리킨 창가 쪽으로 다무엘을 보냈다.

다무엘의 "잠금장치가……." 라는 중얼거림과 동시에 창문이 활짝 열리더니, 온몸을 검은 옷으로 뒤덮은 일당 십여 명이 무기를 들고 뛰어 들어왔다.

"꺅!"

"어떤 놈이냐!?"

주인을 지키려고 재빠르게 움직인 호위 기사들이 일제히 변화시킨 슈타프를 들고 습격자들을 빙 둘러싸는 진형을 취했다. 습격자와 호위 기사가 대치하는 사이에 나와 샤를로테는 북쪽 별관, 빌프리트는 본관 쪽으로 갈라졌다.

"여긴 저희에게 맡기십시오……. 절반은 주인님을 호위해라!"

빌프리트의 호위 기사가 둘, 샤를로테의 호위 기사가 둘, 그리고 내 호위 기사인 다무엘과 브리기테가 무기를 들고 적에게 달려들었고, 혼전이 시작되었다.

"빌프리트 오라버니! 본관에 돌아가서 도움을 청하세요! 램프레히트, 서둘러!"

내가 소리치자, 오즈발트가 빌프리트를 안고 본관을 향해 달리기 시작했다. 둘을 지키기 위해 램프레히트와 또 한 명의 호위 기사가 무기를 들고 달려갔다.

"언니, 우린 어서 북쪽 별관에 가요. 거긴 결계가 쳐져 있어요!"

서둘러 뒤돌아보니, 호위 기사 둘을 거느린 샤를로테가 북쪽 별관을 향해 달려가고 있었다. 아마 위험해지면 '북쪽 별관으로 도망쳐라'라고 배운 모양이다. 하지만 지금은 다른 적이 나타나도 대응할 기사가 적었다. 지켜줄 기사가 적은 상황에 식은땀이 흘렀다. 나는 안전띠를 풀고 기수에서 몸을 내밀어 소리쳤다.

"샤를로테, 기다려! 위험해요!"

샤를로테가 북쪽 별관으로 이어지는 복도로 들어서기 직전, 시꺼먼 일당 셋이 창문에서 뛰어들었다. 샤를로테의 곁에 있던 두 호위 기사가 즉시 대응했다. 하지만 남은 적 하나가 그 자리에 못 박힌 채 굳어 버린 샤를로테를 둘러업고 창문으로 뛰쳐나갔다.

"샤를로테!"

"꺄아아아아아아!"

그 순간, 하늘을 때리는 커다란 날갯짓 소리가 울리며 어두운 겨울 밤하늘에 천마가 모습을 드러냈다. 나도 모르게 숨을 삼켰다. 설마 여기에 기수가 나타날 줄 몰랐다. 적은 귀족이다.

샤를로테를 안은 시꺼먼 적의 기수는 커다란 날개를 펼치며 하늘을 달리기 시작했다.

사로잡힌 공주님

활짝 열린 창문 너머로 밤하늘에 날개짓하는 천마와 샤를로테의 하얀 옷이 떠올랐다. 점점 작아지는 모습에 나는 눈을 크게 떴다. 순간 온몸이 분노로 물들면서 점차 전신에 마력이 차오르기 시작했다. 몸이 끓을 정도로 뜨거운데, 머리 꼭대기는 얼어붙은 것 같은 이 감각은 어딘가 익숙했다.

"내 사랑스러운 여동생을……. 용서 못 해!"

위압을 행사하면 간단하지만, 적은 너무 멀고 눈을 보지 않으면 효과가 없다. 나는 분노에 몸을 맡긴 채 당장 샤를로테를 구하러 좌석에 고쳐 앉고, 핸들을 꽉 쥐었다. 그대로 내려치는 기세로 핸들에 마력을 쏟아부었다.

'용서 못 해! 다른 사람이 용서해도 내가 용서 안 해!'

"잠깐, 주인의 주인!"

"로제마인 님, 저도 함께하겠습니다! 실례합니다!"

마검 슈팅루크에서 울린 페르디난드의 목소리에 나도 모르게 움찔했다. 그 순간, 안게리카의 목소리와 함께 지붕 위에 충격이 있었고, 1인용 레서버스가 크게 휘청했다. 그 직후에 불쑥 튀어나온 손이 양쪽 차창을 잡은 것을 보고, 안게리카가 레서버스 위에 올라탔다는 걸 알았다. 생각지 못한 안게리카의 행동에 내 눈이 휘둥그레졌다.

"안게리카, 위험해요!"

"기수를 꺼낼 마력을 아껴야 하니까 이대로 갈게요! 어서요!"

"서둘러! 도망쳐 버려!"

재촉하는 앙칼진 안게리카의 목소리와 슈팅루크에서 나온 페르디난드의 목소리에 쫓겨 반사적으로 액셀을 최대로 밟았다. 힘차게 출발한 레서버스가 창문을 향해 맹렬히 달렸다.

"무모한 짓은 하지 마, 둘 다!"

우리를 쫓아 달려오던 코르넬리우스의 고함이 등 뒤에서 들렸지만, 이미 늦었다. 분노에 휩싸인 내 마력을 대량으로 흡수한 레서버스는 샤를로테를 구하기 위해 점점 작아지는 흰 기수를 향해 밤하늘을 달렸다.

레서버스는 지붕에 안게리카가 달라붙은 상태로 맑은 겨울 밤하늘을 질주했다. 밝게 빛나는 달 덕분에 목표인 기수와 샤를로테가 하얗게 떠올랐다.

"샤를로테를 돌려줘!"

"언니!?"

시꺼먼 적의 팔 안에서 레서버스를 발견한 샤를로테가 나를 향해 힘껏 손을 뻗었다. 샤를로테의 얼굴은 공포로 굳었고, 남색 눈동자는 눈물을 흘려서 빨갛게 충혈되어 있었다.

'사랑스러운 샤를로테를 울리다니 절대 용서 못 해.'

뻗은 저 손을 잡아야 한다. 여동생을 반드시 구해 내겠다. 나는 납치범을 날카롭게 노려보면서 계속해서 마력을 흘려보냈다.

샤를로테를 유괴한 시꺼먼 유괴범은 도움을 청하는 샤를로테를 깔보듯 가늘게 뜬 눈으로 뒤돌아보다가 깜짝 놀라 눈이 휘둥그레졌다.

"나, 날개도 없는 그륀 나부랭이가 하늘을 날다니!? 어째서!?"

경악한 심정이 느껴지는 당황한 목소리는 사내의 것이었다. 눈 부분밖에 보이지 않지만, 유괴할 때 보이던 여유와 조소가 지금은 놀라움과 초조함으로 바뀌었다. 아무래도 저 사내는 내 레서버스가 다른 기수처럼 하늘을 나는 줄 몰랐던 모양이었다. 성에서 이동하는 모습밖에 본 적이 없거나 성의 문관에게 얘기만 들어서인지 모르지만, 북쪽 별관을 담당하는 영주 일족의 시종들과 큰 관련성이 있는 사람은 아닌 듯하다.

"절대 용서치 않겠어요!"

식겁하며 소리 지르는 남자에게로 나는 분노에 감정을 실어 레서버스로 돌진했다. 조금이라도 빨리 도망가려고 기수의 속도를 높이는 남자를 쫓아, 나도 레서버스의 속도를 더욱 올렸다. 순식간에 거리가 좁혀졌다.

"언니, 살려줘!"

뒤돌아보며 내 위치를 확인한 남자의 눈에 초조함과 당황과 공포가 들어선 것이 확인되는 거리까지 왔다. 재차 뒤돌아보던 유괴범은 쫓아오는 나와 도움을 청하는 샤를로테를 번갈아 보았다.

사내는 혀를 차고, 샤를로테를 고쳐 안더니 공중으로 휙 던져 버렸다. 그러고는 샤를로테와 반대 방향으로 날쌔게 도망쳤다.

아무것도 없는 공중에 내던져진 하얀 의상이 펄럭이며 샤를로테의 남색 눈동자가 놀라움에 크게 떠졌다. 몇 번인가 공중에 던져진 적이 있는 나는 그 몸이 붕 뜨는 느낌과 허무함과 공포를 잘 안다. 나는 즉시 내던져진 샤를로테를 향해 핸들을 돌렸다.

"샤를로테!"

구출이 최우선이다. 시꺼먼 적은 도망가 버릴지 모르지만, 어찌 되든 좋았다. 잡는 건 기사의 일이다. 샤를로테를 향해 전력을 다해 달린 순간, 지붕 위에서 마침 슈팅루크의 지적이 들려왔다.

"안 돼, 주인의 주인! 이대로는 공주와 충돌해!"

"에엑!?"

샤를로테를 칠지도 모른다는 지적에 나는 서둘러 급브레이크를 밟았다. 쾅! 하고 힘차게 브레이크를 밟자, 레서버스가 털을 곤두세우듯 다리를 멈췄다. 심한 충격과 함께 레서버스가 앞으로 크게 기울었다. 다음 순간, 레서버스의 지붕에 매달려 있던 안게리카가 슝 하고 기세 좋게 날아갔다.

"으악!? 안게리카!?"

"신체 강화 상태라 걱정하지 마십시오!"

안게리카는 공중회전으로 자세를 바꾸면서 기세 좋게 샤를로테를 향해 날아가, 공중에서 샤를로테를 껴안았다. 샤를로테가 안게리카의 등에 팔을 둘러 필사적으로 잡았다. 그래서인지 안게리카의 목소리가 자랑스럽게 밤하늘에 울려 퍼졌다.

"공주님 구출!"

기수로 샤를로테를 치지 않았다는 안도감과 무사히 샤를로테를 구출한 기쁨, 안게리카의 훌륭한 움직임에 받은 감동 등, 다양한 감정이 가슴속에서 솟구쳤다.

"안게리카! 훌륭해요!"

만세하며 칭찬하는 내 앞에서 샤를로테를 안은 안게리카가 포물선을 그리며 아래로 떨어졌다.

"이대로는 공주와 함께 추락한다. 어쩔 건가, 주인?"

"그럼 안 되지!"

슈팅루크의 목소리와 안게리카의 목소리가 울렸다. 조금 전의 기뻠과 감동은 어디로 갔는지. 나는 순간 창백해졌다.

"안게리카, 아무 대책 없어요!?"

낙하 중인 안게리카에게서 "네!"라는 또랑또랑한 대답이 돌아왔다. 안게리카는 샤를로테를 구하겠다는 생각밖에 하지 못한 듯했다.

"네? 잠깐…… 누가 좀 도와줘요!"

내가 창문에서 몸을 내밀어 낙하지점을 확인하고, 안게리카와 샤를로테가 떨어지는 쪽으로 기수를 움직이려는 그때, 내 아래를 말도 안 되는 속도로 달려오는 늑대같이 생긴 기수가 보였다.

"잡을 수 있어요!"

기수를 타고 우리를 쫓아온 코르넬리우스가 그런 말을 남기고, 떨어지는 안게리카와 샤를로테를 향해 돌진했다.

"코르넬리우스 오라버니! 힘내요!"

내가 손에 땀을 쥐며 바라보는 곳에서 전속력을 내는 코르넬리우스의 기수가 당장에 두 사람을 따라잡았다. 낙하하는 두 사람과 나란해질 만큼 다가가 안게리카의 망토를 붙잡고 힘껏 잡아당겼다. 그리고는 그대로 둘을 자기 뒤에 앉혀서 무사히 확보했다.

"꺅! 코르넬리우스 오라버니, 멋져!"

급격하게 방향을 돌리면 몸에 부담이 크기 때문인지, 코르넬리우스는 둘을 구한 뒤에도 아래를 향해 달리면서 차츰 가로로 방향을 틀었다. 큰 곡선을 그리며 조금씩 나를 목표로 위를 향해 달려왔다. 안정감 있는 기수의 움직임과 기수에 탄 세 사람의 모습을 확인한 나는 겨우 모두의 안전을 확신했다.

"굉장해, 대단해요! 해냈다!"

손뼉을 치며 매우 기뻐하는데, 갑자기 레서버스가 멋대로 움직였다. 핸들도 쥐고 있지 않고, 액셀도 밟지 않은 상태인데 갑자기 레서버스와 함께 내 몸이 기울었다.

"엥?"

레서버스가 뭔가에 끌려가기 시작했다. 무슨 일이 일어나는지 영문도 모른 채, 나는 엉덩방아를 찧듯 좌석에 털썩 앉았다. 당황하면서도 어떻게든 기울어진 레서버스를 바로잡으려고 핸들을 잡고 액셀을 밟았다.

"어? 어라? 이거 왜 이래!?"

액셀을 밟으면 처음에는 레서버스의 다리가 파닥파닥 움직이다가, 마치 뭔가가 얽힌 것처럼 이내 움직임을 멈췄다. 그 자리에서 정지해 있지도 못하고, 대각선 아래로 끌려가듯 떨어졌다.

"으아아!? 떨어진다! 끼야아아아아아아아아아악!"

"로제마인!"

이쪽으로 오던 코르넬리우스가 낙하하는 레서버스를 보고, 눈을 부릅뜨며 소리쳤다. 코르넬리우스의 기수에 타고 있던 샤를로테와 안게리카의 비명 같은 소리도 들리는 가운데, 성 주변에 있는 숲을 향해 레서버스가 떨어졌다.

비명을 지르며 핸들을 쥔 나는 숲에 충돌하기 직전에 달빛으로 빛나는 가느다란 그물을 보았다. 레서버스의 고장이나 내 몸 상태 때문이 아니라 악의적인 그물에 잡혔음을 깨달은 순간, 전신에 소름이 돋았다. 허둥대며 주변을 둘러보니 마력으로 만든 그물을 나무 뒤에서 당기고 있는 존재가 있다는 것을 알 수 있었다. 시꺼메서 모습은 보이지 않지만, 빛의 그물을 붙들고 있는 검은 손이 희미하게 보였다.

도망쳐야 한다고 생각한 순간 지금까지보다 훨씬 강한 힘이 그물을 잡아당겼고, 나는 레서버스에 탄 채 땅으로 떨어졌다. 주변 나무들과 거세게 부딪치면서 낙하한 레서버스는 쿵! 하고 큰 소리를 내며 땅에 내동댕이쳐졌다.

"아오……."

생각보다 충격은 적지만 차내에서 떠오른 몸이 여기저기에 부딪혔다. 역시 안전띠는 필수다. 에어백 도입도 검토하는 편이 좋을지도 모르겠다. 아픔에서 벗어나려고 그런 딴생각을 하면서 옆으로 누운 1인용 레서버스 안에서 "끙차." 하고 신음하며 몸을 일으켰다. 자동으로 창문에서 상반신이 나왔다.

"꺅!?"

몸을 일으킨 순간, 빛나는 끈이 내 몸을 돌돌 휘감았다. 빛나는 끈이 발사된 곳에는 눈 부분만 드러낸 시꺼먼 적이 슈타프를 쥐고 있었다. 페르디난드가 슈타프에서 나온 빛나는 끈으로 전 신전장을 휘감았던 장면과 슈네티름과 싸울 때 포획했던 기억이 떠올랐다. 그 순간, 시꺼먼 적이 나를 휙 낚아 올렸다. 강한 힘에 내 몸이 시꺼먼 적을 향해 기세 좋게 공중을 날았다. 타인의 마력으로 만들어진 빛의 끈이 몸을 감아서인지, 아니면 집중력이 끊어져서 마력 공급이 끊겨서인지, 시야 끝에 마석으로 돌아가 버리는 레서버스가 들어왔다.

"아흑!"

나를 낚아챈 시꺼먼 적은 페르디난드와 달리 나를 받아 주지 않았다. 땅에 내동댕이쳐진 내 몸을 그대로 질질 끌어당겼다.

"겨우 잡았다. 청색 견습 무녀가 영주의 양녀가 되다니 꽤 애먹여 줬어. 하지만 널 데려가면 그분도 분명 기뻐하시겠지."

슈타프를 쥔 시꺼먼 적이 땅에 누운 나를 보며 냉정해 보이는 회색 눈을 가늘게 떴다. 눈 부분밖에 보이지 않지만, 그래도 알 수 있었다. 나를 물건 취급하는 눈빛이다. 내 의사 따위 관심도 없다. 완전히 평민을 보는 귀족의 눈이었다.

익숙하지만, 최근 1년 정도는 전혀 보지 못했던 시선이다. 나는 지금까지 귀족에게 엮였던 위험한 장면들을 떠올렸다. 전 신전장, 시키코자, 빈데발트 백작…… 이런 시선에는 좋은 기억이 없다. 오싹함에 몸을 떨면서 나는 반지에 마력을 담았다.

"바람의 여신 슈첼리아여, 그 곁을 모시는…… 컥!"

주문을 외기 시작한 순간, 시꺼먼 적이 내 배를 짓눌러 주문을 못 외게 막았다. 복부의 고통과 무게에 어떻게든 몸을 비틀어 빠져나가려고 했지만, 남자는 더욱 체중을 실었다.

"아아, 그러고 보니 에렌페스트의 성녀는 축복을 내릴 줄 안다지?"

비웃듯이 그렇게 말한 사내가 주머니에 손을 넣어 약통을 꺼내들더니 달칵 소리 내며 약통의 뚜껑을 열었다. 아무리 봐도 해로운 약이 들어있다고밖에 생각되지 않았다.

"축복보다 이거나 마셔."

나는 필사적으로 바둥거렸지만, 성인 남자에게 짓눌린 상태에서는 애벌레만큼도 움직일 수 없었다. 남자는 내 턱을 덥석 잡고 입에 약을 흘려 넣었다. 쓴 액체가 입속에 퍼졌다. 목구멍으로 흐르려는 것을 혀로 막고 어떻게든 약을 뱉어내려고 아등바등했지만, 내 작은 저항을 눈치챈 남자가 코를 세게 잡아 버렸다.

숨이 막혀 몸이 산소를 찾는 순간, 목구멍으로 약이 흘러 들어갔다. 산소를 찾았음에도 불구하고 흘러 들어간 약 때문에 액체가 기관을 막았다.

"콜록! 콜록!……."

남자는 짧게 "닥쳐." 라고 말하며 격하게 콜록대는 내 입을 틀어막고, 두리번거리며 주변을 살폈다. 내리눌려지는 사이 액체가 흘러간 부분부터 점점 감각이 없어졌다. 마치 치과에서 마취했을 때처럼 입술과 혀가 움직이지 않고 감각이 무뎌지는 느낌이다. 나는 공포에 질리면서도 팔다리를 움직여 필사적으로 버둥거렸다.

"로제마인! 로제마인!"

나를 찾으러 숲으로 달려 내려온 코르넬리우스의 목소리가 조금 멀리서 울렸다. "코르넬리우스 오라버니, 살려 줘요." 하고 소리치려고 했지만, 어느새 나는 입을 움직일 수도, 목소리도 낼 수 없었다. 아까의 약 때문이리라. 자유롭게 움직이지 않는 입으로는 색색거리는 숨소리를 내는 것이 전부였다. 도움을 요청할 수도, 기도를 올려서 바람의 방패도 쓸 수 없게 된 공포에 핏기가 싹 가셨다. 조금 전까지 자유롭게 움직이던 팔다리마저 점점 무거워지며 내 의지에 따르지 않게 되었다.

"슬슬 약효가 나타나는군."

눈을 게슴츠레 뜬 남자가 빛의 끈을 풀었지만 이제 내 몸은 전신이 마비되어 움직이지 않았다. 적어도 근거리에 있는 사내의 얼굴을 보고 위압이라도 발동할 수 있다면 좋으련만, 분노보다 공포가 앞서서인지 몸속의 마력이 의지대로 움직이지 않았다.

'무서워.'

시꺼먼 사내는 조금 떨어진 곳에서 말과 함께 기다리던 두 사람에게 "저 말로 마차에 옮겨." 하고 명령하고는 어둠 속에 사라지듯 나무들 사이로 모습을 감췄다.

명령받은 두 남자는 어딘가의 하인 같은 차림새였다. 시꺼먼 적이 아닌 남성들의 등장에 나는 둘의 특징을 조금이라도 기억하려고 필사적으로 눈동자를 굴렸다. 하지만 두 남자가 나를 짐짝처럼 천으로 칭칭 감은 탓에 시야가 온통 천으로 가렸다.

'무서워.'

몸이 홱 들쳐 올라간 직후 어딘가에 고정되는 느낌이 들었다. 아마 말에 태운 것이리라. 다음 순간, 말울음소리와 함께 말이 달리기 시작했다. 달깍달깍하고 전신이 흔들릴 때마다 배 주변에 충격이 느껴졌다. 하지만 조금 전에 마신 약 때문에 감각이 둔해져서인지, 내 배에 전해져오는 건 아픔이 아니라 묘한 위화감이었다. 이상해지는 감각에 공포만이 커졌다.

'무서워.'

"로제마인!"

말 울음소리와 발굽 소리를 들었는지 코르넬리우스의 목소리가 이쪽을 향해 오는 것이 느껴졌다. 하지만 나무가 무성한 장소에서 날개를 크게 펼치는 기수로는 이동이 어려우리라. 초조함 섞인 코르넬리우스의 목소리가 점점 멀어졌다.

'도와줘! 호위 기사 여러분, 신관장님, 아버님, 양아버님, 아빠, 루츠……. 누가 좀 구해 줘!'

구출

말이 달리며 이동했다. 덜컹덜컹 흔들릴 때마다 배에 묵직한 충격이 전해졌다. 나는 천에 싸여서 주변 상황이 전혀 보이지 않았다. 그저 덜컹거리며 어딘가로 옮겨진다는 것만 알았다.

'어? 눈꺼풀이 안 움직이잖아?'

요동의 충격으로 떴다가 감길 뿐, 자력으로 눈꺼풀을 움직일 수 없게 되었다. 스스로 움직일 수 있는 부분이 하나도 남지 않자, 목덜미가 오싹해졌다. 모든 감각이 사라지고, 이대로 죽는 게 아닌가 하는 생각이 뇌리를 스쳤다. 지금 상황이라면 그럴 가능성이 크다는 생각이 들었다. 나는 무서운 생각을 필사적으로 떨쳐내려 했다.

'아니야. 그 시꺼먼 적이 마차로 옮기라느니, 그분이 기뻐하신다느니 한 걸 보면 내게 죽는 약을 먹이진 않았을 거야.'

적의 말에 의지하는 상황도 웃기지만, 이렇게 천천히 죽음에 가까워지는 감각 속에서는 지푸라기라도 잡는 심정으로 적의 말이라도 기대고 싶어진다. 내가 저항하지 못하게 하고 싶었을 뿐 죽일 생각은 없었을 터이다. 나를 물건 취급하는 차가운 눈빛이었지만, 살의를 품은 눈은 아니었다. 죽일 생각이었다면 그 자리에서 죽이는 편이 가장 확실했다. 괜찮다, 괜찮아, 하고 자기최면을 걸며 약간의 안정을 얻었을 때, 또 하나의 꺼림칙한 예감이 떠올랐다.

'다른 사람한테는 안전한데, 나한테는 치사량이었으면 어쩌지?'

'일리 있다'는 대답에 떠오른 최악의 시나리오를 필사적으로 떨쳐

냈다. 아직 성의 부지 내다. 빌프리트가 습격을 보고했다면 슬슬 구조하러 올 터였다.

'습격이 있었던 북쪽 별관 방향으로 갔다가 샤를로테의 유괴 소동을 듣고, 그 후에, 여기……'

구조의 움직임을 예상했더니 식은땀이 봇물 터지듯 흘러나오는 느낌이 들었다. 과연 구조대가 내가 있는 곳까지 올까. 나무가 무성한 숲속을 달리는 말을 찾아내 줄까. 약효가 돌아서 숨이 멈추기 전에 날 구할 수 있을까.

'신관장님이라면 가능할지도 몰라.'

가령 독약을 마셨대도 약에 빠삭한 열광적인 과학자, 페르디난드라면 어떻게든 해결해 줄 터이다. 나는 그의 다재다능함을 믿는다.

'신관장님, 도와줘요!'

그때 갑자기 폭음이 울렸다.

지금까지 규칙적인 발굽 소리를 내며 달리던 말이 근처에서 일어난 폭음에 놀라 비명 같은 울음소리를 내며 기세 좋게 뒷발로 일어섰다. 짐처럼 묶여 있던 나는 몸이 튕기며 기울어졌지만, 타고 있던 사내는 폭음에도, 뒷발로 일어선 말에도 놀라 "으아아아아악!" 하고 비명을 질렀다.

그 목소리로 더욱 공포에 질린 말이 마구 날뛰며 달리기 시작했다. 옆을 달리던 또 한 마리의 말도 폭주했는지, 달리는 발굽 소리가 다른 방향으로 멀어졌다.

"진정해! 멈춰!"

폭발음으로 놀란 말이 날뛰며 달리는 탓에 심하게 흔들렸고, 말을 제어하지 못한 남자의 흥분한 목소리가 들렸지만, 내 눈에 보이는 경치는 변함이 없었다. 다만, 지금까지 말발굽 소리밖에 울리지 않아 고요했던 밤의 숲이 졸지에 소란스러워졌다. 깜짝 놀란 주변의 새나 짐승이 시끄럽게 울며 도망치는 소리가 들렸다.

"내 유일한 손녀딸을 유괴한 어리석은 자가, 네 놈이냐아아아아아!"

천으로 칭칭 감겨있는데도 불구하고, 내장이 떨릴 정도의 괴성이 울렸다. 귓속에 파고드는 공기가 파르르 떨리는 것처럼, 모든 감각이 이상해진 내 심장도 바싹 오그라들었다. 동시에 그 뇌성과 내용으로 구조하러 온 사람의 정체를 알았다.

'하, 할아버님!?'

깊은 분노가 느껴지는, 조금 전의 폭발음보다도 커다란 보니파티우스의 뇌성에 말이 다시금 벌떡 일어나더니 그대로 굳어 버렸다.

'엥? 말이 선 채로 멈췄어?'

그 뒤, 말이 천천히 기울어졌다. 옆으로 쓰러질 것 같은 느낌에 내 얼굴이 새파래졌다. 잘못하다간 매달린 내가 말에게 깔려 버릴 참이었다.

'어? 자…… 잠깐만!'

히이이이이익! 하고 비명이 되지 않는 비명을 지르는데, 말에 내 몸을 동여맨 포박이 뚝 끊기며 재빠르게 누군가가 나를 들어 올리는 감각이 들었다.

"로제마인, 여기 있느냐?"

나를 감싼 천을 들어 올려서 아무렇게나 흔들며 안위를 묻는 사람은 틀림없는 보니파티우스였다. 하지만 온몸이 움직이지 않는 나는 대답을 할 수도, 불평을 터트릴 수도 없었다.

'할아버님, 위아래 반대예요! 감각은 없지만 머리에 피 쏠린다고요! 그만! 흔들지 마!'

"흔들어도 대답이 없군! 설마, 죽은 건가!? 로제마인, 지금 당장 꺼내 주마!"

그런 목소리가 들리는가 싶더니 상하로 흔들리던 몸이 옆으로 뉘었다. 하지만 안심도 잠깐이었다. 보니파티우스가 천 끄트머리를 잡고, "흡!" 하고 기합을 넣었다. 강하게 펄럭여서 천을 벗겨내려는 움직임을 감지했다. 나는 속으로 필사적으로 스톱을 외쳤다. 할아버님의 힘으로 천을 흔들면 나 따위 저 멀리 날아가 버릴 게 틀림없다.

'잠깐, 잠깐, 스톱! 누가 할아버님 좀 말려 줘요! 나 죽네!'

소리 없는 스톱이 들릴 리가 없다. 나를 얼른 천에서 꺼내고 싶은 보니파티우스가 천을 번쩍 들어 올려 힘차게 흔들었다.

그 직후, 천의 움직임에 맞춰 빙글빙글빙글! 빠른 속도로 회전하며 천에서 몸이 튕겨나갔고, 예상했던 대로 기세 좋게 공중을 날아올랐다. 내 몸이 빠른 속도로 회전하면서 날았다.

'끼야아아아아아아아아!'

"으아아아아아악! 로제마인이 날아가 버렸다!?"

당황하여 부산 떠는 보니파티우스의 고함이 들리더니, 다른 누군가가 나를 덥석 잡아 주었다.

"보니파티우스 님! 로제마인이 죽을지도 모르니까 가까이하지 마시라고 칼스테드가 말하지 않았습니까? ……정말이지. 걱정되시는 마음은 알겠지만, 방금 행동은 건강한 사람도 죽습니다! 괜찮은가, 로제마인?"

'신관장님은 제 생명의 은인이에요.'

페르디난드는 내 볼을 찰싹찰싹 두드리며 의식을 확인했다. 보니파티우스에게 당한 후에는 어떤 손길도 더없이 상냥하고 친절하게 느껴졌다. 보니파티우스에게 멀리하라고 해 주었던 칼스테드에게도 고마운 마음으로 가득했다.

"……페르디난드, 죽지 않았겠지?"

혼이 나서 조금 풀이 죽은 듯한 보니파티우스의 목소리가 들렸다.

"반응이 전혀 없어서 무사하다고 단정할 순 없지만, 맥은 있습니다."

페르디난드는 내 용태를 척척 확인했다. 체온과 맥을 짚은 뒤, 페르디난드가 얼굴을 상당히 가까이 댔는지 입가에 한숨이 느껴졌다.

"약 냄새가 나는군. ……위험해."

그 중얼거림으로 주변에 긴장감이 돌았다. 바스락거리는 소리가 들리더니 종잇조각 같은 것이 내 입속에 억지로 파고들어왔다. 그 뒤 페르디난드가 "하필이면 그걸 썼군." 하고 분노가 드러난 저음으로 중얼거렸다.

"왜 그러냐, 페르디난드?"

"시급히 해독하지 않으면 이대로는 로제마인이 죽습니다."

"뭣이!?"

보니파티우스와 나의 마음속 외침이 완전히 일치했다. 어쩌면 이대로 죽을지도 모르겠다고 생각은 했지만, 페르디난드가 단언하니 확실한 미래로 느껴졌다.

달깍거리는 금속음이 울리더니, 쓴 약 냄새가 코를 찔렀다. 페르디난드가 허리에 차고 다니는 약통에서 하나를 꺼내는 모습을 상상하는데, 갑자기 내 입을 억지로 벌려서 약을 먹인 천을 집어넣었다. 정확히 말하자면 집게손가락에 약을 먹인 천을 말아서 내 입속에 집어넣은 모양이다. 마치 어린아이의 치아를 억지로 닦아주는 엄마처럼 입속에 약을 마구 칠했다.

'으가가가가!'

페르디난드가 내 입에 천을 집어넣은 채 자기 손가락만 뺐다.

"이건 약효를 떨어뜨려서 진행을 늦추는 약이라 시간 벌이밖에 안 됩니다. 공방에 가야 해독제가 있습니다. 지금 당장 신전에 돌아가 공방에서 치료와 요양을 시행하겠습니다."

"뭣이!? 신전이라고!? 그런 곳에서 로제마인이 어찌 치료를……."

귀족에게 신전은 좋아서 들르는 곳이 아니다. 그래서 보니파티우스도 신전에서 치료한다는 말에 난색을 보였다. 하지만 내게는 성보다도 마음이 편한 시종들이 있고, 페르디난드의 공방도, 완성된 유레베도 있는 안심되는 장소다.

"로제마인이 얼마나 약하고, 얼마나 투약해야 할지 아는 사람은 접니다. 무엇보다 도움 안 되는 귀족이 접근하지 않는 점만 봐도 성보다 안전한 곳이죠. 이러고 있을 시간이 없으니 이만 실례하겠습니다."

페르디난드는 그렇게 말하며 다시 내 몸을 천으로 감쌌다. 얼굴에 바람이 닿는 느낌으로 보아 물건처럼 칭칭 싸매지는 않은 듯하다. 그리고 내 몸을 번쩍 안아 올렸다. 페르디난드가 고개 위치를 바로잡아 준 덕분에 호흡이 편해져서 안심했다.

"페르디난드, 기다려라! 로제마인은 내 집에서 돌보마."

"지금 로제마인을 구할 수 있는 사람은 나뿐이다! 방해하지 마!"

정중한 태도를 홱 던져 버린 페르디난드가 보니파티우스에게 호통

쳤다. 목소리 속에 내포된 분노에 내 간담이 서늘해졌다. 여기서 두 사람이 논쟁을 시작해 버렸다간 나는 분명 죽으리라. 나를 안아 올린 페르디난드의 팔에 힘이 들어갔다.

"할아버님, 로제마인은 페르디난드 님께 맡기십시오. 페르디난드 님, 이것을! 로제마인의 마석입니다."

코르넬리우스의 목소리다. 아무래도 기수용 마석을 코르넬리우스 가 주워 준 모양이다. 페르디난드가 내 허리춤 쇠장식에 달아주는 느 낌이 들었다. 고맙다고 말하고 싶지만, 역시나 입이 열리지 않았다.

"로제마인, 지켜 주지 못해 미안해."

코르넬리우스가 내 볼을 어루만졌다. 샤를로테와 안게리카를 구출 해 준 것만으로 충분했지만, 목소리가 침울했다. '죄책감 느끼지 말 아요'라고 말하고 싶어도 목소리가 나오지 않아 안타까웠다.

"코르넬리우스, 미안하게 생각한다면 로제마인을 해친 놈을 잡아 라. 상대는 귀족일 거다. 저기에 보니파티우스 님이 뭉개 버린 녀석 은 그냥 부하지 귀족이 아니야."

페르디난드의 서늘한 목소리로 굉장히 화난 상태임이 강하게 느 껴졌다. 나는 깜짝 놀랐지만, 해야 할 일을 지시받은 코르넬리우스가 숨을 꿀꺽 삼켰다.

"……할아버님, 제가 들은 발굽 소리는 두 마리였습니다. 다른 한 마리는 숲 어딘가에 있어요."

"보니파티우스 님, 로제마인을 이런 꼴로 만든 범인을 산 채로 잡 아 주십시오. 제발 저 남자처럼 머리가 박살나지 않게 부탁합니다. 저러면 기억조차 뒤질 수 없습니다."

페르디난드의 말에 지금 눈을 뜬 상태가 아니라 다행이라고 진심으로 생각했다. 보니파티우스에게 머리가 박살난 남자 따위 보고 싶지 않았다.

"알겠다. 페르디난드, 내 손녀딸을 부탁하마. 가자, 코르넬리우스!"

"네, 할아버님."

보니파티우스는 즉시 "범인을 잡아 오마." 하고 달려갔다. "조부의 폭주는 손자가 막아라." 라고 페르디난드에게 지시받은 코르넬리우스도 서둘러 뒤를 쫓아갔다.

"너는 내가 반드시 구하마. 그러니까 마지막까지 약에 지지 마라."

다시 고쳐 안은 느낌을 받은 직후, 퍼덕이며 움직이는 날갯짓 소리가 들렸다. 페르디난드의 기수가 움직이려는 소리다. 여전히 입에 틀어넣은 천의 움직임으로 신전을 향해 무시무시한 속도로 달려가는 것을 알았다. 아마 페르디난드는 누구도 따라붙지 못할 만한 속도로 신전에 돌아왔을 것이다.

터벅거리는 발소리가 울렸다. 페르디난드가 큰 보폭으로 빠르게 걷기 시작했다. 사방에서 풍기는 향냄새로 신전에 돌아왔음을 실감했다. 이미 일곱 점 종이 울렸을 시간이다. 신전 내에는 인기척이 거의 없었고, 정적만 흘렸다. 그 안에서 페르디난드의 발소리만 터벅터벅 울렸다.

"들어간다."

페르디난드의 목소리에 누군가가 숨을 삼키는 소리가 들렸다. 서둘러 문이 열리는 소리가 들린다. "프랑." 하고 페르디난드가 부르는 소리로 신전장실에 들어왔음을 알았다.

"신관장님, 대체 무슨 일…… 로제마인 님!?"

불침번이던 프랑이 방에 있었는지, 깜짝 놀라 소리가 커졌다. 페르디난드가 프랑에게 내 몸을 맡기면서 습격에 관해 간단하게 설명했다.

"독을 마셔서 지금부터 해독해야겠다. 공방에서 약을 가져올 테니 흰옷으로 갈아입혀 놔라. 입에 넣은 손수건은 그대로 두도록. 독의 진행을 막는 약을 흡수해 뒀다."

"알겠습니다."

프랑은 나를 안아 든 채, 한 손으로 시종을 부르는 종을 울렸다. 바로 여러 명의 발소리가 나더니 시종들이 하나둘 모였다.

"니콜라, 모니카. 당장 로제마인 님을 흰옷으로 갈아입혀 주십시오. 잠, 프리츠, 길. 방의 조명과 온도를 조절하십시오."

"네!"

전신에 힘이 전혀 없는 나이기에 니콜라와 모니카만으로 옷을 갈아입히기 불가능했다. 프랑이 나를 받친 상태에서 등 버튼을 풀고, 머리 장식을 빼냈다.

"로제마인 님, 정신 차리십시오."

"프랑, 로제마인 님은 괜찮으신 건가요?"

내가 전혀 반응을 보이지 않자 불안했는지, 니콜라와 모니카가 프랑에게 물었다.

"신관장님께서 오십니다."

그렇게 대답하는 프랑의 목소리도 굳어 있었고, 나를 받치는 손이 살짝 떨렸다.

"들어가겠다."

그렇게 선언하고, 시종이 대답하기도 전에 페르디난드가 들어왔다. 테이블 위에 어떤 물건을 올리는 소리가 났다. 아무리 의식이 없다지만, 방주인이 옷을 갈아입는 중인데 페르디난드는 전혀 개의치 않았다. 그 성급함이 마치 목숨의 위험도를 나타내는 듯했다. 공포로 고동이 빨라진 느낌이 들었다.

"아, 그 내의면 된다. 시간이 아까우니 춥지 않도록 천으로 둘러싸 둬라. 어차피 해독이 끝나면 유레베를 쓸 테니."

페르디난드의 말대로 춥지 않도록 내 몸을 천으로 돌돌 둘러싸는가 싶더니 "이쪽으로 다오, 프랑." 하는 목소리가 들렸다.

의자에 앉은 페르디난드가 내 몸을 건네받고, 입안의 손수건을 빼내더니 대신 길쭉한 막대를 집어넣었다. 스포이트 같은 걸까. 약이 조금씩 입속에 떨어졌다. 하지만 아무 맛도 나지 않는다.

'약에 맛이 없는 건지, 미각이 없는 건지, 어느 쪽이지?'

약을 전부 입속에 넣은 페르디난드가 내 맥을 짚고, 가볍게 한숨을 내쉬었다.

"아마 괜찮을 거다. ……프랑, 약효가 들 때까지 이 자세 그대로 안고, 받치고 있어라. 혀 위치에 따라 호흡이 막힐 수 있으니 주의하도록."

"알겠습니다."

다시 프랑이 내 몸을 받았고, 위치와 자세에 주의하면서 머리를 받쳐 주었다.

"난 유레베를 준비하러 다녀오겠다."

그런 목소리와 함께 페르디난드의 발소리가 멀어졌다. 프랑의 가슴에 내 머리를 툭 기대자, 몇 사람의 기척이 다가왔다.

"프랑, 로제마인 님은 괜찮으십니까?"

"신관장님께서 괜찮다고 하셨으니 물론 괜찮으실 겁니다."

페르디난드를 신뢰하는 프랑의 목소리가 약간 부드러워졌다. 그러자 프랑의 확신에 따라 나를 맡으면서 비통했던 주변 분위기도 조금 사그라졌다.

"책을 읽어 드리겠습니다. 그러니 건강해지십시오, 로제마인 님."

그렇게 말한 길이 그림책을 소리 내어 읽기 시작했다. 마음이 따뜻해지고 누그러지는 사이, 페르디난드의 약효가 들기 시작한 모양이다. 내 입술이 살짝 달싹였다.

"아! 로제마인 님께서 웃으셨어요, 길. 듣고 계시나 봐요."

기뻐하는 니콜라의 목소리에 길의 목소리가 조금 더 커졌다. 안심하는 한숨이 들렸고, 니콜라와 모니카가 머리 장식과 의상을 정리하는 소리가 들렸다.

길이 그림책 한 권을 다 읽을 무렵에는 입가가 씰룩거렸고, 눈꺼풀에 조금씩 힘이 들어갔다. 몇 번인가 힘을 줘서 겨우 눈을 떴다.

"로제마인 님!"

다행이다, 하고 나를 둘러싸며 기뻐하는 시종들의 얼굴이 보였다. 입술은 생각대로 움직여지지 않았지만, 억지로 목소리를 내 보려고 했다.

"……걱정, 끼쳐……."

"무리하지 마시고 약효가 들 때까지 얌전히 계십시오."

우르르 몰려와 걱정해 주는 시종들이 고마웠다. 살벌했던 환경에서 벗어났다는 실감에 안심하는 사이, 조금씩 움직이는 부분이 많아졌다.

"……이제 좀, 목소리가 나오네요."

"아직 몸은 못 가누시니 조금 더 이대로 계십시오."

나는 프랑에게 기댄 채, "네." 하고 대답했다. 섣불리 움직였다간 고개가 푹 숙여져서 자력으로 고개를 들지 못할 위험이 있어서다.

"저기, 프랑. 나, 지금부터 유레베를 쓰게 되죠?"

"신관장님께서 그렇게 말씀하셨으니 아마 그럴 겁니다."

유레베를 쓰면 당분간 의식을 잃게 된다고 페르디난드에게 들었다. 그렇다면 유레베를 쓰기 전에 지시만이라도 내리는 편이 좋으리라.

"그럼 준비해 둔 편지를 평민촌 사람들에게 전해 주세요. 그리고, 성에 두고 온 내 전속들도 신전에 돌아오도록 신관장님께 부탁해 주세요. ……이번에도 내가 성에 가서 오래 자리를 비울 때나 마찬가지예요. 여러분은 우수하니까 유레베를 쓰는 동안에도 아무 탈이 없겠지만, 잘 부탁해요."

"맡겨 주십시오."

몇몇 주의사항과 함께 뒷일을 부탁하고, 나는 비밀의 방에 가기로 했다.

"프랑, 비밀의 방에 가겠어요. 미안하지만, 옮겨 주겠어요? 나와 함께라면 들어갈 수 있을 거예요."

나는 프랑에게 안긴 채, 아직 자유롭지 않아 떨리는 손을 뻗어서 비밀의 방문에 박힌 마석을 만졌다. 마력이 조금씩 흘러가는 느낌이 들었지만, 평소 상태는 아니었다. 해독약으로 몸은 조금씩 움직이게 되었는데, 체내의 마력은 아직 원활하게 움직이지 않았다. 섣부른 판단일지 몰라도 괜찮은 상태라고 할 수는 없었다.

"신관장님, 로제마인 님께서 정신을 차리셨습니다."

겨우 비밀의 문을 열자, 페르디난드는 하얀 물병으로 욕조인지 관인지 모를 하얀 상자 속을 유레베로 채우고 있었다.

"신관장님, 몸은 움직이는데 마력이 잘 안 움직여요. 굳어지기 시작하나 봐요."

"바로 유레베를 마셔라."

안색이 변한 페르디난드가 컵에 유레베를 따라서 프랑에게 건넸다. 나는 아직 완전히 자유롭지 않은 손으로 살짝 컵을 감싸고, 프랑의 도움을 받으며 유레베를 마셨다. 조금 달게 느껴졌다. 미각이 조금씩 돌아오는 듯하다.

내가 유레베를 마시는 동안에도 페르디난드는 계속 흰 물병으로 유레베를 부었다. 그렇게 크지 않은 물병에서 유레베가 계속 흘러나왔고, 대신 닿지도 않은 냄비의 내용물이 점점 줄었다.

"꼭 이어져 있는 것 같네요."

"'같네요'가 아니라 이어져 있다. ……이쯤이면 되겠군."

그렇게 말한 페르디난드가 물병을 내려놓았다. 그리고 나를 안아들고 유레베로 가득 채운 하얀 상자 속에 앉혔다. 하얀 상자 속에는 마법진이 쳐져 있었는데, 내가 앉은 순간 내 몸에 마력의 선이 붉게 떠올랐다.

"마법진은 문제없어 보이는군. ……그런데 그대의 마력은……."

작게 중얼거리면서 페르디난드가 내 팔과 목덜미의 흐름을 주시했다. 몇 가지를 검사하는 동안, 점점 눈꺼풀이 무거워졌다.

"……왠지 졸려요, 신관장님."

"그래, 약효가 나타나서 그렇다. 이대로 여기서 자도 돼. 잘 자라,

로제마인."

　"안녕히 주무세요, 신관장님. 뒷일을 부탁해요."

　"그래. 그대의 잠을 방해하는 자는 내가 처리하마. 안심하고 푹 자라."

　페르디난드의 커다란 손이 내 눈가를 덮었다. 시야가 어두워지자, 의식이 점차 멀어졌다. 내 몸이 천천히 유레베에 잠겼다. 천천히 출렁이는 액체에 온몸을 담그는 감각은 왠지 그립고도 안심되는 느낌이었다.

그리고 그 후

나는 폭신폭신하고 부드러운 분홍색 세계에 있었다. 발이 푹푹 빠지는 부드러운 세계인데 어디에 가도 높고 딱딱한 산들이 솟아 있어, 지나가고 싶어도 지나갈 수 없는 길뿐이다.

'이걸 어쩌지?'

음, 하고 고민에 빠지는데, 갑자기 손에 하얀 물뿌리개가 짠, 하고 나타났다. 물뿌리개를 기울이니 액체가 쪼르륵 흘러나왔다. 자세히 보니, 물뿌리개의 액체에 딱딱한 산이 조금씩 녹았다. 나는 물뿌리개를 한 손에 들고 물을 부지런히 뿌리면서 각설탕을 녹이듯이 딱딱한 산을 녹이기 시작했다. 산은 점점 녹아내렸다. 결국, 다리로 툭툭 차면 갈라지면서 무너졌다.

'음. 지나갈 수 있게 됐네.'

녹지 않은 부분도 있지만, 지나갈 수 있으니까 아무렴 어때, 하는 생각에 다음 산에 착수했다. 그런 식으로 딱딱한 산을 차례대로 무너뜨렸다.

중간중간에 물뿌리개에서 액체가 나오지 않기도 했지만, 금방 다시 보충되었다. 나는 산을 무너뜨리는 것에만 집중하며 계속 물뿌리개에서 액체를 따랐다.

'물뿌리개 하나로 나 진짜 고생했어. 누가 좀 칭찬해 줘.'

땀 흘려 고생한 성취감을 안고, 나는 천천히 눈을 떴다. 흐릿한 시야 속에 사람 그림자가 보였다. 그러자 그 뒤, 커다란 손바닥이 첨벙하고 기세 좋게 들어왔다. 그 손이 내 머리를 들고, 거의 억지로 상반신을 일으켰다.

"우웩! 콜록, 콜록, 콜록!"

몸을 일으켜 앉은 순간, 코와 입으로 공기가 들어왔다. 나는 예상하지 못한 사태에 깜짝 놀라 눈을 끔뻑거리며 기침했다.

'공기에 빠져 죽겠어!'

내가 입을 뻐끔거리자, 누군가가 내 등을 세게 두드렸다. "콜록!" 하고 가슴속에 막혀 있던 액체가 입에서 왈칵 쏟아져 나왔다. 호흡은 편해졌지만 등이 얼얼했다. 나는 눈물을 머금고 등을 두드린 인물을 쏘아보았다.

"······아프잖아요, 신관장님."

제일 먼저 눈에 들어온 인영은 페르디난드였다. 내 몸은 신전장실 비밀의 방 안에서 유레베로 채워진 하얀 상자 속에 앉아 있었다. 눈앞에는 미간을 찌푸린 페르디난드. 자기 전과 거의 변함없는 광경이었다.

"이제야 눈을 떴군. 대체 얼마나 잘 생각이었나."

그렇게 말한 페르디난드가 이마를 만지고 목덜미의 맥을 짚으며 몇 가지 확인한 후, "딱히 문제는 없어 보이는군." 하고 천천히 한숨을 쉬었다. 나는 재차 눈을 깜빡이며 손가락을 꼼지락거려 보았다. 힘이 잘 들어가지 않았다.

"저, 정말 건강해진 거 맞나요?"

잠자기 전과 달리, 마력은 내 의지대로 움직였지만 몸은 그다지 건강해진 느낌이 없었다. 오래 잠든 탓에 근육이 줄어서일까. 내가 유레베에 몸을 담근 채 손을 꼼지락거려 보는데, 페르디난드가 매우 말하기 어려운 듯한 얼굴로 입을 열었다.

"아～ 로제마인. 매우 안타까운 소식이 있다."

"뭐죠?"

"그대의 마력 말이다만…… 완전히 녹지 않았다."

시간이 멈춰 버린 듯했다. 유레베를 만들려고 1년 넘게 소재를 모으면서 겪었던 수많은 고생이 떠올랐다. 나는 믿을 수 없다는 심정으로 페르디난드를 올려다보았다.

"에에에에에에에엑!? 잠깐만요. 뭐예요? 왜 안 녹았죠!? 설마, 물뿌리개로 뿌릴 때 조금 정도야 괜찮겠지 싶어서 대충 해서 그래요!?"

"나는 대충하지 않았다."

발끈한 듯한 페르디난드의 말에 나는 황급히 고개를 저으려고 했지만, 그러지 못하고 오히려 고개가 앞으로 기울어졌다. 페르디난드가 손을 뻗어서 이마를 잡아 주지 않았다면, 또 유레베에 잠길 뻔했다.

"신관장님이 아니라, 제 꿈 얘기예요. ……으아, 머리 어지러워."

페르디난드는 관자놀이를 누르며 깊은 한숨을 내쉬었다. "그대가 깨어나면 깨어난 대로 머리가 아프군." 하고 중얼거리면서 노려보자, 나는 말문이 막혔다.

"……뭐, 꿈 얘기는 그렇다 치고요. 왜 마력이 녹지 않았죠?"

"간단하게 말하자면 응어리가 많아서다. 그대가 독을 마시는 바람에 굳어 버린 마력을 녹이는 데도 유레베가 필요해진 탓에 애초에 마력을 완전히 녹이기엔 부족한 양이었다."

페르디난드는 관자놀이를 톡톡 두드리면서 설명을 덧붙였다.

"원래 그대 안에 응고된 마력을 10이라 치자. 나는 여유롭게 15를 녹일 품질로 유레베를 만들었다. 그런데 그대의 마력 응어리는 직전에 20이 되어 버렸다. 15를 녹이는 유레베로는 품질이 부족했지. ……이해되는가?"

　"그럼 처음보다는 좀 나아졌나요?"

　나는 내 팔 위에 떠오른 마력의 선을 내려다보았다. 붉은 선에 변화가 있는지 어떤지도 모르겠다. 페르디난드는 나를 내려다보면서 고개를 끄덕였다.

　"그래. 완전히 녹지는 않았지만, 제법 나아졌구나."

　"조금이라도 좋아졌다면 뭐, 어때요. 죽을 뻔한 몸이었는데……."

　일단 한 걸음 전진했다고 생각한 나는 천천히 고개를 돌려 주변을 둘러보았다. 내가 들어가 있는 하얀 상자 바로 옆에 나무상자가 놓여 있었는데, 그 위에 책이 다섯 권 쌓여 있는 것이 눈에 들어왔다. 로제마인 공방에서 만드는 제본 방식인데, 전혀 기억에 없는 책이다.

　"신관장님, 이건 뭐죠?"

　"길이라고 했나? 그대의 시종이 가져온 책이다. 책을 쌓아 두면 그대가 빨리 일어날지도 모른다며 새로운 책이 완성될 때마다 가져오기에 쌓아 뒀다."

　놀랍게도 인쇄된 책을 길이 신신당부해서 쌓아 뒀다고 했다.

　"우와, 새 책이다."

　신나서 손을 뻗으려던 순간, 내 손이 유레베의 약물에 완전히 젖어 있음을 깨달았다. 이 멍청한 녀석, 하고 말하듯이 페르디난드가 나를 노려보았다.

　"그 손으로 만지면 더러워질 텐데."

"……그렇겠죠?"

"깨어날 징조가 보여서 목욕 준비를 해 뒀다. 조금만 기다려라."

"예……. ……그런데 어?"

처음 보는 책이 다섯 권이나 완성될 만큼 잠들었던 모양이다. 그 사실을 깨닫고, 몇 번인가 눈을 깜빡였다.

"그런데 신관장님. ……저, 대체 얼마나 잤던 거예요?"

"약 2년이다."

"……네?"

듣고 흘릴 수 없는 말에 눈을 부릅떴다.

"기록 경신이군. 어쨌거나 귀족원 입학 전에 일어나서 다행이다."

"자, 잠깐만요. 저, 지금 몇 살이에요?"

"열 살 가을, 수확제가 끝난 참이다. 겨울에는 귀족원에 들어갈 예정이지."

페르디난드의 말에 나는 가벼운 충격에 빠졌다. 내가 유레베에 들어갈 때는 여덟 살 겨울이었는데, 지금은 열 살 가을이라고 했다. 아무래도 아홉 살을 통째로 건너뛴 모양이다.

"마, 말도 안 돼! 내 아홉 살은 대체 어디에!?"

Nooo! 하고 머리를 감싸자, 페르디난드는 가볍게 어깨를 들썩였다.

"그대는 일곱 살을 두 번 경험했으니 이젠 균형이 맞겠지?"

일곱 살을 유급한 것도 예상외였지만, 아홉 살을 월반할 예정 따위 전혀 없었다.

"균형은 무슨 균형이요! ……그리고 열 살이라고 하는데, 전혀 바뀐 게 없는 느낌이라고요."

내 눈에 들어온 손은 크기에 전혀 변화가 없어 보였다. 그런데 2년의 세월이 흘렀다니, 전혀 믿을 수 없었다.

"유레베에 들어가 있는 동안은 마력을 녹이는 활동 외의 모든 생명 활동은 현저히 저하된다. 거의 죽은 상태였다고 할 수 있지. ……안타깝게도 성장하지는 않는다."

페르디난드가 살짝 시선을 피하며 그렇게 말했다.

"네에에에!? 건강해진다면서요! 신관장님, 거짓말쟁이!"

'전보다 조금은 건강해졌지만, 아홉 살을 버린 데다 성장하지 못한 채 귀족원에 가게 될 것 같아요.'

에필로그

　지난 며칠간, 로제마인은 파란 유레베 약물에 잠긴 채로 가끔 초점 없는 눈을 잠시 떴다 감는 상태를 반복했다. 로제마인을 관찰하던 페르디난드는 눈뜰 날이 다가왔음을 알았지만, 유레베에 잠긴 로제마인의 몸은 아직도 떠오를 기색이 없다. 수확제가 열리는 동안에도 페르디난드는 기수를 달려 몇 번이고 신전에 돌아왔지만, 짜증이 날 정도로 진전이 없었다. 그런 로제마인이 느릿느릿하게 눈을 깜빡이더니, 겨우 초점이 맞았고, 더는 치료하지 않아도 된다는 듯이 몸이 서서히 떠오르기 시작한 것이다.

　페르디난드는 안도의 한숨과 함께 유레베에 손을 넣어 로제마인을 일으켰고, 호흡을 힘들어하는 그녀의 등을 두드려 주었다. 입과 기관에 들어간 유레베가 쏟아져 나오자 호흡이 편해진 듯하다. 로제마인은 연신 콜록거렸지만, 호흡 소리에 이상은 없었다.

　"아프잖아요, 신관장님."

　로제마인이 날카롭게 흘기며 불평했다. 페르디난드는 왜 자기가 그런 시선을 받아야 하는지 이유를 알 수가 없었다. 이쪽 고생도 모르고, 눈을 뜨자마자 불평부터 늘어놓는 로제마인이 너무 배은망덕하게 느껴졌다.

　"목욕이 끝나면 불러라. 그대가 잠들어 있는 동안에 일어난 상황을 설명하마. 질문이 있으면 그때 하도록."

로제마인을 그녀의 시종들에게 맡기고 페르디난드가 신관장실로 돌아오자, 페르디난드의 시종이 기쁜 듯 활짝 웃었다.

"신전장님께서 눈을 뜨셨나 보군요. 이 작은 손자국은 신전장님이지요?"

그가 가리킨 자리에 작은 손자국이 남아 있었다. 로제마인이 잡은 부분이다. 유레베에 손을 넣어 로제마인을 일으키고 안아 옮기느라 페르디난드의 신관복이 엉망이었다.

"신관장님, 옷을 갈아입혀 드리겠습니다."

"아, 부탁한다."

"신전장님께서 언제 눈을 뜨실까, 모두가 애태우며 기다렸는데 안심했습니다."

갈아입을 옷을 가져온 시종도 밝은 표정으로 웬일로 수다를 떨었다. 모두 로제마인이 깨어나길 기다린 것이다.

'로제마인이 깨어나면 그 사람이 귀찮게 하지 않아서겠지.'

페르디난드는 한숨을 내쉬며 집무 책상 한편에 쌓인 몇 개의 노란 마석으로 시선을 옮겼다. "로제마인은 대체 언제 깨어나느냐, 페르디난드!?" 하고 보니파티우스의 목소리로 소리치던 올도난츠다. 최근 반년 동안, 이 수많은 올도난츠 때문에 신관장실 사람들은 진심으로 넌더리가 났었다.

'정말이지……. 로제마인의 마력이 좀처럼 녹지 않아 짜증나는 건 나도 마찬가지다. 언제 깨어나는지 묻고 싶은 사람은 나야, 라고 몇 번을 소리치고 싶었는지 모르겠군.'

"신관장님, 신전장님께서 이제 깨어나셨으니 오늘은 느긋하게 쉴 수 있으시겠네요."

"아니, 아직 멀었다. 로제마인이 몸단장을 끝내면 2년 동안의 일을 설명해 주러 신전장실에 가야 한다. 저쪽 시종이 오면 그렇게 전해라."

"알겠습니다."

옷을 갈아입은 페르디난드는 집무 책상으로 가서 책상 한쪽에 쌓인 노란 마석을 하나하나 슈타프로 가볍게 두드려 마력을 주입했다. 스무 개에 가까운 마석을 전부 올도난츠로 변화시키자, 주변이 하얀 새로 가득 찼다. 거기에 대고 페르디난드가 말했다.

"로제마인이 깨어났다. 건강에 문제가 없다면 사흘 후, 세 점 종쯤에 성에 데려가겠다. 아직 몸 상태가 정상이 아니므로, 요란스럽게 신전에 찾아오지 않도록."

페르디난드가 슈타프를 휘두르자, 올도난츠가 일제히 날아갔다. 덧붙이자면 스무 마리 가까이 있던 올도난츠의 절반 이상이 보니파티우스에게 보내는 답장이다. 올도난츠 한 마리가 같은 전언을 세 번 반복한다. 같은 말을 수십 번 듣게 될 그의 모습을 떠올리자 조금 가슴이 후련해졌다. 최근 몇 개월 동안 로제마인이 깨어났는지 묻는 올도난츠를 매일같이 보낸 데 대한 약간의 복수다.

하지만 속이 후련해진 것도 아주 잠깐이었다. 로제마인이 귀족원에 가기 전까지 외워야 할 항목을 정리한 자료를 꺼내는데, 바로 희색에 찬 외침을 동반한 올도난츠가 돌아왔다.

"우오오오오오오오오오! 로제마인! 깨어났구나!"

온 신전이 떠나갈 듯한 목소리를 세 번이나 들어야 했던 페르디난드는 관자놀이를 누를 수밖에 없었다. 로제마인이 자고 있어도, 깨어나도 보니파티우스는 성가셨다. 이젠 상대할 마음도 없어진 페르디난드는 노란 마석으로 돌아간 올도난츠를 무시하고 자료 확인을 계속했다.

'정말 괜찮은 건가.'

로제마인이 무사히 깨어나서 다행이라는 큰 안도와 함께 불안도 엄습했다. 유레베에 잠겨 있는 동안은 당연하지만, 로제마인에겐 아무런 변화가 없었다. 의식과 기억은 물론이고, 모습도 2년 전에서 멈춰 있다.

조금 전, 유레베에서 꺼낸 로제마인을 프랑에게 건네주려고 할 때를 떠올렸다. 목욕 준비를 끝내고 주인이 깨어나기를 발을 동동 구르며 기다리던 시종들이 달려오자, 로제마인은 성장한 자기 시종들을 보고 깜짝 놀라 눈이 휘둥그레졌다. 원래부터 어른이었던 프랑은 크게 변하지 않았지만, 견습생이었던 시종들이 모두 성인이 되어 있어서였다. 로제마인은 기뻐하며 달려오는 시종들의 모습에 굳은 표정으로 페르디난드를 올려다보고, 매우 불안한 얼굴로 그의 옷깃을 꼭 잡았다. 로제마인이 주변 변화와 자신의 상태에 타협해야 하는 건 지금부터다.

'허나, 일이 어찌 됐든 겨울 사교계가 시작되기 전에 깨어나서 다행이군.'

귀족원 입학에 맞출 수 있을지 불안했지만, 다행히 괜찮을 것 같다. 1년 정도 입학을 늦추는 방법도 있지만, 귀족 사회에서는 주변 시선과 뜬소문은 상당한 부담이 된다.

'가뜩이나 로제마인에겐 다른 영지 귀족의 입에 오르내릴 약점이 많으니.'

로제마인이 귀족원에 들어갈 때 필요한 교육 항목을 정리하는 페르디난드에게 시종이 말을 걸었다.

"신관장님, 신전장님께서 준비가 끝나셨다 합니다."

로제마인이 없는 2년간

세례식 날 할아버님

　나는 지금 뜨겁게 감동했다. 손녀딸 로제마인이 우수하고 사랑스러워서다. 수많은 귀족이 바라보는 가운데 저 조그맣고 허약한 몸으로 신전장으로서 세례식과 피로연을 완수했다. 지금은 질베스타의 자식들을 자기 몸으로 방어하며 훌륭하게 귀족을 상대하고 있지 않은가.

　'훌륭하다, 로제마인! 역시 나의 손녀딸! 그나저나 빌프리트에게 할 불평 따위를 나의 로제마인에게 털어놓다니 괘씸하도다!'

　칼스테드와 엘비라가 "아버님이 로제마인과 접촉하면 죽을지도 모르니 가까이 가지 마십시오." 라느니 "로제마인은 샤를로테 님에게 좋은 언니가 되려고 노력 중이니 참견하시면 아니 됩니다." 하고 못 박지만 않았더라면 저런 고얀 중급 귀족 따위, 이 할아비가 호통치고 발로 차 줬을 텐데.

　그러고 보니 저번에 엘비라가 "아버님처럼 힘으로 상대를 제압하면 된다고 로제마인이 배워 버리면 큰일 나요. 그 아이에겐 그만한 마력이 있거든요." 라고 말했었다. 힘이 있다면 쓰면 될 것을. 골치 아픈 일이다. 덧붙이자면 "아버님이 그런 사고방식을 가지시니까 영주 후보에서 제외된 겁니다." 라고 칼스테드가 말했지만, 영주 같은 귀찮은 자리를 내가 회피했을 뿐이다. 결코 실력이 부족해서가 아니다.

　'그나저나 눈덩이 몇 개 맞았다고 졸도할 만큼 체력도, 팔심도

없는 아이가 마력 하나는 에렌페스트를 유지할 정도로 풍부하다니…….'

　작년 겨울, 나를 비롯한 수많은 기사가 위험이 없도록 지켜보는 가운데, 아이들이 눈싸움하는 모습을 흐뭇하게 바라보았다. 하지만 그것은 부지런히 눈덩이를 만드는 로제마인을 겨냥하기 전까지였다. 눈덩이를 맞던 로제마인이 갑자기 의식을 잃었을 때 눈덩이를 던진 빌프리트와 친구들은 물론이고, 주위에서 지켜보던 기사단 전체가 새파랗게 질렸다. 그 허약한 모습을 본 이후로, 나는 무서워서 로제마인을 건드리지도 않았다.

　'저렇게 작은 눈덩이로 쓰러지다니. 칼스테드의 말처럼 내가 툭 건드렸다간 죽어 버릴지도 모르지 않는가.'

　일곱 점 종과 함께 세 아이는 영주 부부나 친밀한 사람들과 인사를 나누며 대강당을 떠났다. 나는 이때다 싶어 아이들이 지나가는 주변으로 자리를 옮겼다.

　'뭐 때문이냐고? 당연히 로제마인과 인사하기 위해서지.'

　"보니파티우스 님, 안녕하신가요?"

　"그래, 슈라트라움의 축복과 함께 편한 잠이 찾아오길."

　'음. 역시 내 손녀딸이 가장 사랑스러워. 공식 자리에서 할아버님이라 불리지 못하니까 영 섭섭하지만.'

　로제마인이 내게 '할아버님'이라고 부른 건 세례식에서 만났을 때와 봄의 영주 회의 중에 마력 공급을 도왔던 기간뿐이었다. 마력을 공급한 후면 빌프리트는 인사를 할 힘도 없었지만, 로제마인은 "할아버님, 언제나 감사하게 생각합니다." 라며 잊지 않고 항상 밝은 미소로 인사했다. 그건 다른 이들에게 방해받지 않는 로제마인과의 귀중한 접점이었다고 지금에서야 실감했다.

'아아, 다음 영주 회의여, 어서 오라. 이왕이면 회의가 좀 더 길어져 버려라.'

그런 추억에 잠겨 있는데, 조금 전에 분명 퇴장했었던 빌프리트가 시종에게 안긴 채 대강당에 뛰어 들어왔다. 나의 손자이며 빌프리트의 호위 기사를 맡은 램프레히트도 함께였다. 그 어수선한 분위기에 위험을 감지한 나는 즉시 신체 강화로 시력을 강화하여 주위를 둘러보았다. 사람들의 반응을 보아하니, 현재 상황을 이미 예감한 듯한 자는 눈에 띄지 않았다.

"북쪽 별관 근처에서 습격을 당했습니다! 현재 호위 기사가 교전중. 적 중 한 사람은 슈타프 소지. 샤를로테 님과 로제마인 님은 북쪽 별관으로 도망가셨습니다. 구원이 시급합니다!"

"기사 1사단에서 4사단은 구원하러 가라! 나머지는 대강당을 봉쇄하라! 이 자리에 없는 귀족은 의심을 받을 줄 알아라!"

기사단장인 칼스테드가 명령하자, 기사들이 일제히 대강당을 봉쇄하기 위해 움직이기 시작했다.

"칼스테드, 난 로제마인을 구하러 가겠다!"

나는 선선대 영주의 아들이며 기사단 소속이다. 은퇴한 지금도 영주를 보좌하는 업무 의뢰가 오기도 한다. 지금까지는 되도록 피하고 싶었지만, 최근에는 자진해서 보좌를 떠맡았다. 이 모든 것이 다 로제마인이 위험할 때 움직이기 위해서다.

'할아버님, 고마워요. 정말 좋아해요'라는 말을 듣는 자리는 아무에게도 넘겨주지 않겠다.

칼스테드가 "아버님!?"하고 서둘러 제지하려 했지만, 질베스타의 고함이 겹쳐졌다.

"페르디난드, 가라! 보니파티우스의 폭주를 막아!"

"또 생떼를……."

등 뒤에서 들리는 대화를 무시한 나는 기사가 닫으려고 하는 대강당 문을 빠져나와 북쪽 별관을 향해 곧장 달렸다. 신체 강화 마력으로 다리를 강화하여 달려나가는 기사들을 하나둘 제쳤다.

'내 비록 60세지만, 어린놈한텐 아직 질 수 없지! 일등은 나다!'

본관 대강당에서 북쪽 별관까지는 꽤 거리가 있다. 로제마인 같은 기수가 있다면 빠르겠다만, 하고 생각하면서 신체 강화를 써서 전력 질주했다.

"로제마인! 어디냐!"

모퉁이 몇 군데를 돈 곳에서 시꺼먼 적과 기사들이 교전하는 모습이 보였다. 나는 시력을 단숨에 강화했다. 그러나 주변에는 로제마인도, 샤를로테의 모습도 보이지 않았다. 나머지 호위 기사가 북쪽 별관으로 대피시킨 걸까. 무사를 확인하기 전까지 돌아갈 생각은 없다.

"로제마인은 무사하냐!?"

나는 그렇게 소리치며 적의 등 뒤를 덮쳤고, 강화한 팔을 치켜들어 한 놈을 때려눕혔다. 그때 바닥에 고꾸라진 적이 둔탁한 소리를 내며 폭발했다.

"으헉!? 뭐냐!? 스스로 자폭하다니."

적의 피와 체액, 산산조각이 난 내장이 검은 천 조각과 함께 여기 저기 튀었고, 응전하던 기사들이 적을 중심으로 일어난 폭발의 여파로 튕겨 나갔다. 갑자기 심한 피 냄새를 풍기며 사방에 튄 고깃덩어리를 얼굴에 맞은 기사가 구토했다. 시야 끝에서 그 모습을 본 나는 즉시 호통쳤다.

"정신 차려! 멍청한 놈!"

내 호통에 팽팽한 긴장감이 다시 감돌며 기사들이 자세를 고쳤다. 그러나 연속적으로, 그리고 순서대로 교전하던 적들이 폭발하기 시작했다. 지금까지 적을 뭉개 버리고 무기로 벤 경험은 있었지만, 아무것도 하지 않았음에도 불구하고 적이 멋대로 자폭하는 광경은 본 적이 없다.

"대체 뭐가 어떻게 되는 건지…… 잘 모르겠지만, 적이 제멋대로 사라져 줬으니 감사해야겠군. 어이, 너. 로제마인은 무사한가?"

"……모르겠습니다. 샤를로테 님께서 납치되셨는데, 로제마인 님께서 기수로 쫓아가신 것까지는 확인했습니다."

"이 쓸모없는 놈!"

그 자리에 있던 호위 기사들에게 호통친 나는 활짝 열린 창문으로 뛰어갔다. 적이 멋대로 사멸했으니 이 자리에 오래 있을 필요가 없다. 내 역할은 적의 소탕과 범인을 찾기 위한 증거 수집이 아니다. 로제마인의 구조다.

내가 창문으로 달려가자, 동시에 새파랗게 질린 샤를로테를 안은 로제마인의 호위 기사 안게리카가 돌아왔다.

"오오, 무사하셨군요, 샤를로테 공주님. ……로제마인은 어디에 있습니까?"

"언니는 누군가에게 붙잡히셨어요. 절 구하려고, 언니가 자기 호위 기사를 보내는 바람에……."

눈물을 흘리는 샤를로테의 말에 나는 눈을 희번덕거리며 호위 기사인 안게리카를 보았다. 안게리카는 바로 자기가 아는 상황을 설명하기 시작했다.

"지금 코르넬리우스가 쫓고 있습니다. 저도 공주님을 무사히 바래다드리면 쫓아갈 생각입니다. 보니파티우스 님, 공주님을 잘 부탁드립니다."

그렇게 말하며 안게리카는 샤를로테를 내게 넘기려고 했다. 하지만 나는 그를 무시했다. 강화한 내 눈에는 상당히 먼 하늘에서 코르넬리우스가 숲으로 내려가는 모습이 보였다.

"로제마인은 내 손녀딸이다. 내가 가마!"

안게리카와 샤를로테를 밀치듯이 하며 창문에서 겨울 밤하늘로 뛰쳐나간 나는 기수를 꺼내어 올라탔다. 날개를 움직이면 날갯짓 소리가 크기 때문에 약하게 움직이도록 활공하면서 주변 소리를 찾았다. 가만히 집중하며 소리에 귀를 기울이자, 코르넬리우스가 내려간 곳보다도 더 먼 곳, 성의 정문을 향해 달리는 말발굽 소리가 들렸다.

'저기다!'

내가 눈을 번쩍 뜸과 동시에 기수가 퍼덕이며 하늘을 날았다. 마력을 대량으로 쏟아부은 기수가 목적지까지 차가운 밤하늘을 전속력으로 달렸다. 기수로 질주하면서 유괴범이 더는 도망치지 못하도록 분노를 담은 마력을 슈타프에 주입했다. 슈타프 끄트머리에서 파직파직하고 하얀 불꽃이 튀며 마력이 모이기 시작했다.

마력 덩어리가 내 얼굴보다도 커졌을 때는 강화 따위 하지 않아도 달리는 말의 모습이 보일 정도까지 거리가 좁아졌다. 나는 슈타프를 크게 휘둘러 마력 덩어리를 말의 진로 방향을 향해 힘껏 던졌다.

마력 덩어리가 슝 하고 하얀빛의 꼬리를 그리며 숲속으로 날아갔다. 그러자 커다란 폭발음이 일어났다. 나무들이 날아가 버리고, 새와 작은 동물들의 비명 같은 울음소리와 도망치는 소리로 숲이 시끄러워졌다. 난데없이 일어난 폭음에 놀라 공포에 질렸으리라. 말이 날뛰며 폭주하기 시작했다.

"내 유일한 손녀딸을 유괴한 어리석은 자가, 네 놈이냐아아아아아!"

나는 미친 듯이 폭주하는 말을 향해 때려눕힐 기세로 마력을 방출하면서 기수에서 뛰어내렸다. 정면에서 나의 위협을 받은 말이 뒷발로 서서 거품을 물며 멈췄다. 동시에 고삐를 쥐고 있던 사내가 말에서 떨어졌다.

나는 분노를 실어 사내를 뭉개버리고, 얼른 로제마인을 찾았다. 뒷발로 우뚝 서 버린 말에 묶인 포대기가 보였다. 바로 끈을 잘라서 포대기를 떼어내고, 이쪽을 향해 넘어지려는 말을 신체 강화한 발로 뻥차 버렸다.

"로제마인, 여기 있느냐?"

포대기는 정말 어린애가 들어가 있는지 의심스러울 정도로 가벼웠다. 살짝 흔들어 보니 포대기 형태가 일그러지며 사람 형태가 보였다.

"흔들어도 대답이 없군! 설마, 죽은 건가!? 로제마인, 지금 당장 꺼내 주마!"

아무리 귀를 기울여도 로제마인에게는 아무런 대답이 없다. 핏기가 싹 가신 나는 서둘러 포대기에서 로제마인을 꺼내려고 끄트머리를 잡고는 "흡!"하고 기합을 넣어 힘껏 잡아당겨서 흔들었다. 무게가 실리는 쪽으로 돌돌 구르며 천이 넓게 펴졌다.

앗, 하는 순간엔 이미 늦었다. 천이 벗겨지면서 공중으로 튀어나간 로제마인이 고속으로 빙글빙글 회전하며 생각지 못한 방향으로 날아 갔다. 내가 얼른 손을 뻗어도 닿지 않았다.

"으아아아아아악! 로제마인이 날아가 버렸다!?"

나를 쫓아온 페르디난드가 나무에 부딪히기 직전에 로제마인을 잡 으면서 무사했지만, 나는 정말 입에서 심장이 튀어나올 뻔했다.

그 뒤 로제마인이 이상한 약을 마셨다는 것과 그녀에겐 치사량이 었음을 확인한 페르디난드가 치료하겠다며 신전으로 데려갔다. 솔직 히 말하면 나는 신전에 귀여운 손녀딸을 맡기고 싶지 않았다. 덧붙이 자면 아무리 후견인이라도 다른 남자의 손에 손녀딸을 맡기는 것 자 체가 불쾌했다.

하지만 내 저택으로 데려간다 한들 로제마인에게 먹일 수 있는 약 의 양도 모르고, 어수선한 성에서도 바로 치료가 시작될지 알 수 없 다. 심지어 아들인 칼스테드의 충고대로 내가 부주의하게 로제마인을 건드리면 죽어 버릴지도 모른다.

'아까도 위험했지.'

공중을 날아가던 로제마인의 모습을 떠올린 나는 이마에 맺힌 땀 을 닦았다. 그렇다면 코르넬리우스와 함께 남은 한 마리의 말을 추적 하여 범인을 밝혀내는 쪽이 로제마인에게 도움이 될 터이다.

"가자, 코르넬리우스."

"네, 할아버님."

다른 한 마리의 말도 흥분하며 날뛴 탓에 금방 발견되었고, 바로 범인을 포획할 수 있었다. 하지만 고삐를 쥔 녀석은 슈타프를 쓰는 귀족이 아닌 하인이었다. 마력의 그물로 로제마인을 붙잡는 장면을 코르넬리우스가 목격한 이상, 범인 중에 분명 귀족이 있을 터였다.

"네게 명령한 녀석이 누구냐?"

"모릅니다. 검은 옷으로 몸을 가린 귀족이셨습니다. 그냥 시키는 대로 하라고 명령받았을 뿐입니다."

다른 이의 기척은 없었지만, 일단 주변 인기척을 찾았다. 하지만 딱히 아무도 없었다. 일단 이 남자를 데려갈 수밖에.

남자를 포박하는 사이에 구조 요청을 나타내는 붉은빛이 숲속에서 치솟았다. 코르넬리우스와 얼굴을 마주 본 나는 붙잡은 하인을 얼른 둘러업고 로트가 치솟은 숲속을 향해 서둘러 기수를 달렸다. 붉은빛이 치솟은 곳에는 안게리카가 한 시꺼먼 적을 붙잡고 있었다.

"보니파티우스 님, 제 힘으로는 끌고 갈 수 없으니 도와주시겠습니까?"

"내게 맡겨라. 수고했다, 안게리카. ……자, 내 손녀딸에게 손을 댄 멍청한 녀석이 어디의 누군지 볼까?"

나는 유괴범의 얼굴에 뒤집어쓴 검은 복면을 힘으로 잡아 찢었다. 어딘가 피부도 같이 잡아 버렸는지 사내가 "아악!" 하고 나약한 비명을 질렀다. 천을 쥐어뜯은 그곳에는 불쌍한 표정으로 나를 올려다보는 낯익은 얼굴이 있었다.

"죠이소타크 자작, 당신……."

"보니파티우스 님, 저는!"

"닥쳐라!"

죠이소타크 자작은 칼스테드의 셋째 부인이었던 로제마리의 친척이다. 비록 첩이긴 하지만 내 일족과 연관된 자의 친척이 나타나자, 순간 머리에 피가 쏠렸다. 분노와 충동으로 때려죽이지 않도록 꽉 쥔 슈타프를 들이밀었다. 어금니를 꽉 깨물고 바들바들 떠는 사내를 내려다보았다.

"추궁은 아우브 에렌페스트가 할 거다. 나는 지금에라도 당장 당신을 비틀어 죽이고 싶은 심정을 필사적으로 참고 있으니 입 닫아."

슈타프로 포박한 죠이소타크 자작을 하인과 한데 묶어서 질질 끌며 성으로 돌아갔다.

"코르넬리우스, 아우브 에렌페스트에게 보고해라. 나는 이 멍청한 놈이 도망가지 못하도록 하마. 안게리카는 나와 동행하자. 아무리 나라도 혼자서는 행동할 순 없으니까."

"알겠습니다."

나는 죄를 범한 귀족을 잡아넣는 옥에 죠이소타크 자작을 집어넣었다. 그리고 범죄자의 슈타프를 봉하는 수갑을 채웠다. 대충 변명을 들은 뒤, 입에 재갈을 물리고 도망치지 못하도록 처리했다.

"안게리카, 이대로 에렌페스트의 호출이 있을 때까지 대기다."

내가 의자에 털썩 앉자, 안게리카가 잡힌 남자들과 자신의 손을 번갈아 보며 어깨를 떨구었다.

"보니파티우스 님은 정말 강하시네요. 전 신체 강화를 쓰고도 눈앞에서 로제마인 님을 지켜 드리지 못했습니다."

"……넌 샤를로테 공주를 구했지 않으냐? 얘기를 듣자 하니, 코르넬리우스가 제지했는데도 뛰어간 로제마인 잘못이 가장 크다. 자기 몸도 못 지키면서 무모했지. 그대가 신체 강화를 하지 않았다면 샤를로테 공주가 죽었을 수도 있었어. 잘 했다."

안게리카는 중급 귀족치고는 제법 강하고, 신체강화 마술도 제법 잘 소화했다. 아직 전신에 마력을 써야 강화할 수 있어서 마력 소비가 많다. 하지만 어린 나이치고는 잘하는 편이다. 내가 칭찬하자, 안게리카의 표정이 어두워졌다.

"정말 그럴까요? 전 신체 강화에 마력을 주입하면 다른 쪽에 쓸 마력이 하나도 남지 않습니다. 그리고 조금 남아 있더라도 동시에 여러 일을 하지 못해요. 이번에도 제가 신체 강화를 쓰면서 기수를 꺼낼 수 있었다면 혼자서 샤를로테 님을 구했을 겁니다. 그랬더라면 코르넬리우스가 로제마인 님을 구했을 겁니다."

안게리카는 분한 듯이 파란 눈을 내리깔고, 입술을 꾹 다물었다.

"할 수 있는 일을 못 했다면 반성이 필요하겠지. 하지만 처음부터 할 수 없는 일로 한탄해 봤자 소용없다. 고민한다고 못 하던 게 가능해지지 않아."

나는 영주 일족이라 다른 사람보다 마력이 풍부하다. 또 신체 강화를 오래 사용해 온 덕분에 부분 강화도 특기이고, 호흡하듯이 강화하고 싶은 부분만 강화할 수도 있다. 하지만 신체 강화는 까다롭다. 익숙해지면 적은 마력으로도 효율적으로 강화할 수 있지만, 익숙해지기 전까지는 마력이 대량으로 필요하다. 자유자재로 구사하기까지가 힘들어서 중급 귀족은 물론, 상급 귀족 중에도 신체 강화를 시도하는 자가 좀처럼 없다.

"못 하는 건 할 수 있도록 노력하면 된다. 신체 강화를 잘하고 싶다면 마력의 양을 늘리는 방법이 최고 지름길이지만, 이 방법은 웬만해서는 어려우니……."

안게리카는 중급 귀족치고는 마력이 많은 편이지만 이 이상 늘리긴 어려울 터였다. 내가 으으음, 하고 신음하자, 안게리카가 천천히 고개를 저었다.

"지금 저는 로제마인식 압축 방법으로 한참 마력을 늘리는 중입니다. ……아직 턱없이 부족하지만, 더 늘리겠습니다."

"로제마인식 압축 방법이라니!? 그게 뭐냐!?"

내가 눈을 부릅뜨자 안게리카가 설명해 주었다. 로제마인이 고안한 마력 압축 방법인데, 겨울 사교계가 시작되기 며칠 전에 빌프리트를 제외한 영주 일족의 호위 기사와 기사단 일부에게 가르치고 있다고 했다. 빌프리트의 호위 기사는 일련의 소동이 있고 얼마 지나지 않은 상태라 아직 관찰이 필요하다 판단했다고 한다.

"나는 그런 압축 방법이 있다는 말을 듣지 못했는데."

"……보니파티우스 님은 더 늘릴 필요가 없다고 생각합니다만?"

"시끄럽다. 로제마인이 생각한 건 남보다 할아버지인 내가 먼저 알아야 해. 그래서 그 압축 방법은 어떤 거냐?"

내가 묻자, 안게리카는 뺨에 손을 대고 고개를 갸웃거렸다.

"남에게 가르쳐주지 못하도록 계약 마술로 묶여 있어서 영주 부부에게 신청하고 로제마인 님께 직접 배우는 방법밖에 없습니다. 가르칠 수 있는 사람은 로제마인 님뿐입니다."

로제마인과 만날 기회가 생기자 환희에 찬 나는, 수염을 쓰다듬으며 머릿속 예정표에 '로제마인에게 마력 압축 방법 배우기'라고 새겨넣었다.

"좋아, 안게리카. 마력이 늘었다면 내가 널 단련해 주지. 로제마인의 호위 기사로 충분히 활약할 수 있도록 협력을 아끼지 않으마."

"감사합니다, 보니파티우스 님. 부디 잘 부탁합니다."

의욕에 찬 안게리카의 파란 눈동자가 기대감에 반짝거렸다. 둘이서 굳게 악수했다. 이렇게 해서 나는 안게리카라는 새로운 제자를 얻었다.

"안게리카는 전신 강화가 가능하니, 앞으로는 부분 강화 훈련을 하는 게 어떠냐? 한 부분에 마력을 집중하면 마력을 절약하는 데 최고다."

"흠. 주인이 마력을 절약할 수 있다면 나야 고맙다만, 요령이 있는가?"

내가 안게리카에게 신체 강화를 가르치기 시작하는데, 어째서인지 안게리카가 아닌 마검이 페르디난드의 목소리로 대답했다. 나도 모르게 말끄러미 마검을 쳐다보았다.

"이건 뭐냐?"

"슈팅루크입니다. 로제마인 님께 마력을 받았더니 말할 수 있게 되었습니다."

놀랍게도 안게리카는 로제마인에게 마력을 받고 말하는 마검을 소지하게 된 듯했다. 심지어 주변 목소리를 듣고 대신 기억해 준다고 했다.

"안게리카, 이 마검을 내게……."

"드릴 수는 없습니다. 슈팅루크는 로제마인 님께서 저를 위해 마력을 넣어 주신 소중한 마검입니다. 주인이신 로제마인 님께 받은 물건을 제가 다른 분에게 어찌 넘길 수 있나요."

"……그건 그렇군. 미안하다."

로제마인에게 받은 물건을 남에게 주고 싶을 리가 없다. 그 마음은 충분히 이해가 되었다.

'하지만 나도 로제마인에게 선물 받고 싶다. 이왕이면 나도 마검을 키워서 로제마인에게 마력을 넣어 달라고 부탁해 보면 어떨까? 페르디난드가 아니라 로제마인 목소리로 말했으면 좋겠는데……'

내가 마검 만들기를 진지하게 고민하는데, "할아버님, 심문 준비가 되었다고 합니다." 하고 코르넬리우스가 부르러 왔다.

"먼저 보고부터 해. 저쪽 상황은 어떻게 됐지?"

"네! 범인 포획 상황이 전달되었고, 아우브의 명령으로 대강당에서 알리바이를 확인한 귀족은 돌려보냈습니다. 의심스러운 행동을 하는 자가 없는지 기사단의 감시하에 마차를 타고 신속히 돌아갔다고 합니다. 대강당에 없었던 귀족…… 대부분 영주 일족을 모시는 시종인데, 그들도 전부 면담을 거쳤습니다. 영주 부부의 침실을 관리하는 시종과 영주 자제를 돌보는 시종들이라 바로 알리바이를 확인했다고 합니다. 조금 전에 신전에서 페르디난드 님도 돌아오셨습니다."

코르넬리우스의 보고를 듣고, 나는 벌떡 일어났다.

"안게리카, 되도록 팔 부분에만 신체 강화를 써서 이걸 들어라. 자, 가자."

하인을 꽁꽁 묶은 그물을 건네자 안게리카는 "네, 스승님!" 하고 크게 고개를 끄덕이고는 그물을 잡았다. 안게리카는 팔만 강화해 보려고 했지만, 아직은 온몸으로 마력이 흘렀다. 그래도 팔에 마력을 더 띠는 것을 보고 어느 정도는 부분 강화에 성공했다고 판단했다.

"……스승님이라니?"

코르넬리우스가 우리를 번갈아 보자, 그물을 꼭 잡은 안게리카가 자랑스럽게 가슴을 폈다.

"보니파티우스 님께서 절 제자로 단련해 주시겠답니다."

"너 참 유별나구나……. 믿을 수가 없네. 제정신이야, 안게리카?"

나는 덜덜 떠는 코르넬리우스에게 소리쳤다.

"내가 단련해 주겠다고 하면 바로 도망치려고 하는 나약한 놈이 무슨 말이냐!"

순간 겁먹은 코르넬리우스가 검은 눈으로 나를 가만히 바라보았다.

"그렇게 말씀하시지만, 전 도망친 적은 절대 없습니다. 애초에 할아버님이 도망치도록 놔둘 분입니까?"

"흥! 도망칠 수 있을 리가 없지. ……좋다, 코르넬리우스. 너도 단련해 주마. 로제마인에게 힘이 없는 호위 기사 따위 필요 없다."

솔직한 심정은 내가 로제마인을 지키고 싶다. 하지만 어찌 됐건 선선대 영주의 아들이며 영주 일족이다. 안타깝지만 로제마인의 호위 기사는 될 수 없다. 로제마인을 지키기 위해서 호위 기사를 단련하는 정도가 내가 할 수 있는 일이다.

"할아버님, 로제마인의 호위 기사라면 다무엘과 브리기테도 말입니까?"

"음, 그래. 강한 호위 기사가 늘어나면 그보다 더 좋은 게 없지."

나는 잠시 고민했지만, 이번처럼 샤를로테가 유괴되었을 때 로제마인의 호위 기사가 구조하러 투입되면 역시 로제마인의 호위가 허술해진다. 그러면 의미가 없다.

'차라리 영주 일족의 호위 기사를 전부 다시 단련시킬까?'

어떤 식으로 호위 기사를 단련할지 고민하면서 나는 영주의 집무실로 향했다. 계단을 올라가면서 내게 질질 끌려오는 범죄자가 계단에 부딪힐 때마다 신음했다. 시끄럽지만, 무시했다. 나는 호위 기사를 단련할 계획을 세워야 하니까.

'로제마인, 이 할아비는 영주 일족의 호위 기사를 단련하는 데 힘을 쏟으마.'

"보니파티우스 님께서 오셨습니다."

문을 지키던 기사들이 소리치며 천천히 문을 열었다. 코르넬리우스를 선두로 내가 죠이소타크 자작을, 안게리카가 하인을 질질 끌며 입실했다.

영주의 집무실에는 에렌페스트의 수뇌부가 모여 있었다. 영주 부부, 페르디난드, 로제마인의 부모인 기사단장 부부가 정면의 벽을 등지고 나란히 서 있었다. 오른쪽에는 기사단 간부 다섯과 영주 일족의 호위 기사에서 대표 한 명씩. 왼쪽에는 성의 시종들을 총괄하는 노르베르트, 리카르다와 같은 영주 일족의 수석 시종과 영주 부부의 문관들이 집합해 있었다.

나는 죽 늘어선 자들을 둘러보았다. 질질 끌려 들어온 죠이소타크 자작에게 향한 모두의 시선을 확인하면서 질베스타에게 고개를 끄덕였다.

"아우브 에렌페스트의 부르심을 받잡고 찾아뵈었습니다."

"보니파티우스, 수고했다."

치하하는 질베스타의 말을 들으며 나는 페르디난드를 바라보았다.

"이놈을 신문하기 전에 묻고 싶은 게 있다. ……페르디난드, 로제마인은?"

"생명에 지장은 없습니다. 하지만 자세한 이야기는 사람을 물린 후에 하심이 좋습니다……. 범죄자에게 굳이 정보를 제공할 필요는 없지요."

죠이소타크 자작을 가리키는 것처럼 들리지만, 페르디난드의 시선은 이 자리에 있는 자 중에 이번 사건과 관련된 자가 있을 가능성이 있다고 주장했다. 그 뜻을 감지한 나는 로제마인의 용태를 나중에 물을 수밖에 없었다.

"그럼 보니파티우스. 당신이 대강당을 뛰쳐나가고부터 있었던 상황을 들어 볼까."

아우브 에렌페스트의 말로 신문이 개시되었다. 나는 대강당을 나간 후부터 일어난 사태를 설명했다. 신체 강화로 제일 먼저 교전하는 현장에 도착했다는 것, 때렸더니 적이 폭발하여 갈기갈기 찢어진 것, 로제마인을 구해낸 것, 부하를 잡은 것, 로트가 발견된 곳에서 안게리카가 죠이소타크 자작을 포획하고 있었다고 진술했다.

"하인은 일당의 귀족에게 명령만 받은 것 같습니다. 말로 이동해서 하인들의 작업장에 가까운 위치에 대 놓은 문장 없는 마차에 짐을 실으라는 말만 들었다고 합니다."

"아우브, 보니파티우스 님의 말씀대로 확실히 그 자리에 마차가 있었습니다."

귀가하는 귀족들을 감시했던 기사단의 정보에 따르면, 하인이 지시받은 위치에 문장이 없는 마차가 있었다고 한다. 문장이 없는 마차는 시종이나 하인을 태우는 마차다. 문장이 붙어 있지 않아도 하인들 사이에서는 자기들 마차를 알아볼 수 있게 표시가 되어 있다. 다만,

주인이 아닌 귀족은 그 표시를 봐도 모른다.

"대강당에 있던 모든 귀족이 돌아간 후에도 죠이소타크 자작의 문장이 붙은 마차와 문장이 없는 마차 세 대가 남아 있었습니다. 아마 종자나 시종과 함께 시꺼먼 일당을 그 마차로 데리고 들어왔다고 봅니다. 죠이소타크 자작의 마차가 틀림없습니다."

"……그런데 죠이소타크 자작의 문장이 붙은 마차에서 한 대만 굉장히 멀리 떨어진 곳에 세워져 있었습니다. 만약 로제마인 님을 납치하는 데 성공했대도 주변 눈에 이상하게 비쳤을 겁니다."

각 부사단장이 각각 증언을 내놓기 시작했다. 모든 증언이 범인으로 죠이소타크 자작을 가리켰다. 하지만 재갈을 물린 상태인 죠이소타크 자작은 눈물까지 글썽이며 필사적으로 고개를 저어 그들의 의견을 부정했다. 유괴범임은 틀림없지만, 그 필사적인 몸짓이 신경 쓰였다. 질베스타를 힐끗 쳐다보니 그도 마찬가지로 이상하다 느꼈는지, 손을 들어 기사들의 발언을 막았다.

"잠깐. 죠이소타크 자작의 의견도 듣도록 하겠다."

재갈을 빼자마자, 죠이소타크 자작이 비명 같은 소리를 질렀다.

"아우브 에렌페스트. 제 마차는 문장 달린 것이 하나, 문장 없는 것이 두 대입니다. 그 떨어진 곳에 있었다는 한 대는 모릅니다. 그리고 저는 로제마인 님을 납치하지 않았습니다. 제가 납치한 사람은 샤를로테 님이지 않습니까!"

로제마인의 유괴에는 전혀 관여하지 않았다, 라며 죠이소타크 자작이 열변했다. 그러면서 자신이 저지른 일을 술술 내뱉었다.

"안게리카, 어떠냐?"

"네, 분명 죠이소타크 자작이 납치한 사람은 샤를로테 님이십니다. 샤를로테 님을 내던지고 도망친 곳은 동쪽. 로제마인 님께서 구출되신 남쪽과는 거리가 있습니다. 두 사건 모두 자작의 짓이라고 보기는 조금 어렵다고 생각됩니다."

안게리카의 말에 주변이 숙덕거렸고, 질베스타의 표정이 엄격해졌다.

"그럼 귀족 중에 범인이 또 있다는 말이냐?"

"……제가 낙하하는 샤를로테 님을 구하는 동안에 동쪽 숲속으로 몸을 숨겨서 남쪽을 향해 급선회하고, 마력의 그물로 로제마인 님의 기수를 붙잡아서 약을 먹인 후 하인에게 넘기고, 또다시 먼 동쪽에 있는 관리용 오두막으로 도망칠 수 있다면 혼자서도 가능할지 모릅니다."

안게리카는 진지한 얼굴로 말했지만, 그것이 평범한 사람에게 무리라는 것쯤은 누구나 알 수 있었다. 나도 죠이소타크 자작의 포획 현장을 떠올렸다. 확실히 코르넬리우스의 기수가 착지한 장소에서 떨어져 있었다. 숲속에서는 기수가 날개를 펼쳐 이동하기 어려운 만큼, 말을 준비했다고 해도 죠이소타크 자작이 양쪽에서 유괴에 성공했을 가능성은 거의 없었다.

나라면 신체 강화를 써서 전력으로 달리면 아슬아슬하게 가능했을지도 모른다. 하지만 죠이소타크에겐 무리다. 또한 신체 강화를 쓸 만큼 마력이 풍부했다면 안게리카에게 잡힐 리가 없다.

"죠이소타크 자작, 공범이 누구냐?"

가볍게 책상을 톡톡 두드리던 질베스타가 안게리카에서 죠이소타크 자작으로 시선을 옮겼다. 영주가 자신을 째려보자, 자작은 "공범은 없습니다." 라고 또박또박 대답했다.

"계획이 남에게 새어나갈 위험을 고려해서 저 혼자 한 일입니다."

아무리 생각해도 누군가의 손에 놀아나고 있다고밖에 볼 수 없었다. 엄청난 계획을 짜고 실행하기에 죠이소타크 자작은 너무 힘이 없다.

"그럼, 죠이소타크 자작. 네가 한 짓을 낱낱이 털어놓아라."

그때부터 시작된 자작의 변명은 머리를 매우 지끈거리게 했다. 하도 어리석어서 머리를 굴리는 데에는 재능이 없는 나조차 어이가 없을 정도다. 매사에 주도면밀한 페르디난드는 관자놀이를 누른 채 굳어 버렸다.

간단히 설명하면 죠이소타크 자작은 영주의 자녀 중 누군가를 유괴해서 사냥대회 때 발견한 관리용 오두막에 숨길 예정이었다고 한다. 빌프리트나 샤를로테를 납치한 후 로제마인에게 그 자리의 정보를 알리거나 함께 구출해서 로제마인에게 좋은 인상을 심으려고 했다는 것이다. 만약 로제마인이 납치되었을 때는 자기가 가장 먼저 구해서 빚을 지울 계획이었다고 했다. 나는 혀를 내둘렀다.

'지금도 경계가 심해서 다가갈 수 없는데 어떻게 정보를 알릴 생각이었던 거지? 게다가 로제마인을 제일 먼저 구할 사람은 나다. 멍청한 놈.'

신식 일당을 종자인 것처럼 마차에 숨겨 성에 데리고 들어와서 호위 기사의 발을 묶는다. 자기가 도망친 후에는 폭발하게 해서 증거를 인멸하면 싣고 온 마차에는 문장도 없으니 들킬 리가 없다고 생각했던 모양이다. 매우 엉성하고, 아무 생각 없는 계획이었다.

심지어 평소에는 귀족가에 없는 이 어리석은 자는 로제마인의 기수가 하늘을 나는 사실을 모르고, 기수로 쫓아오리라고 생각도 못 했다고 한다. 절대 붙잡힐 수 없었기에 샤를로테를 던져 버리고 도망쳤지만 안심한 찰나에 안게리카에게 잡혔는데, 그것이 더 예상 밖이었다고 했다. 설마 고작 세례식에서 처음 만난 이복 여동생을 구하려고 기수로 달려올 만큼 로제마인이 샤를로테에게 애정이 있을 줄은 몰랐던 모양이었다.

처음부터 계획이 틀어졌다고 말하는 모습에 머리가 지끈거렸다. 엉성해도 너무 엉성했다. 이렇게 어리석은 자가 화려하게 움직여 주었으니 로제마인을 유괴하려 계획했던 자도 상당히 편하게 행동했으리라.

죠이소타크 자작의 변명에 엘비라가 기가 막힌 듯 한숨을 내쉬었다.

"로제마인 님은 고아에게도 마음을 쓰는 에렌페스트의 성녀입니다. 친척을 자칭하면서 그것도 모르셨습니까?"

"로제마인 님은 제 여동생이었던 로제마리의 딸이며, 제 조카이기도……."

"착각하고 계시네요. 죠이소타크 자작."

엘비라가 냉정한 웃음을 띠며 말을 싹둑 잘랐다. 그리고 칠흑 같은 눈동자로 죠이소타크를 가만히 바라보았다.

"당신은 친척이 아닙니다. 로제마인 님은 제 딸이에요. 세례식에서는 제가 어미로 대응했고, 로제마인 님도 저를 어머니로 여겨 주고 있어요."

귀족의 아이로 인정받는 날은 세례식이 열릴 때다. 그때 대응하는 자가 누구인가로 부친과 모친이 확실히 정해진다. 첩의 아이가 우수해서 첫째 부인의 자식으로 세례를 받는 경우도 흔하다. 보통 이럴 때는 피가 섞인 자식이 아니므로 이 둘처럼 각별한 경우는 드물었다.

"로제마인 님과 당신 사이에 아무런 관련성이 없어서 얼마나 다행인지 모르겠습니다. 납치당하고 독까지 먹었는데 또 자칭 친척이라는 사람이 성가시게 하면 로제마인 님이 가엾잖아요? 좋은 영향 따위 주지도 않는 자칭 친척 따위 필요 없습니다. 죠이소타크 자작도 이 부모 마음을 이해하시겠지요?"

엘비라는 쿡쿡 웃으며 죠이소타크 자작의 혈육을 로제마인의 주변에서 철저하게 배제하겠다고 선언했다. 환해 보이는 그 표정에 매우 우울한 감정이 담긴 듯 보였다. 과거에 엘비라는 셋째 부인의 일로 꽤 골머리를 앓았다. 이제 대의명분을 얻었으니 가차 없이 배제하리라. 칼스테드가 자리를 비울 때 몇 번인가 상담해 준 적이 있던 나는 확신했다. 물론 나도 귀여운 손녀딸을 위험하게 한 자를 봐줄 생각은 없었다. 찢어 죽이고 싶은 충동을 참고 있을 정도다. 어서 빨리 처리하고 싶어 좀이 쑤셨다.

"영주의 양녀인 로제마인 님께 독을 먹인 이상, 극형은 피할 수 없겠죠?"

"엘비라 님, 전 독 따위 먹이지 않았습니다! 어찌 제가 로제마인 님께 위해를 가하겠습니까!? 제 조카인걸요!?"

"조카가 아닙니다. 그리고 로제마인 님께 위해를 가하지 않았더라도 당신은 영주의 저택을 습격하고, 샤를로테 님께 위해를 가하지 않았나요?"

엘비라의 말에 자작은 고개를 푹 숙였다. 명백히 죄를 범했으니 그를 처벌하는 것은 문제없었다. 문제는 배후에서 그를 조종하고, 로제마인을 위험에 빠뜨린 귀족을 모른다는 것이었다.

"……칼스테드 님, 대강당을 봉쇄했을 때 귀족을 전부 확인하셨지요?"

엘비라가 남편이며 기사단장인 칼스테드를 올려다보았다. 대강당에서 기사단을 지휘했던 칼스테드가 심각하게 고개를 끄덕였다.

"그래, 용변을 보고 온 자까지 전부 확인했다. 바깥에 나간 귀족은 없어."

대강당에 있던 귀족들의 알리바이는 기사단이 확인했었다. 일렬로 늘어선 기사들 몇몇이 칼스테드의 말에 동의하며 고개를 끄덕였다. 질베스타가 거짓을 살피는 강렬한 눈빛으로 죠이소타크 자작을 응시했다.

"죠이소타크 자작, 공범자나 협력자는 없다고 했겠다?"

"……네."

관자놀이를 누른 채 가만히 얘기를 듣고 있던 페르디난드가 천천히 입을 열었다.

"내가 신경이 쓰이는 건 북쪽 별관 근처를 습격했던 사병이다. 그들은 정말 그대의 사병인가?"

"페르디난드 님, 제게 발언을 허가해 주십시오."

결심한 듯 고개를 든 사람은 로제마인의 호위 기사 다무엘이었다. 이런 자리에서 하급 귀족인 호위 기사가 발언 허가를 구하는 경우는 드물지만, 페르디난드는 바로 허가를 내렸다.

"그들은 빈데발트 백작의 사병이었습니다. 틀림없습니다. 전투 중에 반지를 보았습니다. 저 한 사람의 증언으로는 믿기 힘드시겠지만, 분명 신전에서도 똑같은 반지를 봤습니다."

빈데발트 백작이라면 베로니카의 위조 서류로 영주의 허가 없이 마을에 들어와서 영주의 양녀로 내정된 로제마인과 영주의 이복동생인 페르디난드에게 공격을 가한 죄로 처벌받은 아렌스바흐 귀족의 이름이다. 순간 주변이 술렁거렸다.

"빈데발트 백작이라고? 말도 안 되는 소리를……."

"아예 가능성이 없는 얘기는 아니야. 다무엘은 로제마인이 세례를 받기 전부터 곁을 지킨 호위 기사다. 빈데발트 백작이 잡혔을 때도 그 자리에 있었던 증인이지."

칼스테드가 다무엘의 증언을 밀어 주자 페르디난드도 납득했다.

"이 중에 반지를 본 자가 있는가?"

싸웠던 호위 기사 중에는 시꺼먼 적이 낀 반지를 본 사람도 있었지만 문장까지는 확인하지 못했고, 증거 수집을 맡은 기사들은 폭발해 버린 시체에서는 반지 같은 게 없었다고 했다. 격렬한 전투 중에 반지의 문장을 확인한 자가 하급 귀족인 호위 기사 하나라서 증언과 증거로는 약하지만, 페르디난드에게는 그 말로 충분했던 모양이다.

"죠이소타크 자작, 그건 어디서 손에 넣었지? 왜 그대가 소유하고 있나? 종속 반지를 낀 이상, 그 사병은 빈데발트 백작의 소유물일 터인데."

"저, 저는 모릅니다. 예전에 게를라흐 자작이 애물단지라면서 제게 넘겨줬을 뿐인데…… 그런, 타 영지의 범죄자와 관계가 있는 사람이었을 줄은 정말……."

소스라치게 놀란 얼굴로 눈을 크게 뜬 죠이소타크 자작은 정말 꼭두각시 인형이었던 듯하다. 더 유익한 정보를 원한다면 기억을 들여다보는 방법 말고는 없어 보였다.

"……그만 됐다. 영주 일족에게 손을 댄 이상, 극형은 면치 못할 것이다.”

질베스타가 가볍게 손을 저어 죠이소타크 자작을 데리고 나가도록 지시했다. 즉시 기사 두 사람이 그를 끌고 나갔다.

“내일은 기베 게를라흐를 호출해라.”

“네!”

게를라흐 자작은 내 아내의 친정인 라이제강 백작의 영지와 붙어 있는 곳에 영지가 있는데, 옛날부터 압박이 심했다고 들은 적이 있다. 그 외에도 뭔가 유익한 정보가 없었는지, 나는 기억을 더듬었다.

‘그러고 보니 게를라흐 자작의 부인이 다과회에서 게오르기네를 초대했다고 했었지.’

다음 날은 게를라흐 자작을 호출하여 심문하게 되었다. 다만 어젯밤과 달리 자리에 모인 사람은 몇 되지 않았다. 영주 부부, 페르디난드, 나, 칼스테드, 기사단 간부 다섯뿐이다.

“자, 기베 게를라흐. 자네에게 묻고 싶은 게 있다.”

“무엇입니까?”

좋게 말하면 유복함을 과시하는 게를라흐 자작의 배가 단련해 본 적이 없는 몸처럼 축 처져서 출렁거렸다.

‘키는 얼추 큰 편이니까 조금만 단련하면 될 텐데 게으르긴. 아직 젊은 놈이 꼴사납군. 내 복근을 보고 좀 배워라.’

내가 배를 누르며 문관도 단련할 필요성에 대해 생각하는 동안, 질베스타에게 질문받은 자작은 자신을 왜 불렀는지 전혀 모르겠다는 표정을 하고 있었다.

“왜 자네가 빈데발트 백작의 사병을 소유하고 있지?”

"빈데발트 백작의 사병, 말씀입니까? 전 소유한 적 없습니다만?"

"어젯밤, 북쪽 별관 근처에서 습격이 있었던 사실은 그대도 알 것이다. 그때 쓰인 사병이 빈데발트 백작의 사병이었다."

"그 일이 대체 저와 무슨 관계가 있다는 말씀입니까?"

전혀 모르겠소이다, 라고 말하는 듯 점잖고 평온한 미소를 지으며 게를라흐 자작이 팔짱을 꼈다. 완전히 모르쇠로 일관하려는 속셈이다. 질베스타도 부드럽게 미소를 지었다.

"습격범을 잡았는데, 게를라흐 자작에게 사병을 받았다, 라고 하더군. 참고삼아 자네에게도 얘기를 들어야 해서 말이야. 자네는 빈데발트 백작과 교류가 깊었다고 들었다만?"

"아이고, 저런. 어젯밤에 그런 일이 있었습니까?"

게를라흐 자작이 회색 눈을 과장되게 깜빡이며 "저도 얼마나 난처한지 모릅니다." 라고 말하며 동정을 구하듯 주위를 둘러보고는 어깨를 으쓱거렸다.

"빈데발트 백작과 교류가 있었던 것도, 사병을 맡은 것도 사실입니다. 하지만 제가 사병을 소유한 적은 없습니다."

"흠, 계속해 봐라."

질베스타가 손을 흔들자, 자작은 "감사합니다." 라고 대답하며 사병에 관해 입을 뗐다.

"솔직히 아무리 허가를 받았다 해도 타 영지 귀족이 에렌페스트에 사병을 다수 데리고 출입할 수는 없지 않으냐면서 백작이 제게 맡겼습니다. 하지만 당사자는 죄를 범해서 잡히는 바람에 데리러 오질 않았죠. 백작의 관계자도 아렌스바흐 쪽에서 어떤 처벌이라도 받았는지, 연락이 끊어져 버렸습니다."

"그래서?"

"사병을 돌보기만 해도 비용이 나가는데, 당사자가 죽기 전까지 계약 해지도 맘대로 할 수 없는 판국이었습니다. 그래서 계약 해지를 하지 않아도 좋다면 시종으로 어떠냐고, 꽤 오래전에 죠이소타크 자작에게 넘긴 겁니다. 설마 그들을 데리고 성안에서 소동을 일으킬 줄은 손톱만큼도 예상하지 못했습니다."

'아아, 이놈이 범인이군.'

아무런 맥락도 없이 나는 그렇게 생각했다. 확실한 건 없다. 다만 내 직감이 그렇게 말했다. 온화해 보이는 저 미소 속에 사악한 웃음을 띤 눈을 보자, 상당히 불쾌하기 짝이 없었다. 차라리 이 자리에서 박살내 버리면 속이 시원하겠지만, 감으로 움직여선 안 된다는 말을 옛날부터 들어 왔다. 귀족 사회에 통할 만한 명목이 필요하다.

"빈데발트 백작의 사병을 죠이소타크 자작에게 넘긴 사람은 분명 저지만, 저는 이번 사건과 일체 관계없습니다. 기사단이 확인해 주신 대로 전 대강당에 있었고, 그런 대담한 계획이 있었다는 사실도, 실행된 사실도 몰랐습니다."

본인이 확신하며 말한 대로 게를라흐 자작이 대강당에 있었던 사실이 확인되었다. 사병을 넘기면서 혼란을 초래한 사실에는 변함없지만, 직접 영주의 자식에게 해를 입히지는 않았다. 그런 말을 거듭했다.

우리를 보면서 "또 뭐 있습니까?"라며 회색 눈을 가늘게 뜨는 게를라흐 자작이 괘씸해서 참을 수가 없었다. 아마 모두가 게를라흐 자작의 음산한 분위기를 감지했겠지만, 알리바이가 확실한 탓에 이 자리에서는 이 이상 추궁하기 어려웠다.

'어떻게 하면 범행을 자백할까?'

게를라흐 자작을 범인이라 단정했다고 치고, 로제마인을 붙잡아 약을 먹이는 한편 대강당에도 있었다는 알리바이를 해명할 방법이 없는지 필사적으로 고민했다. 원래 이렇게 머리를 쓰는 일은 내 전문이 아니다. 하지만 분명 꼼수가 있었을 터이다.

'내가 신체 강화를 못 썼다면 어떻게 했을까?'

기사단이 대강당을 봉쇄해서 현장의 인원을 파악했다는 말과 로제마인을 구출한 장소, 코르넬리우스가 기수로 착륙한 곳을 돌이켜 생각해 보았다. 으음, 하고 신음하면서 내가 고민에 빠진 동안에도 신문은 이어졌다.

"기베 게를라흐, 빈데발트 백작의 사병을 넘긴 건 죠이소타크 자작뿐인가?"

페르디난드의 질문에 게를라흐 자작은 "네, 그렇습니다." 하고 바로 긍정했다. 페르디난드는 미간을 잔뜩 찌푸리며 질문을 계속 이었다.

"그대 자신도 더는 사병을 소지하고 있지는 않고?"

"……당연하지요. 빈데발트 백작의 사병은 이제 제 수중에 없습니다."

탁해 보이는 회색 눈동자가 음침한 빛을 띠고 입가의 미소도 더욱 깊어졌다. 그 모습을 보고 페르디난드가 옅은 미소를 지었다.

"그만 됐다. 물러가라."

질베스타가 턱을 홱 치켜들어 퇴실을 명하자, 게를라흐 자작은 정중하게 인사하고 퇴실했다. 나는 완전히 문이 닫히길 기다렸다가 질베스타를 불렀다.

"아우브 에렌페스트."

이름을 부르며 시선을 들고, 질베스타의 등 뒤에 있는 태피스트리를 올려다보았다. 그 뒤에는 주추의 마력을 공급하는 방이 있다. 영주 일족 외에는 말할 수 없는 이야기가 있다, 라는 의미였다. 시선의 의미를 눈치챈 질베스타가 고개를 살짝 끄덕이고 일어났다.

"칼스테드, 이 자리를 지켜라. 둘이서 마력 공급의 방에 들어가겠다. 나머지는 대기다."

칼스테드와 다른 이들에게 그 자리를 맡기고, 나와 질베스타는 둘이서 방으로 들어왔다. 새하얀 공간에 신들의 귀색을 빛내는 마석이 빙글빙글 돌고 있었다. 그곳에 들어간 순간, 질베스타의 표정에 집무실에서 보이던 영주의 얼굴이 벗겨지고, 피곤에 절은 본모습이 나왔다. 나도 마찬가지로 딱딱한 표정을 벗어던지고 어깨에 힘을 뺐다.

"대체 뭡니까, 백부님."

"질베스타. 자네, 대강당을 봉쇄했다고 했었지? 정말 모든 곳을 봉쇄했나?"

조금 전 게를라흐 자작의 태도를 떠올렸는지, 답답한 표정으로 질베스타가 고개를 끄덕였다.

"그럼요, 기사단이 완전히 봉쇄했는데…… 무슨 의미입니까?"

질베스타가 미간을 잔뜩 찌푸렸다. 의심받는 불쾌함과 무언가를 깨달았을 거라는 기대감이 뒤섞인 짙은 녹색 눈동자로 나를 보았다.

"하인들이 움직이는 통로나 차기 영주 후보자에게만 알려주는 비밀 통로까지 포함해서, 전부?"

그 언급에 질베스타가 깜짝 놀랐는지 눈을 크게 떴다. 대강당의 상황을 기억해 내려고 살짝 고개를 숙였다.

"하인의 통로는 분명 봉쇄했을 겁니다. 그런데 비밀통로까지는⋯⋯."

기본적으로 영주만이 아는 비밀통로의 존재를 기사단이 알 턱이 없는지라 비밀통로의 입구를 지켜 본 기사가 있을 리가 없다.

"내가 로제마인을 발견한 곳은 하인들이 쓰는 숲 주변이었어. 그런데 코르넬리우스의 기수가 착륙한 곳이나 마석이 된 로제마인의 기수를 발견한 곳은 그보다 훨씬 떨어진 곳이었지. 하인이 게를라흐 자작에게 로제마인을 받아서 말로 이동한 점을 생각해 봐도 게를라흐 자작은 분명 코르넬리우스가 착륙한 지점 근처에 있었어."

코르넬리우스의 기수가 착륙한 장소를 설명하자, 질베스타의 표정이 멍해졌다. 믿을 수 없다고 말하는 표정에 나는 계속 말을 이었다.

"상당히 오래된 기억이라 정확하진 않지만, 내가 아버님께 듣기로는 그 근처에 대강당과 이어지는 비밀통로가 하나 있다. 아니냐?"

"맞습니다. 확실히 비밀통로는 있지요. 그런데 그건 영주밖에 모르는 곳이지 않습니까?"

질베스타는 인상을 찡그리며 비밀통로의 존재를 긍정했다. 어떻게 아느냐, 라고 묻는 시선에 나는 어깨를 으쓱거렸다.

"자네의 아버지와 난 나이 차가 제법 많이 나지 않은가. 나도 얼추 영주 교육을 받았거든."

나의 남동생이며 영주가 된 질베스타의 부친이 어릴 적에 선대 영주인 내 아버지가 위독한 상태에 빠진 적이 있었다. 아버님은 다행히도 회복되었지만, 그때 동생이 성인이 되기 전에 자리를 넘겨주게 될지도 모른다는 불안감에 내게 기본적인 영주 교육을 받게 하셨다.

"게오르기네가 비밀통로의 존재를 자작에게 흘렸을 가능성은 없나? ……그냥 내 감이다만."

"설마!? ……누님이 비밀통로의 위치를 안다고? 나 때문에 영주가 되지 못했다고 그리도 소란을 피웠는데?"

말도 안 된다는 표정에서 질베스타의 인식과 주변 인식에 약간의 차이를 느꼈다. 질베스타에게는 영주가 되지 못해 타 영지에 시집간 누나겠지만, 게오르기네가 태어난 무렵부터 사정을 아는 자에게는 그녀가 바로 차기 영주로서 교육받은 딸이다. 그녀가 영주의 지위를 고집한 탓에 질베스타와 잘 지내지 못하겠다고 선대 영주 부부가 판단했고, 결국 아렌스바흐로 시집을 보냈다.

하지만 원래는 지금의 나처럼 질베스타를 보좌하며 에렌페스트를 지탱해 주기를 희망했다. 게오르기네가 질베스타를 보좌해 주리라고 선대 영주 부부가 낙관적인 기대를 품은 이유는 영주 교육을 받았으면서도 영주의 지위에 연연하지 않았던 나 때문이지 않을까, 라는 생각이 들었다.

"질베스타, 자네는 북쪽 별관으로 옮긴 이후의, 겨우 몇 년간의 게오르기네밖에 모를 거다. 하지만 게오르기네는 자네가 세례식을 맞아 북쪽 별관에 이동할 무렵까지……, 그러니까 성인이 되기 전까지는 영주 교육을 받고 있었다. 자네가 아는 사정은 그녀도 알고 있다고 생각해 두는 편이 좋아."

눈을 질끈 감은 질베스타가 천천히 고개를 끄덕였다.

"누님이 관여했다는 증거가 있습니까? 기베 게를라흐가 범인이라는 증거는? 증거가 있다면 그걸로……."

"그러니까 전부 감이다. 감이지만, 녀석이 범인이야. 페르디난드에게 슬쩍 상담해 보고 증거를 찾든, 덫을 쳐 두든 해. 증거 수집은 내 역할이 아니네. 그런 세밀한 작업과는 거리가 멀거든. 내가 자신 있는 건 적을 특정해서 박살내는 일이다. 허가를 내 준다면 당장에 불구로 만들어 주지."

"잠깐만. 아무리 그래도 그건 좀 곤란합니다. 그래도 백부님의 야성적인 감은 무시할 수 없는 예리함이 있지요. 게를라흐 자작이 범인이라고 가정해서 페르디난드에게 조사를 시켜 보죠. 또 일거리를 늘린다고 버럭거리겠지만……."

내 말을 들은 질베스타가 난처한 얼굴로 턱을 쓰다듬으며 생각을 짜내기 시작했다.

"음. 머리를 쓰는 작업은 페르디난드에게 맡기는 편이 좋겠지. 나는 물론이고, 자네의 성질에 맞는 안건도 아니니까."

질베스타가 움직이면 상대가 바로 알아차려 버린다. 이런 일은 페르디난드와 그의 충실한 문관에게 맡기는 게 최고다.

"그런데 이걸로 게오르기네의 방문은 거리낌 없이 거절할 수 있겠군. 초대한 빌프리트의 실태와 처벌, 심지어 아렌스바흐의 귀족이 소유한 사병이 성내에서 날뛴 마당이니 경계를 이유로 방문을 거부할 수 있을 거다. 몇 년은 시간을 벌지 않겠나?"

"백부님 말씀대로 누님의 방문을 거절해서 시간을 벌며 에렌페스트를 재정비할 필요가 있겠습니다."

영주 일족의 주위에 몇 번이고 위협이 제기된 사실을 이유로 아렌스바흐 귀족의 왕래를 금지하고 선대의 파벌 세력을 줄이면서 자신의 측근과 파벌을 키워야만 한다.

"영주가 할 일이다. 잘 해 봐라. 나는 에렌페스트를 위해서 영주 일족의 호위 기사를 엄격하게 바로잡고 기사단 강화에 힘을 쏟아 보마."

"잘 부탁합니다, 백부님."

앞을 응시하는 질베스타의 눈이 번쩍이며 빛났다.

참고로 의욕에 찬 상태로 마력공급의 방을 나온 나는 페르디난드에게 독약 때문에 로제마인이 1년 이상 깨어나지 못한다는 말을 듣고, 게를라흐 자작을 뒤쫓아 때려눕혀 버리고 싶었다.

"손녀딸과의 만남이 연기된 분노를 담아 한 방 정도는 용서해 주겠지?"

진지한 눈빛으로 그렇게 말한 내게 질베스타의 눈이 찢겨 올라갔다.

"용서를 바란다면 감이 아닌 증거를 가져와라! 그 전까지는 안 된다!"

'내 감은 분명 저놈이 범인인데, 현실은 녹록지 않군.'

하지만 실제로는 1년이 아닌 2년 가까이나 로제마인은 깨어나지 않았다. 상태를 보러 가고 싶어도 신전 출입이 금지된 나는 몇 번이고 페르디난드에게 확인하는 올도난츠를 보냈다. 그리고 그 걱정과 불안을 영주 일족의 호위 기사들을 단련하면서 풀었다.

언니를 대신해서

오늘 아침, 식사를 마친 직후에 아버님과 어머님, 그리고 페르디난드 숙부님이 호위 기사를 거느리고 북쪽 별관에 찾아오셨어요. 저도 오라버니의 방에 불려가서 어젯밤의 습격에 대한 경위를 들었어요. 습격범을 한 사람 붙잡았지만, 여러 귀족이 엮여 있을 가능성이 크고, 독을 마시고 빈사 상태에 빠진 언니가 응고된 마력을 녹이려면 유레베라는 약물 속에서 1년 이상은 깨어나지 못한다는 얘기를 들었어요.

'저를 구하려고 자신의 호위 기사를 보내 주신 탓에 언니가⋯⋯.'

제가 눈물을 흘리자 숙부님은 엄격한 표정으로 "쓸데없는 일에 체력을 소비하지 마라." 라고 말씀하셨어요.

"울기 전에 먼저 어떻게 보답할지 고민해라. 슬퍼하는 거야 언제든지 할 수 있다. 솔직히 말해서 울어 봤자 시간 낭비다. 최대한 로제마인의 빈자리를 메꿀 수 있도록 노력해라."

"페르디난드, 말이 지나쳐." 라고 주의를 주는 아버님 옆에서 어머님은 "자기 때문에 샤를로테가 운 걸 알면 로제마인이 좋아하지 않을 거예요." 라고 말씀하셨어요.

제가 눈물을 닦고 고개를 들자, 숙부님은 "빌프리트와 샤를로테 둘에게는 로제마인 대신 어린이방의 통솔을 부탁한다." 라고 말씀하셨어요.

'울기 전에 보답해라, 라고 하신다면 제가 최대한 언니의 빈자리를

채우겠어요.'

"봄의 기원식은 마력을 아직 제대로 다루지 못하는 샤를로테에겐 무리일 테니 봄의 영주 회의 때 성을 책임질 빌프리트에게 부탁하고 싶다만……."

언니의 빈자리를 채우겠다고 결심하자마자 숙부님이 저를 기원식에서 제외하셨어요. 말도 안 돼요. 갑자기 보답할 기회를 뺏어 버리면 저보고 어쩌라는 건가요.

"숙부님, 저 할 수 있어요. 마력만 잘 다루면 된다면 오라버니가 영주 회의 동안 연습했듯이, 저도 겨울 동안 연습할게요. 저도 영주의 딸인걸요. 저 때문에 독을 마신 언니를 대신해서 노력할 테니까 제게 맡겨 주세요."

지금까지 선생님들은 '과제에서 도망치기만 하는 빌프리트 님보다 샤를로테 님이 훨씬 우수하다'고 이구동성으로 말했어요. 제가 노력한다면 분명 언니를 대신할 수 있을 거예요.

"샤를로테, 마력은 다루기가 만만치 않아. 몸에 익히기까지 괴롭고 힘들겠지만, 그래도 하고 싶다면 해 봐라. 마력을 다루는 연습도, 로제마인이 지금까지 해 왔던 일들을 직접 보는 것도 너에겐 좋은 공부가 될 거다."

"네, 아버님."

"기원식에는 나도 갈게. 로제마인에게 도움만 받을 순 없지."

오라버니도 주먹을 불끈 쥐며 숙부님께 선언했어요. 그 모습은 제가 예전에 알던 상냥하지만 나태한 오라버니의 모습이 아니었어요. 저도 모르게 오라버니를 가만히 쳐다보았어요.

"그럼 두 사람은 겨울 동안 초석의 마술에 마력을 주입하면서 마력을 다루는 연습을 하고, 봄의 기원식을 준비하도록. 두 사람의 보조는 보니파티우스 님과 영주 부부가 맡을 거다."

"페르디난드……."

난처한 표정을 짓는 아버님에게 숙부님은 피식 웃으며 정중하게 인사하셨어요.

"두 사람에게 기원식 절차도 가르쳐 주시길 부탁드립니다, 아우브 에렌페스트."

아버님에게 기원식 절차와 마력 연습 지도를 맡기고, 숙부님은 저와 오라버니에게 편지를 내미셨어요.

"이것은 로제마인이 남긴 편지다. 어린이방의 일정과 계획이 적혀 있지. 로제마인처럼 똑같이 하기는 힘들더라도 통솔하도록 노력해라."

"네!"

그리하여 우선은 겨울 어린이방의 통솔부터 시작이에요. 저는 언니에게 받은 편지를 가슴에 안고 오라버니와 함께 어린이방으로 향했어요. 편지에 적힌 내용을 오라버니와 협력하며 지켜야 했어요. 숙부님이 말씀하시길, "로제마인의 수석 시종과 호위 기사를 어린이방에 보내주겠다만, 전속은 신전으로 돌려보내라고 하더군. 그대들의 전속을 효율적으로 부리고, 주변 이들의 이야기에 귀를 기울이면서 해보거라." 라고 하셨어요.

'숙부님은 언니만큼 하기 힘들 거라고 하셨지만, 저와 또래인 언니가 해낸 일인걸요. 저도 꼭 잘해내겠어요.'

"안녕하세요, 여러분."

최대한 많은 사람에게 조력을 구하라는 말을 들은 나는 모리츠 선생을 비롯해 언니의 호위 기사와 시종까지 불러서 편지를 보여줬어요. 편지에는 귀족원생을 통해 타 영지의 정보를 모을 것, 강의 내용을 정리한 참고서 작성을 부탁하라는 내용이 적혀 있었어요. 정보의 유익성과 강의 내용의 상세함을 따져 보수를 지급하는 체계였어요.

"보수가 뭔가요?"

"돈입니다. 하지만 로제마인 님의 자금이 어디에서 나오는지는 모릅니다. 샤를로테 님과 빌프리트 님의 예산은 어떻게 되어 있습니까? 수석 시종에게 알아보면 됩니까? 아니면 아우브 에렌페스트에게 말씀드려야 하나요?"

제가 언니의 호위 견습 기사에게 예산을 말해 주려고 하자, 다른 호위 기사 한 사람이 손을 들었어요.

"코르넬리우스, 성과 신전을 드나드는 로제마인 님의 예산은 후견인이신 페르디난드 님께서 일괄적으로 관리하고 계셔. 정보의 유익성은 로제마인 님께서 판단하실 테니 일단은 높지 않은 금액을 일률적으로 지급해 뒀다가 나중에 로제마인 님께서 따로 유익했던 사람에게 추가로 지급하면 되지 않을까?"

"오호라. 그럼 다무엘과 브리기테가 정보 관리와 보수 지급을 맡아줘. 나는 귀족원에서 정보를 모으고, 참고서를 만드는 학생들을 관리할 테니까."

언니의 호위 기사들은 자기들끼리 빠르게 분담을 정해 버렸어요. 하지만 저를 구출할 때 훌륭한 움직임을 보였던 안게리카는 어째서인지 모두에게서 한 걸음 물러선 위치에 있었어요.

"귀족원의 활동 쪽은 빌프리트 님이나 샤를로테 님의 측근에게도 협력을 받을 수 있겠습니까?"

"아, 물론이죠. 귀족원 쪽을 잘 부탁해요, 에르네스타."

"맡겨 주십시오, 샤를로테 님."

코르넬리우스의 요청에 저의 호위 견습 기사뿐만 아니라, 오라버니의 호위 견습 기사까지 승낙해 주었어요.

"샤를로테 공주님, 귀족원의 일은 코르넬리우스와 측근들에게 맡겨 두시면 됩니다. 어린이방에 관해서는 로제마인 공주님께서 어떤 지시를 내리셨나요?"

언니의 수석 시종인 리카르다가 그렇게 물었어요. 리카르다는 예전에 아버님의 수석 시종이어서 저도 잘 압니다. 안심하며 리카르다에게 편지를 보여줬어요.

올해는 그림책이 많이 늘었으니 개개인의 역량에 맞춘 받아쓰기를 이어서 할 것, 계산은 곱하기와 나누기의 자릿수를 늘릴 것, 그리고 작년에 대출한 그림책과 완구를 회수하고, 올해도 이야기를 제공하면 그 대가로 대출해 주겠다고 전해 줬으면 좋겠다고 적혀 있어요.

"모리츠 선생님, 언니가 했던 일들을 올해도 할 수 있을까요?"

제가 묻자, 선생님은 천천히 고개를 끄덕였어요.

"……해 봅시다. 작년 로제마인 님께서는 아이들을 참으로 훌륭히 다루셨고, 다양한 방법으로 의욕을 끌어내셨지요. 저도 어린이방의 교사입니다. 작년의 로제마인 님을 참고로 이 겨울을 넘겨 봅시다."

"음, 나도 로제마인 대신 노력할게."

작년에 어린이방을 겪었던 오라버니가 의욕적으로 주먹을 불끈 쥐었어요. 고개를 갸웃거리며 생각에 잠긴 리카르다가 대화를 자르듯 손을 쓱 들어 올렸어요.

"의욕이 생긴 마당에 죄송하지만, 오늘은 샤를로테 공주님의 인사

말씀과 로제마인 님이 당분간 오시지 않는다는 점과 올해 어린이방의 운영 방식만 설명하고 끝내는 편이 좋겠습니다."

"어머, 어째서요? 저도 편지대로 할 수 있어요."

"무슨 일이든 준비가 필요하답니다. 로제마인 공주님은 게임에 이긴 아이들에게 줄 과자를 상품으로 준비하셨는데, 전속에게 부탁해 두셨나요?"

그런 준비는 전혀 예정에 없었어요. 멍해진 저에게 리카르다는 언니가 해 왔던 일을 떠올리듯 허공을 쳐다보았어요.

"공주님은 페슈필 연습을 맡길 전속 악사의 분담, 아이들의 실력에 맞춘 받아쓰기 책을 고르셨고, 카루타나 트럼프 게임의 팀 나누기, 상품으로 줄 과자 준비 등을 사전에 준비하셨답니다. 그런데 작년 어린이방의 상황을 모르시는 샤를로테 공주님께는 어려울 겁니다. 오늘 하루는 담당을 분담해서 준비에 할애하는 편이 좋겠지요."

리카르다가 설명한 사전 준비는 전부 편지에 적혀 있지 않은 사항이었어요.

"준비라고 해도 어떻게 하는지 몰라. 리카르다는 알아?"

"네, 알다마다요. 빌프리트 도련님."

리카르다의 지휘에 맞춰 모리츠 선생은 아이들의 실력을 알아보는 문제 작성, 전속 악사들은 수업 분담을 상담하며 각각 준비를 시작했어요. 오라버니의 호위 기사는 아이들의 단련 수업을 상의하러 기사단과 협상에 나섰습니다.

저는 분주하게 움직이는 모두를 바라보면서 아이들에게 첫인사를 받았어요. 가을에 열린 사냥대회에서 오라버니를 속인 아이들의 이름을 사전에 외워 뒀기 때문에 얼굴을 잘 기억해 둬야 했어요. 그들과 어떤 식으로 지낼지도 이번 겨울 과제랍니다.

"샤를로테 님. 로제마인 님이 오래 쉬신다고 하셨는데, 얼마나 오래 걸리나요?"

마지막으로 인사한 하급 귀족 필린느가 주변 눈치를 보며 작은 목소리로 물었습니다. 필린느의 새잎 같은 눈동자가 언니를 걱정하는 마음으로 흔들렸어요.

"미안해요. 저도 자세히는 모르는걸요."

"로제마인 님은 작년 어린이방에서 제 어머님이 들려주신 이야기를 책으로 만들어주셨어요. 올해는 로제마인 님께 옛날이야기뿐만 아니라, 제가 열심히 쓴 이야기를 보여드리고 싶었는데……."

필린느는 그렇게 말하며 슬픈 듯이 눈을 내리떴어요. 저는 책을 만들어 주지 못해요. 갑작스럽게 첫날부터 좌절했습니다. 차기 영주 예정이었던 오라버니보다 우수하다고 들어 왔고, 영주의 자제에 걸맞게 노력한다고 칭찬받았던 저의 자신감에 금이 가기 시작했어요.

다음 날부터 우리의 도전이 시작되었어요. 서둘러 작성한 문제를 토대로 모리츠 선생님이 개인의 실력을 파악하셨어요. 그동안 빌프리트 오라버니의 기억을 토대로 게임을 할 팀을 나눠서 카루타와 트럼프를 했어요.

'오늘은 과자도 준비했으니 완벽해요.'

저는 세례를 받은 지 얼마 안 되는 아이들 그룹을 맡게 되었어요. 여기서 이겨서 작년의 언니처럼 아이들의 우상이 될 거예요.

하지만 저의 그런 결의는 순식간에 산산조각이 났어요. 오라버니와 카루타나 트럼프를 연습해 온 아이들은 정말 강했고, 가끔 오라버니가 카루타와 트럼프를 가져왔을 때 연습한 경험밖에 없는 제가 완패해 버린 거예요.

정말 분했지만, 언제까지고 속상해할 수는 없었어요. 재도전하자고 마음먹은 제게 다무엘이라는 호위 기사가 살짝 말을 걸었어요. 교재를 회수해야 하니 언니에게 받은 편지를 보여달라고 했어요.

"교재 회수, 가 뭐예요?"

"로제마인 님은 자비로 교재를 사기 어려운 하급 귀족을 위해 이야기 제공의 대가로 교재를 빌려주셨습니다. ⋯⋯아아, 역시 대출표도 들어가 있군요."

뭘 쓴 건지 알 수 없었던 이름표는 대출한 교재와 제공받은 이야기를 표시해 둔 것이었던 모양이에요. 다무엘이 "샤를로테 님께서 모두에게 말을 걸어 주시겠습니까?"라고 부탁했고, 저는 하급 귀족들에게 교재를 반납하라고 말했어요.

하급 귀족들이 빌린 교재를 들고 다가왔어요. 그것을 브리기테라는 호위 기사가 나무상자에 정성스럽게 넣었고, 다무엘이 이름표에 반납 표시를 했어요. 호흡이 척척 맞는 두 사람의 움직임을 아무 생각 없이 지켜보는데, 오라버니 그룹 쪽에서도 카루타의 승부가 났어요.

"그럼 이긴 분들에게 과자를 나눠드릴게요."

"신난다! 얼마나 기대했었다구요!"

저는 준비해 둔 과자를 이긴 아이들에게 나눠주었어요. 신이 난 아이들이 받은 과자를 먹은 순간, 하나같이 미묘한 표정을 짓더니 딱딱한 미소로 "맛있어요."라고 말하는 거예요. 이상한 반응에 제가 의아해하자, 오라버니가 "아!" 하고 작게 소리쳤어요.

"……얘들아, 미안해. 올해는 로제마인이 치료 중이라 로제마인의 전속 요리사가 없어. 그래서 작년과 똑같은 과자는 못 만들어."

저는 언니와 첫 다과회를 할 때 나온 과자를 떠올리고 납득했어요. 전부 처음 먹는 과자들이었고, 정말 맛있었거든요. 제 전속 요리사는 그렇게 만들지 못해요. 고개를 푹 숙여 버린 제 손을 필린느가 살짝 잡아 주었어요.

"상만 있으면 충분합니다. 샤를로테 님께서 그렇게 의기소침하지 않으셔도 돼요. 저는 집에서 과자를 먹어 본 적이 없는데, 상으로 과자를 받아서 얼마나 기쁜지 몰라요."

"그래, 샤를로테. 내 전속 요리사만 해도 똑같은 과자밖에 못 만들어. 그건 로제마인이 생각한 과자니까 로제마인이 특별한 거야."

로제마인의 시종이 그러더라면서 오라버니가 알려주었어요. 언니는 그림책뿐만 아니라 과자까지 만드셨나 봐요.

'제가 정말 언니의 빈자리를 채울 수 있을까요?'

잘 해냈다는 보람을 전혀 느끼지 못한 채 저녁을 먹고, 첫 마술 특훈이에요. 저는 아버님의 집무실에서 마력을 등록하고, 마력 공급의 방에 처음으로 들어갔어요.

방대한 마술구가 가득한 불가사의한 방에서 마력을 공급해요. 마력공급이라 해도 제 마력이 아니라 마석에 비축한 마력을 주입하는 일이에요. 오라버니의 보조는 보니파티우스 님이, 제 보좌는 어머님이 맡아 주셨어요.

"이렇게 마석 위에 손을 올리고, 마력을 깊숙이 흘려보내는 느낌으로 붓는 겁니다."

어머님이 그렇게 설명하시며 제 손등에 손을 겹치셨어요. 이번에 야말로 제대로 해내고 말 테다, 하고 저는 마석에 올린 손에 힘을 주었어요.

"나는 세상을 창조한 신들에게 기도와 감사를 바치는 자."

아버님의 기도와 함께 손바닥에 닿은 마석에서 마력이 역류하는 느낌이 들었어요. 내 것이 아닌 마력이 몸속에 밀고 들어오는 불쾌감에 당황하여 반대편으로 흘러가도록 마력을 밀어냈어요. 힘에 저항하며 밀어내기에는 상당한 힘이 필요했고, 집중했다 싶어도 점점 머리가 멍해지는 느낌이에요.

"거기까지."

아버님의 목소리가 들리고, 어머님이 제 손에서 마석을 빼내셨어요. 필사적으로 저항했던 압력이 갑자기 사라지자 단숨에 피로가 몰려왔어요. 몸에도 굉장한 부담이 있었는지, 저는 그 자리에 털썩 주저앉아 버렸어요. 움직일 기력이 전혀 없었어요.

입을 열기도 힘든 저와 달리 오라버니는 "몇 번을 해도 피곤하네." 하고 말하며 벌떡 일어났어요.

"……오라버니는 힘이 넘치네요."

"빌프리트가 처음 마력공급을 했을 땐 지금 너와 똑같은 상태였어."

아버님이 피식 웃으면서 그렇게 말씀하셨고, 오라버니도 "맞아." 하고 고개를 크게 끄덕였어요.

"봄에 매일 마력을 공급했던 덕분에 조금 익숙해서 그래. 로제마인은 마석이 아닌 자기 마력을 공급했는데 뭘. 봉납식에서 매번 하는 일이라면서 아무렇지 않은 얼굴이었어. 달리면 쓰러지는 녀석이 마력

공급은 눈 하나 깜짝 않고 한다니까 신기하지."

조금씩 익숙해질 거라며 오라버니가 달래 주셨지만, 저는 그 말에 무심코 눈물이 왈칵 쏟아져 나왔어요.

"왜 그래, 샤를로테!? 울 정도로 힘들었어!?"

"아니에요. 설마 저 자신이 이 정도로 아무것도 못 할 줄 몰랐어요. 저는 언니를 대신할 수 없어요."

훨씬 더 잘할 수 있을 줄 알았어요. 저 때문에 잠들어 버린 언니에게 보답으로 언니의 빈자리를 훌륭히 메꾸고, 언니가 깨어났을 때 부끄럽지 않은 여동생이 되고 싶었어요. 그런데 전혀 생각대로 잘 안 되어요.

"샤를로테, 로제마인과 자신을 비교하지 마라. 로제마인은 풍부한 마력과 유례를 찾을 수 없는 지식으로 영주의 양녀가 된 에렌페스트의 성녀야. 똑같이 할 필요는 없다. 역량만큼 노력하면 되는 거다. 넌 잘하고 있어."

아버님은 그렇게 달래주셨지만, 그래도 분했어요. 겨우 한 살 차이인데, 이렇게 다르다니요. 저는 미안함과 고마움의 보답인, 언니의 대리 업무도 만족스럽게 해내지 못해요. 좌절감만 느끼고 끝난 하루였어요.

학생들이 귀족원으로 가 버리면 본격적인 어린이들의 공부가 시작되어요. 그동안에도 다양한 문제가 일어났어요. 받아쓰기와 계산 수업의 시간 분배, 페슈필 연습을 담당하는 전속 악사의 분담과 교대, 실력에 맞춘 카루타와 트럼프 게임의 팀 나누기, 상품으로 주는 과자 준비, 장벽처럼 군림해서 의욕을 끌어내 줄 선도 담당, 아이들이 가

겨온 이야기 관리 등. 하나하나 실패할 때마다 저와 오라버니는 작년에 언니가 어떻게 했는지 주변 의견을 듣고, 어린이방을 통솔하느라 고군분투했어요.

"……언니는 정말 이걸 혼자서 다 했던 건가요?"

저의 어처구니없다는 중얼거림에 모리츠 선생님도 한숨을 내쉬며 어깨를 으쓱하셨어요.

"수업이 시작되기 전에 로제마인 님께서 이것저것 제안해 주셨던 기억은 있는데, 하루에 이 정도로 세세한 일을 하셨을 줄은 몰랐습니다. 로제마인 님은 가끔 게임에 참여할 때 외에는 항상 책을 읽고 계시거나, 혹은 이야기를 메모하시는 인상이었거든요."

언니는 받아쓰기 시간에 그림책으로 만들 이야기를 적으면서 아이들의 얼굴을 보고, "슬슬 계산으로 넘어갑시다." 라고 말을 걸으셨대요. 그 중요성을 이제야 알았다고 모리츠 선생님께서 씁쓸하게 웃으셨어요. 한 명, 한 명 가르칠 때라면 몰라도 수많은 인원을 상대하다 보면 시간 감각이 이상해진대요.

그런 느낌으로 아직도 어린이방을 제대로 통솔하지 못하는 저와 오라버니에게 숙부님께서 새로운 과제를 주셨어요. 기원식 전에 외워야 하는 대량의 목패가 도착했어요. 기본적인 인사와 기도문이 목패 세 장 분량, 가능하면 외워 두는 게 좋은 사항이 목패 다섯 장 분량, 언니처럼 완벽하게 해내고 싶다면 목패 열 장 분량이에요.

"신전의 시종 말로는 로제마인은 전부 외웠대. ……어쨌거나 나는 일단 세 장 분량을 외워야지. 대신 완벽하게 외우고 말겠어."

언니의 대타가 될 테니 전 열 장이요! 라고 말하고 싶은 심정이지만, 언니와 똑같이 해낼 자신이 없었어요. 이미 제 자신감은 산산조각이 났거든요. 저도 오라버니와 마찬가지로 세 장 분량의 목패를 집었어요.

"……언니는 정말 대단한 분이네요."

빼곡하게 적힌 기도문을 보면서 축 처진 기분으로 그렇게 중얼거리자, 오라버니가 "응." 하고 웃으면서 대답했어요.

"로제마인은 대단해. 그래서 난 로제마인이 자는 동안에 조금이라도 따라잡아야 해."

저는 솔직히 언니를 목표로 삼아 노력하는 오라버니도 굉장하다고 생각했어요. 언니는 특별하니까 아무리 발버둥 쳐도 꽁무니도 못 따라간다고 생각했던 저의 우울한 마음에 한 줄기의 빛이 들어오는 느낌이 들었어요.

"저도 언니와 오라버니를 따라잡을 거예요."

둘이서 경쟁하듯이 기도문을 외우고, 언니와 완전히 똑같지는 못해도 어린이방이 조금씩 자리를 잡기 시작한 무렵에는 이미 봄이 성큼 다가와 있었어요.

'어쩜 이렇게 시간이 빠를까요?'

바쁜 겨울도 곧 끝이라는 생각에 안도의 한숨을 내쉬는 제게 필린느가 다가왔어요.

"샤를로테 님, 올해도 교재 판매와 대출이 있나요?" 하고 물었어요. 작년에는 겨울 막바지에 플랑탱 상회에서 교재를 판매했다는 얘기를 듣고, 아무 생각도 없었던 제 얼굴이 새파래졌어요.

'그러고 보니 언니가 준 편지에 적혀 있었어요! 어떡하죠!?'

안절부절못하는 저를 도와준 사람은 다무엘이었어요. 문관으로 착각할 만큼 매사의 준비나 절차에 능한 호위 기사예요. 제가 울먹이며 상담하자, 다무엘은 곧장 신전에 계시는 숙부님께 올도난츠로 이야기를 전했고, 아버님에게 어린이방의 판매를 허가받아서 겨울 막바지에 플랑탱 상회를 불러 주셨어요.

"고마워요, 다무엘."

"이 정도는 로제마인 님의 돌발적인 행동에 비교하면 아무것도 아닙니다."

온화한 미소로 그렇게 대답하는 다무엘을 보고 저는 깨달았어요. 평범하지 않은 언니를 섬기려면 기사도 문관 업무를 볼 줄 알아야 할 정도로 고되다는 것을요.

'전 언니처럼 되지는 못할 거예요. 언니는 특별하니까요.'

제가 스스로와 타협했을 무렵에 계절은 봄이 되었고, 저와 오라버니는 기원식을 치르러 처음으로 에렌페스트 마을을 나와 직할지를 돌게 되었어요. 반년에 걸친 여정을 위해 마차 세 대를 준비해 둬야 해서 짐을 꾸리기도 상당히 힘들었어요.

의식에 관련된 일은 성의 시종이 알 턱이 없기 때문에 오라버니에게는 숙부님의, 제게는 프랑이라는 언니의 신전 시종이 붙게 되었어요.

"잘 부탁드립니다, 샤를로테 님."

"저야말로 잘 부탁해요, 프랑. 언니 얘기를 들려주실 거죠?"

"제가 대답해 드릴 수 있는 사항이라면……."

마차를 타고 제일 먼저 핫세라는 마을로 향했어요. 그 도중에 프랑에게 핫세와 언니의 관계에 관해 설명을 들었어요. 멋모르고 영주에게 반역을 저질러 버린 핫세 주민을 구하기 위해 숙부님과 협상하고 핫세에 교육을 시행하며, 성녀라는 호칭에 걸맞은 자비를 베풀었다고 했어요.

"로제마인 님은 사람이 죽는 것을 무엇보다도 싫어하셨습니다. 누군가가 죽지 않고 해결되는 방법을 모색하느라 정작 본인이 온갖 고생을 다 하셨습니다."

그래서 저 같은 회색 신관과 고아들에게도 소중하게 대해 주신답니다, 라고 프랑이 자랑스럽게 웃었어요. 제 시종과 호위 기사도 이만큼 저를 사랑해 주는지, 조금 걱정이 되었어요. 아랫사람을 잘 다룰 줄 알아야 좋은 주인이라고 배워 왔지만, 언니처럼 사랑받는 주인이 되고 싶다는 생각은 처음 해 봤어요.

"그럼 프랑. 언니가 좋아하는 물건은 뭔가요? 언니가 깼을 때 도와준 답례로 선물하고 싶어요."

"로제마인 님께서 좋아하시는 물건은 책입니다. 그 외에는 딱히 떠오르지 않는군요. 신전 시종들은 모두 로제마인 님께서 얼마나 책을 좋아하시는지 알고 있습니다. 그래서 로제마인 님을 위해 새로운 책을 한 권이라도 더 많이 만들려고 노력하고 있습니다."

핫세에 도착한 저희를 마을 사람들이 열광적으로 환영해 주었어요. 1년을 참고 견딘 핫세에 이 기원식은 영주의 허가를 받은 특별한 기원식이래요.

기원식을 위한 무대는 이미 설치되어 있었고, 프랑이 먼저 무대에 올라 신구인 성배를 설치하고 주민들에게 설명을 시작했어요. 저는 그동안 마차 안에서 제식복으로 갈아입었어요. 신전장의 흰 의상에 봄 머리 장식. 모두 언니의 물건이에요. 참고로 오라버니는 언니가 옛날에 만든 파란 제식복을 기장만 조금 수선해서 가져갔습니다. 원래는 미성년자가 의식을 진행하면 안 되기 때문에 아동용 제식복이 언니 것밖에 없어서 하는 수 없었어요.

"기다리셨습니다."

"샤를로테 님, 옷자락이 더러워지니 실례하겠습니다."

마차에서 내리려고 할 때 프랑이 저를 안고 무대로 이동하기 시작했어요. 이렇게 안겨서 이동한 적은 성에서밖에 없어서 깜짝 놀라 눈을 휘둥그레 뜨니, 프랑이 살짝 난처한 듯한 미소를 지었어요.

"로제마인 님은 상당히 걸음이 느리셔서 자주 옷자락을 밟고 넘어질 뻔하셨습니다. 그래서 농촌에서는 이렇게 옮겨 드립니다. 샤를로테 님께는 불편하고 불쾌하시겠지만, 땅이 질퍽거리니 너그러이 봐주십시오."

무대에 올라간 프랑이 저를 신구가 설치된 무대 위에 내려 주었어요. 정면에는 피로연 때 모였던 귀족들보다도 많은 사람들이 따가울 정도의 시선으로 저를 쳐다보았어요. 열기를 품은 강한 시선은 무심코 이 자리에서 도망치고 싶어질 정도로 강렬했어요.

세례식의 피로연 때보다도 더 긴장한 자신이 느껴졌어요. 세례식 때는 입장하면 언니가 웃어 주었고 페슈필을 연주할 때도 응원해 줘서 긴장이 조금 풀렸었어요. 고작 한 계절 전이었는데 마치 훨씬 오래전의 일 같아요.

'실패하면 어떡하죠? 언니처럼 똑같이 못 해내면 분명 다들 실망할 거예요.'

제가 불안으로 굳어지는 가운데, 축복을 받은 촌장들이 커다란 용기를 들고 무대로 올라왔어요. 발소리와 함께 기대에 찬 눈빛들이 다가오는 느낌에 목구멍이 바싹바싹 말랐어요. 가슴속에 긴장감이 가득 찼을 때, 프랑이 살짝 제 눈앞에 마석 하나를 내밀었어요.

"샤를로테 님, 이것이 이번 축복에 쓰실 마석입니다. ……로제마인 님의 마력이 담긴 물건이라고 합니다."

옅은 노란색으로 물든 마석을 저는 말끄러미 바라보았어요.

"계속 핫세를 걱정하셨던 로제마인 님의 마력을 핫세 주민들에게 전해 주십시오. 샤를로테 님밖에 할 수 없는 일입니다. 이날을 위해 많이 연습하셨지요? 기도와 함께 로제마인 님의 마력을 바치십시오."

'핫세에 언니의 마력을 전해야 해.'

그것은 언니를 대신하겠다고 선언한 제가 반드시 해야 하는 역할이었어요. 깊은숨을 들이마시고, 언니의 마력이 담긴 마석을 신구의 마석에 갖다 댔어요. 그리고 천천히 입을 열었습니다.

"치유와 변화를 가져오는 물의 여신 플류트레네여, 그 곁을 모시는 권속의 열두 여신이여. 생명의 신 에이비리베로부터 해방된 그대의 여동생, 흙의 여신 게두르리히에게 새 생명을 기르는 힘을 주소서."

성배에 마력을 흘려 넣듯이 마석의 마력을 계속해서 밀어냈어요. 그러자 갑자기 성배가 번쩍, 하고 금색 빛을 발했어요. 광장에 모인 민중들에게서 함성이 터져 나왔지만 저는 눈을 감은 채 마지막까지 기도를 올렸어요.

"당신께 생명을 기뻐하는 환성의 노래. 기도와 감사를 바치오니 청명한 가호를 내려 주소서. 넓고 호호막막한 대지에 존재하는 만물을 당신의 귀색으로 채워 주소서."

기도를 끝내자, 프랑이 성배를 살짝 기울였어요. 성배에서 녹색으로 빛나는 액체가 흘러나왔고, 순서대로 줄을 선 촌장의 용기에 부었어요.

전보다 마력을 잘 다루게 되었다고는 하지만, 이렇게 많은 사람들이 지켜보는 가운데 첫 의식을 치르기가 제법 부담이었나 봐요. 저는 부끄럽지만 무대 위에 주저앉은 채 움직이지 못하게 되어 버렸어요.

"정말 훌륭하게 해내셨습니다, 샤를로테 님. 이쪽에 오십시오. 신관장님께서 치하하시는 마음으로 만드신 피로회복제입니다."

"고마워요."

프랑이 내미는 약을 웃으면서 받은 나는 그걸 마시려고 했어요. 하지만 뚜껑을 열자마자 풍기는 악취에, 혹시나 짓궂은 장난을 치는 게 아닌가 싶어 저도 모르게 프랑을 바라보았어요.

"……프랑, 냄새가 끔찍한데, 정말 마시는 약인지요?"

"로제마인 님도 처음에는 똑같은 말씀을 하셨습니다. 하지만 마시는 약이 맞습니다. 신관장님도 로제마인 님도 빠르게 체력을 회복해야 할 때 이 약을 드십니다. 냄새와 맛은 지독하지만, 효과는 좋다고 합니다."

울고 싶은 심정으로 저는 그 약을 마셨어요. 구역질을 참으며 필사적으로 삼켰지만 혀가 마비되었는지 얼얼했고, 눈물이 흐를 만큼 끔찍한 맛이었어요. 피로가 금방 사라져서 움직일 수 있게 되었지만, 두 번 다시 마시고 싶지 않네요.

"로제마인 님은 이 약으로 마력과 체력을 회복하시면 다음 의식을 치르셨고, 마력과 체력이 바닥나면 다시 약으로 회복해서 의식을 하는 식으로 기원식과 수확제를 행하십니다. 샤를로테 님도 필요하시면 사양하지 마시고 언제든지 부탁하십시오. 신관장님께 가득 받아 뒀습니다. 아직 여정이 기니까요."

  '이런 약을 마시면서 에렌페스트를 위해 의식을 반복하고 마력을 쏟으며 순방하시다니, 로제마인 언니는 성녀라기보다 여신이 아닐까요?'

  이미 놀라움과 허탈함, 동경과 질투, 이런 것들을 전부 뛰어넘어서 저는 언니를 숭배하고 싶은 기분이 들었어요.

두 개의 결혼 이야기

내가 일크너 자작의 직위를 이은 지도 벌써 삼 년이란 세월이 흘렀다. 아버님이 돌아가시고 기베가 된 후부터가 격동기였다 할 수 있으리라. 브리기테의 약혼자였던 하스하이트와 친척들에게 목숨을 위협받았고, 화가 난 여동생이 약혼을 깬 이후부터 이어지는 협박을 온 가족이 하나가 되어 대처해 왔다. 일크너에서 귀족들이 하나둘 떠났고, 귀족원을 졸업하는 여동생은 새로운 상대를 찾지 못했다. 졸업식을 내가 에스코트했던 그날은 참 씁쓸한 기억이다.

귀족원을 졸업한 브리기테는 기사 기숙사에 들어가게 되었고, 그곳에서 새로운 연줄을 얻어 일크너를 덮쳐 오는 위협을 조금이나마 줄여보려고 했다. 신전이나 평민촌까지 동행해야 하는 영주의 양녀 로제마인 님의 호위 기사 자리를 얻은 이유도 다 그래서다. 나는 브리기테의 체면을 생각해서 말렸지만, 브리기테는 반드시 일크너에 도움이 되겠다며 우겼다. 실제로 여동생이 호위 기사가 된 이후부터 일크너에 닥쳐오던 위협이 급격히 줄었고, 덕분에 조금 숨통이 트였다.

그렇게 로제마인 님의 비호를 받자, 바라던 대로 일크너는 로제마인 님이 주도하는 제지업을 다른 귀족들보다 앞서 진행하게 되었다. 나는 이보다 더 좋은 기회는 없다며 얼른 달려들었지만, 시작해 보니 정말 고된 일의 연속이었다.

에렌페스트에서 온 손님이 체류하게 될 때마다 일크너에 부족한 것을 계속해서 들이밀었다. 또 페르디난드 님처럼 고위 귀족이 방문하게 되었을 때는 귀족으로서 내 각오와 기개, 주민의 자세가 얼마나 미흡한지 잘잘못을 끊임없이 가려야 했다. 이렇게 큰 변화와 부담을 주민들에게 강요하면서까지 진행할 필요가 있었을까 후회한 적도 있다. 하지만 이제 멈출 수는 없다. 일크너는 이대로 제지업을 진행하면서 발전하도록 나아가야만 했다.

"주인님, 완성했어요! 쪽수를 확인해 주세요!"

한여름의 어느 오후, 카야가 활짝 웃으며 집무실로 뛰어 들어왔다. 그 뒤에서 정중하게 인사하며 들어온 볼크가 카야의 태도를 지적했다.

"카야, 기베 일크너께 지나친 실례입니다."

"미, 미안해요. 좀 들떠서 그래요."

카야는 사과하고는 방을 나가더니 다시 방에 들어왔다. 이는 작년 일크너에 체류했던 회색 신관들이 저택에서 일하는 자들을 교육했을 때 남긴 영향이다.

로제마인 님이 치료를 위해 유레베에서 잠드시면서 페르디난드 님이 제지업과 인쇄업에 관심을 보이는 귀족의 제안을 거절하시는 것 같았다. 하지만 조만간 공방을 시찰할 귀족들이 일크너를 방문하리라 예상되었다. 그리하여 저택에서 일하는 자에게 예절 습득이 필수가 되었다.

"볼크, 완성되었다고?"

"네, 기베 일크너. 목표 매수를 달성했습니다."

침착하지만 지나치게 냉정해서 감정을 드러내지 않는 볼크가 활짝 웃으며 완성된 종이를 정중하게 내밀었다.

나는 그 종이를 건네받고, 종류별로 매수를 세었다. 솔직히 정말 완성될 줄은 몰랐다. 하지만 오로지 로제마인 님을 믿고 차가운 겨울 물에 손이 퉁퉁 부을 정도로 종이를 만든 볼크와 카야, 두 사람의 노력이 결실을 본 듯하다. 성취감에 해맑게 웃어 보이는 두 사람이 내 눈에는 매우 눈부셨다.

"음, 확실하군. 난 성결식에 참석하러 귀족가에 가야 하니까 그 김에 플랑탱 상회에 종이를 팔아서 대신 볼크의 매매 계약을 맺고 돌아오마."

"기베 일크너. 만약, 가능하다면 말입니다. 혹시 기회가 있다면 신관장님께 로제마인 님의 용태를 여쭈어 주시면 감사하겠습니다."

"그래, 물어보마."

나는 올도난츠로 브리기테를 통해 페르디난드 님께 면담 예약을 잡고, 성결식에 참석하러 기수를 타고 귀족가로 향했다. 이번 성결식에 출석하는 사람은 나 한 사람이라 기수로 충분했다. 일크너에서 귀족가까지는 꽤 거리가 멀어서 마차로 이동하고 싶지 않았다.

귀족으로서 칭찬받을 짓은 아니지만, 종이를 넣은 목갑을 몇 개나 기수에 동여매서 귀족가까지 달렸더니 겨울 저택에 상주하는 수석 시종이 놀란 얼굴로 맞이하러 뛰쳐나왔다.

"주인님, 일찍 도착하셨군요."

"이번엔 혼자라서 홀가분하거든."

"……도무지 홀가분하다고 말씀하실 만한 짐이 아닌데요?"

쨰려보는 시종의 눈빛에 나는 하인들이 짐을 옮기는 방향을 바라보았다.

"이 짐은 상자째로 집무실에 옮겨 주겠어? 일크너의 중요한 상품이거든."

"알겠습니다. 그런데 주인님, 귀족가에 오실 때는 좀 더 귀족다운 위엄을 보여주시길 부탁드립니다."

"그래, 최선을 다해 보마."

면담 당일, 나는 마차에 중요한 상품인 종이를 싣고 신전으로 출발했다. 시종들은 '신전에서 상담'이라는 말만 듣고도 인상을 찌푸렸지만, 볼크와 브리기테에게 신전의 이야기를 들었던 나는 딱히 싫지 않았다. 페르디난드 님이 지정하신 시간에 딱 맞춰서 도착했다 싶었는데, 내 도착이 가장 늦은 듯했다. 신전의 신관장실에는 플랑탱 상회의 벤노와 다미안, 로제마인 님의 수석 시종과 길, 신관장이신 페르디난드 님이 전부 모여 있었다.

"잘 오셨소, 기베 일크너."

페르디난드 님의 참관하에 나는 일크너에서 이뤄진 종이 제작의 성과 발표와 매매를 진행했다. 거의 서류로만 존재하지만 식물지 협회를 만들고 미리 종이 금액을 정해 둔 덕분에 값을 깎으려는 상인의 협상에 골머리를 앓을 일도 없이, 어이없을 정도로 간단하게 종이 매매가 끝났다.

"기베 일크너, 양질의 종이 거래를 할 수 있어 매우 기쁘게 생각합니다. 앞으로도 잘 부탁드립니다."

"나야말로 잘 부탁하네."

계약 마술로 종이의 가격을 정하고 싶다고 벤노에게 제의가 들어왔을 때, '고작 종이 값 가지고 야단스럽기는. 쓸데없는 돈 낭비인 짓을……' 이라고 생각했지만, 이렇게 수월하게 상인과 협상이 끝난다면 사전에 정해 두는 편이 좋을지도 모르겠다. 매매와 상인에 관한 시각이 조금 바뀌었다.

매매를 끝내고 플랑탱 상회가 퇴실하자 이번에는 볼크의 매매 계약이다. 플랑탱 상회에 판 종잇값이 볼크를 사는 데 충분한 금액임을 페르디난드 님께 확인받고 서류에 서명했다.

"흠. 이걸로 계약 성립이다. ……그나저나 로제마인의 예상보다 빨랐군."

"네. 볼크는 성실하고 정직한 사내라…… 반드시 모을 수 있다는 로제마인 님의 말씀을 굳게 믿고, 그 일념으로 종이를 만들었답니다."

"그렇군. 볼크는 일크너의 생활에 익숙해졌는가?"

회색 신관이 새로운 환경에 익숙해졌는지 어떤지 페르디난드 님께서 걱정하시다니. 솔직히 전혀 생각하지 못했던 나는 무심코 눈을 깜빡거렸다. 그 시선을 눈치챈 페르디난드 님이 콧방귀를 뀌었다.

"일크너를 떠날 때 로제마인부터 시종들, 동행했던 회색 신관들까지 걱정해서 그렇다. 볼크 혼자 두고 가는 게 마음에 걸린다더군. 개인적으로는 본인이 정한 길이니 내버려 두라고 하고 싶지마는……."

빈정거리는 투로 입꼬리를 일그러뜨린 페르디난드 님은 옆에 서 있는 로제마인 님의 시종들을 힐끗 쳐다보았다. 일크너에서 함께 종이를 만들었던 길이 그곳에 서 있었다. 볼크 걱정에 안달이 나 보이는 보라색 눈이 대답을 기다리며 나를 바라보았다.

"볼크는 다른 환경에 당황하면서도 노력하고 있습니다. 그도 일크너의 풍습에 익숙해지려고 하고, 저택 내부에도 신전의 방식을 도입하는 추세라 서로 좋은 영향을 주고받지 않나, 저는 그렇게 생각합니다.”

페르디난드 님을 보며 대답하는데, 시선 구석에서 안도하는 길의 모습이 잡혔다. 볼크의 상황을 알게 되어 안심했는지 길의 표정이 한결 부드러워졌다. 그 모습에 피식 입꼬리가 올라갔다. 동시에 볼크도 에렌페스트의 상황을 걱정한다는 기억이 떠올랐다.

“……페르디난드 님, 저도 한 가지 묻고 싶은 게 있습니다만, 로제마인 님은 아직 깨어나지 않으셨습니까?”

“그래, 아직 멀었다. 앞으로 1년 가까이는 걸릴 터인데, 왜 그러지?”

계약서를 시종에게 건네고 정리를 맡긴 페르디난드 님이 돌아보았다. 날카로운 금색 눈동자가 나를 응시하자, 서둘러 볼크가 걱정한다는 사실을 전했다.

“그리고 그 두 사람이 결혼식 때 로제마인 님의 축복을 받고 싶어해서 말이지요…….”

“로제마인이 깨어날 때까지 기다린다면 그래도 되지 않겠는가? 당사자들이 좋다면야 좋을 대로 해라. 이제 회색 신관의 신분이 아닌 볼크에게 신전이 강요할 자격은 없지.”

페르디난드 님의 말을 전하면 볼크는 언제까지고 로제마인 님이 깨어나시길 기다리겠지만, 카야는 더는 못 기다리리라.

플랑탱 상회가 일크너를 떠나자마자 나는 저택의 방 하나, 독신 하인이 지내던 방을 볼크에게 주었다. 볼크 혼자만 별채를 쓰면 비효율적일 뿐더러 로제마인 님께서 되도록 볼크가 다른 사람과 같은 생활을 할 수 있게 하라고 말씀하셔서다. 그러자 몇이나 되던 손님 중 한 사람이었을 때는 존재감이 없었던 볼크가 자연스럽게 눈에 띄게 되었다.

볼크는 언행이 침착하고 조용했다. 자칫하면 기베이면서 산과 숲속을 뛰어다니며 자란 나보다도 우아하고 품위 있어 보일 지경이었다. 그러면서 귀족을 모시는 습관이 배어 있다 보니 겸손하고 조심스러웠다.

일크너의 다른 남성과는 전혀 다른 볼크에게 주변 독신 여성들의 눈길이 쏠리기까지는 그리 많은 시간이 걸리지 않았다. 갖은 수단으로 엮으려고 하는 여자들에게 초조함을 느낀 카야는 어서 빨리 명실공히 부부가 되고 싶어서 좀이 쑤시는 듯했다.

"아마 올해 가을에는 결혼하려 할 겁니다. 신부 쪽이 안달 났거든요."

"제지업 진행 상황을 확인하러 가을쯤에 내가 일크너에 갈 생각이다. 성결식 상황과 두 사람의 소식은 로제마인에게 전해 주마."

"감사합니다."

내가 가슴 앞에서 손을 교차해서 감사를 표하자, 페르디난드 님은 아주 잠깐 말할지 말지 고민하는 기색을 보이다가 입을 열었다.

"기베 일크너, 이건 내 쓸데없는 참견이겠지만, 그대는 참 진솔한 사람이다. 인품으로 따지자면 호감형이겠지만, 귀족 사회에서는 쉽게 허점이 보일 거다. 내키지 않을지도 모르겠지만, 귀족의 방식을 조금 더 배우는 편이 좋지 않겠는가?"

미간을 찌푸린 페르디난드 님의 표정은 불쾌해하시는 듯했지만, 말투는 굳이 말하자면 온화했다. 내가 기베가 된 이후 주변에 이런 충고를 하는 사람은 없었다. 틀림없는 귀중한 충고였다.

"귀중한 말씀 명심하겠습니다."

볼크의 계약에서 남은 약간의 돈과 서명을 끝낸 계약서를 들고 나는 겨울 저택으로 돌아갔다. 이로써 볼크는 명실공히 일크너의 주민이 되었다. 이대로 제지 공방을 경영하면서 저택의 교육 담당으로 살게 되리라.

'내게 조언해 줄 담당자로 뒤도 괜찮겠어.'

귀족가에 있을 때라면 몰라도 일크너에 있으면 아무래도 긴장감이 사라져 버리니 볼크에게 지적을 받는 편이 좋을지도 모른다.

"오라버니, 어서 오세요."

"아아, 브리기테. 귀가했었구나. 오늘 훈련은 쉬느냐?"

저택에 돌아가자 평소에는 기사 기숙사에서 생활하는 브리기테가 느긋하게 쉬고 있었다. 최근 영주 일족의 호위 기사는 보니파티우스 님께 순서대로 격한 훈련을 받고 있다고 들었다. 영주의 백부이며 기사단장 출신인 보니파티우스 님의 훈련은 상당히 엄격하다는 소문이었다. "단련을 받다가 기진맥진할 때 습격을 당한다면 전멸할 거예요." 라고 브리기테가 불평을 털어놓은 적이 있었다.

"네. 오전 중에는 엘비라 님의 다과회에 초대를 받아서 느긋하게 지낼 여유는 없었지만요. ……제 일은 그렇다 치고, 결국 어떻게 됐나요?"

"로제마인 님의 말씀대로 목표 금액을 모았어. 조금 전에 볼크의 매매 계약도 무사히 끝난 참이야."

"다행이에요. 이걸로 카야는 볼크와 행복해지겠네요. 무슨 선물을 주지?"

나는 브리기테의 정면에 있는 의자에 앉으면서 서명한 계약서를 보여주었다. 계약서를 손에 집은 브리기테는 계약 성립을 자기 일처럼 기뻐했고, 선물을 고민하기 시작했다. 어렸을 적부터 함께 놀았던 카야가 행복을 잡았다고 축하해 주는 모습이 흐뭇했다.

"물론 카야의 혼인도 기쁘지만, 걱정되는 건 너의 성결식이다."

작년에 로제마인 님이 고안한 의상을 몸에 두르고 성결식에 출석한 브리기테는 하스하이트에게 구애를 받았다. 로제마인 님의 후원이 목적이었는지, "명예를 회복하고 싶다면 다시 약혼 관계로 돌아가는 편이 좋다."느니 "한 번 약혼을 파기한 여자에게 구애할 남자 따위 없다."라며 집요하게 물고 늘어졌다. 실제로도 구애하는 남자가 없었던 브리기테는 입술을 깨물었다. 그러면서도 하스하이트의 손을 잡지 않은 채 많은 사람의 시선을 한 몸에 받고 있었다.

그때 그녀를 구한 사람은 브리기테의 동료인 다무엘이었다. 기사 친구들과 함께 브리기테를 감쌌고, 청혼하는 연기를 보여줌으로써 브리기테의 명예를 지켜 주었다. 마력의 수준 차이가 큰 둘이지만, 다무엘은 올해 성결식 전까지 마력을 늘려서 다시 한번 청혼하겠다고 선언하며 그 자리를 수습했다.

그로부터 1년. 올해 성결식이 머지않았다. 나는 그 결말을 지켜보기 위해 여기에 왔다.

"네가 어쩔 셈인지 듣고 싶은데, 어떠냐?"

"……어쩔 셈이냐고 물으셔도……."

옆에 있던 쿠션을 꼭 껴안은 브리기테가 얼굴을 푹 숙이더니 어리광부리듯 눈동자만으로 나를 올려다보았다.

"오라버니는 다무엘을 어떻게 생각하십니까?"

아무래도 브리기테는 다무엘에게 호감이 있어 보였다. 작년 성결식에서는 "제 명예를 지켜준 것뿐입니다." 라고 진심으로 받아들이지 않더니, 1년 사이에 상당한 변화가 있었던 모양이다. 포기했던 결혼을 긍정적으로 보게 되었다면 반가운 소식이다.

나는 일크너에 체류했을 때 했던 다무엘의 말을 떠올렸다. 브리기테를 소중히 대해줄 것 같고, 오히려 선량해서 손해를 볼 것 같은 성격으로 보였다. 일크너를 시골이라고 멸시하지도 않았고 로제마인 님의 신뢰도 두터워서 마음을 터놓을 상대로 두말없었다.

"사람은 좋아 보이더구나. 다만 마력 쪽 문제는 어떠냐? 다무엘은 1년 안에 마력을 늘리겠다고 선언했는데, 결혼하기에는 아직 어렵지 않으냐?"

하급 귀족인 다무엘과 중급 귀족 브리기테로는 아이를 잉태하기에는 부족할 정도로 마력의 차이가 컸다. 결혼할 수는 있지만, 친족이라면 누구나 자식을 고려해서 조금 더 괜찮은 상대와 결혼하길 바라고, 제삼자들은 마력과 신분의 차이를 고려하면 가능성이 없다고 말할 정도였다. 실제로 그렇게 여겨졌기 때문에 다무엘이 청혼할 때 주변 모두가 브리기테의 명예를 지켜 주기 위한 연기, 그 이상으로는 보지 않았고, 놀림의 대상이 되었다. 하급 귀족이라 마력을 늘린다 해도 어느 정도일지 뻔했기 때문이다.

"1년 사이에 다무엘의 마력이 변했느냐?"

"네. 다무엘은 정말 1년 동안 마력을 늘렸어요. 지금은 아직 제가 위지만, 어느 정도 수준을 맞추긴 한 것 같습니다."

조금 부끄러워하며 브리기테가 대답했다. 완전히 결혼 상대로 다무엘을 찍은 표정이었다. 설마 하급 귀족이 이만큼 마력을 늘릴 줄은 몰랐다. 나는 눈을 크게 떴다.

"설마 원래부터 마력 성장이 느린 편이었나?"

보통은 귀족원을 졸업하기 전에 결혼 상대를 찾는데, 마력의 성장이 늦은 사람은 상대를 찾느라 고생한다는 말을 들었다. 어쩌면 다무엘은 앞으로도 더 마력이 늘어날 가능성이 있을지도 모른다.

"최근 1년 사이에 마력의 성장이 눈에 보일 정도니까 성장이 늦었다는 말도 일리가 있을지 모르겠네요. 하지만 가장 큰 이유는 로제마인 님께 효율적인 마력 압축 방법을 배워서입니다. ……성인이 된 후에도 마력이 늘어난답니다. 사람마다 다르지만."

"겨울에 마력을 늘릴 수 있는 새로운 압축 방법이 있다는 소문을 들었는데, 사실이었다니."

겨울 사교계에서 너나 할 것 없이 그 소문을 입에 담았다. 출처는 확실치 않지만, 귀족이라면 누구나 마력의 증가 방법에 흥미가 있기에 방법을 알려고 다들 열을 올렸다.

"지금은 영주 부부, 기사단장 일가, 페르디난드 님, 그리고 빌프리트 님을 제외한 영주 일족의 호위 기사와 기사단 일부, 유스톡스 님에게만 알려졌습니다. 로제마인 님이 깨어나시면 신용하는 자부터 조금씩 퍼트리신대요. 다무엘이, 그, 저와 결혼하려고, 로제마인 님께 도움을 청한 것이 발단이었다고 합니다."

누구보다도 먼저 로제마인 님께 마력의 압축 방법을 배울 정도로 신뢰가 깊다면 다무엘과 브리기테의 혼인은 틀림없이 일크너에 도움이 된다. 볼크에게 헤어질 때 건넨 말만 봐도 로제마인 님은 정이 많은 분이시다. 그럼 두 사람이 결혼 후, 브리기테가 호위 기사를 그만둔다 해도 바로 관계가 끊어지지는 않으리라. 급격히 변화하기 시작한 일크너에는 아직도 로제마인 님의 후원이 필요하다.

"마력에 문제가 없다면 나머지는 네 선택에 달렸다. 작년에도 말했듯이 일크너에 위험이 없고 네가 행복해진다면 나는 그걸로 충분해. 나는 오빠로서, 기베 일크너로서, 다무엘과 네 결혼을 찬성한다."

내 말에 브리기테는 자수정 같은 눈을 반짝이며 큰 꽃송이가 활짝 피듯이 부드럽고, 기쁜 미소를 지어 보였다.

"오라버니가 그렇게 말씀해 주신 것만으로도 기쁩니다. ……그러고 보니 오늘 엘비라 님의 다과회에서 비슷한 말을 들었어요. 다무엘의 청혼을 어떻게 할 거냐고."

소규모라지만, 영주 부인까지 참석한 다과회에서 꼬치꼬치 캐묻는 바람에 상당히 자리가 불편하고 부끄러웠다며 브리기테가 입술을 삐죽였다. 그래도 기쁘게 웃는 얼굴로 보아, 아주 싫지만은 않았던 모양이다.

"뭐라고 대답했느냐?"

"전 다무엘의 청혼을 받아들이고, 일크너에 돌아가고 싶다고 대답했습니다."

브리기테의 말에 나는 눈을 깜빡거렸다. 예상 밖의 대답이었다.

"일크너로 돌아오고 싶다고?"

"왜요, 오라버니? 제가 돌아오는 게 싫으세요? 결혼하게 되면 여자에게 기대하는 건 아이를 낳아 키우는 일이 아닌가요? 아이를 키운다면 전 일크너에서 키우고 싶습니다."

두 사람 다 집안의 가문을 잇는 위치가 아니므로, 귀족가에서 생활하려면 집을 사는 것부터 시작해야 한다. 정원이 작은 답답한 저택인 귀족가에서 육아하면서 하급 귀족으로서 사교에 힘쓰기보다, 땅만은 광대한 일크너에 집을 마련해서 아이들이 산과 들을 뛰어놀며 자랄 수 있도록, 자신이 자랐던 것과 똑같은 환경을 준비해 주고 싶다고 브리기테가 말했다.

"다무엘은 그 말에 뭐라고 하든?"

"네? ……다무엘은 땅을 소유한 귀족이 아니니 살 곳을 따지진 않을 거예요. 일크너를 좋은 곳이라고 해줬고, 엘비라 님도 제 고향 사랑에 찬성해 주시면서 다무엘의 애정을 시험해 보기에 좋겠다고 말씀해 주셨습니다."

"그렇군……."

브리기테는 항상 올곧은 아이다. 약혼을 파기한 자신 때문에 일크너가 궁지에 몰렸다는 사실을 알고, 평민촌에 드나드는 조건이 붙은 신전 근무로 로제마인 님의 호위 기사를 지원했다. 유력자의 후원을 조금이라도 얻으려고 필사적이었다. 하지만 향토애에 넘치는 그 행동은 기사의 사고방식이 아니다. 고향을 지키고, 그 땅에 사는 주민을 지키고, 더 발전해 나가기를 바라는 봉건 귀족의 사고다. 영주 일족의 호위 기사를 하면서도 브리기테의 기본 생각은 전혀 바뀌지 않았다.

'오직 주인을 섬기는 호위 기사의 자세가 아니야.'

나는 천천히 숨을 내쉬었다. 향토애를 지지하고 일크너에 되돌아가는 것을 허락한 엘비라 님은 브리기테를 로제마인 님의 호위 기사로서는 실격이라고 판단했으리라. 더군다나 브리기테를 이용하여 다무엘까지 시험해 볼 심산이다. 다무엘에게 시험하는 것은 브리기테를 향한 사랑이 아니라 로제마인 님을 향한 충성심임이 틀림없다.

만약 다무엘이 영주 일족의 호위 기사가 아니었다면 일크너에 데릴사위로 들어왔으리라. 기베 일크너의 여동생에게 장가를 가면 하급 귀족에게는 다시없는 기회다. 하지만 다무엘은 귀족가에서 자란 기사이며, 실수를 용서받은 것도 모자라 거둬 주기까지 한 로제마인 님을 등지고 결혼을 기회로 일크너에 오려는 생각은 차마 하지 못할 터였다. 그에게는 있을 수 없는 선택이리라.

"……브리기테, 만약 다무엘이 일크너에 오지 않겠다고 하면 어쩌겠느냐? 네가 귀족가에 남아서 결혼할 생각은 있느냐?"

눈을 크게 뜬 후, 잠깐 고민하던 브리기테는 천천히 고개를 가로저었다.

"없습니다. 결혼 후에 호위 기사를 그만두고 귀족가에서 생활하면 일크너에 도움이 되지 않고, 하급 귀족의 생활은 더욱 상상도 할 수 없어요. 저는 로제마인 님께서 지적해 주신 덕분에 일크너에 부족한 점을 깨달았습니다. 타지에서 본 고향의 모습이 보였습니다. 앞으로는 그것을 살리고 싶습니다. 일크너의 장점을 남기면서 발전시키고 싶어요."

일크너를 위해서라면 원치 않은 결혼이라도 하고, 신전이든 평민촌이든 달려갔다. 일크너에서 살기 위해 자신보다 신분이 낮고 후계자도 아니라서 데릴사위로 올 수 있는 하급 귀족 다무엘을 선택한 점까지 땅을 소유한 귀족의 딸로서는 완벽했다.

"네가 일크너를 얼마나 아끼는지 잘 안다. ……하지만 네게 양보할 수 없는 것이 있듯이 다무엘이 너와 함께 걷는 길보다 호위 기사의 길을 선택해도 절대 원망하거나 미워하진 마렴."

"오라버니, 그게 무슨 의미죠?"

화가 난 브리기테가 쿠션을 내팽개치며 벌떡 일어났다. 나는 브리기테를 올려다보면서 잘 타이르듯 최대한 차분하고, 조용히 말했다.

"다무엘은 우리처럼 땅을 소유한 귀족과 다르단다. 귀족가에서 자라서 실수를 용서받고 로제마인 님의 후원으로 곁을 모시게 된 호위 기사야. 내가 생각하기에 영주 일족인 로제마인 님의 곁을 떠날 수 없을 것으로 보이는구나. ……그가 일크너에 와 준다면야 물론 환영하겠지만."

브리기테는 충격에 빠진 듯 다시 자리에 앉아, 쿠션을 껴안았다. 울음이 터질 것 같은 얼굴로 생각에 빠진 모습을 보며 나는 자리에서 일어났다. 이후에 어떻게 할지 고민하는 건 브리기테의 몫이다. 가령 오빠라 해도 간섭할 영역이 아니었다.

그리고 성결식 밤. 브리기테는 작년과 똑같은 의상으로 회장에 있었다. 올해는 브리기테의 의상을 참고한 여성과 로제마인 님의 머리 장식과 비슷한 꽃 장식으로 의상을 꾸민 여성, 그다지 본 적 없는 의상을 입은 여성도 있었다. 항상 유행에 맞춘 의상만 수두룩하던 성결식치고는 드문 분위기다.

비슷한 의상을 입은 사람이 몇이나 있어서 작년만큼 브리기테의 의상에 주목하는 사람은 없었다. 올해 브리기테가 주목받는 건 다무엘의 청혼에 대한 대답이리라. 연애 소문을 좋아하는 부인들이 두 사람의 동향을 예의 주시했다. 다무엘 쪽은 "어떻게 마력을 늘린 거야?"라고 동료 기사나 같은 또래의 친구들이 어깨를 두드리는가 하면, "부러운 녀석." 하고 팔꿈치로 쿡쿡 찌르는 모습도 보였다.

페르디난드 님이 성결식을 거행한 후에는 미혼자들의 결혼 상대를 찾는 자리가 된다. 올해도 젊은이들이 제각기 상대를 찾으려고 혈안이었다. 그렇다곤 해도 상대가 없는 무리에 속한 자는 거의 일부였다. 나머지는 직장에서 이미 점찍어 둔 상대와 친해지려고 고군분투하거나 내년을 기약하며 가족에게 소개하는 사람들이었다.

"브리기테."

1년간의 성장에 많은 이들의 주목을 받은 다무엘이 딱 봐도 큰맘 먹은 듯한 긴장된 얼굴로 브리기테 앞에 무릎을 꿇고, 뛰어나게 훌륭한 보라색 마석을 손에 들었다.

"천상에서 최고위에 계시는 부부신의 인도에 의해 당신을 만났습니다."

그런 상투적 표현으로 시작된 청혼은 "당신이 곁에 있어 준다면 난 끝없이 성장할 수 있을 것 같습니다. 나의 빛의 여신으로 있어 주십시오." 라고 끝맺었다. 주위가 마른침을 삼키며 지켜보는 가운데, 브리기테가 기쁜 듯이 활짝 웃은 후, 입술을 꾹 닫았다.

"다무엘, 제 빛은 일크너에서만 반짝이는 모양입니다. ……저와 함께 일크너에 가 주시겠습니까?"

브리기테의 말에 다무엘의 눈이 크게 떠졌다. 당황한 듯 흔들리는 눈동자가 믿을 수 없다는 듯이 브리기테를 올려다보았다.

마석을 높이 든 채, 놀라움에 굳어 버린 다무엘과 가만히 다무엘의 대답을 기다리는 브리기테. 두 사람 다 시간의 여신 드레팡아가 장난이라도 친 듯 움직이지 않았다.

단 몇 초. 하지만 굉장히 길게 느껴지는 침묵 후, 가만히 내려다보는 브리기테의 눈동자 속에서 단호한 의지의 빛을 확인한 다무엘의 회색 눈동자가 질끈 감겼다. 괴로움에 미간을 찌푸리고, 입술을 꾹 닫았다. 고심에 찬 표정으로 고개를 숙인 다무엘이 천천히 고개를 저었다.

"……일크너에는 갈 수 없습니다. 저는, 로제마인 님의 호위 기사입니다."

"그렇, 습니까."

조그맣게 중얼거린 브리기테의 자수정 눈동자에서 떨어진 눈물이, 눈동자 색을 닮은 마석 위에 뚝 떨어졌다.

"서로 사모해도 뜻대로 이뤄지지 못하는 사랑 또한 아름답군요."

등 뒤에서 감탄의 한숨이 새어 나오자, 나는 무심코 뒤를 돌았다.

"엘비라 님……."

로제마인 님과 비슷한 꽃 머리 장식을 꽂고, 여유로운 자세로 미소를 짓는 귀부인의 모습에 나는 한 걸음 뒤로 물러섰다. 그 자리에 무릎을 꿇으려고 하자 엘비라 님이 손을 내밀어 제지했다. 엘비라 님은 볼에 손을 대고, 살짝 고개를 기울이면서 칠흑 같은 눈을 가늘게 뜨고 싱긋 웃었다. 적의 동태를 살피는 귀족의 눈빛임을 깨닫고, 나는 등을 꼿꼿이 폈다.

"기베 일크너, 나는 로제마인이 바랐듯이 브리기테의 행복을 진심으로 바라요. 일크너에 돌아가 고향의 발전에 힘을 쏟고 싶다는 착한 마음씨에 정말 감동했어요. 브리기테의 행복을 위해서도 내 마음을 다해 일크너에 유익한 인연을 찾아드리겠습니다."

다무엘과 귀족가에서 보내는 생활보다 일크너를 선택한 브리기테에게 상급 귀족인 엘비라 님의 제안을 거절하는 선택지는 없었다. 로제마인 님의 후원이 필요한 일크너는 로제마인 님의 모친인 엘비라 님과도 좋은 관계여야 했다. 기베 일크너인 내 대답은 오직 하나였다.

"황송한 말씀에 몸 둘 바를 모르겠습니다. 부디 제 여동생을 위해 좋은 인연을 찾아 주시길 부탁드립니다."

우리에게 휴식은 없다

눈이 보슬보슬 내리기 시작한 어느 날 돌아갈 채비를 하는데, 표정이 우중충한 길이 나를 불러 세워 "반드시 사정을 모르는 녀석이 없는 곳에서 읽어." 라며 편지를 건넸다.

무슨 사정인지 일일이 설명하지 않아도 알 수 있었다. 길이 저렇게 침울할 때는 마인이 엮여 있을 때뿐이다. 편지를 받은 날은 항상 집에 돌아가기 전에 먼저 마인네 집에 들렀다. 오늘도 편지가 든 가방에 온 신경을 쓰면서 계단을 뛰어 올라가 마인의 집 현관 앞에 섰다.

"안녕. 저기 루츠인데, 다들 집에 있어?"

"있어. ……아, 혹시?"

현관에 나온 투리에게 고개를 끄덕이며 가방 안에서 편지를 꺼내 보여줬다. 투리가 기쁜 듯이 파란 눈동자를 반짝이더니 땋은 머리를 흔들며 몸을 확 돌렸다.

"편지 왔어!"

들뜬 투리의 목소리가 울리자, 귄터 아저씨가 곧장 침실에서 뛰쳐나왔다. 새벽 근무라 잠깐 눈을 붙이다가 막 잠들려는 참이었던 모양이다. 몽롱한 얼굴에 잠옷 바람이었다. 에파 아주머니도 얼른 손을 닦으며 부엌일을 마무리했다.

모두가 부엌 식탁에 얼굴을 마주 보고 앉아 편지를 애타게 기다리는 모습을 보고, 카밀이 "카밀도오오~." 라고 칭얼대며 안아 달라고 졸랐다. 에파 아주머니가 카밀을 안아 올리자, 나는 모두가 모인 식탁 위에 마인의 편지를 펼쳐 올렸다.

내게 보낸 편지에는 '건강해지는 약을 쓸 테니까 한 계절 정도 잠들 거야. 그동안 공방과 구텐베르크들을 부탁해'라고 마인다운 가벼운 말투로 적혀 있었다. 그 외에는 구텐베르크에게 내리는 세밀한 지시사항이 쭉 나열되어 있었다.

가족 앞에 보내는 편지에는 '나, 약을 쓰게 되면 건강해진대. 평범한 여자아이가 되어 올게. 잠깐 잠드는 거라 걱정하지 마'라고 쓰여 있고, 가족 한 사람씩 따로 전하는 말이 적혀 있었다.

"드디어 건강해지는구나."

"마인이 건강해지다니, 꿈이야 생시야?"

"루츠, 이것 말고도 편지가 들어 있는데? 프랑이라고 적혀 있어. 무슨 말인 줄은 알겠는데, 의미는 통 모르겠네."

프랑이 보낸 편지는 귀족이 쓰는 표현이 가득해서 투리가 읽기에는 조금 내용이 어려웠다. 나도 상점에서 연습하고 얼마 전 일크너에서도 배워서 조금 이해할 수 있는 정도다. 나는 프랑의 편지를 들고 대강 훑어보았다.

"……말도 안 돼."

"왜 그래, 루츠?"

의아해하는 투리의 맞은편에서 굳어 버린 내 표정을 눈치챈 귄터 아저씨가 "마인에게 무슨 일이 생겼냐!?"라고 성난 기색으로 벌떡 일어났다.

"……성에서 정체불명의 자에게 습격당해서 독을 마셨대요. 신관장님의 진단으로는 목숨은 무사했지만, 약을 사용하는 기간이 1년 이상 늘어난…… 다고."

벤노 주인님에게도 그 사실을 전해 달라고 적혀 있지만, 지금은 아무 관계 없는 일이다. 내가 입을 꾹 닫자, 귄터 아저씨가 프랑의 편지를 확 뺏어 들어, 자기 눈으로 확인하려고 편지를 읽었다. 하지만 투리와 마찬가지로 이해하지 못한 모양이다. 미간을 잔뜩 찌푸리며 편지를 식탁에 내팽개쳤다. 그리고 꽉 쥔 주먹을 몇 번이고 이마에 갖다 대며 표출할 수 없는 분노를 내뱉듯이 천천히 한숨을 내쉬었다.

"잠자는 시간이 길어진 것뿐이라 목숨에 지장은 없다……. 그것만이 희망인가."

"마인은 정말 괜찮아?"

"그럼. 강한 아이잖니. 괜찮아. ……분명 괜찮을 거란다. ……간호할 때마다 언제나 죽음을 각오했지만, 마인은 언제나 눈을 떠 줬잖니. 이번에도 괜찮아. ……그렇게 믿으며 기다리자꾸나."

괜찮다, 라는 말만 반복하는 에파 아주머니의 미소도 딱딱하게 굳었다. 문병하러 갈 수도 없다. 대놓고 용태를 물을 수도 없다. 그런 상태가 더욱 불안감을 가중했다.

분위기가 한층 어두워진 가족을 카밀은 사정도 모르면서 불안하게 올려다보았다. 나와 눈이 마주치자, 이쪽을 향해 손을 뻗었다.

"루츠, 루츠. 장난감……."

"당분간 새 장난감은 없어, 카밀. 너한테 장난감을 만들어 주던 누나가 아파서 누워 있거든."

나는 카밀의 머리를 톡톡 두드리고, 내 앞에 보낸 편지를 접어 가방 속에 넣었다. 이건 내일 주인님께 보여줘야 한다.

"또 길한테 상황을 물어볼게. 내가 할 수 있는 건 그것밖에 없지만……."

"넌 정말 잘하고 있단다. 이미 늦었으니 그만 돌아가야지. 이거 가져가렴."

에파 아주머니에게 답례 대신 소시지 하나를 받고 마인의 집을 나왔다. 계단을 뛰어 내려와 우물 광장을 지나고, 또 계단으로 올라와서 집에 들어왔다.

"왔니, 루츠. 늦었구나."

"다녀왔어. 전할 게 있어서 마인네 집에 갔다 왔어. 이거, 에파 아주머니가 주래."

내가 방금 받은 소시지를 건네자, 엄마가 기뻐하며 받아들고 조그맣게 웃었다.

"마인이 죽은 지 벌써 2년이 되는데 너한텐 아직도 '마인네 집'이라고 생각하니 조금 느낌이 이상하네."

"……바로 안 고쳐지는 걸 어떡해? 나 배고파. 남은 거 없으면 그 소시지라도 삶아 줘."

내가 투덜거리며 짐을 두러 침실로 가자, 등 뒤에서 엄마의 웃음소리가 들렸다. 아직도 절로 '마인네'라고 튀어나오는 것을 어쩌겠는가.

점점 체격이 커지는 남자 네 사람이 자는 침실은 좁아도 너무 좁았다. 다행히 자샤의 결혼이 빨리 정해져서 겨울이 지나면 새집을 꾸밀 예정이니 내년 여름 전에는 이 침실도 조금은 넓어질 예정이다.

'나도 돈은 있으니 마음만 먹으면 당장에라도 나갈 수는 있지만.'

내 힘으로 방을 빌리고 가사를 가정부에게 맡길 만한 저축은 있다. 좁은 방이 정말 불만이라면 더 넓은 방을 빌려서 가족과 함께 이사할수도 있었다. 하지만 그러면 투리와 그녀의 가족에게 편지를 전하기 어려워지고, 어차피 다프라 계약을 한 나는 열 살이 되면 주인님 댁으로 거처를 옮겨야 했다. 그래서 열 살 여름까지는 지금처럼 가족과 지내고 싶었다. 원치 않은 상황 때문에 가족과 찢어진 마인을 봐서 그런지, 더 그런 생각이 강하게 들었다.

가방을 두고 요리가 차려진 식탁에 가자, 랄프가 불만스러운 얼굴로 나를 노려보았다. 웬일로 저녁을 먹어놓고 아직 식탁에 남아 있는 걸 보면 내게 불만이 있는 모양이다.

"루츠. 너 또 투리네 집에 갔냐?"

"공방에서 보내는 물건이 있었어."

나는 딱히 아무 일도 아니란 듯이 대답하면서 수프를 담은 그릇을 끌어당겨 먹기 시작했다. 최근에 랄프는 이렇게 투리 일로 트집을 잡을 때가 많았다. 내가 대충 흘려 넘기며 밥을 먹기 시작하자, 랄프는 하고 싶은 말을 꾹 참는 얼굴로 짜증스럽게 식탁 모서리를 손끝으로 탁탁 두드리기 시작했다. 솔직히 식사하는 데 방해였다. 나까지 짜증이 일었다.

"……저기 랄프 형. 그렇게 신경이 쓰이면 직접 투리한테 말을 걸면 되잖아?"

"그게 가능하면 내가 이러겠냐!?"

투리는 열 살이 되어서 길베르타 상회의 다프라 견습생으로 계약했다. 이 부근에서는 말도 안 되는 출세를 이룬 유망주가 되었다. 즉, 이 주변에서는 견줄 사람이 없을 정도로 미인인 셈이다. 열 살이 지나 조금씩 장래를 내다보게 된 주변 남자 중에 투리를 점찍은 사람도 많았다. 랄프도 그중 하나다.

"땅의 날에 같이 숲에 가자고 꼬드긴 애들도 다 거절당했다고."

계속해서 재봉 실력을 쌓고, 용모단정하고, 부지런한 투리에게 랄프는 완전히 푹 빠졌다. 이웃사촌에 소꿉친구라는 강점을 살려 접근하고 싶은데, 두 사람 모두 열 살이 되어 땅의 날 외에는 일을 해야 해서 좀처럼 만나기 어렵다고 한다.

"……그야 숲에 갈 이유가 없을 테니까."

"어째서?"

우선 마인네 집은 병약한 마인이 떠난 이후로 약값이 나가지 않게 되었다. 그리고 투리는 길베르타 상회의 다프라가 되었고, 영주의 양녀에게 바칠 머리 장식을 특별 주문받고 있다. 굳이 숲에 채집하러 가지 않아도 재정에 여유가 생긴 셈이다. 마인과의 추억이 되는 집을 떠나고 싶지 않고 생활환경을 바꾸고 싶지도 않아서 이사하지 않을 뿐, 마음만 먹으면 조금 더 좋은 집에서 살 수 있을 터였다. 하지만 그런 남의 집 재정 상황이야 아무래도 좋다.

"투리는 일류 재봉사가 되려고 끈질기게 노력하고 있어. 일이 없는 날에도 길베르타 상회에 가서 코린나 님께 이것저것 배우는 모양이니까 엄청 바쁘다고."

"으아아아아. 직업상 어쩔 수 없는 건 이해하지만 나보다 네가 투리를 잘 알고 있다니, 짜증나!"

"뭐야, 그럼 투리 얘기 그만할까?"

"……아니. 알고 있는 건 전부 불어."

발끈하는 랄프에게 나는 최근에 투리에 대해 알고 있는 정보를 공유했지만, 직장이 달라서 해줄 얘기는 그리 많지 않았다.

"아……. 형이 진심으로 다가가고 싶다면 시간이 별로 없겠는데?"

"무슨 소리야!?"

"왜냐면 투리는 다프라잖아. 여름에 플랑탱 상회가 길베르타 상회에서 독립해 이전하는 중이라 지금은 집에서 출근하지만, 봄에는 주거지를 북쪽 지역으로 옮길걸?"

플랑탱 상회는 독립할 때 길베르타 상회와 가까운 다른 건물로 이전했다. 업무는 평소대로 하면서 조금씩 이전하는 중이다. 최근에야 겨우 주인님과 마르크 씨가 플랑탱 상회의 2층에서 생활할 수 있게 되었고, 겨울을 넘길 준비도 끝냈다.

아직 남아 있는 짐을 말끔하게 정리하면 이번에는 3층에 살던 코린나 님이 2층으로 이동한다. 눈 때문에 갇히게 되는 겨울이 오기 전에 3층에서 2층으로 살림을 옮길 예정이랬다. 길베르타 상회의 이전 작업이 마무리될 봄이 되면 투리도 다프라로서 방을 받게 된다.

"조금만 기다려 주지, 투리!"

한탄하는 랄프를 보면서 나는 이어서 저녁을 먹었다. 사랑에 빠진 남자는 정말 성가시다.

'형이니까 응원해 주고 싶긴 하지만, 영주의 양녀의 전속 재봉사를 노리는 투리가 이 근방 남자와 결혼할 것 같진 않아.'

다음 날, 나는 플랑탱 상회에 일하러 갔다.

"안녕하세요, 마르크 씨. 신전장님 일로 드릴 말씀이 있어서 주인님과 얘기할 시간이 필요한데요……."

내 요청에 고개를 끄덕인 마르크 씨는 바로 주인님께 이야기를 전했고, 나를 집무실로 불러주었다. 마르크 씨의 신속하고 꼼꼼한 일솜씨를 보면 감탄스러웠다. 어떻게든 따라해 보려고 하지만 아직 내게는 어려웠다. 주인님과 마르크 씨를 제외하고 사람을 물린 방에서 나는 마인이 1년 이상 잠든다는 사실을 보고했다.

"목숨에 지장은 없는 거지?"

"네. 프랑의 편지에 신관장님의 진단으로는 1년 이상 깨지 않을 거라고 쓰여 있었습니다. 이게 그 편지입니다."

주인님과 마르크 씨가 편지를 읽고, "그렇군." 하고 끄덕였다.

"그럼 당분간 새로운 사업이 시작될 일은 없겠군요."

"그래. 마침 잘 됐어."

마르크 씨의 말에 주인님의 어깨에 힘이 빠졌다. 1년 넘게 잠든다는데 '마침 잘 됐다'는 대답이 나오자 나도 모르게 인상이 찡그려졌다. 그런 말은 좀 아니라고 생각했더니, 주인님이 "얼굴에 다 보인다."라며 내 미간을 꾹 눌렀다.

"너도 알겠지만, 로제마인은 뭐든지 매사를 성급하게 진행하는 버릇이 있어. 지금도 새로운 일을 잔뜩 벌여 놨으니까 정착하려면 기간이 필요해. 깨어나면 또 폭주할 테니 이 기회에 지금까지 해 온 일을 안정화시켜야지."

계속 사업을 확장할 줄 알았는데 아니었던 모양이다.

"일크너의 소재 연구와 새로운 잉크 개발, 수동 펌프 보급, 책 종류도 늘려야 해. 새로운 사업을 시작하는 게 아니라, 지금까지 해 온 일을 더 깊이 파는 데 힘쓰라고 구텐베르크들에게 연락해 둬. 다루아들에게는 내가 전하마."

나는 고개를 크게 끄덕이고 구텐베르크들에게 보낼 초대장을 썼다. 신입 다루아 견습생을 구텐베르크에게 심부름을 보내어 초대장을 전달했다.

"어이, 요한. 플랑탱 상회가 여기 맞아?"

"응, 여기야. 실례합니다. 루츠를 불러 주세요. 네? 누구냐고요? 저 요한입니다. 아, 그…… 구텐베르크라는."

구텐베르크를 소집한 당일, 귀에 익은 목소리가 방 밖에서 들리자 나는 허둥지둥 마중하러 방을 나갔다.

"요한, 자크, 눈이 내리는 이런 날씨에 와 주셔서 감사합니다. 이쪽으로 오세요."

지정한 시간에 찾아온 구텐베르크들을 플랑탱 상회의 회의실로 안내했다. 대장간 요한과 자크, 목공방 주인인 인고, 잉크 장인인 하이디와 요제프, 로제마인 공방 대표 길과 프리츠, 마지막으로 플랑탱 상회의 우리 세 사람. 이렇게 쭉 늘어서서 보니 생각보다 구텐베르크가 많다는 사실이 놀라웠다. 마인과 둘이서 깨작깨작 종이를 만들던 무렵이 매우 아련하고 그리웠다.

'왠지 갑자기 카르페 버터가 먹고 싶어졌어.'

추운 계절에 먹으면 유난히 맛있었던 그 맛을 떠올리면서 자크와 요한에게 자리를 권하고, 나도 자리에 앉았다.

"구텐베르크에게 알려야 할 얘기가 있다. 로제마인 님의 일이다."

주인님께서 로제마인의 장기간 요양 사실을 알렸고, 나는 그 뒤에 로제마인에게 부탁받은 편지를 소리 내어 읽었다.

"……다시 말해서 인쇄는 하던 대로 진행하고, 잉크는 새로운 종이에 맞는 걸 개발해 달라고 한다. 그리고 인고에게는 예전에 말해 둔 책장 제작을, 요한과 자크는 금속활자를 늘리고 수동 펌프 보급을 부탁하더군."

귀족스럽게 빙 둘러 표현한 편지의 의미를 설명하자마자 하이디가 주먹을 번쩍 들고 일어났다.

"신난다! 새로운 잉크 개발이다! 아가씨, 사랑합니다!"

"주변 분위기 파악 좀 해, 하이디!"

새로운 종이와 잉크 연구를 한꺼번에 떠맡게 되어 눈을 반짝이는 하이디와 그녀를 진정시키려는 남편 요제프. 요제프가 하이디를 말리며 힐끔 눈치를 보는 방향에는 눈을 크게 뜬 채 망연자실한 얼굴로 굳어 버린 요한의 모습이 있었다.

"……저기, 루츠. 수동 펌프도 모자라 금속활자라니. 어딜 봐도 나만 바쁘잖아! 자크는 뭐하는데!?"

그렇지만 복잡하고 세밀한 물건을 만드는 건 요한의 전문이다. 마인이 주문한 물건은 전부 요한이 담당하는 물건뿐이었다. 업무량이 불공평한가, 하고 내가 생각하는데 자크가 인상을 팍 찌푸리고 귀를 파면서 요한을 보았다.

"야. 난 스프링을 사용한 침대도 생각해야 하고 마차의 흔들림을 줄여 달라는 부탁도 받았어. 설계할 게 산더미라고. 심지어 내 후원자는 로제마인 님 한 분이 아니라서 다른 의뢰도 있어. 넌 후원자가 로제마인 님뿐이니까 시킨 일만 제대로 하면 되잖아. 싫으면 고객을 늘리든가."

마인처럼 복잡한 주문을 하는 사람이 아니면 요한의 진가를 이해하지 못한다. 그러니 요한은 포기하고 복잡한 부품을 만들 수밖에 없으리라.

"그렇게 똑같은 부품을 만들기 싫다면 너처럼 만들 수 있는 조수를 키우면 어때? 로제마인 님이 깨어나시면 다시 새로운 의뢰가 엄청 밀릴 텐데."

자크의 말에 요한이 새파랗게 질린 얼굴로 바들바들 떨면서 "으아아, 아니야. 그건 아닐 거야." 하고 자기최면을 걸었다. 하지만 나는 자크의 의견에 찬성이었다. 마인은 "깨어나면 건강해진대." 라고 했다. 지금보다 더 힘이 넘쳐나는 마인이 폭주할 미래가 예상되었다.

'으아, 생각만 해도 머리가 지끈거려.'

예상되는 앞날에 내가 머리를 싸매자, 주인님이 인고를 쳐다보았다.

"인고가 맡은 책장은 뭐냐? 또 새로운 물건이야?"

"어. 그게 좀 이상해. 움직이는 이동식 책장이라더군. 그것 말고도 이동식 서가라던가? 책장의 원안만 몇 개 받아서 아직 잘 모르겠어. 다른 의뢰도 받으면서 우선은 이걸 완성하려고. 군데군데 금속 부품이 있어서 이걸 요한에게 부탁하게 될 것 같은데…… 저기, 요한. 부탁한다."

인고가 요한을 딱하게 보면서 부탁했다. 점점 요한의 안색이 나빠졌다.

"뭐? 그 말은 설마…… 내 일거리가 또 느는 거야?"

"좋겠네, 요한. 금속활자랑 다른 의뢰를 받아서."

"새로운 작업을 하면 재밌지? 다들 힘내자!"

자크와 하이디의 격려를 받으며 "싫어어어어!" 하고 울먹이며 소리치는 요한을 두고 다 함께 웃었고, 주인님의 마무리로 구텐베르크 모임을 끝마쳤다.

"그런 느낌으로 로제마인 님이 깨어나시기 전까지 각자 업무에 착수해 줘. 로제마인 님의 재산은 신관장님이 관리한다고 들었다. 우리 상점이 대신 지급할 각오는 있으니까, 지금처럼 활약해 줘."

"네!"

작년보다 눈보라가 오래 치던 겨울이 끝나고 봄도 절반을 넘긴 무렵, 길이 내게 상담해 왔다. 마인이 준비해 둔 인쇄용 이야기가 거의 바닥났다고 했다.

　"프랑에게도 일단 상담해 봤어. 그랬더니 성에서 귀족 자제들에게 들은 이야기를 신관장님이 챙겨 주셨는데, 전부 애들 말을 그대로 받아 적은 글이라 읽기 어려웠거든. 로제마인 님은 그걸 책으로 읽을 수 있는 문장으로 다듬었던 모양이던데, 어떻게 해야 할지 몰라서……."

　책으로 엮을만한 이야깃거리가 없으면 인쇄를 못 한다. 길의 고민에 나도 음~, 하고 고민에 빠졌다. 귀족에게 팔리는 그림책은 우리 상점의 주력 상품이다. 귀족에 팔린다는 사전 홍보 덕분에 거상들에게도 팔리기 시작했는데 여기서 인쇄가 멈추면 큰일이다.

　"……분명 투리가 마인이 직접 쓴 책을 받았을 거야. 그걸 빌려줄 수 있나 물어볼게."

　"응. 부탁해. 책을 잔뜩 만들면 로제마인 님이 읽고 싶어서 빨리 일어날지도 모르잖아. 최대한 인쇄에 힘쓰려고."

　"하긴. 책을 쌓아 두면 벌떡 일어날 것 같아."

　길과 그런 대화를 나눈 후, 나는 길베르타 상회에서 생활하게 된 투리를 찾아가서 책을 빌려줄 수 없는지 물어봤다.

　"신전이라면 조심해서 다룰 테니까 빌려줘도 되긴 한데…… 이건 마인이 우리 가족에게 써 준 거라 상품화로는 애매하지 않을까?"

　투리가 꺼내온 것은 '엄마의 이야기집'이었다. 마인이 점토판에 적을 때부터 차곡차곡 기록해 둔 이야기를 전부 모은 책이다. 팔락팔락

넘겨 보니, 숲에 가면서 들은 적이 있는 이야기가 몇 개나 보였다. 왠지 그 무렵으로 돌아가고 싶어서 눈물이 날 것 같았다.

"네 말대로 지금까지의 그림책과는 많이 다르지만, 일단 빌려도 돼?"

"되긴 하는데, 그럼 내 부탁도 들어줄래?"

투리가 이런 식으로 협상 조건을 걸다니 웬일인가. 내가 눈을 끔뻑이자, 투리는 결의에 찬 파란 눈동자를 치켜떴다.

"나는 예절을 배우고 싶어. 넌 일크너에서 회색 신관에게 배워서 몸가짐도 굉장히 좋아졌잖아. 귀족의 어려운 표현이 적힌 편지도 읽을 수 있고. 예절을 익히면 코린나 님이 귀족의 저택에 데려가 주시겠다고 하셨는데 어떻게 익혀야 할지 모르겠어. 이 책을 빌려주는 대신 내게 예절을 가르쳐 줄 회색 신관을 소개해 줘."

나는 일크너의 저택에서 일하는 사람들과 함께 회색 신관에게 교육을 받았다. 자각은 없었지만 주인님과 마르크 씨도 칭찬해 주셨고, 투리의 눈에도 보일 만큼 움직임이 세련되어진 모양이다. 같은 빈민가 출신인 투리가 안달하는 심정도 이해가 갔다.

마인이 신전에 들어가서 공방을 열기 전에는 나도 투리도 고아인 회색 신관과 회색 무녀를 무의식적으로 깔보는 구석이 있었다. "도서실에 들어갈 수 있다니, 존경스러워."라고 말하던 마인을 제외하면 평민들은 아마 모두 똑같이 생각하리라. 하지만 뚜껑을 열어 보면 그들은 생존을 위해서라지만 귀족의 앞에서도 부끄럽지 않을 정도로 예의 바르고 교양이 있는 사람들이었다. 우리가 돈을 내서라도 손에 넣고 싶은 지식을 가진 상대였다.

"알았어. 길이랑 프리츠한테 전해 둘게."

인쇄를 담당하는 로제마인 고아원 공방은 길베르타 상회에서 플랑탱 상회의 관할이 되었다. 그래서 의류업인 길베르타 상회의 다프라 투리는 신전장인 마인의 초대 없이는 출입할 수 없다. 미리 신전에 얘기를 전해 둬야 한다.

나는 공방에 갔을 때 투리에게 빌린 책을 건네면서 길에게 부탁해 보았다.

"그래서 말이야. 투리에게 예절을 지도할 만한 사람이 없을까? 부탁해, 길."

"음. 배우고 싶은 사람이 투리면 회색 신관보다 회색 무녀에게 배우는 편이 좋을지도 몰라. 투리한텐 여러 번 신세도 졌으니까, 빌마와 프랑에게 물어볼게."

여태껏 투리는 고아원 아이들을 위해 바느질과 요리를 가르치고 숲에 데려가는 등 여러모로 애써 주었다. 겨울에 열린 신전 교실에도 몇 번이나 얼굴을 내민 적이 있어서 고아원 사람과 친하기도 했다. 그 은혜에 보답하는 뜻으로 예절을 가르쳐줄 수 있다, 하고 프랑과 빌마에게 허가가 떨어졌다. 다만 출입을 허가받은 내가 투리를 데려와야 하는 조건이 붙었다.

투리와 함께 가야 한다면 이번 기회에 나도 배워 볼 생각이다. 일크너에서 이것저것 배우긴 했지만, 시종이 된 길과 크게 차이가 벌어져 버렸다. 나도 더 노력해야 했다.

"주인님. 그런 이유로 저, 땅의 날은 예절을 배우러 고아원에 가겠습니다."

"너희 둘뿐이냐? 더 넣지 않을래?"

주인님은 플랑탱 상회나 길베르타 상회의 다루아에게도 예절을 철저히 가르치고 싶어 했지만 허가를 내리는 마인이 잠든 이상, 다른 사람을 끼워 넣을 수는 없었다.

"좀 어려울 것 같아요. 여태껏 고아원에 도움을 준 투리니까 프랑과 빌마가 허가해 준 거라서요."

씁쓸하게 웃는 주인님의 표정이 엄격해졌다.

"루츠, 톡톡히 배워 와라. 언제 끊길지 모르는 아슬아슬한 끈이지만 너희는 영주의 양녀와 연결고리가 있어. 그 귀중한 인연을 최대한 살릴 수 있게 노력을 기울여라."

"네!"

"그리고 이건 전에 로제마인에게 들은 얘긴데……."

주인님에게 몇 가지 주의사항과 함께 물건을 사러 가도 된다는 허락을 받은 나는 코린나 님의 공방에 갔다. 공방에서 주인님에게 받은 초대장을 보이고, 투리를 불러냈다.

"투리, 허가를 받았어. 예절을 가르쳐 주겠대."

"고마워, 루츠. 열심히 배워야지!"

투리가 의욕에 찬 눈으로 주먹을 불끈 쥐었다. 투리는 예전에 마인에게 물건을 다루는 방법을 조금 배웠을 뿐, 제대로 된 교육을 받지 못했다. 코린나 님이 가르치는 예절은 공방에서 기본적으로 알아야 당연한 기초 예절이고, 예의범절보다 바느질 교육이 대부분을 차지한다고 했다.

"그럼 사러 가자. 중고라도 좋으니까 소매가 긴 옷을 사 오래. 자세 연습할 때 필요하대."

"뭐!? 그런 거 살 돈은 없어!?"

길베르타 상회에 소속하게 되면서 투리도 길드 카드를 가지고 있고, 다프라 계약으로 영주의 양녀에게 바치는 머리 장식을 혼자서 떠맡고 있어서 또래보다 급료가 훨씬 높다. 그래도 아가씨들이 입는 소매가 하늘하늘한 옷을 덥석 살 형편은 아닌 듯했다. 나는 내 길드 카드를 보았다. 돈은 있다. 바빠서 쓸 여유가 없어서 계속 쌓이기만 했다.

　"오늘은 내가 사 줄게."

　"아냐, 그걸 어떻게 받아."

　"신경 쓸 것 없어. 마인이 깨어나면 마인의 저금에서 뺄 테니까 걱정하지 마."

　"……마인의 저금?"

　"지금까지 옷을 샀을 때랑 마찬가지야. 마인이 죽기 전까지 모았던, 가족을 위해 쓸 돈이야. 네가 제대로 된 교육을 받고 네 힘으로 로제마인 님과 만날 만큼 실력을 갖추는 게 중요하잖아? 예절교육의 교재로 써도 마인은 뭐라고 하진 않을 거야."

　"교재라니……. 종이도 아니고, 소매가 긴 옷은 비싸잖아. 돈 낭비야."

　설명해도 고개를 젓는 투리를 노려보았다. 이 정도는 낭비도 아니다.

　"소매가 없으면 감각을 잡기 어려우니까 이건 필요경비야. 낭비라고 생각되면 처음부터 예절 수업을 포기해. 원래라면 거금을 주고 예절 선생님을 고용해야 하는데, 이번에는 운 좋게 고아원에서 배울 수 있게 된 거라고."

　귀족에게 통하는 예절을 배우려고 거상이 내는 금액을 제시하자,

투리가 고개를 푹 숙였다.

"……그렇구나. 그럼 부탁할게."

투리와 함께 소매가 하늘하늘한 연습복을 사러 갔고, 그 김에 공방에 입고 갈 수 있는 평상복도 몇 벌 골랐다. 여성복이 수북이 쌓이는 광경에 투리가 비명을 질렀다.

"루츠, 이렇게나 필요 없어!"

"코린나 님의 공방이나 플랑탱 상회에는 부잣집 견습생이 많은데, 나나 투리가 겉돌진 않나 마인이 걱정됐나 봐. 그래서 항상 옷을 사는 시기나 수량을 지정해 뒀대. 이젠 마인이 없으니까 알아서 눈치 빠르게 옷을 사라고 주인님한테 주의를 들었어. ……그러니까 이건 내가 입을 옷."

나는 내 옷도 쌓아 올렸다. 주인님이 지적해 주시지 않았다면 나도 복장엔 나 몰라라 했을 테니, 정말 정신을 바짝 차려야겠다. "그건 몰랐어." 라고 투리가 중얼거리면서 쌓인 옷을 바라보았다. 그리고 기쁜지 활짝 웃고는 눈물을 글썽이며 옷에 손을 뻗었다.

"……시종들의 옷을 살 때 도와준 급료 대신이라는 말을 들었지만, 마인이 우리를 걱정해서 지시를 내려 줬었구나. 그런 건 제대로 말해 주지 않으면 모르잖아. 이젠 바빠서 우리를 잊어버린 게 아닐까 은근히 섭섭했는데……. 나 정말 바보 같아."

"직접 대화하지 못하니까 모르겠지만 진짜 너희 둘, 서로를 너무 좋아하는 것 같아. 우리 집도 나쁘진 않지만, 우리 형들이랑은 하늘과 땅 차이네."

이렇게 해서 일을 쉬는 땅의 날에 투리와 함께 고아원에서 예절을 배우게 되었다. 나는 프리츠에게, 투리는 빌마에게. 매주 투리가 일을 쉴 때마다 함께 집을 나서게 되자 랄프가 부러움에 가득한 눈으로 나를 보게 되었다. 무슨 말을 해도 소용없어 보인다. 하는 수 없이 랄프를 위해 투리의 속을 슬쩍 떠보기로 했다.

"저기, 넌 슬슬 연애하고 싶은 생각 없어? 주변에 넘치잖아."

"주변엔 있지만 솔직히 그럴 때가 아닌걸. 마인을 쫓아가려면 정말 바쁘단 말이야. 연애 따위 왠지 방해라는 느낌이 들거든."

이성에게 관심이 폭발하는 나이지만, 자신은 전혀 관심이 없다고나 할까, 오히려 귀찮게 하지 말았으면 좋겠다고 한다.

"아~, 나도 알아. 지금 그게 중요한 게 아니라는 그런 생각……."

일크너에서 영민 여자아이들에게 둘러싸였을 때 매몰차게 굴지도 못하고, 투리와 똑같은 생각을 했던 나는 진심으로 랄프에게 사과했다.

'미안, 랄프 형. 지금 투리는 연애에 관심 없대.'

마인이 잠든 지 슬슬 1년째인 가을이 끝날 무렵, 주인님이 핏기 가신 얼굴로 구텐베르크를 집합시켰다. 겨울 준비로 바쁜데, 하고 불만 가득하던 구텐베르크도 주인님의 안색을 보자 등을 꼿꼿이 세웠다.

"로제마인 님의 모친이신 엘비라 님께서 개인 인쇄 공방을 갖고 싶다고 하신다. 친정이 있는 하르덴첼에서 대대적으로 사업을 시작할 생각이라더군. 식물지 공방, 전속 잉크 공방에다 인쇄 공방까지 만들겠다고 신관장님의 말씀이 있었어. 로제마인 님 대신 인쇄 사업을 확장하는 것이 어미의 본분이라고 하셨다는군."

"어, 그게…… 무슨 의미예요?"

하이디가 이해하기 어려운지 고개를 갸웃거렸다.

"내년 봄부터 가을에 걸쳐 구텐베르크 전원이 대이동을 해야겠어. 공방과 상점에 장기간 자리를 비워도 돌아가게끔 겨울 동안 각자 준비해 둬. 각각의 협회에도 보고해 두고. 상업 길드는 내가 말해 두지."

느닷없이 구텐베르크 전원이 동원되는 어마어마한 사업에 모두의 안색이 싹 변했다.

"아무리 그래도 너무 갑작스럽잖아!?"

"하르덴첼에 가도 협력 공방이 없으면 사업을 시작할 수 없고, 겨울에는 강이 얼어서 종이를 만들 수 없다는 이유를 대고 겨우 봄까지 미루는 데 성공한 거야."

처음에는 당장 시작해야 한다고 주장했지만, 인쇄하고 싶은 물건을 로제마인 공방에서 먼저 인쇄해 주겠다는 조건으로 어떻게든 유예를 받아냈다고 한다. 역시 내 주인님이다.

"엘비라 님은 순수 상급 귀족이야. 신전 출신인 로제마인 님과 달리 평민의 사정 따위 봐주지 않아. 그분을 막을 수 있는 로제마인 님은 요양 중이지. 봄이 되자마자 바로 출발할 수 있게 부지런히 준비해 둬."

마인이 잠들더니 그 가족이 폭주하기 시작했다. 그것도 우리 힘으로는 막을 수 없는 상급 귀족이 말이다. 구텐베르크에게 휴식 따위 없는 모양이다. 새파래진 구텐베르크들은 일제히 회의실을 뛰쳐나갔다.

신전의 2년간

지금 로제마인 님은 연한 파란색 약물 속에 잠긴 채로 조용히 누워 계십니다. 몸에는 붉은 선이 떠올라 있습니다. 신관장님이 약물에서 손을 빼자, 로제마인 님의 긴 머리카락이 물에 찰랑거리며 흔들립니다.

손을 닦으면서 일어나신 신관장님은 젖은 수건을 제게 맡기고 문을 여셨습니다. 저 혼자서는 이 공방을 나갈 수 없기에 서둘러 신관장님과 함께 공방을 나왔습니다. 신관장님이 힐끗 로제마인 님이 잠드신 상자를 쳐다본 뒤, 조심스럽게 문을 닫으셨습니다.

"이제 이 안에 들어갈 수 있는 사람은 나만 남았다. 로제마인은 안전해."

습격범이 신전에 쳐들어와도 비밀의 방에 들어갈 수 없습니다. 그 안전을 확인한 신관장님께서 평소처럼 업무를 보는 표정으로 저를 돌아보셨습니다.

"프랑, 로제마인의 메모든, 편지든 있으면 전부 가져와 다오. 올해 겨울에 로제마인이 잡아 놓았던 예정이 있는지 파악해 둬야겠다."

"알겠습니다."

저는 곧장 로제마인 님의 집무 책상에서 개개인에게 쓴 편지와 앞으로의 예정을 기록한 메모를 꺼냈습니다. 로제마인 님은 항상 서자판에 기록한 예정을 종이에 옮겨 적어 잊지 않도록 남기십니다. 그래서 앞으로 무엇을 할 예정이었는지 전부 확인할 수 있습니다. 처음에는 비록 실패한 종이라지만, 비싼 종이를 메모에 사용하는 사치스러움에 놀랐는데, 이젠 익숙해졌습니다. 로제마인 님은 목패가 아니라 종이에 써야 가장 글을 쓰는 맛이 난다고 하셨습니다.

제가 로제마인 님의 편지를 귀족 관계자와 신전 관계자와 평민촌 관계자로 나누는데, 올도난츠가 날아왔습니다. 올도난츠는 범인을 잡았다고 보고하고, 노란 마석으로 돌아갔습니다. 신관장님은 "지금부터 성으로 돌아가겠다." 라시며 올도난츠를 돌려보내셨습니다.

"프랑, 나는 성에 처리할 일이 있어서 봉납식 전까지 이곳에 돌아오지 않을 거다. 신전 일은 내 시종과 그대들에게 부탁하마. 청색 신관들을 시켜서 봉납식 준비를 끝내 두도록."

신관장님은 바로 제가 건넨 귀족 관계자 앞으로 적은 편지와 메모를 받고, 서둘러 방을 나가셨습니다.

신관장님이 방을 나가시자, 각자의 방으로 돌아갔던 시종들이 신전장실로 들어왔습니다.

"프랑, 신관장님이 뭐라고 하시던가요? 로제마인 님은 무사하십니까?"

모니카가 불안하게 저를 올려다봅니다. 니콜라도 길도 제 대답을 가만히 기다렸습니다. 성급하게 공방에 들어가신 로제마인 님이 걱정되어 매우 불안한 모양입니다.

"1년 이상은 잠들 거라고 하셨습니다. 마신 독이 예상외로 로제마인 님 몸에는 부담이 컸던 모양입니다."

"그럴 수가⋯⋯."

모두가 울 것 같은 표정을 지었지만, 로제마인 님이 깨어나실 날은 아직 한참 멀었습니다.

"자세한 이야기는 내일 하겠습니다. 오늘은 시간이 늦으니, 쉬십시오."

아직 현실을 받아들이지 못한 견습생들을 각자의 방으로 돌려보냈습니다. 그리고 오늘 불침번인 저는 방을 정리하고, 로제마인 님의 평민촌 가족과 플랑탱 상회에 사정을 설명해 줄 루츠에게 보낼 편지를 썼습니다.

다음 날은 설명으로 꼬박 하루를 보냈습니다. 걱정되어서 잠들지 못했는지 꼭두새벽부터 일어난 견습생들에게 설명을 적은 편지를 건네고, 저는 잠깐 휴식을 취했습니다.

네 점 종이 울리고 제가 점심 자리에 앉자 모두가 일제히 설명을 요구했습니다. 솔직히 신관장님께 자세한 설명을 듣지 못한 터라 집요하게 물어도 저 역시 그렇게 자세히는 모릅니다.

"로제마인 님이 처음에 말씀하셨듯이, 성에 가셔서 신전을 비울 때와 변함없다고 생각하십시오. 자리를 비우는 기간이 길어졌을 뿐이다, 라는 생각으로 생활할 수밖에 없습니다. 잠에서 깨어난 로제마인 님께서 곤란해 하시지 않게 하던 대로 생활하십시오."

점심을 먹은 뒤, 저와 잠은 로제마인 님의 업무 자료를 정리하고 신관장님의 방으로 옮기는 작업에 들어갔습니다. 신전장님이 부재중일 때는 신관장님께서 대신 일을 처리하셔야 하기 때문입니다.

"이러다가 신관장님까지 쓰러지시는 것 아니겠지요?"

서류의 양을 보고 제가 신관장님을 걱정하자, 잠이 잠깐 생각하더니 괜찮다고 했습니다.

"로제마인 님의 의견을 받아들여서 다른 청색 신관들을 교육하셨기 때문에 어떻게든 되겠지요. 그때 두 손 놓고 있었다면 지금쯤 어찌 되었을지……. 그것 하나만으로도 저는 로제마인 님께 경의를 표합니다. 신에게 기도를!"

잠은 예전에 프리츠와 같은 주인을 모신 적이 있었는데, 신관장님의 우수함과 업무 보기 편한 환경을 매우 마음에 들어 했습니다. 그런 신관장님을 보조하시는 로제마인 님의 우수함을 청색 견습 무녀 시절부터 입바르게 칭찬해 왔습니다.

신관장님의 시종 중에서 누군가를 로제마인 님 밑으로 보내겠다는 얘기가 나왔을 때 잠이 제일 먼저 입후보했다고 들었습니다. 신전장실 쪽이 요리 수준도 뛰어나고, 개개인에게 맡기는 업무량도 많아서 보람이 있고, 로제마인 님께서 많은 업무를 처리하실 수 있게 된다면 결국은 신관장님께 도움이 되기 때문이라고 했습니다.

"자, 이제 옮겨 버립시다. 신관장님의 시종들에게도 설명이 필요할 테니까요."

저와 잠은 신전장실의 자료를 담은 나무상자를 신관장실로 옮겼습니다.

"프랑, 잠. 기다리고 있었어요. 여기 선반을 비워 뒀습니다."

신관장님은 이들에게도 지시를 내리셨는지, 저희의 자료를 정돈할 자리가 이미 비어 있었습니다. 모두 함께 협력하면서 자료를 정리하고, 어젯밤에 일어난 사태의 정보를 공유했습니다. 신관장님의 업무를 최대한 줄일 수 있도록 청색 신관들에게 넘길 만한 업무를 선별해서 일을 계속 처리해 나가기로 시종 전체의 의견이 일치했습니다.

"잠, 캠펠 님과 프리닥 님께 설명을 부탁드려도 되겠습니까? 저는 고아원과 공방에 다녀오겠습니다."

자료 정리를 끝낸 뒤, 청색 신관에게 할 설명을 잠과 신관장님의 시종에게 맡기고 저는 고아원으로 갔습니다.

"프랑, 로제마인 님이 기나긴 휴식에 들어가셨다고 모니카에게 들었는데, 고아원은 어떻게 되나요?"

빌마가 창백한 얼굴로 자세한 설명을 요구했습니다. 로제마인 님이 고아원 원장이 되신 후부터 생활이 극적으로 바뀐 고아원 사람들은 로제마인 님의 부재를 몹시 두려워하고 있습니다. 또다시 예전 생활로 돌아갈 가능성이 있다고 생각하고 있을지도 모릅니다.

"괜찮습니다. 로제마인 님이 쉬시는 동안 권한은 신관장님께로 가지만, 기본적으로는 여태껏 하던 대로고, 제가 대신 운영하라는 말을 들었습니다. 예산에 관해서 당분간 로제마인 님의 카드는 사용할 수 없지만, 성에서 나오는 신전장의 보조금과 영주의 자제에게 나오는 생활비를 예산으로 잡아서 신관장님께서 관리하시니 그렇게 크게 문제 될 일은 없습니다. 그리고 겨울 준비도 끝났으니 봄까지는 낭비만 조심한다면 별 탈 없이 지낼 수 있을 겁니다."

"……그런가요."

납득한 빌마에 이어 불안해하는 고아에겐 "지금까지 하던 대로 공방에서 일하면 돈이 떨어질 일은 없습니다." 라며 달랬다. 이건 아무에게도 말할 수 없지만, 로제마인 님께서 열쇠가 잠긴 서랍 속에 모아둔 '비상금'이라는 돈도 있으니까 최악의 사태에 빠지지는 않을 겁니다.

"빌마, 관리하는 사람이 당황한 기색을 보이면 안 됩니다. 의연하게 있으십시오. 로제마인 님은 괜찮으십니다."

"정말 죄송합니다."

"그럼 로제마인 님께서 부탁하신 겨울 과제를 여기서 발표하겠습니다."

로제마인 님께서 고아원에 낸 작년 과제는 '모두가 기본 글자와 한 자릿수 계산을 익힐 것'이었습니다. 모두 달성한 상으로 작은 햄버거가 식사로 나왔던 때를 떠올리는지, 아이들의 눈에서 불안이 사라지고 사뭇 진지해졌습니다.

"올해 과제는 열 살까지 모두가 시종의 기본 지식을 몸에 익힐 것, 입니다. 주인을 모셔 본 경험이 있는 회색 신관들은 교사 역할을 부탁드리겠습니다."

로제마인 님은 일크너에서 볼크의 매매 계약을 겪은 다음에 회색 신관들의 가치를 높이려고 생각하신 모양입니다. 하인으로 팔리기보다 시종의 기량을 가진 자가 훨씬 비싸게 팔립니다. 그리고 가능한 업무 내용에 따라서 앞으로 어떤 대우를 받게 될지 달라지기 때문입니다.

"델리아, 로제마인 님은 디르크를 매우 걱정하고 계셨습니다. 이상이 생겼을 때는 최대한 빨리 연락하십시오. 신관장님도 바쁘셔서 대응이 늦어질 가능성이 있습니다."

"알겠어요."

고아원에서 설명을 끝낸 저는 공방으로 갔지만, 길이 "책을 잔뜩 만들면 로제마인 님이 읽고 싶어서 빨리 일어날지도 몰라."라며 의욕에 불타 인쇄하는 것 같아서 딱히 문제는 없어 보입니다. 루츠와 공방 관계자들에게 줄 편지만 건네고 끝냈습니다.

다음 날에는 로제마인 님의 전속이 성에서 돌아왔습니다. 전속 요리사의 레시피 유출 문제는 물론이고, 지켜 줄 주인도 없이 성에 남으면 권력으로 어떤 일을 강요하거나 빼돌리는 일이 일어날 가능성도 있습니다. 특히 로지나와 엘라는 젊은 여성이라서 로제마인 님은 절대 성에 남기지 말라고 부탁하셨습니다. 돌아온 전속들에게도 1년 이상 로제마인 님이 돌아오지 못한다는 사실을 알리고, 맡기신 업무 내용을 발표했습니다.

"엘라와 푸고는 지금까지 하던 대로 시종 식사와 고아원 식사를 부탁합니다. 그리고 로제마인 님은 요리를 좋아하는 니콜라가 요리사의 길을 걸을 수 있도록 돕고 싶다고 하십니다. 니콜라를 조수로 지도하십시오. 나머지는 바빠서 진행이 더딘 레시피책 제작에 힘을 실으라고 하셨습니다. 또 여유가 있다면 슬슬 담당자들끼리 새로운 레시피를 만들어 보면 어떠냐고 하셨습니다."

"알겠습니다."

니콜라가 활짝 웃으면서 주방에서 해야 할 일을 서자판에 기록해 갑니다. 엘라와 푸고는 글을 읽지 못하므로 쓰는 역할은 니콜라가 떠맡게 되었습니다. 아마 이것도 레시피책 제작 진행이 더딘 이유일 겁니다.

"로지나는 고아들에게 음악을 가르쳐 주십시오. 로제마인 님에겐 보이지 않더라도 로지나라면 아이들의 음악적 재능을 발굴할 것이라고 하셨습니다. 악사의 재능을 피울 수 있다면 그 아이의 미래도 바뀔지도 모른다고 생각하신 모양입니다."

"크리스티네 님께서 저희에게 가르쳐 주셨던 걸 가르치면 되겠죠? 알겠습니다. 해 볼게요."

조금이라도 고아의 가치를 높이고 대우가 좋은 직장을 찾아주고 싶다는 로제마인 님의 말씀을 전하자, 전속 악사로 발탁된 로지나는 부드럽게 웃으며 고개를 끄덕였습니다.

　로제마인 님이 계시지 않는 신전 생활이 시작되었습니다. 니콜라는 시종 일을 하면서 요리를 도왔고, 길과 프리츠는 지금까지 하던 대로 공방과 겨울나기에 들어간 고아원에서 생활하고 있습니다. 저와 잠과 모니카는 식사와 수면 시간 외에는 대체로 신관장님의 방에서 집무를 보며 매일을 보냈습니다.

　"의식의 방 준비가 끝났습니다."

　"땔나무도 준비됐습니까? 캠펠 님, 봉납식 순서는 정하셨습니까?"

　"프리닥 님, 다른 청색 신관들에게도 전달해 주십시오."

　작년과 마찬가지로 신관장님이 돌아오시기 전까지 봉납식 준비를 마칠 수 있었습니다. 캠펠 님과 프리닥 님도 준비를 맡은 지 2년째라 조금 손에 익으신 모양입니다. 다른 청색 신관들도 협력해 주시는 분이 늘었습니다.

　"준비는 다 되었는가?"

　신관장님께서 봉납식 이틀 전에 돌아오셔서 하나하나 확인하셨습니다. 문제없이 마무리된 것을 확인하고, 청색 신관들에게 수고했다고 말씀해 주셨습니다.

　"수고했다. 그럼 봉납식 당일까지 느긋하게 쉬도록 해라."

　청색 신관들을 방에서 내보내고, 신관장님은 자신의 비밀의 방에서 마석 주머니를 꺼내 오시더니 로제마인 님이 계시는 비밀 공방으로 가셨습니다.

　"프랑, 오너라."

제가 신관장님과 함께 공방에 들어가자 로제마인 님께서 그날과 변함없는 상태로 주무시고 계셨습니다. 다만 전보다 약물의 파란기가 훨씬 진했고, 로제마인 님의 흰 피부에 떠오른 붉은 선이 빛나 보였습니다.

"너무 내버려 뒀나?"

신관장님께서 눈썹을 찌푸리고 성가신 듯 말씀하시며 제게 마석을 안에 넣으라고 하셨습니다. 저는 색이 없는 투명한 마석과 검은 마석을 차례로 약물에 넣었습니다. 마석이 마력을 흡수하자, 약물의 색이 조금씩 옅어지는 것이 보였습니다.

"이 바보가, 너무 압축했다. 마석이 완전히 부족하지 않은가. 봉납식 시기라 다행이군."

로제마인 님의 손을 잡고 붉은 선을 노려보듯 바라보시던 신관장님이 한숨을 쉬셨습니다. 예상보다 더 시간이 걸릴 것 같다, 라는 중얼거림이 귀에 들어왔습니다.

신관장님이 로제마인 님의 경과에 관해 기록하시는 동안, 저는 로제마인 님의 마력으로 가득 찬 마석들을 꺼내어 정성스럽게 닦고 다시 주머니에 넣었습니다.

"오늘은 이 정도면 됐다."

그로부터 봉납식이 끝난 뒤, 청색 신관들이 사용해서 속이 빈 마석을 로제마인 님의 약물에 넣어 마력을 보충하는 작업에 들어갔습니다. 로제마인 님의 마력 덕분에 봉납식을 무사히 끝낼 수 있었습니다.

봉납식 후에도 기원식 때 쓸 마력을 채워야 했기에 신관장님과 함께 공방에 들어갔습니다. 로제마인 님의 모습을 확인할 수 있어서 조금 안심했지만, 전혀 달라지지 않은 모습에 초조해지기도 했습니다.

'어서 일어나 주십시오, 로제마인 님.'

봉납식이 끝난 후, 신관장님은 밀린 서류 작업에 착수하셨습니다. 일거리가 단숨에 늘어났지만 다무엘 님과 에크하르트 님까지 기사단의 훈련에 뺏긴 탓에 또다시 약에 의존하는 생활이 시작된 듯합니다. 약통에 손을 뻗는 신관장님의 모습을 종종 보게 되었다고 시종들이 불평했습니다. 지금까지 맡아 오신 신관장의 업무, 성의 업무, 거기에 로제마인 님이 담당하시던 신전장의 업무, 고아원, 공방, 플랑탱 상회의 거래가 신관장님을 짓누르나 봅니다. 청색 신관이 조금씩 업무에 익숙해졌다고는 해도 그들에게는 플랑탱 상회 관련 업무나 고아원 관리까지 맡길 순 없습니다.

"겨울 동안에는 플랑탱 상회 관계자가 올 일도 거의 없고, 고아원도 기본적으로 겨울나기에 들어가니 문제는 없으리라 생각됩니다."

"그래, 공방과 고아원에는 관리자도 있으니 대충 그쪽 선에서 해결해 줬으면 좋겠군."

하지만 봄이 되고 겨울 수작업의 정산과 종이 제작이 시작되자 금전적인 거래가 늘어났습니다. 귀찮아도 뒤로 미룰 수는 없는 일입니다. 신전 업무뿐만 아니라 성의 업무에까지 휘둘리는 신관장님은 약을 한 손에 들고 씁쓸한 얼굴로 중얼거리셨습니다.

"썩 내키진 않지만, 녀석을 불러야겠군……."

신관장님이 올도난츠를 날리고 조금 있으니 신전을 향해 고속으로 날아오는 기수가 보였습니다. 몇 분 후 평민촌을 꺼리지 않으면서 로제마인 님의 사정을 알고 있는 유스톡스 님이 초롱초롱한 눈으로 신관장님의 앞에 무릎을 꿇으셨습니다.

"페르디난드 님의 부르심에 달려왔습니다. 공방 관리와 상인 대응이라면 제게 맡겨 주십시오."

"프리츠, 유스톡스를 공방에 안내하고 플랑탱 상회와 금전적 거래에 관해 설명해 다오. 유스톡스, 바쁘니까 문제는 일으키지 말도록. 알겠나?"

"알겠습니다. 자, 안내하세요. 프리츠."

"프리츠, 무슨 일이 있으면 내게 보고하라. 그 즉시 유스톡스를 쫓아 버릴 테니."

유스톡스 님은 한껏 들뜬 모습을 드러내며 프리츠를 질질 끌고 가듯이 퇴실하셨습니다. 정말 불안해집니다. 정말 괜찮을까요?

"……신관장님."

"걱정은 필요 없다, 프랑. 유스톡스는 정보 수집을 좋아할 뿐이지 아무에게나 떠벌리는 자가 아니야. 그리고 내 측근이다. 저래 보여도 우수한 녀석이야."

신관장님의 말씀대로 유스톡스 님은 금방 공방에 익숙해지셨습니다. 고압적인 분이 아니시기 때문이기도 하겠지만, 사람과 사람 사이에 파고드는 능력이 훌륭하다고 프리츠가 말했습니다.

유스톡스 님께서 공방에 방문하신 것이 몇 번째가 되던 무렵이었습니다. 지금까지의 공방의 흐름을 알고 싶다고 하신 유스톡스 님을 위해 신전장실에서 자료를 꺼내던 참에, 저는 시간을 때울 겸 유스톡스 님의 눈으로 본 공방에 관해 슬며시 질문해 보았습니다.

"유스톡스 님, 공방 상황은 어떻습니까?"

"정말 신선한 경험이었지요. 재밌습니다. 역시 로제마인 공주님.

재미있는 심복들을 키우고 계셨더군요. 처음 공방을 방문했을 때 종이를 뜨게 해 줬는데……."

귀족은 스스로 몸을 움직여 일하지 않습니다. 직접 종이를 뜨고 싶다는 유스톡스 님 때문에 당황했을 공방 사람들의 모습이 머릿속에 떠올랐습니다. 모시고 간 프리츠도 진땀을 흘렸겠지요. 제가 프리츠를 동정한 직후, 유스톡스 님의 입에서 믿을 수 없는 말이 나왔습니다.

"판자에 붙인 종이를 살짝 만졌더니, 바로 플랑탱 상회의 다프라가 '뭐 하는 짓이야. 이 멍청아!' 라고 혼을 내지 뭡니까."

'루츠, 당신 대체 무슨 짓입니까!? 프리츠, 당신은 뭘 하고 있었습니까!?'

저는 얼굴이 점차 창백해졌지만, 유스톡스 님은 실로 재미있다는 듯이 말씀을 이으셨습니다. 루츠도 소리치자마자 아차 싶었는지, 공방에는 침묵이 찾아왔습니다. 그러자 이번에는 루츠를 감싸려고 프리츠가 나서서 유스톡스 님께 설교를 늘어놓았다고 합니다.

마치 페르디난드 님 같은 차가운 미소로 "종이 제작에 드는 시간과 과정의 설명을 들으시고도 시간과 이익의 관계를 이해하지 못하시는 무능한 자를 신관장님께서 소개해 주실 줄은 몰랐습니다. 너무 바빠셔서 신관장님의 판단력이 흐려지신 걸까요?"라며 "상품을 망가뜨리는 관리자는 로제마인 님의 대신이 될 수 없습니다. 즉시 신관장님께 보고하여 여기서 내보내겠습니다. 이곳의 중요성을 이해 못 하시는 분은 필요 없습니다." 하고 생글거리며 말하더라고 유스톡스 님이 말씀하셨습니다.

"……그, 그래서 유스톡스 님은 어떻게 하셨습니까?"

"그야 업무에 쫓기는 페르디난드 님께서 날 불러 주셨는데, 첫날부터 무능력자 취급받고 쫓겨나면 어찌 고개를 들겠습니까? 내가 저지른 손해는 돈으로 메꾸기로 합의하고 무사히 마무리를 지었죠. 어휴, 큰일 날 뻔했답니다. 지금은 우수한 모습을 보여주려고 명예 회복을 노리는 중입니다. 역시 출신이 뭐든 간에 페르디난드 님께 '약을 너무 먹으면 건강에 나빠요!' 라고 호되게 꾸짖는 로제마인 님의 심복답다고 감탄했죠."

'아마 다른 귀족이라면 그런 식으로 감탄하지 않겠지만, 굳이 말하지 않겠습니다. 본인이 무사히 끝났다고 하셨으니 됐습니다. 이미 끝난 일입니다.'

신관장님께 괜한 걱정거리를 드릴 필요도 없으므로 저도 프리츠와 마찬가지로 공방에서 일어난 소동은 함구하기로 했습니다.

유스톡스 님도 바쁘신지 그렇게 자주 신전을 출입하지는 않으십니다. 다만 신관장님의 말씀처럼 우수한 것만큼은 틀림없는지, 한 번 찾아오실 때마다 며칠 분량의 일거리를 단번에 해결하십니다. 그리고 공방 일과 더불어 신관장님께서 맡기신 다른 업무까지 보고하고, 다시 새로운 임무를 왕창 받으신 후에 귀족가로 돌아가셨습니다. 그런 말씀으로 유추해 보건대, 아마 로제마인 님을 해친 범인의 증거를 모으고 계시다는 생각이 들었습니다.

봄의 절반이 지나고 기원식 준비가 시작되었습니다. 올해 기원식은 로제마인 님 대신 영주님의 자제분이 마석을 들고 직영지를 돈다고 하십니다. 로제마인 님이나 신관장님처럼 영주님께서 신전에 파견을 보내는 형식으로 직영지를 세 사람이 나눠서 돕니다. 가능한 한 신관장님의 일정을 짧게 조정했습니다. 쓸 수 있는 것을 다 쓰지 않으면 손 쓸 수 없는 신관장님의 업무량에 눈물이 나올 것 같습니다.

로제마인 님의 시종 중에서 가장 의식을 잘 아는 제가 샤를로테 님의 지도 역할로 동행하게 되었습니다. 한창 필요한 물건을 준비하는데, 신관장님께서 말씀하셨습니다.

"프랑, 새로운 성녀 전설을 만들어라. 로제마인이 자기 대신 독을 마시고 잠든 탓에 성녀에게 목숨을 구원받은 영주의 자식이 대신 축복을 바치고 싶다고 자청했다. 이렇게 아이의 미담처럼 주위에 퍼트려라. 로제마인과 마찬가지로 자비롭고 훌륭한 마음씨를 지녔다고 주위에 인정을 받으면 내년에도 그 둘을 쓸 수 있겠지."

로제마인 님께서 드시던 것과 똑같이 맛이 개선된 피로회복제를 대량으로 준비하시면서 신관장님이 내년을 대비해 공작을 펼쳐 두라고 하십니다. 어린 영주의 자제를 이용하기가 망설여지는 제게 신관장님이 콧방귀를 뀌셨습니다.

"빌프리트와 샤를로테가 기분 좋게 기원식을 마쳐야 수확제 때도 로제마인 대신 봉납물을 거두러 갈 것 아니냐. 그렇지 않으면 고아원의 겨울 운영이 어려워질 텐데?"

신관장님의 지적에 저는 성녀 샤를로테 전설을 날조하는 데 찬성했습니다. 저도 최근 몇 년 동안 생활을 유지하려면 돈이 얼마나 중요한지 깨닫게 되었습니다. 신전과 고아원의 재정 안정을 위해서라도 이 기원식은 반드시 성공시키기로 마음먹었습니다.

원래 미성년자 견습생은 의식을 거행할 수 없습니다. 그래서 아동용 제식복은 로제마인 님이 소유한 옷밖에 없습니다. 수선할 필요가 전혀 없는 하얀 의상을 샤를로테 님께, 로제마인 님보다 조금 커서 기장 수선이 필요한 빌프리트 님께는 파란 의상을 사용하시도록 했습니다. 길베르타 상회의 코린나가 키가 커도 입을 수 있도록 만들어 두었던 덕분에 수선은 그리 많은 시간이 걸리지 않았습니다.

플랑탱 상회에 평소처럼 마차를 요청해서 핫세의 겨울 저택에서 지내고 있는 아힘과 에곤을 데리러 갈 수 있게 준비했습니다. 신관장님의 요청으로 호위 병사도 붙였습니다. 이번에는 귀족의 습격을 경계하여 평소보다 두 배 가량의 호위 기사도 동행시켰다고 합니다.

아직 귀족원에 입학하지 않으신 샤를로테 님은 기수를 소지하지 않으셔서 오랜만에 마차 여행이 되었습니다. 샤를로테 님은 로제마인 님을 매우 존경하시는 모습이셨습니다. 신전에서의 활약상을 들으시더니 뛸 듯이 기뻐하셨습니다. 저도 로제마인 님의 성에서의 활약상을 들을 수 있어 매우 유익한 시간이었습니다.

리히트는 처음에 샤를로테 님의 모습을 보고 용서를 받지 못한 줄로 착각했습니다. 그러나 제가 언니 대신 축복을 전하고 싶어서 노력하는 갸륵한 성녀 샤를로테의 전설을 전하자 감동에 눈물을 글썽이며 환영해 주었습니다. 첫 의식이라 긴장한 기색이 역력한 샤를로테 님이셨지만, 로제마인 님의 마력이 담긴 마석을 손에 들고 훌륭히 의식을 끝마치셨습니다.

아힘과 에곤을 태우고 작은 신전으로 이동하여 이쪽 생활에 부족함이 없는지 확인하고, 샤를로테 님께 에렌페스트로 돌아갈 병사들에게 수고비를 전달하게 했습니다.

"프랑, 신전장님의 용태는 어떠십니까?"

돈을 건네받은 귄터가 매우 복잡한 표정으로 저를 보았습니다.

"신관장님의 예상보다 신체의 부담이 컸던 모양인지, 더 오래 걸릴 것 같습니다."

"그렇습니까……."

이 여행에서 샤를로테 님은 로제마인 님과 달리 약을 거의 쓰지 않으셔서 준비한 약의 절반 이상이 남은 채 기원식이 끝났습니다. 약을 전부 쓰지 않으면 견디지 못하는 로제마인 님의 허약함을 다시 한 번 깨닫고, 저는 한숨이 멈추지 않았습니다.

기원식에서 돌아오자 길이 상담을 신청했습니다. 인쇄할 거리가 없는데 어떻게 하냐는 것입니다. 작년에는 분명 로제마인 님께서 성에서 아이들에게 이야기를 모으셨습니다. 신관장님께 상담했더니 겨울 어린이방에서 모은 이야기를 건네주셨습니다. 이야기 모음을 길에게 전달했지만, 길은 곤란한 듯 머리를 긁적이며 고개를 저었습니다.

"이대로는 인쇄할 수 없습니다. 구어체로 쓰여 있어서 제대로 된 문장으로 다시 고쳐야 하는데…… 부탁할 만한 사람이 있을까요?"

"지금은 그럴 여유가 전혀 없습니다."

'그나저나 로제마인 님은 신관장님을 보조하면서 수많은 의식을 외우고, 성에 가서 귀족 영애의 임무를 완수하는 틈틈이 원고까지 쓰셨던 거군요?'

책 제작을 향한 로제마인 님의 집념이라고나 할까요. 책에 쏟는 애정에 새삼 놀랐습니다.

그리고 며칠 뒤, 길을 통해 투리가 예절을 배우고 싶다고 제안해 왔습니다. 수강료는 로제마인 님이 가족을 위해 쓴 이야기집이라고 합니다. 이미 읽기 알맞게 완성된 문장이라 길은 기사단 이야기집이 끝나면 이 이야기를 인쇄한다고 합니다.

투리는 로제마인 님의 친언니로, 이제껏 고아원은 많은 도움을 받아 왔습니다. 크리스티네 님의 시종일 때 교양을 배웠던 빌마와 로지나 외에는 적임자가 없었기에 두 사람에게 투리의 교육을 부탁했습니다. 루츠도 함께 연습한다고 합니다.

제가 잠깐 상황을 보러 갔었는데, 신전에 막 왔을 무렵 긴 소매가 여기저기에 걸려서 실수하시던 로제마인 님의 모습이 떠올라 조금 그리움이 밀려왔습니다.

빌마가 말하길, 투리는 디르크의 육아 상담도 들어줬다고 합니다. 출산을 경험한 회색 무녀가 없어진 지금, 고아원에는 육아를 경험한 사람이 아무도 없습니다. 로제마인 님에게 약간의 조언은 들었지만 어림짐작으로 디르크를 키우던 빌마나 델리아였습니다. 같은 나이의 남동생이 있는 투리의 조언이 매우 큰 도움이 되었다고 합니다.

봄의 막바지에 니콜라가 성인이 되었습니다. 로지나 때와 마찬가지로 작은 축하 파티를 열었지만, 니콜라는 "로제마인 님께 새 레시피를 배우고 싶었는데." 라며 슬퍼했습니다. 로제마인 님이 깨어나시면 배울 수 있을 테니 슬퍼할 것 없습니다, 라며 엘라의 과자를 내밀었더니 금세 미소가 돌아왔습니다.

니콜라의 성인식과 비슷한 시기에 이탈리안 레스토랑에서 새로운 레시피 문의가 들어왔습니다. 아직 1년간은 로제마인 님께서 깨어나지 않으실 예정이라 요리사들끼리 생각하십시오, 라고 답장했더니 어째서인지 푸고와 일제가 서로의 창작 요리 정보를 교환하게 되었다고 합니다. 요리사의 자존심을 걸고 질 수 없다며 의욕이 한껏 달아올랐습니다. 로제마인 님의 전속으로 부끄럽지 않은 요리를 만들겠다고 합니다.

　한여름, 성결식이 끝나고 얼마 후, 로제마인 님의 호위 기사인 브리기테 님이 고향에 돌아가시게 되었습니다. 결혼 준비 때문이라고 합니다. 풀이 죽은 다무엘 님을 보아하니 아무래도 두 사람의 사랑은 이뤄지지 못한 모양입니다. 신관장님께서 "둘의 계급이나 상황상 어려웠겠지." 라고 말씀하신 것으로 볼 때 어쩔 수 없었다고 생각합니다. 저는 결혼이란 것을 잘 알지 못하지만, 최근 마음이 붕 떠 계시는 다무엘 님이 결혼뿐 아니라 업무까지 실패하지 않도록 신들께 기도를 올렸습니다.

　침울해하는 다무엘 님의 옆을 지나 푸고와 엘라가 찾아왔습니다.

　"중요한 얘기라니 무엇입니까?"

　제가 묻자, 두 사람은 서로의 얼굴을 잠깐 바라보고 웃었습니다. 그리고 저를 향해 행복에 찬 미소로 입을 열었습니다.

　"각자의 부모에게 허가를 받았습니다. 저희 결혼해요."

　시야 끝에서 다무엘 님이 귀를 막으셨습니다. 지금은 듣고 싶지 않은 화제였나 봅니다.

　"그래서 결혼 후에 대해 상담하고 싶어서요……."

　"상담이라 하셔도 갑작스러워서 제가 대처하긴 어렵습니다. 신관장님께 의견을 구할 테니 잠시 기다려 주십시오."

　'이럴 때는 어쩌면 좋을까요?'

　신전에서는 결혼이라는 단어가 나올 일조차 없기에 상담을 들은 저는 당황할 수밖에 없었습니다. 일단 신관장님께 여쭈었더니, 신관장님은 상당히 귀찮다는 표정을 지으시며 손을 휘휘 저으셨습니다.

"그들은 로제마인의 전속이다. 내가 멋대로 허가를 내리거나 이래라저래라 할 수 있는 대상이 아니다. 로제마인이 깨어나기 전까지 결혼 허가는 않겠다. 결혼 후에 엘라는 일을 그만둘 테니 후임이라도 키우면서 기다리라고 전해라."

제가 신관장님의 말을 두 사람에게 전하자, 엘라가 "결혼했다고 전속을 그만둘 생각은 추호도 없다구요!" 라며 버럭 화를 냈습니다.

"네? 그만두지 않으십니까? 자식을 가지면 일을 못 하지 않습니까?"

"출산할 때와 그 뒤에는 잠깐 쉬겠지만, 결혼하자마자 일을 그만두면 생활이 궁핍해지잖아요!?"

"……평민촌에서는 그렇습니까? 신관장님께서는 결혼하면 여성은 일을 그만둔다고 하셨고, 신관들은 결혼이 금지라 솔직히 잘 모릅니다."

엘라가 설명한 결혼 생활은 제가 신관장님께 들은 결혼과 확연히 달랐습니다. 신관장님도 평민의 사정은 잘 모르시는 모양입니다.

"귀족과 평민은 달라요. 우리는 결혼해서도 계속 일할 계획인데, 전례가 없으니 로제마인 님이 일어나시기 전까진 방법이 없네요. 기다려야죠, 뭐."

엘라가 의외로 쉽사리 기다리기로 마음먹어 주었지만, 푸고는 당장 생각을 바꾸기 어려운 모양입니다.

"잠깐만, 엘라. 그렇게 쉽게 포기하지 마!"

"응? 딱히 포기한 건 아닌데? 기다리겠다고 했잖아."

"기다린다면 그거 아냐? 다음 성결식에도 난 주인공이 될 수 없다는 말이잖아!?"

"그럴까요? 그건 로제마인 님에게 달렸지요."

제 말에 푸고가 날카롭게 째려보았습니다.

"젠장! 난 애인이 생겨도 결혼 못 하는 운명이야!? 응? 말해 봐, 프랑!?"

푸고는 한탄하며 제 어깨를 붙잡고 거칠게 흔들었지만, 솔직히 제가 알 바 아닙니다.

여름이 끝나고 새로운 잉크가 완성되어 로제마인 공방에서는 새로운 종이와 잉크로 트럼프 제작이 시작되었습니다. 반들반들하고 딱딱한 종이라서 지금까지 나무로 만든 트럼프와 전혀 다른 물건으로 보였습니다. 잉크도 색깔이 다양해서 패마다 색이 달라, 보기에도 무척 아름다웠습니다.

수확제가 다가온 어느 가을날, 갑자기 에그몬트 님께서 어떤 회색무녀를 데리고 신전장실에 찾아오셨습니다. 끌려온 회색 무녀의 하얗게 질린 표정을 본 저는 긴장된 분위기에 살짝 경계했습니다.

"에그몬트 님, 저희는 면담 예약을 받지 못했습니다만……."

"신전장도 없고 회색 신관만 있는 신전장실에 예약이 왜 필요한가?"

태연한 얼굴로 그렇게 말씀하셨고, 저는 잠을 보았습니다. 잠이 주방 쪽으로 모습을 감춥니다. 주방 뒷문으로 방을 나가 신관장님께 알리러 갔을 겁니다. 저는 신관장님이 오실 때까지 시간을 벌기로 했습니다.

"정말 죄송합니다. 지금까지 면담 예약도 없이 청색 신관을 맞이한적이 처음이라 조금 당황했나 봅니다. 매우 긴급한 용건으로 보이시는데, 어떤 용건입니까?"

"릴리를 고아원에 돌려보내고 새 시종을 들이겠다. 회색 무녀들을 여기로 데려와."

저는 즉시 모니카에게 눈짓했습니다. 모니카가 즉시 몸을 돌려 퇴실했습니다. 고아원의 빌마에게 연락해 주겠지요.

"에그몬트 님, 정말 대단히 죄송합니다만, 면담 예약도 없이 갑자기 그런 말씀을 하셔도 바로 대응해 드리기가 어렵습니다."

"뭣이라?"

"회색 무녀도 고아원 원장이신 로제마인 님께서 맡기신 업무가 있어서 한 사람씩 불러 모으는 데도 시간이 걸리고, 업무 도중에는 청결하지 않아 청색 신관에게 보여드리기가 마땅치 않습니다."

이해하기 어렵다는 얼굴로 에그몬트 님이 팔짱을 끼셨습니다. 아마 청결하게 꾸민 회색 무녀밖에 못 보신 겁니다.

"에그몬트 님의 시종으로 들어갈 기회라면 회색 무녀들도 업무 중에 소집된 상태가 아니라, 조금이라도 아름답게 보일 수 있게 몸을 청결히 하고 싶을 겁니다. 오늘은 우선 말씀만 듣고, 회색 무녀를 교환하실 날을 따로 예약해 주시는 편이 에그몬트 님께도 좋지 않으시겠습니까?"

아름답지 않은 것은 보기 싫어하는 사람들이 청색 신관입니다. 에그몬트 님도 불만스러운 표정을 지으면서도 일단 납득해 주셨습니다.

"그럼 에그몬트 님께 질문드리고 싶습니다만, 릴리를 돌려보내시는 이유가 무엇입니까? 어떤 점이 마음에 들지 않으셨는지 알려주십시오."

회색 무녀가 고아원에 되돌아오는 이유는 하나밖에 없다는 사실을 알면서도 저는 서류에 기록하는 척하며 물었습니다. 에그몬트 님은 릴리를 불결하다는 듯이 내려다보셨습니다.

"애를 가져다. 매일같이 속이 울렁거린다며 인상을 찡그리지 않나, 갑자기 토하지 않느냐. 시종인 주제에 쓸모가 없어."

"그렇습니까. 시종인데 일을 못해서 곤란하셨겠군요."

제가 긍정해 드리자, 에그몬트 님의 말투가 아주 조금 부드러워지셨습니다.

"그래. 당장에라도 교환하고 싶군."

"하지만 시종의 교환이라면 신전장이 아니라 신관장 관할입니다. 신관장님께 면담 예약을 해 주십시오."

"뭐라고!? 신전장에게 말하면 충분하지 않으냐!?"

에그몬트 님은 전 신전장님과 친밀했던 청색 신관이라 지금까지는 전부 신전장을 통해서 하고 싶은 대로 했을 겁니다. 하지만 지금은 다릅니다. 전 신전장님이 지배하시던 시기보다 최대한 예전 상태로 되돌리고자 신관장님께서 노력하고 계십니다.

"신관과 무녀의 이동은 신관장의 업무입니다. 예전에는 그런 업무 경계가 모호했을지 몰라도 지금은 그렇지 않습니다."

"너, 회색 신관 주제에 무례하다!"

에그몬트 님이 제게 손을 뻗은 순간, 딸랑 하고 작은 종소리가 울렸습니다. 신관장님의 종소리에 내심 안도의 한숨을 쉬었습니다. 잠이 신관장님을 모시고 방에 들어왔습니다.

"에그몬트 님, 사실 지금부터 신관장님과 면담 예정이 있습니다. 시간을 양보해 드릴 테니, 먼저 신관장님과 상담해 보심이 어떠십니까?"

"큭…….."

상대가 회색 신관이라면 모를까, 신관장님을 상대로 무례하게 행동하지는 못할 겁니다. 신전 내에서 전 신전장 파였던 이들은 지금도 신관장님께 비협력적이기 때문에 조금씩 예산도 깎여서 주눅이 들어 있을 테니까요.

"프랑, 분명 나와 면담이 있었을 텐데, 왜 에그몬트가 여기에 있지?"

방에 들어오신 신관장님께서 불결하다는 듯이 에그몬트 님을 보셨습니다. 저는 솔직하게 대답했습니다.

"에그몬트 님께서 갑자기 방문하셨습니다. 긴급히 회색 무녀를 교환하고 싶으시답니다."

"흠. 신관의 이동 문제는 내 일이다. 에그몬트, 신전장실이 아니라 내게 면담을 예약하도록. 그리고 오늘은 이만 퇴실하라. 지금 신전장실에 면담을 예약한 사람은 나다."

에그몬트 님은 릴리를 억지로 끌고 가듯이 데리고 나가셨고, 결국 신관장님 앞으로 면담 예약을 넣게 되셨습니다.

잠이 문을 꼭 닫는 모습을 확인한 뒤, 저는 신관장님 앞에 무릎을 꿇었습니다.

"이런 일로 찾아오시게 해서 대단히 죄송합니다, 신관장님."

"됐다. 로제마인이 없으니 이런 사태가 일어날 줄 예상했지. ……헌데 회색 무녀 교환이라. 로제마인의 뜻대로 하지 않으면 나중에 시끄러워질 테고. 정말 성가시군……."

신관장님은 그렇게 말씀하시면서 제게 로제마인 님의 의향을 알려

주셨습니다. 시종을 희망하는 회색 무녀라면 보내도 상관없지만, 싫어하는 사람은 자신이 곁에 둬서라도 절대 보내지 않겠다고 신관장님께 주장하셨다고 합니다.

'정말 로제마인 님은 고아원 사람들에게 상냥하시군요.'

그것이 로제마인 님다워서 기쁘기도 했고, 동시에 로제마인 님이 신전장 자리에 내려오셨을 때 어떻게 될지 앞날이 불안하기도 합니다.

"프랑, 에그몬트는 새로운 시종이 필요할 테니 바로 면담을 신청할 거다. 나는 사흘 후 다섯 점 종에 면담을 허락할 생각이다. 그때 그대가 로제마인의 뜻에 따라 고아원에서 회색 무녀를 데려오도록."

"알겠습니다."

퇴실하시는 신관장님을 배웅하고 방을 잠에게 맡긴 후 곧바로 고아원으로 향했습니다. 분명 누군가는 에그몬트 님의 새 시종으로 들어가고 싶어 할 겁니다. 사흘 안에 준비가 필요합니다.

"프랑, 무슨 일이에요?"

제가 고아원에 들어가자, 가슴 앞에서 손을 꼭 잡은 빌마가 몸을 떨며 나왔습니다. 그런 그녀가 걱정스러운지 모니카가 옆에 붙어서 따라 나왔습니다.

"릴리에게 아이가 생긴 모양입니다. 사흘 후에 에그몬트 님의 새로운 시종 선별이 있을 겁니다."

"사흘 후, 라고요……."

"빌마, 신관장님은 로제마인 님의 뜻에 따라도 좋다고 하셨습니다. 그러니 빌마가 생각하는 억지 선별은 없을 겁니다."

빌마는 남성 공포증 때문에 고아원에서 나가고 싶지 않아 하고, 이미 로제마인 님의 시종이므로 이 일을 원하지 않겠지요. 하지만 고아원에 남은 회색 신관과 회색 무녀에게 청색 신관의 시종으로 발탁되는 것은 출세입니다. 비록 주인이 에그몬트 님이라고는 하지만 시종이 되길 바라는 사람은 있을 겁니다.

로지나나 니콜라가 성인이 되었듯이 고아원에서도 성인이 된 회색 무녀가 늘었지만, 지금 이 자리에 있는 회색 무녀는 스무 명도 채 되지 않았습니다. 쭉 늘어선 회색 무녀 중에는 절대 가고 싶지 않다고 주장하듯 가슴 앞에 두 손을 꼭 모은 사람도 있고, 고민하는 기색을 보이는 사람도 있습니다. 물론 과거의 델리아처럼 출세욕에 눈이 초롱초롱한 사람도 있습니다.

"이 중에 에그몬트 님의 시종이 되고 싶은 분이 계십니까?"

네 명의 회색 무녀가 번쩍 손을 들었습니다. 주변 눈치를 보며 손을 들까말까 우물거리는 회색 무녀는 무시하고, 저는 "그럼 이 네 사람을 사흘 후 선별하는 자리에 데려가겠습니다." 라고 선언했습니다.

"……프랑, 모두 데려가지 않아도 괜찮겠어요?"

성인이 된 회색 무녀를 선별하는 자리에 모두 끌고 갈 줄 알았는지, 빌마가 깜짝 놀라 몇 번이고 눈을 깜빡였습니다.

"로제마인 님은 최대한 각자가 원하는 길을 찾도록 돕고 싶다고 생각하십니다. 가고 싶은 자를 우선하겠습니다."

사흘 후 다섯 점 종이 울림과 동시에 저는 시종을 희망한 네 사람을 데리고 신관장실로 향했습니다. 에그몬트 님은 늘어선 회색 무녀를 보고 인상을 찌푸리셨습니다.

"겨우 네 명이냐?"

"……전 신전장님께서 아주 많은 무녀를 처분하셨기 때문입니다.

에그몬트 님은 모르셨습니까?"

"아니, 알고 있다. ……그래도 뭐 품질은 좋군."

전 신전장이 외견만 보고 남긴 회색 무녀뿐이라 당연히 미관을 해치지 않는 외견들입니다. 엉큼한 눈으로 회색 무녀들을 뚫어지게 비교하던 에그몬트 님은 한 회색 무녀를 가리키셨습니다.

"좋아, 너다."

한 사람이 지명되자, 그 무녀만 남기고 저는 다른 세 사람과 고아원에 돌아오게 된 릴리를 데리고 바로 퇴실했습니다. 이 뒤에는 신관장님께서 계약을 진행하실 겁니다. 자세한 계약 내용은 모르지만, 청색 신관의 시종이 되는 자는 청색 신관에게서 귀족으로 유출되는 정보를 막기 위해 로제마인 님의 레시피, 공방 관련 정보, 로제마인 님의 개인사 등을 발설하지 못하도록 계약 마술로 묶는다고 합니다.

"잘 왔어요, 릴리. 몸도 안 좋은데 일하느라 힘들었죠? 고아원에서 느긋하게 쉬어요."

빌마의 마중에 릴리가 갑자기 눈물을 뚝뚝 흘리기 시작했습니다. 빌마가 다정하게 등을 어루만지자 릴리는 자기 몸이 자신도 모르게 자꾸 변해 가서 너무 무서운데 "방해된다. 꺼져라."라고 주인에게 욕을 얻어먹어 너무 괴로웠다며 눈물로 호소했습니다.

저는 빌마에게 그 자리를 맡기고 고아원을 나왔습니다. 일단 로제마인 님이 원하시던 대로 시종이 되고 싶은 자가 시종이 되고, 괴로운 사람은 시종을 그만둘 수 있었으니 이걸로 다행이겠지요.

자, 이렇게 임산부가 고아원에 되돌아오게 되었습니다만, 문제는 임산부를 어떻게 다뤄야 할지 모른다는 겁니다. 릴리는 '자기 몸이 자신도 모르게 자꾸 변해 간다'고 말했는데, 정말 본인도, 옆에서 보는 우리도 어떤 식으로 변하는지 알 수 없었습니다.

제가 신관장님께 질문했더니, 신관장님의 대답은 "시간이 지나면 알아서 태어난다." 였습니다. 신관장님께서 그렇게 말씀하신다면 그런 것이겠거니 하고 고아원 전체가 느긋하게 기다리는데, 예절을 배우러 투리와 루츠가 찾아왔습니다.

"놔두면 알아서 태어난다고!? 말도 안 돼! 출산이 얼마나 힘든데! 귀족은 쉽게 낳아?"

"아무 준비도 없이는 불가능해! 몇이나 옆에서 도와서 아기를 받아야 한다고."

자신의 모친이 출산하는 장면을 곁에서 지켜본 투리, 근처에서 출산이 있으면 준비에 동원되는 루츠의 말에 핏기가 싹 가셨습니다. 그러고 보니 결혼만 봐도 평민과 귀족은 인식과 습관이 달랐습니다. 출산에도 상식이 다를 가능성이 있습니다. 마력과 마술구가 없는 고아원이라면 아마 평민의 출산 쪽에 가깝겠지요.

신관장님의 조언이 도움이 되지 않는 이상 외부의 힘에 의지할 수밖에 없습니다. 그러나 도움을 받고 싶어도 고아원에는 출산을 경험한 사람이 없고, 고아를 멸시하는 이 상황에 출산을 도와주러 고아원에 와 줄 특이한 사람도 없습니다.

'이럴 때 로제마인 님이 계셨다면.'

문득 그런 생각이 들었습니다. 남동생의 출산을 가까이서 지켜보셨던 로제마인 님이시라면 평민에게 부탁해서 쉽게 사람을 모아 주셨을 겁니다.

"우리 엄마라면 와 줄지도 모르는데 도우미 한 명으로는 부족해."

"일단 주인님께 여쭤볼게. 코린나 님이 출산하셔서 필요한 물건을 알고 계실 거야."

루츠의 말을 들은 벤노 님은 "알아서 태어나 주면 고생도 안 해! 출산 지식이 전혀 없으면 위험해! 임산부가 죽어." 하고 말씀하셨다고 합니다. 출산이 그렇게 위험한 줄 몰랐던 모두가 새파랗게 질렸습니다.

뭔가 좋은 방법이 없을까, 두 사람이 벤노 님과 함께 생각해 주신 모양입니다. 루츠는 "일단 수확제 때 릴리를 핫세로 옮겨." 라고 말했습니다. 핫세의 작은 신전이라면 아직 주민과 거리가 가까우니, 신전장님 명의로 한 줄 글을 써서 보내고 함께 겨울을 지낸 아힘과 에곤이 부탁한다면 도와줄 여성 몇 분은 구할 수 있을지 모릅니다. 게다가 핫세 출신의 고아라면 이곳 회색 무녀보다 출산을 잘 알 거다, 라고 벤노 님이 말씀하셨다고 합니다.

'역시 벤노 님. 바쁘신데 조언을 주셔서 감사합니다.'

벤노 님의 적절한 조언에 따라 저희는 릴리를 핫세에 보낼 준비를 시작했습니다. 출산에 필요한 도구도 플랑탱 상회 분들께 물어서 모았습니다.

가을 수확제를 앞두고 저는 릴리의 출산에 협력할 것을 리히트에게 부탁하는 편지를 썼습니다. 그리고 릴리와 아힘과 에곤, 세 사람을 태운 마차도 수확제에 갈 마차와 함께 핫세로 향했습니다.

샤를로테 님께서 리히트에게 편지를 건네주었더니, 출산을 도와주겠다며 흔쾌히 수락해 주었습니다. 작은 신전에 있는 노라는 역시 출산하는 자리를 지킨 경험이 있는지 필요한 물건을 확인하고, 릴리의 몸 상태로 출산 예정일을 조사하며 크게 활약해 주었습니다.

"아마 봄 막바지쯤에 태어날 것 같아요. 그러니 기원식 때 무녀를
더 데려와 주세요. 남성분은 출산하는 방에 들어올 수 없으니까 없어
도 돼요."

'오호라. 출산하는 자리에 남성이 들어갈 수 없다면, 투리와 루츠
가 아는 사실과 차이가 있을 겁니다.'

이렇게 해서 핫세에 릴리를 두고 저는 수확제를 하러 출발했습니
다. 수확제에서는 빌프리트 님과 샤를로테 님께 협력을 받으며 무사
히 고아원 겨울 준비에 필요한 물품을 모았습니다.

길을 통해 겨울 준비를 의뢰해서 작년과 마찬가지로 길베르타 상
회와 협력하여 돼지고기를 가공했고, 겨울 준비로 바쁜 신전의 가을
도 막바지에 접어든 어느 날이었습니다. 신관장님께서는 플랑탱 상회
의 벤노 님을 불러 인쇄업의 확장에 관해 의논하게 되었습니다. 왜냐
면 로제마인 님의 모친이신 엘비라 님께서 친정이 있는 영지에 공방
을 세우고 싶다고 말씀하셨기 때문입니다.

"아무리 그래도 지금 당장은 어렵습니다. 겨울이면 강이 어는 땅에
무작정 가 봤자 종이 한 장도 못 만들 겁니다. 할 수 있는 일이 전혀
없는데, 눈과 얼음 때문에 하르덴첼에 갇히게 되면 저희의 식량과 생
활은 누가 보상해 주십니까?"

"생활 보장이야 기베 하르덴첼이 해 주겠지만, 할 수 있는 일이 없
다면 곤란하군."

생각에 빠진 신관장님께 벤노 님은 매우 곤란한 표정으로 당장은
무리라고 필사적으로 호소했습니다. 만약 이 자리에 로제마인 님이

계셨다면 벤노 님도 조금은 편하셨을 겁니다.

"어떤 공방이든 준비가 필요하고, 상업 길드와도 보조를 맞추지 않으면 상품을 팔 수도 없습니다. 권력으로 억지로 진행하면 화근이 남아 나중에 일이 복잡해집니다. 귀족에게는 귀족의, 상인에게는 상인의, 장인에게는 장인의 방식이 있습니다. 신관장님은 물론이고, 엘비라 님이시라면 사전 교섭과 사전 준비가 얼마나 중요한지 이해해 주실 거라 믿습니다."

"그럼 어떤 준비가 필요한지에 대해 겨울에 있을 세례식 전까지 목록을 제출해라. 이만한 준비가 끝나지 않으면 착수하지 못한다는 것을 입증할 증거가 필요해."

신관장실을 나와 정문으로 향하는 벤노 님은 머리를 싸매고 계셨습니다.

인쇄 공방의 책임자이신 신관장님이 참관하신 가운데, 엘비라 님과 벤노 님 사이에 협상이 이루어졌습니다. 겨울 사교계에서 판매할 책을 인쇄할 개인 공방이 필요하니 지금 당장 세워 달라고 엘비라 님께서 말씀하셨습니다.

"그럼 그 인쇄는 로제마인 공방에서 떠맡겠습니다."

겨울 준비는 내팽개치고 공방을 필사적으로 돌려야 하겠지만 어쨌든 벤노 님의 주장이 통해서 하르덴첼의 인쇄 공방 설립까지 짧은 유예를 얻었습니다.

"미안하지만, 부탁할 수 없을까?"

벤노 님은 공방까지 와서 회색 신관들에게 직접 부탁하셨습니다. 이쪽도 플랑탱 상회에 많은 도움을 받고 있기에 최대한 돕기로 모두가 수긍했습니다. 하지만 벤노 님이 쓱 내민 엘비라 님의 원고 두께를 보고, 길과 루츠가 난처한 표정을 지었습니다.

"이만한 쪽수를 금속활자로 짜려면 엄청 시간이 걸려. 글자 수 정리도 안 되어 있잖아."

"이건 등사판 인쇄를 하는 편이 좋겠어."

고개를 끄덕인 두 사람이 등사원지와 도구를 안고 고아원에 달려가자, 등사판 인쇄라고 들은 사람들이 준비를 시작했습니다. 척척 움직이는 공방을 보고 안심한 듯 숨을 내쉰 벤노 님께 프리츠가 다가왔습니다.

"벤노 님, 저희가 최대한 협력해 드리겠습니다. 그런데 겨울 준비는 어쩌면 좋겠습니까? 숲에 가지 못하게 된 만큼 부족한 물품이 수두룩합니다."

"일단은 특별 요금으로 바가지를 씌워 뒀어. 겨울 준비물 대부분은 돈으로 해결할 수밖에."

"그럼 필요한 물건을 정리해서 드릴 테니 부탁드려도 되겠습니까?"

"그래. 억지로 부탁한 건 우리니까 그 정도는 해야지."

벤노 님이 겨울 준비를 맡아 주신 덕분에 공방은 겨울 사교계가 시작되기 직전까지 작업에 집중할 수 있게 되었습니다.

"감사합니다. 그럼 벤노 님은 이만 상점에 돌아가셔도 됩니다. 신경 쓰셔야 할 곳이 여기 한 군데만이 아니실 테니까요."

벤노 님이 "고맙다, 프리츠." 라 인사하고 몸을 돌려 공방에서 나갔습니다.

"프랑, 들으셨지요? 고아원 겨울 준비 정리는 신전장실에서 부탁합니다."

프리츠에게 공방 관련 준비물 목록을 떠맡은 저는 고아원으로 발걸음을 옮겼습니다. 고아원의 겨울 준비 목록도 필요해서입니다.

고아원 식당에서는 길과 루츠가 테이블에 도구를 늘어놓는 모습이 보였습니다.

"글씨가 예쁜 로지나한테는 글자를, 빌마에겐 그림 원고를 부탁해도 되나요?"

"그 외에도 글씨가 예쁜 사람이 있으면 작업을 부탁할게요. ……쪽수마다 글씨가 조금씩 달라도 괜찮을 거예요."

두 사람이 절박하게 사정을 설명하자 로지나가 한숨을 푹 쉬고 원고를 손에 들었습니다.

"음악을 가르치러 고아원에 오는 건데, 뭐 하는 수 없죠. ……어머? 이 글씨도 너무 우아하고 아름다운데요? 이대로 파도 문제없겠어요."

"좋았어. 그거라면 작업할 인원을 더 모을 수 있어요. 이 필적대로 파 주세요."

루츠와 길이 모두에게 말을 걸며 분주하게 돌아다니는 가운데, 저는 빌마에게 겨울 준비 목록을 받았습니다. 이미 끝난 것, 앞으로 준비해야 할 것들을 한눈에 알 수 있도록 로제마인 님이 첫해에 준비하신 물건입니다.

"프리츠의 부탁으로 고아원의 겨울 준비도 제가 맡게 되었습니다. 빌마는 그림 작업에 힘써 주십시오."

"프랑, 고맙게 생각합니다."

저는 잠과 모니카와 분담해서 플랑탱 상회에 부탁할 것을 정리했습니다. 신전장실, 고아원, 공방 관련 등, 겨울에 준비해 둘 물건이 상당히 많았습니다. 수확제 때 수령해서 가공이 필요한 식품은 주방의 푸고와 엘라와 니콜라에게 맡깁니다. 모두가 벅찬 일거리를 소화하느라 분주합니다.

신관장님을 도울 여유가 없을 정도로 힘을 합쳐 작업한 끝에 겨울 사교계가 시작되기 직전, 엘비라 님께 의뢰받은 인쇄물이 완성되었습니다. 끝났다! 하고 기쁨에 찬 공방에서 저는 완성된 책을 펼쳤습니다.

"……저, 벤노 님. 제가 봤을 때 신관장님의 그림이 들어가 있는 듯한데, 이 책이 정말 신관장님의 허가를 받은 것입니까?"

'신관장님한테 혼나고 금지되었다'라며 구시렁거리시던 로제마인 님을 기억하는 제가 의아해하자, 벤노 님은 핼쑥해진 탓에 조금 험악해진 얼굴로 저를 노려보았습니다.

"신관장님이 인쇄하라 하셨고 엘비라 님께 원고를 받았는데 또 뭐가 필요해? 괜한 말로 전부 버리게 되면 그 손해는 누가 배상해 주나? 응?"

번쩍이며 노려보는 적갈색 눈에 저는 입을 다물었습니다. 수면부족으로 신경이 곤두선 벤노 님께 이 이상 얘기하기는 힘들 것 같습니다. 그리고 벤노 님의 말씀대로 "엘비라 님의 직성이 풀릴 때까지 인쇄해 드려라." 라고 말씀하신 사람은 신관장님이십니다.

'대체 겨울 사교계는 어떻게 될까요?'

슬슬 1년째에 "로제마인이 깨어나려면 더 있어야 할 것 같다." 라고 신관장님께서 말씀하셨습니다. 제가 이해하긴 어려웠지만, 마력이 너무 압축된 바람에 녹는 데도 상당한 시간이 걸린다고 합니다.

신관장님이 불만을 터트리시면서 제게 마석을 교체하도록 하시고, 로제마인 님의 상태를 살펴보십니다. "이렇게 마력을 쌓아 뒀는데 이 녀석은 대체 어떻게 살아 있는 거지?"라는 중얼거림에 로제마인 님이 살아 계시는 건 신의 뜻이 아닐까 생각하면서 협탁 위에 완성된 책을 쌓아 올렸습니다.

겨울 사교계가 시작되고 신관장님이 자리를 비우시면 저희는 또 봉납식 준비를 시작해야 합니다. 이젠 지도하는 사람 없이도 준비에 익숙해져서 모두가 척척 일을 처리했습니다. 작년과 달리 봉납식 전에 신관장님께서 잠깐 로제마인 님의 용태를 살피러 돌아오셨다가 다시 성에 가셨습니다. 로제마인 님의 마력이 담긴 마석으로 올해도 무사히 봉납식을 끝냈습니다.

겨울 동안 투리의 조언대로 예의범절과 귀족 특유의 표현을 정리한 책을 만들었습니다. 귀족에게 팔리지 않아도 거상이나 마을, 촌에 사는 유력자에게 팔릴 거라고 벤노 님께서 판단하셨기 때문입니다.

로제마인 님에겐 별다른 변화도 없이 봄이 되었습니다. 엘비라 님이 언제 요청하실지 모른다며 플랑탱 상회가 분주하게 움직이는 가운데, 벤노 님은 기원식 회의에 참석하셨습니다.

회의는 고아원 원장실에서 이루어졌는데, 릴리의 출산을 위해 고아원에서 데려갈 회색 무녀 세 사람과 빌마도 참가하게 되었습니다. 플랑탱 상회는 남자뿐이라 예절 수업으로 친숙한 투리가 회의에 동석해 주었습니다. 조금은 회색 무녀들도 발언하기 쉬운 분위기를 만들려는 벤노 님의 배려입니다.

"아마 기원식 무렵에는 저와 루츠가 하르덴첼에 가 있을 겁니다.

신전과 소통하기 편하도록 마르크를 두고 갈 테니, 기원식 당일부터는 마르크와 소통해 주십시오. 길베르타 상회에는 투리도 있으니까 괜찮을 겁니다.”

벤노 님의 말씀에 투리가 싱긋 웃으며 고개를 끄덕였습니다. 앉은 자세만 봐도 전보다 훨씬 좋아졌습니다. 예절을 배운 성과가 착실히 나오고 있는 듯합니다.

“기원식 때 출산 도우미로 데려갈 무녀는 여기에 있는 네 사람입니까?”

“아, 아니에요. 저는…….”

빌마가 당황하여 고개를 젓자, 벤노 님의 눈썹이 홱 올라갔습니다.

“당신이 고아원 관리자이며 로제마인 님의 시종이지요? 조금 전에 스스로도 그렇게 소개하지 않았습니까? 그럼 고아원 관리는 다른 이에게 맡기고, 출산을 도우러 가는 편이 좋을 겁니다. 해 보지 않으면 모르는 일도 많으니까요.”

“그건 맞는 말씀이지만…….”

빌마가 끝을 얼버무리며 고개를 세차게 젓더니, 제게 도움을 구하는 시선을 보냈습니다. 아마 벤노 님과 대화하는 것도 무서워 참을 수 없어서겠지요. 저는 벤노 님께 빌마의 사정을 설명했습니다.

“청색 신관에게 심한 행위를 당할 뻔한 이후로 남자가 무서워서 바깥에 못 나간다라. ……약해 빠졌군.”

온화했던 벤노 님의 얼굴이 분노를 드러낸 표정으로 바뀌고, 목소리가 한껏 낮아졌습니다.

“네?”

“당신이 고아원의 책임자 아냐? 그럼 앞으로도 몇 번이고 비슷한 임산부가 나타날지도 모르는데, 관리자가 출산을 몰라서 어쩔 셈이냐!? 매번 핫세에 부탁할 수 있다고 생각하면 오산이야. 다음부터는 너희들끼리 해결할 수 있게 똑똑히 배우러 간다고 생각해."

벤노 님의 분노를 한 몸에 받은 빌마는 눈물을 뚝뚝 흘리며 고개를 저었다.

"……하지만, 저는."

"로제마인 님이 안 계시고, 협력할 사람을 찾을 방도도 없어서 우리에게 도움을 요청하니 우리도 미치도록 바쁜데도 도와주는 거다. 그런데 도움을 구하는 네가 고아원에 틀어박혀 있겠다고!?"

"그, 그런 생각은……."

설마 그렇게 심한 말을 들을 줄은 생각지도 못 했을 겁니다. 빌마가 깜짝 놀라 눈을 크게 뜹니다. 하지만 벤노 님은 그런 빌마를 똑바로 응시한 채 호통치셨습니다.

"그럼 무슨 생각으로 남에게 맡겨 두고 자기는 천하태평하게 틀어박혀 있는 거야!? 고아원 관리는 네 일이다! 일해! 의욕 없는 녀석을 도와줄 여유 따위 이쪽도 없어. 네가 가지 않는다면 마차는 보내지 않을 거다! 고작 반나절이면 간다. 걸어서 가!"

"벤노 님!?"

로제마인 님께서는 세상 물정을 모르는 회색 신관들이 위험에 처하지 않게 돈으로 호위 기사를 고용하고 마차를 준비해 주셨지만, 보통 평민들은 반나절 거리라면 걸어서 이동한다고 벤노 님이 말씀하셨습니다.

"의욕과 근성이 없는 녀석에게 내 시간을 할애할 마음은 없어. 플랑탱 상회는 하르덴첼에 갈 준비를 해야 하니 이만 실례하겠다."

"기다려 주세요! 가겠습니다. 갈 테니까…… 도와주세요."

빌마는 울면서 그렇게 호소했고, 벤노 님은 난처한 얼굴로 미간을 찌푸린 채 다시 의자에 앉으셨습니다. 기원식에 준비할 물건을 서로 의논하고 모두 해산했습니다.

벤노 님이 방을 나가신 뒤 그 자리에 무너지듯이 주저앉아 우는 빌마를 저는 조금 차가운 눈으로 내려다보았습니다.

"……원하지 않는 행위를 강요당한 공포는 이해하겠지만, 빌마는 뭐든지 도움을 받고 있지 않습니까. 아무런 도움도 받지 못하고 하기 싫은 일을 억지로 강요받는 사람도 있습니다. 그래도 살아서, 조금씩 극복할 수밖에 없습니다."

"프랑?"

"지금 출산을 앞둔 릴리는 아이를 원했을까요? 원하지 않았지만, 공포와 싸우면서 출산을 마주하려고 하고 있습니다."

깜짝 놀란 빌마가 고개를 들었습니다. 저는 여전히 내려다보면서 조용히 말했습니다.

"로제마인 님께서 구해 주신 지 몇 해가 지났습니까? 당신의 조언으로 로지나는 노력해서 싫어했던 서류 업무를 극복했습니다. 로제마인 님도 노력해서 교양을 익히셨습니다. 두 사람에게 조언했던 당신이야말로 슬슬 공포를 극복해야 할 겁니다."

기베 하르덴첼이 본인의 영지로 돌아가는 시기에 맞추어 구텐베르크의 이동이 시작되었습니다. 구텐베르크들과 함께 길과 몇몇 회색 신관이 하르덴첼로 향했습니다.

그리고 얼마 지나지 않아 기원식에 출발할 날이 왔습니다. 피부가

까칠해진 빌마를 걱정한 투리가 배웅하러 와서 열심히 격려해 주는 모습이 보입니다.

"빌마, 괜찮아요. 핫세에는 우리 아빠도 함께 가 줄 거예요."

"우리? ……아."

투리와 로제마인 님의 관계를 떠올린 빌마가 투리와 걱정스럽게 지켜보는 권터를 번갈아 봅니다.

"로제마인 님의 소중한 시종에게 난폭하게 굴거나 장난칠 사람은 동행에 넣지 않았습니다. 그러니 안심하십시오."

"감사하게 생각합니다."

투리의 격려와 권터의 배려로 빌마는 떨리는 발을 내디뎌 마차에 올랐습니다.

여름을 눈앞에 둔 봄이 끝나고 릴리의 아이가 태어났다는 빌마의 편지가 도착했습니다. 저는 날씨가 좋은 초여름에 마르크 님께 요청해서 데리러 갈 마차를 보냈습니다.

핫세의 작은 신전에서 돌아온 사람은 빌마와 도우미로 간 회색 무녀들, 그리고 엄마가 된 릴리와 태어난 갓난아기입니다. 바깥 생활을 경험한 빌마는 전보다 표정이 밝아졌고 눈동자에 힘이 서려서 매우 씩씩해진 것 같았습니다.

고아원에서는 디르크 때처럼 모두가 교대하면서 아기를 돌보는 생활이 시작되었다고 합니다. 빌마와 릴리가 항상 피곤한 얼굴을 하게 되었습니다.

여름이 끝나고, 모니카가 성인이 되어도 로제마인 님은 깨어나지 않으셨습니다. 하지만 수확제가 다가오는 즈음, 로제마인 님의 용태를 확인하시던 신관장님의 입꼬리가 슬며시 올라갔습니다.

"흠. 손가락이 움직이게 되었군. 치료는 거의 끝났다. 이젠 눈을 뜨기만 기다리면 돼."

"그렇습니까."

애타게 기다리던 조짐이 보이기 시작해서 안도했습니다. 아무래도 바로 깨어나시진 못할 것으로 보이지만, 전혀 변화가 없던 시간이 길어서인지 조금이라도 조짐이 보였다는 사실이 매우 기뻤습니다.

"정말이지……. 얼마나 나를 귀찮게 해야 속이 풀리려는지."

평소처럼 귀찮은 듯한 목소리로 페르디난드 님께서 그렇게 말씀하셨습니다. 하지만 그 옅은 금색 눈동자는 매우 걱정스러운 듯, 안도하는 듯 보이기도 했습니다.

수확제가 열리는 동안에도 신관장님은 로제마인 님의 용태를 살피러 이삼 일에 한 번 밤중에 기수를 타고 신전에 날아오셨습니다.

"신관장님은 어지간히 로제마인 님이 소중하신가 봅니다."

기수로 달려가시는 신관장님을 배웅한 후, 잠이 언뜻 쓸쓸하게 웃으며 그렇게 말했습니다.

"……그렇겠죠. 신관장님의 업무를 줄여 주신 분은 로제마인 님뿐이니까. 약에 의지하시는 신관장님의 건강을 진심으로 걱정하고, 영주님께 직접 담판도 지어 주는 상사는 로제마인 님 외에는 없지요."

제 말에 잠이 현재 신관장님의 업무량과 생활에 머리를 누릅니다. 하아 하고 한숨을 내쉬고, 로제마인 님이 잠드신 비밀의 방을 바라보았습니다.

"신관장님의 건강을 위해서라도 어서 빨리 로제마인 님이 일어나셨으면 좋겠군요."

"……일어나시면 일어나시는 대로 신관장님께는 머리가 아픈 날
들이 시작되겠지만요."

로제마인이 깨어났으니 목욕을 준비하라는 신관장님의 지시가 떨
어진 건 수확제가 끝나고 며칠 뒤의 일이었습니다.

하급 귀족인 호위 기사

"넌 내 남동생이니까 이번 일은 우리 집안의 진퇴에도 문제가 돼. 너도 알지? 얘기를 들어 봐야겠어, 다무엘. 네가 브리기테에게 청혼해 놓고, 어째서 무례하게 거절하는 상황이 됐지?"

성결식 밤. 브리기테에게 한 청혼이 이루어지지 않았던 나는 그 자리에서 가장인 형님에게 끌려서 집으로 돌아왔다. 그리고 지금 아무도 없는 조용한 집무실에서 형님과 형수와 마주 보며 앉아 있다. 형수인 율리아네가 녹색 눈으로 매섭게 나를 노려보았다.

"1년이나 시간이 있었으면 다무엘 님이 거절하실 게 아니라 중급 귀족이신 브리기테 님께서 거절시시도록 사전에 얘기가 되었어야 하는 것 아닌가요? 사람들 앞에서 청혼해 놓고 당신이 거절하시다니요. 브리기테 님이 얼마나 상처받으셨겠어요. 대체 무슨 이유로 하스하이트 님을 떼어내신 거죠? 브리기테 님의 명예를 지켜 드리기 위해서 아니었나요?"

브리기테를 구해 주는 것처럼 청혼해 놓고 더욱 상처를 입혔다는 말에 나는 어금니를 꽉 깨물었다. 상처를 줄 생각 따위 추호도 없었다. 청혼하면 받아 줄 것이라 믿었다. 설마 사람들 앞에서 갑자기 조건을 걸 줄은 생각지도 못했다.

"마력의 양이 맞으면 청혼을 받아 주겠다고 했습니다. ……그런데 그 자리에서 갑자기 조건을 걸 줄은 생각도 못했습니다."

브리기테의 말에 깜짝 놀라 눈을 크게 떴을 때, 내 시선에 엘비라 님이 보였다. 가만히 미소를 지으며 내 반응을 유심히 관찰하는 칠흑 같은 눈을 본 순간, "당신은 로제마인에 대해 너무 많은 걸 알아요."라는 목소리가 뇌리에 스쳤다. 로제마인 님의 세례식 전에 호위 기사로 발탁하느냐 마느냐를 가리러 기사단장 부부에게 호출되었을 때 들은 말이다.

동시에 기사단장님과 페르디난드 님이 "로제마인의 수많은 사정을 아는 자네가 호위 기사에서 제명된다는 게 어떤 의미인지 곰곰이 생각하도록." 이라고 했던 말이 뇌리를 스쳤다. 로제마인 님의 온정으로 목숨을 구하고 호위 기사로까지 발탁된 나는 호위 기사를 그만둘 수가 없다. 수많은 비밀을 아는 데다 충성을 맹세했기 때문에 하급 귀족인 내가 발탁된 것이다. 반대로 말하자면 수많은 비밀을 아는 나를 로제마인 님의 보호자들이 가만히 놔둘 리가 없다.

"갑자기 일크너에 와 달라는 말을 듣고 놀란 사람은 접니다."

"뭐? ……무슨 말이냐? 네가 일크너에 데릴사위로 가는 게 아니라 브리기테 님을 시집오게 할 생각이었어?"

나는 형님의 깜짝 놀라는 목소리를 의아해하면서 고개를 천천히 끄덕였다.

"저도 브리기테도 로제마인 님의 호위 기사입니다. 귀족가를 벗어나 일크너에 가겠다고 누가 생각합니까?"

나는 호위 기사를 그만두고 귀족가를 벗어날 수 없다. 그리고 브리기테는 일크너에 있기 괴로워서 기숙사에서 생활했다. 그래서 결혼하면 당연히 귀족가에서 지내게 될 줄 알았다.

"아니. 아무리 생각해도 말도 안 되지. 비록 로제마인 님께서 널 거둬 주시긴 했지만, 주변에서는 다들 되도록 빨리 그만두는 편이 좋다고 평가받는 호위 기사이고, 브리기테 님은 기베 일크너의 여동생이야. 일반적으로 생각해 봐도 네가 데릴사위로 들어가는 쪽이 당연하지. 하급 귀족에서 중급 귀족으로 출세할 유일한 기회를 제 발로 걷어차다니, 무슨 꿍꿍이냐?"

형님의 말을 들으니, 내 생각이 평범한 하급 귀족과 다르다는 사실을 깨달았다. 다른 하급 귀족은 정세에 맞춰 파벌을 바꾸는 사람도 많다. 나처럼 말할 수 없는 사정으로 직무를 그만두지 못하는 쪽이 특수하다.

"……주변에서 보면 제가 데릴사위로 들어가는 게 당연합니까?"

"당연하지. 브리기테 님을 우리 집에 받아들이는 상황은 말이 안 되잖아?"

그것 외에는 해답이 없다는 듯이 형님이 딱 잘라 말하자, 율리아네가 몹시 의아한 표정으로 물었다.

"그럼 설마 다무엘 님은 결혼해서 중급 귀족인 브리기테 님을 하급 귀족으로 떨어뜨릴 생각이셨어요? 결혼 후에는 대체 어떻게 귀족가에서 생활하실 생각이셨길래요?"

나는 조금 고개를 갸웃거리며 일반적인 하급 귀족의 결혼을 입에 담았다. 토론베 토벌 사건으로 혼약이 파기되어 버렸지만, 결혼 준비 자체는 도중까지 한 번 해 본 적이 있다.

"가정을 가지면 기숙사에서는 못 사니까 예전에 약혼했을 때처럼 귀족가에서 집을 빌려 살 생각이었죠. 신전과 성을 드나드는 호위 기사 업무에도 별 영향은 없을 겁니다. 시종 한 사람은 붙일 수 있었을 테니, 브리기테도 기숙사 생활과 크게 다르지 않겠지요."

그 순간, 형님과 율리아네가 동시에 "말도 안 돼." 하고 이마를 눌렀다.

"예전의 네 약혼녀는 하급 귀족이었어. 정말 진심으로 중급 귀족이며 기베의 여동생인 브리기테 님에게 그런 생활을 보내게 할 생각이었어?"

"계급이 달라지면 결혼이나 출산으로 사정이 어려워져도 친정에 의지하기 어려워요. 기숙사에서 사는 지금보다 더 생활이 빡빡해질 게 뻔해요."

나는 눈을 끔뻑였다. 한 번 약혼 기간에 결혼 준비를 해 본 적이 있어서인지, 두 사람이 이리도 강하게 부정할 줄은 몰랐다.

"호위 기사라 중급 귀족과 상급 귀족들께서 잘 대해 주시니까 결혼해서 하급 귀족으로 계급이 내려가는 현실을 너무 가볍게 생각하신 게 아닌가요?"

율리아네가 그렇게 한숨을 내쉬고, 결혼 후에 여성의 생활이 어떻게 변하는지 알려주었다. 결혼 전과 마찬가지로 사교가 중심이지만, 그것은 남편의 집안을 기준으로 이루어진다.

"결혼으로 계급이 바뀌면 브리기테 님은 귀족가에서 하급 귀족으로 살아가셔야 해요. 지금까지 대등했던 친구와 예전처럼 지낼 수 없게 되고, 고향에 돌아가면 가족과 친척에게 자신을 낮춰서 대해야 하죠."

"다무엘, 네가 부자 평민 집안의 데릴사위로 들어간 격이다. 영지를 가진 중급 귀족이 하급 귀족이면서 후계자도 아닌 남자의 부인이 된다는 건 그 정도로 차이가 있어."

형님이 구체적인 예를 들자 나는 처지를 바꿔 생각해 보았다. 사전에 연락하면 면담은 할 수 있다. 하지만 자신이 평민이 되어 버리면 본가에도 쉽게 드나들지 못하게 되고, 귀족으로 행동할 수도 없게 된다.

지금은 허물없이 지내는 친구들과도 계급이 다르면 어떻게 바뀌는지, 로제마인 님과 평민들과의 관계를 떠올리면 금방 상상이 되었다.

로제마인 님은 가족보다 지위가 올라갔지만, 브리기테는 내려가는 경우다. 나는 독신이며 후계자도 아니라서 형님에게 모든 친척의 교류를 맡긴 탓에 결혼 후 변화할 브리기테의 생활에 관해서 지금까지 깊이 생각해 본 적이 없었다.

"제 생각이 부족한 건 인정합니다. 하지만 브리기테는 하스하이트 님과 약혼을 파기한 이후로 일크너에서 살기 어려워져서 후원자를 구할 목적으로 호위 기사가 되었습니다. 귀족가에서 로제마인 님과 관계가 돈독해지면 일크너에 도움이 될 거라고 본인이 그랬어요. 그래서 저는 결혼하면 일크너에 돌아가고 싶어 할 줄 몰랐던 겁니다."

귀족가에 살면서 호위 기사를 계속할 나를 통해 로제마인 님의 후원을 받는다면 브리기테도 행복해할 줄 알았다. 무릎 위에 쥔 주먹이 파르르 떨렸다.

"그렇다면 호위 기사가 되신 브리기테 님이 로제마인 님의 후원을 받아서 일크너의 발전을 약속받았으니까, 이제는 일크너에서 지내기 거북하지 않겠지. 데릴사위를 들여서 기베의 일족을 늘리고, 조금이라도 일크너를 지탱하자고 생각하는 게 당연해."

형님이 말하길 하스하이트 님과 약혼이 파기되면서 기베 일크너를 섬기던 하급 귀족들이 떠났고, 지금은 일크너에 귀족이 거의 남아 있지 않은 상황이라고 했다. 기베의 일족과 남은 몇 없는 귀족이 하나가 되어 일크너를 지키고 있지만, 한 사람이라도 귀족이 필요한 판국이라 브리기테의 결혼으로 데릴사위가 들어와 주길 바랄 거라고 했다.

"로제마인 님의 호위 기사라 파벌에 문제가 없고, 후계자도 아니니까 하급 귀족인 네 청혼을 인정했을 거다. 원래 하스하이트 님도 데릴사위로 들어갈 예정이었다던데, 아마 그 전제로 혼약을 진행했겠지."

"……형님은 꽤 일크너에 빠삭하네요."

"네가 혼인하는데 우리 집안도 가만히 있을 순 없지. 집안 가장으로서 당연히 상대방을 조사해야 하지 않겠어? 오히려 청혼까지 한 네가 왜 처음 듣는 얼굴인 게냐? 청혼하고 1년이나 시간이 있었는데, 어떻게 일크너의 사정을 모를 수가 있지?"

나는 몰랐다. 하스하이트 님의 약혼이 데릴사위가 전제였다는 사실도, 브리기테의 약혼 파기 후에 빚어진 일크너의 어려움도, 얼마나 귀족이 부족한지도……

"로제마인 님과 함께 일크너를 방문했을 때 귀족이 상당히 적다고는 생각했지만 저는 그 배경도, 일크너에 돌아가고 싶어 하는 브리기테의 마음도 몰랐습니다."

그렇게 말하는 도중에 문득 떠올랐다. 일크너에 체류 중에 브리기테가 '일크너를 어떻게 생각하나'라고 물었던 기억이.

'설마 그 질문이 데릴사위를 전제로 한 질문이었어?'

내가 일크너에 긍정적인 대답을 했더니 브리기테는 매우 기쁜 듯 웃으며 손을 내밀고, "예의상 하는 말이 아니다."라며 청혼을 받아주는 대답을 주었다. 마음이 통한 행복함에 온몸을 떨었던 그 순간, 이미 우리는 엇갈렸다는 말인가. 등골이 얼어붙는 듯한 깨달음을 믿기가 힘들어서 나는 머리를 저으며 부정했다.

"전 로제마인 님의 온정으로 호위 기사가 된 하급 귀족입니다. 주인의 허가 없이 호위 기사를 그만둘 수도, 귀족가에서 나갈 수도 없습니다. 계속 함께 일해 왔으니 브리기테도 알고 있었을 겁니다."

자신에게 타이르는 내 말을 듣고, 형님이 깜짝 놀라 눈을 휘둥그레 떴다.

"아아……. 넌 평범한 하급 귀족과 똑같이 생각하지 못하는 처지구나. 하지만 알았을 거라는 태도는 좀 오만했네. 난 가족이지만 네가 호위 기사가 된 경위를 알고서도 미처 네 처지를 생각하지 못했어. 누구나 자기 척도로 사물을 판단하는 법이야."

브리기테는 브리기테의 사정으로, 나는 내 사정으로 생각하느라 서로의 생각을 확인하지 못했다. 내 모습을 가만히 지켜보던 형님이 하는 수 없다는 얼굴로 씁쓸하게 웃었다.

"다무엘, 확실히 넌 모두의 예상을 뛰어넘는 노력을 했다. 하급 귀족이 중급 귀족에게 청혼해도 될 정도까지 마력을 늘렸지. 로제마인 님의 마력 압축 방법을 배운 덕분이라고 하지만, 실제로 그 결과는 쉽게 얻을 수 있는 게 아니야. 그 노력은 내 남동생이지만 훌륭했다. ……하지만 너희가 결혼을 이루기에는 부족했어."

가슴이 세게 죄어 왔다. 어금니를 깨물며 고개를 숙였다. 닿을 수 있다고 확신했던 만큼 나의 '부족함'을 인정하고 싶지 않았다.

"마력은 결혼을 고려하는 최저한의 조건이야. 가령 하급 귀족끼리라도 마력의 양과 마음만으로 결혼을 정할 순 없지. ……넌 유예를 1년이나 받았음에도 결혼에서 서로 양보할 수 없는 선을 확인하지 못했어."

형님의 말이 가슴에 쿡쿡 박혔다. 1년간, 나는 필사적으로 노력해서 마력을 늘렸다. 그렇게 하면 청혼을 받아 주리라 믿고, 오직 마력을 늘리는 데 집중했다. 하지만 마력의 양에만 집중했던 내게는 결혼 생활에 대한 사려가 부족했다.

"결혼과 연애는 달라. 결혼이 목표라면 사랑의 결실이 중요한 게 아니야. 앞으로 어떻게 생활할지가 중요해. 너와 브리기테 님은 서로 바라는 미래가 너무 달랐다. 가뜩이나 신분이 다르면 생활 습관을 맞추기가 만만치 않은데, 서로를 이해하지 못한 상태에서 결혼 생활은 불가능하다고 봐야지."

결혼 후에 어디에서 어떻게 살 것인가. 서로 어떤 사정이 있는가. 나와 브리기테는 그런 기본적인 얘기조차 나누지 않았다.

형님의 말이 끝나자 무거운 침묵이 찾아왔다.

'내가 어떻게 해야 했을까?'

미리 서로 얘기를 나누었다면 브리기테와 이어졌을까. 무엇을 어떻게 얘기해야 좋았을까. 필사적으로 머리를 굴리며 생각했다.

'적어도 로제마인 님이 잠들지 않으셨다면……'

여러 방면에서 응원해 주셨다. 분명 뭔가가 달라졌을지도 모른다. 분명 함께 고민해 주셨으리라. 그러면 기사단장님과 페르디난드 님께서도 협력해 주셨을지도 모른다.

'그런데 마력 압축까지 배워 놓고, 또 도움을 바란다고?'

형님도 브리기테도 모르지만, 나는 안다. 소중한 평민들을 지키기 위해 평민에서 영주의 양녀가 된 로제마인 님은 결국엔 보호자들의 뜻을 거스르지 못한다. 내가 아무 생각 없이 부탁하면 어린 그녀의 가슴에 못을 박는 결과가 된다.

'호위 기사가 주인을 괴롭혀서 어쩔 셈이야?'

나는 몇 번이고 자신에게 묻고 답했다. 결국 '불가능'이라는 결론에 도달하자 깊은 한숨을 쉬었다. 천천히 고개를 들자 어느샌가 율리아네의 모습은 없었고, 형님 혼자 술잔을 기울이며 나를 바라보고 있었다.

"네가 납득할 만한 대답이 나왔냐, 다무엘?"

온화한 눈빛으로 그렇게 말한 형님은 술병을 들어서 내 잔에 술을 따라 주었다. 나는 잔을 들고 살짝 입을 댔다. 한 모금 넘기자 목구멍이 찌릿, 하고 타들어 가는 감각이 들었다.

"인연의 여신께서 제게 축복을 내려 주시지 않나 봅니다. ······아무리 생각해 봐도 호위 기사를 그만둘 수 없는 저와 일크너에 헌신하고 싶은 브리기테가 이어지는 모습이 보이지 않았습니다."

"그래······. 그럼 브리기테 님께는 깊이 사죄해 둬. 사정이야 어쨌거나, 사람들 앞에서 하급 귀족이 중급 귀족에게 청혼해 놓고 멋대로 거절했으니 말이야. 나는 형으로서 기베 일크너에게 네 잘못을 사과하마."

형님은 한시름 놓은 얼굴로 숨을 푹 내쉬었다.

"난 솔직히 말해서 브리기테 님께서 청혼을 받기 전에 데릴사위 여부를 물어봐 주셔서 다행이라고 생각한다. 서로의 생각이 다르다는 것도 모른 채 청혼이 성립되고 나중에서야 사정을 밝히는 상황보다는 나아."

청혼이 성립되면 두 사람 사이의 문제에서 벗어나 가족까지 깊이 관여하게 된다. 기베 일크너의 일족과 말썽이 생기는 상황만큼은 가장인 형님의 입장에서 가장 피하고 싶으리라.

'난 내 주변도 잘 살펴보지 않았구나.'

결혼은 두 사람만의 문제가 아니다. 부풀어 가는 마음만 앞서서 그런 당연한 것에도 주의를 기울이지 못했다.

다음 날, 나는 브리기테와 신전에서 딱 마주쳤다. 굉장히 서먹서먹하지만 귀족만 득실거리는 기사 훈련장에서 얘기하는 것보다는 훨씬 낫다.

"미안, 브리기테. 난…… 일크너에 돌아갈 수 없다는 말만 곧이듣고 일크너의 사정이나 사실은 돌아가고 싶어 하는 네 마음조차 알려고 하지 않았어."

"아뇨, 저야말로 사전에 오라버니에게 지적받기 전까지는 당신이 귀족가를 벗어나기 힘들다는 생각을 하지 못했어요."

조금 더 빨리 깨달았더라면, 하고 브리기테가 쓸쓸한 미소를 지었다. 두 사람 모두 주변이 지적해 주기 전까지 깨닫지 못한 셈이다. 형님이 말한 대로 혼약이 성립해 버린 후에야 깨닫게 되지 않아서 다행이라며 메마른 웃음이 새어 나왔다.

"다무엘은…… 정말 여기에서 못 나갑니까?"

그렇게 말한 자수정 눈동자에는 아직 완전히 포기하지 않은 한 줄기의 희망이 보이는 듯했다. '가능하다면 응하고 싶다'는 마음과는 반대로 내 머리는 '몇 번을 생각해도 아니었잖아'라는 냉정한 판단을 내렸다.

"당신은 꼭 일크너에 돌아가야 해?"

질문을 질문으로 받아치다니, 조금 비겁할지도 모른다. 하지만 가슴이 소리쳤다. '아직 포기할 수 없어. 브리기테만 와 준다면 이뤄질 수 있는데……'라고.

시선이 뒤엉켰다.

서로에게 미련이 느껴졌다.

잠깐의 침묵 후, 브리기테가 천천히 숨을 들이쉬면서 눈을 감았다.

그 후에 나를 바라본 눈에는 단호한 결별의 빛이 서려 있었다.

"난 기베 일크너의 일족입니다. 호위 기사가 된 것도 고향을 위해 서였죠. 하급 귀족이 되어 귀족가에서 살 수는 없습니다. 일크너에 도움이 되는 인연을 원합니다."

인연의 여신이 잡고 있던 실이 뚝 끊겨 버렸음을 실감했다. 몸 안의 힘이 빠지는 감각 속에서 나는 억지로 웃어 보였다.

"……그, 내가 말하기도 좀 그렇긴 한데…… 후보자가 있어?"

"엘비라 님께서 오라버니께 같은 파벌 분을 소개해 주시기로 하셨어요. 내가 스무 살이 되기 전에 결혼해야 한다면 서둘러야 해서 호위 기사를 그만두라고 하셨습니다. ……그러니 신전이나 훈련 중에 나와 마주쳐서 서먹해질 일은 없을 겁니다."

브리기테는 쓸쓸하게 웃으며 등을 돌렸다.

"서로, 인연의 여신 리베스크힐페의 실이 이어지는 상대와 만나길 바랍니다."

브리기테와 결별한 다음 날은 영주 일족의 호위 기사 훈련일이다. 하급 귀족인 내가 중급 귀족의 혼인을 거절했다고 주변에서 얼마나 악담할지, 생각만 해도 위가 아팠다. 배를 누르며 훈련장에 가자 걱정스레 미소를 짓는 기사단장님과 의욕에 찬 보니파티우스 님이 나를 기다리고 있었다.

"훌륭한 충성심이었다, 다무엘!"

"가, 감사합니다……."

날 어떻게 대할지 고민하며 전전긍긍했더니, 혼인보다도 충성심을 택했다며 상층부에서 높이 평가했던 모양이다. 기사단장님은 이래저래 동정하는 얼굴로 고개를 끄덕였고, 보니파티우스 님은 기분이 아주 좋아 보였다. 훈련장이 바늘방석 같은 분위기가 아니라서 조금 안도했다.

"난 감동했다. 자네의 충성심에 지지 않게 더욱 훈련하라! 가자, 다무엘!"

'최대한 적당히 살살 부탁드립니다.'

물론 보니파티우스 님 사전에 '적당히'란 단어는 존재하지 않는다. 실연과 훈련으로 몸도 마음도 너덜거리는 하루하루가 로제마인 님이 깨어나실 때까지 이어졌다.

손이 가는 남자 조리법

함께 일했던 동료의 부탁을 차마 거절하지 못한 푸고 씨는 새로운 레시피를 고민하기 시작했는데, 그 사이에 토드 씨에게만 맡길 수 없다고 판단한 오트마르 상회가 상업길드의 전속 요리사인 일제 씨에게 의뢰해서 새로운 레시피를 만들게 했다고 한다.

푸고 씨가 새로운 레시피를 토드 씨에게 가르치러 이탈리안 레스토랑에 갔을 때 일제 씨와 어떤 충돌이 있었는지 나는 잘 모른다. 하지만 푸고 씨가 신전 주방에 돌아왔을 때 일제 씨와 오리지널 메뉴로 요리 대결을 하게 되었다고 했다. 맛있는 쪽 메뉴를 채용하기로.

로제마인 님은 독특한 요리를 좋아하셔서 전속 요리사인 푸고 씨와 내게는 다양한 레시피가 있었다. 계약 마술로 묶인 메뉴를 제외해도 그랬다. 그래서 로제마인 님에게 평가가 높았던 오리지널 메뉴를 골라 대결에 도전한 셈이었다.

하지만 결과는 일제 씨의 승리였다.

그날부터 며칠 동안 계속 저 상태다. 요리하는 중에도 어깨는 축 처지고 등은 동그랗게 굽어서 눈에 생기도 없었다. 일하는 모습이 전혀 멋있지가 않다.

하아…… 하고 무거운 한숨이 또 푸고 씨의 입에서 새어 나왔다. 이 한숨도 몇 번째인지. 승부에서 진 다음 날은 어떻게든 위로해 주려고 이래저래 신경을 썼지만, 점점 짜증나기 시작했다.

'겨우 한 번 졌다고 저렇게 기가 죽어서! 다음번에 이기면 되잖아!'

거친 콧김을 내쉬며 후샤를 거칠게 자르는 내 옆에서 후샤를 전부 씻은 니콜라가 푸고 씨에게 걱정스러운 시선을 보냈다. 그 시선을 눈치챈 푸고 씨가 위로의 말을 구하는 듯한 어두운 눈동자로 니콜라에게 힘없이 웃었다.

그 미소를 본 순간, 짜증이 확 치솟으며 내 속에서 뭔가가 끊어졌다. 나는 식칼을 놓고 푸고 씨에게 성큼성큼 다가가 가슴을 퍽 때렸다.

"일제 씨한테 져서 분한 건 알겠는데요. 계속 그렇게 우물쭈물하지 말아 줄래요? 답답해서 짜증난다고요."

"뭐!? 마, 말이 너무 심하잖아."

위로의 말을 기대했다가 된통 혼이 난 푸고 씨가 눈을 시퍼렇게 뜨고 인상을 찌푸렸다. 하지만 이 며칠 동안 꼴사나운 모습만 보인 데다 니콜라에게 불쌍한 척 웃는 얼굴을 보고 인상이 한껏 일그러진 쪽은 바로 나다.

"다음번에는 꼭 일제 씨에게 이기겠다고 분발하면 저도 힘껏 응원해 주겠어요. 그런데 며칠이나 질질 끌면 주방 분위기는 계속 나빠지지, 열심히 만든 요리도 맛이 없어진다구요. 다시 일어설 때까지 당분간 쉬세요. 지금의 푸고 씨는 솔직히 말해서 방해예요."

날카롭게 노려보며 그렇게 말하자, 푸고 씨가 입을 쭉 내밀고 나를 째려보았다. 그리고 도움을 요청하듯 "얘 좀 말이 심한 것 같지 않아?"라며 내 기세에 눈이 동그래진 니콜라에게 동의를 구했다.

'상냥한 니콜라한테 묻어가려고 해도 소용없어요.'

나는 씨익 웃으면서 니콜라 옆에 돌아와 다시 식칼을 쥐고 후샤를 썰어 물을 채운 그릇에 퐁당퐁당 넣었다.

"로제마인 님은 1년은 더 깨어나지 않으신다고 프랑이 말했다고 하고, 고아원에서 먹는 식사라면 우리 두 사람만으로 충분하니까 푸고 씨가 쉬어도 걱정할 것 없어요. 그치, 니콜라? 푸고 씨의 몸이 좋아질 때까지 쉬게 하는 편이 좋다고 생각하지 않아? 저렇게 무거운 분위기를 만들면 열심히 만든 요리가 맛없어지잖아."

니콜라는 집게손가락을 턱에 대고, 미간을 찌푸리며 잠깐 생각에 잠겼다.

"음, 그러네요. 요리가 맛없어지면 곤란하니까 푸고 씨가 집에 돌아가실 수 있게 제가 프랑에게 부탁할게요."

"아, 아냐, 니콜라. 잠깐만! 괜찮아. 이제 아무렇지 않아. 프랑한테 보고든 부탁이든 안 해도 돼."

"……그래요?"

멀뚱멀뚱 보는 니콜라에게 푸고 씨가 새파랗게 질린 얼굴로 재차 고개를 끄덕이며 "자, 요리 시작해야지! 맛있는 요리를 만들자!" 라고 과장되게 소매를 걷었다. 맛있는 요리로 니콜라의 시선을 돌리려고 필사적인 모습을 보고, 나는 "푸흡!" 하고 웃었다.

신전에서 나고 자란 니콜라의 상식은 평민의 상식과 상당히 멀었다. 신전장실을 관리하는 프랑에게 '요리가 맛없어지니까 푸고를 쉬게 하고 싶다'고 말했다간, 푸고 씨는 전속 요리사로서 실직자가 될 터이다. 요리를 못하는 요리사는 고용할 의미가 없으니까. 하지만 니콜라는 그런 생각까지 깊이 하지 않았다. 자란 환경 때문이리라. 오직 중시하는 건 '맛있는 요리로 행복한 기분을 느끼고 싶다'는 것뿐이다.

"니콜라는 냄비를 부탁해. 엘라는 후샤를 다 썰었으면 여길 도와."

허세인지, 나를 향한 분노가 있어서인지, 눈썹을 쌜쭉거린 푸고 씨가 짜증을 떨쳐내며 카르페와 칼을 손에 들었다. 아무래도 니콜라의 눈을 돌리기 위해, 그리고 완전한 부활을 보여주기 위해 요리 하나를 선보일 생각인 듯하다.

나는 물병으로 물을 길어 넣은 개수대에서 식칼을 씻고 푸고 씨와 마찬가지로 칼을 들고 주방 구석에 있는 의자에 털썩 주저앉았다. 마대 속에 꽉꽉 차 있는 카르페를 하나 집어서 껍질을 슬슬 깠다.

"젠장. 엘라. 두고 봐."

니콜라의 눈치를 보면서 분한 듯 중얼거리는 푸고 씨에게 나는 고개를 크게 끄덕였다.

"맡겨 주세요. 두고두고 기억할게요. 일제 씨에게 졌다고 기가 푹 죽어서 니콜라한테 위로받으려고 불쌍한 척하는 실패한 푸고 씨를요."

"야! 그냥 잊어!"

"싫거든~요."

'좋아하는 사람의 일은 세세한 것까지 다 기억하고 싶은걸.'

후훗 웃으면서 나는 계속해서 카르페 껍질을 깠다. 뾰로통한 얼굴로 빠르게 껍질을 까는 푸고 씨에게서 더는 침울한 분위기가 풍기지 않았다. 어두웠던 눈에 빛이 돌아왔고, 등도 조금 펴져서 다시 약간 멋있어졌다.

'역시 요리하는 푸고 씨는 이래야지.'

콧노래를 흥얼거리며 감자 껍질을 까는데 푸고 씨가 "엄청 기분이 좋은가 봐?" 하고 심술궂게 중얼거렸다. 기분이 나빠 보인다기보다 겸연쩍은 얼굴이라는 쪽이 맞을지도 모른다. 자기가 어린애처럼 굴었던 짓을 자각하고 얼버무리려는 듯 보이기도 했다. 그 모습이 좀 귀여워 보이다니, 난 남자 취향이 꽤 특이한지도 모르겠다.

껍질을 깐 카르페를 조리대 위에 있는 그릇에 넣고, 다음 카르페를 집으면서 푸고 씨에게 웃어 보였다.

"그렇게 풀 죽지 않아도 또 여름 막바지부터 초가을에 이탈리안 레스토랑에서 메뉴 대결이 있죠? 그럼 그때 일제 씨에게 이기면 되잖아요. 가을 메뉴면 역시 버섯을 잘 활용하고 싶네요. 버터로 고소하게 볶아도 좋고, 식초로 새콤하게……."

"……내가 일제한테 이길 수 있을까?"

자신 없어 보이는 얼굴로 나를 보는 푸고 씨에게 나는 즉시 "이길 수 있어요."라고 대답하면서 칼질을 했다. 푸고 씨는 눈을 동그랗게 뜨고 믿기지 않는 것을 보는 사람처럼 쳐다보았지만, 그렇게 자신이 없는 이유를 모르겠다.

"그야 저번 패배의 원인은 푸고 씨가 로제마인 님의 우수한 전속 요리사이기 때문인걸요. 딱히 실력이 나빠서 진 게 아니니까 충분히 승산 있어요."

"넌 일제한테 그렇게 혹평을 들은 사람한테 어쩜 그렇게 능청스럽게……."

일제에게 "메뉴는 참신하지만 소금을 너무 넣어서 전체적인 맛의 균형이 무너졌어."라든지 "리샤나 피체를 넣으면 맛도 잡고 감칠맛도 나."라며 세세한 부분에서 지적받았던 기억이 떠올랐는지, 푸고 씨의 고개가 다시 아래로 처졌다.

"자자, 거기까지."

나는 껍질을 깐 카르페를 푸고 씨의 얼굴 앞에 불쑥 내밀어서 고개가 더 떨어지지 않게 막았다. 푸고 씨가 짜증난 표정을 짓기에 나도 마찬가지로 인상을 찡그렸다. 겨우 기분을 풀어 줬더니 또 침울해지면 귀찮아진다.

"로제마인 님이 좋아하는 메뉴 대결이면 푸고 씨가 이겨요. 하지만 일제 씨와는 이탈리안 레스토랑의 메뉴 대결이었잖아요? 로제마인 님 개인에 맞춘 맛이면 안 돼요. 아마도. ……로제마인 님은 강한 짠맛을 좋아하시니까요."

그 메뉴 대결의 패인은 로제마인 님의 입맛에 치우쳤기 때문이다. 전속 요리사는 자기를 고용한 주인이 좋아하는 맛에 조금씩 변화를 주거나 싫어하는 재료를 사용하지 않도록 주의하면서 요리한다. 만인의 입맛이 아니라 고용주의 입맛에 맞는 요리를 만드는 것이다.

"토드 씨가 로제마인 님의 새로운 레시피를 부탁하니까, 푸고 씨는 그 맛에 맞춘 요리를 가져갔잖아요. 그래서 진 거예요."

"아~. 하긴 심사위원은 큰 상점 주인님들이었어. 그래서 그동안의 귀족 요리에 콘소메를 이용해서 풍미를 살린 일제의 요리가 더 인기가 있었구나……."

이탈리안 레스토랑의 메뉴는 꼭 평범하지 않은 요리가 아니어도 된다. 언뜻 독특해 보여도 일반인의 입맛에 맞고, 사용하는 재료나 조미료가 예산이나 주문량에 맞는지가 중요하다.

"로제마인 님이 좋아하시는 맛이 아니라 만인이 좋아하는 맛이어야 하고, 신전이나 성의 주방과 달리 빙실을 쓸 수 없는 점도 패배 요인인지도 모르겠네. 여름 레시피는 거의 퇴짜 맞았어."

"그러네요. 로제마인 님의 여름 레시피는 대부분 빙실을 쓰는 요리가 많으니까요."

허약해서 더위에도 약하고 금방 식욕이 없어지는 로제마인 님의 여름 레시피는 상큼하고 시원시원하면서 먹기 쉬운 요리가 많다. 하지만 그것은 아무리 생각해도 마술구로 빙실을 쓸 수 없는 이탈리안 레스토랑 메뉴와는 맞지 않았다.

"내 의식이 너무 귀족 취향에 치우쳤었나 보네. 평민촌에서 만든다는 의식을 강하게 가져야겠어⋯⋯. 여름 막바지부터 가을에 낼 레시피라면 좀 더 쓸 만한 게 있겠는데?"

자신의 패인을 똑바로 마주 보기 시작한 푸고 씨의 표정은 굳이 내가 억지로 띄워 주지 않아도 될 정도로 자연스럽게 밝아졌다. 의욕이 생겼는지 씨익 올라가는 입꼬리를 보고 내 입꼬리도 같이 올라갔다.

'응, 멋진 얼굴이야!'

푸고 씨의 얼굴이 가장 좋아하는 표정으로 돌아오자 만족한 나는 피식 웃으며 다음 카르페를 집어 껍질을 까기 시작했다.

"잠깐, 푸고 씨. 손이 멈춰 있잖아요. 어서 까요, 까."

칼을 쥐고 멍해 있는 모습을 눈치채고 주의를 주자, 푸고 씨는 깜짝 놀라 다시 껍질을 까기 시작했다. 그런데 무슨 고민이라도 있는지 평소와 달리 나보다도 껍질을 까는 손놀림이 느리다. 힐끗힐끗 나를 보는 시선이 왠지 신경이 쓰였다.

"또 무슨 고민 있어요? 다음 대결 메뉴는 딱히 오늘 생각하지 않아도 돼요. 아직 시간은 많으니까."

"아, 으응⋯⋯. 그러네. 메뉴는 조만간⋯⋯."

나를 보면서 어째선지 건성건성 느껴지는 대답이 돌아왔다. 꽤 심각한 고민인 모양이다.

'이번엔 또 뭐지? 정말 손이 많이 가는 사람이야.'

푸고 씨가 고민해야 할 일이 또 있었던가. 전혀 생각이 나지 않았다. 나는 입술을 내밀고 깊이 생각하면서 계속해서 카르페의 껍질을 깠다.

"저기, 엘라……."

"네?"

상담 얘기인가 싶어 몸을 조금 내밀자, 푸고 씨가 마치 저녁 메뉴 상담이라도 하는 듯한 말투로 불쑥 이렇게 말했다.

"나랑 결혼 안 할래?"

너무나도 갑작스러워서 머리가 새하얘졌다. 잘못 들은 걸까? 뜬금 없이 튀어나온 말을 믿을 수가 없어서 나는 눈을 끔뻑이며 푸고 씨를 응시했다.

"아~, 아니, 그게…… 이렇게 격려해 주는 네가 곁에 있으면 좋겠 다 싶어서……."

입가를 막은 푸고 씨가 "실수했다." 라며 조그맣게 신음했다. 눈가 가 붉게 달아오르고, 점점 그 홍조가 푸고 씨의 얼굴 전체에 퍼졌다.

"네가 싫다면 그렇다고 말해 주면 돼. 차이는 데는 익숙하니까."

내가 손에 든 카르페를 들고 재빨리 껍질을 까자, 푸고 씨가 다듬 어진 카르페가 든 그릇을 급히 들었다. 마치 도망치듯이 조리대로 가 려는 푸고 씨를 잡으려고 나는 무심코 손을 뻗었다.

"싫어서가 아니라, 기뻐요. 나도 푸고 씨를, 좋아하고……. 기쁜 데, 적어도 니콜라가 없는 곳에서 하면 안 될까요?"

신관 출신인 니콜라가 눈치 빠르게 자리를 비워 줄 턱이 없었다. 주위 어른의 행동을 흥미진진하게 바라보는 천연덕스러운 아이의 눈 으로 우리의 모습을 가만히 살핀다. 역시 이 자리에서 이런 얘기는 부끄러워 참을 수가 없었다.

"그, 그렇구나. 알았어. ……그럼 퇴근하는 길에 다시 할게. 응."

그리하여 집에 돌아가는 길에 다시 청혼을 받았고 내 사랑은 이루어지게 되었는데, 그 후로도 푸고는 여전히 손이 많이 가는 남자였다.

"기다린다면 그거 아냐? 다음 성결식에도 난 주인공이 될 수 없다는 말이잖아!?"

프랑에게 결혼을 허가받으러 갔지만 로제마인 님이 깨어나신 후가 아니면 대응해 줄 수 없다는 말을 들은 것이다. 성결식을 고대했던 푸고가 시끄럽게 떠들었다.

나는 푸고의 팔을 잡고 어린애 달래듯이 토닥거리면서 걷기 시작했다. 물집 가득한 손가락에 내 손가락을 끼우자, 갑자기 푸고가 입을 닫았다.

"저기, 푸고. 로제마인 님이 깨어나신 이후의 성결식보다 조만간 있을 메뉴 대결을 고민하자. 이번에야말로 일제 씨한테 이겨야지."

"응, 나한테 맡겨. 넌 디저트를 생각해 줘. 라펠을 사용한 거 말이야."

의욕에 찬 갈색 눈동자가 기쁜 듯이 나를 내려다보았다. 그 눈을 보니 이번에는 꼭 이길 거라는 확신이 들었다.

후기

오랜만이네요. 카즈키 미야입니다.

이번 「책벌레의 하극상~사서가 되기 위해서라면 뭐든지 할 수 있어~제3부 영주의 양녀 V」를 구매해 주셔서 감사합니다. 이것으로 제3부가 끝났습니다.

이번에는 아버님과 신관장의 협력으로 류엘 열매 채집 재도전에 성공합니다. 유레베를 만들 재료가 전부 모였죠. 하지만 겨우 건강해진다고 기뻐한 것도 잠깐이었습니다.

로제마인이 수확제에서 직영지를 도는 동안 사냥대회에서 귀족들의 덫에 걸린 빌프리트. 어떻게든 구할 방도가 없을까, 로제마인은 필사적으로 머리를 씁니다. 간신히 표면상 현상 유지로 보이게 하면서 뒤에서는……

그런 가운데, 빌프리트의 여동생 샤를로테가 처음으로 등장합니다. 처음 생긴 여동생에게 좋은 모습을 보이려고 의지에 불탄 로제마인이지만, 그 때문에 습격을 당했고 결국 약 2년에 걸친 긴 잠에 빠지게 되어 버립니다.

단편집은 로제마인이 잠든 기간에 생긴 에피소드입니다. 성에서, 신전에서, 평민촌에서, 다양한 변화가 일어났습니다. 단편은 다무엘 시점과 엘라의 시점으로 사랑의 결말을 보여줍니다.

제3부 완결에 맞춰서 공식 사이트에서 제2회 인기 캐릭터 투표를 진행하게 되었습니다. 저번 3위는 관계자들에게도 의외였던 다무엘. 이번에도 의외의 캐릭터가 상위에 들어오게 될까요? 기대됩니다.

또 TO북스의 온라인스토어에서 「책벌레의 하극상」 드라마CD가 동시 발매되었습니다. 책을 읽고 드라마 CD를 듣고 다시 책을 읽어 보세요. 성우님들의 멋진 목소리가 머릿속에서 재생된답니다. 공식 홈페이지에서 샘플 보이즈를 공개하고 있습니다.

http://www.tobooks.jp/booklove/

표지는 유괴된 로제마인과 샤를로테. 그런 두 사람을 구하는 할아버지와 안게리카입니다. 컬러 일러스트에도 할아버지가 듬직하게 나와 있고, 이번에는 할아버지 축제네요. 샤를로테의 귀여움에 가슴이 찌릿합니다. 시이나 유우 님, 감사합니다.

마지막으로 이 책을 구매해 주신 여러분께 최상급의 감사를 바칩니다.

제4부 1권은 초겨울에 나올 예정입니다. 그때 다시 만나요.

2017년 7월 카즈키 미야

당신을 꼭 안고 싶어

사망 예감

대화

혼한 일상 대화

만화: 시이나 유우

겨울의 주인의 마석(슈네티름)

에렌페스트 북쪽 지방에 겨울이 되면 나타나는 마수. 올해는 슈네티름이었지만, 겨울의 주인이 되는 마수는 매년 바뀐다. 출현 장소도 제각각이다. 덩치가 크고, 눈보라로 몸을 휩싸고 있다. 권속을 생성한다. 검은색 무리는 에렌페스트의 기사들.

핫세   딘켈

★ ○○

폰테도르프

○ △

도르방   여신의 목욕터

○

류엘 열매

도르방 근처 숲에 있다. 금속처럼 매끈한 나무. 목련 꽃봉오리 같은 꽃에서 꽃잎이 떨어지면, 자수정 같은 열매가 나온다. 보라색 열매는 슈첼리아의 밤에만 열린다. 수많은 마수가 노린다.

라이레이느의 꿀

여신의 목욕터에 피는 꽃의 꿀. 플류트레네의 밤에는 급성장한다. 아침 해와 함께 원래 크기로 돌아간다. 탈크로쉬가 노린다. 이파리 위에 있는 검은 덩어리는 로제마인.

로엔베르크 산

▲

리즈팔케의 알

로엔베르크 산에 사는 리즈팔케의 알. 하얗고 커다란 맹금류처럼 생긴 마수인 리즈팔케는 발톱이 곡옥처럼 굽어 있고 날카롭다. 알을 채집하려면 부모 새가 없는 틈을 노려야 한다.

제3부 영주의 양녀

까나?

2년의 공백을 지나
드디어 잠에서 깬 로제마인.
새로운 무대는 귀족 학교

책벌레의 하극상

사서가 되기 위해서라면
뭐든지 할 수 있어

제 4 부 귀족원의
자칭 도서위원 I

카즈키 미야

miya kazuki

일러스트 : 시이나 유우
you shiina

번 역 : 김 봄
kim bom

책벌레의 하극상
제4부 1권
절찬 발매중

소설판 「책벌레의 하극상」 관련 문의는
edit01@imageframe.kr

제2회
「모여라! 책벌레!」
인기 캐릭터
투표 결과는
제4부 1권에서 공개!

너무
오래
잠들어서
움직…
이지 않아

나,
이번에야
말로
1위!?

조금은 성장했을

제1부 병사의 딸

제2부 신전의 견습무녀

책벌레의 하극상 [3부] 영주의 양녀 Ⅴ

초판 1쇄 발행   2018년 10월 15일
초판 2쇄 발행   2020년 6월 30일

저자 카즈키 미야

발행인 원종우
발행처 (주)이미지프레임

주소 (13814) 경기도 과천시 뒷골1로 6, 3층
영업부 02-3667-2653   **편집부** 02-3667-2654   **팩스** 02-3667-2655
메일 edit01@imageframe.kr   **웹** vnovel.kr

ISBN 979-11-6085-249-3 02830

Honzukino Gekokujo Shisho ni naru tameni ha Syudan wo Erande Iraremasen
Dai San-bu Ryoushu no Youjo 5
By Miya Kazuki
Copyright © 2017 by Miya Kazuki
First published in Japan in 2017 by TO BOOKS, Inc.
Korean translation rights arranged with TO BOOKS, Inc.
through Shinwon Agency Co.